Maike Claußnitzer

Immergrün und Walküren

Auch von Maike Claußnitzer erschienen:

Tricontium
Greifen, Grabraub & Gelichter
Rattenlied
Die Teeraüber

Die Deutsche Nationalbibliothek verzeichnet diese
Publikation in der Deutschen Nationalbibliografie;
detaillierte bibliografische Daten sind im Internet über
http://dnb.dnb.de abrufbar.

Gesamtgestaltung, Illustration: saje design, www.saje-design.de
Lektorat, Korrektorat: Kassandra Sperl

Herstellung und Verlag:
BoD – Books on Demand, Norderstedt

ISBN: 978-3-751-9693-21

MAIKE CLAUSSNITZER

IMMERGRÜN UND WALKÜREN

INHALT

Rübenberg
und
Falkenflügel

*W*ulf wusste sehr gut, dass es viele Arten gab, auf die man in den Steinbrüchen von Mons Arbuini um seinen Stolz gebracht werden konnte. Was der unbarmherzige rote Sandstein selbst nicht besorgte, erreichten die Wachen, denen auch über Schläge, Ketten und harte Worte hinaus reichlich Mittel zur Verfügung standen, um einen Gefangenen von Tag zu Tag weiter zu zermürben, bis seine Seele keinen Raum mehr für irgendetwas außer Verzweiflung und stillem Leid bot.

Das alles hatte er schon gewusst und heimlich gefürchtet, als man ihn dazu verurteilt hatte, zwölf lange Jahre zwischen den hoch aufragenden Felsen zu verbringen, weil er im Bürgerkrieg die Speerträger des falschen Fürsten befehligt hatte.

Allerdings hatte er nie damit gerechnet, dass die Demütigungen, die ihn erwarteten, auch nur das Geringste mit einem schier unermesslichen Berg von Rüben zu tun haben würden.

Eine Bäuerin, die der Vogtei Aquae abgabepflichtig war, hatte diesen Teil ihrer Ernte im Morgengrauen in Mons Arbuini abgeladen. Der Rübenhaufen ragte nun drohend im äußeren Hof zwischen dem düsteren Torhaus und dem Küchengebäude auf. Für jedes halbwegs geschulte Auge war nicht zu übersehen, dass die Feldfrüchte ihre beste Zeit hinter sich hatten. Seit man sie aus dem Boden geholt hatte, war ein harter Winter ins Land gegangen, und an diesem feuchtkalten Märzmorgen boten sie einen so traurigen Anblick, dass Wulf sie guten Gewissens nicht einmal mehr an ein Schwein verfüttert hätte. Diejenigen, die hier für ihre Verbrechen oder für ihre Zugehörigkeit zur falschen Seite in dem vor anderthalb Jahren so blutig bei Bocernae zu Ende gegangenen Krieg büßten, galten gleichwohl manchem noch weniger als das Vieh, und so waren die Rüben vielleicht doch ganz passend.

»Sieh zu, dass du sie in den Keller bekommst, und beeil dich«, unterbrach Ludolf rüde seine Überlegungen.

Ludolf, der Koch, war ein freier Mann, aber unglücklich darüber, dass sich für ihn im Leben keine andere Beschäftigung gefunden

hatte als die, hier die Aufsicht über eine kleine Schar von Taschen-
dieben und betrügerischen Schreibern zu führen, die aufgrund ihrer
angegriffenen Gesundheit oder überwiegenden Harmlosigkeit der
Küche zugeteilt waren. Die letzten paar Wochen lang hatte er Wulf
reichlich Anlass gegeben, stumm darüber zu fluchen, dass ein fast
tödlich verlaufenes Fieber in den dunkelsten Wintertagen auch ihm
die zweifelhafte Gnade verschafft hatte, dieser angeblich leichteren
Arbeit nachgehen zu dürfen. In den Monaten davor hatte er sich
in den eigentlichen Steinbrüchen geplagt, aber Ludolfs Befehlen
gehorchen zu müssen, war in mancherlei Hinsicht sogar noch
schlimmer, und das nicht, weil Wulf inzwischen aus schmerzhafter
Erfahrung wusste, dass ein lederner Schärfriemen, von der Hand des
Kochs geschwungen, durchaus eine blutende Wunde hinterlassen
konnte, wie die noch recht frische Narbe an seinem rechten Unter-
arm ihm regelmäßig ins Gedächtnis rief.

Zunächst hatte er den Verdacht gehabt, dass Ludolf einfach ein
boshaftes Vergnügen daran fand, jemanden, der einmal ein sehr
geachteter Krieger gewesen war, wie einen Küchenjungen herum-
zuscheuchen, und hatte sein Bestes getan, es sich gefallen zu lassen.
Doch das genügte nicht, denn die eigentliche Schwierigkeit bestand
darin, dass Wulf sich etwas zu gut aufs Kochen und auf die Führung
einer großen Küche verstand. Zwar war er der Sohn einer ehemaligen Nonne, deren diesbezügliche Fähigkeiten über zugegebenermaßen sehr gutes Rührei nie hinausgekommen waren, aber sein Vater
hatte vor Jahrzehnten für einen neustrischen Fürsten gekocht.
Auch wenn Wulf selbst im Zuge des Barsakhanensturms mehr oder
minder zufällig in eine ganz andere Tätigkeit hineingestolpert war,
hatte er das in Kindheit und Jugend Gelernte bis heute nicht vergessen und im Rahmen des Notwendigen auch immer angewandt.

Er wusste ganz genau, wann man den Topf am Kesselhaken
einen Zahn höher hängen musste, selbst wenn nur fade Suppe vor
sich hinköchelte, aber auch, wie man diese Suppe mit den doch
sehr begrenzten zur Verfügung stehenden Mitteln weniger fade
gestalten konnte und wohin man am besten eine winzige Tasse

davon stellte, um den Feuerkobolden eine Freude zu machen und sich so ihr Wohlwollen zu erhalten, damit sie die Flammen im Herd bewachten und Brände verhinderten.

Dass ihm auch tausenderlei andere Kleinigkeiten, die man in diesem Handwerk einfach beherrschen musste, geläufig waren, war Ludolf nicht entgangen. Jemanden, der imstande war, ihm den Platz des fähigsten Kochs streitig zu machen, konnte er nicht gebrauchen, so machtlos sein vermeintlicher Rivale auch sein mochte. Deshalb achtete er peinlich genau darauf, Wulf keinen Augenblick lang vergessen zu lassen, dass dies hier eine Gefangenschaft und vor allem eine Strafe war.

Bisweilen blieb unklar, welcher Fehler Ludolfs Zorn erregte und harsche Vergeltung nach sich zog, doch Wulf war sich sehr sicher, zu wissen, womit er die Rüben verdient hatte. Gestern hatte er sich an Ludolfs geheimen Branntweinvorräten vergriffen, wenn auch nicht, um seinen eigenen Kummer zu ertränken; im Feindesland empfahl es sich stets, nüchtern zu bleiben. Aber Tassilo hatte dringend einen Schluck und dann noch einen zweiten und dritten zur Stärkung gebraucht.

Nicht, dass Ludolf es hätte beweisen können. Doch dass Tassilo erst aschfahl im Gesicht aus dem Keller zurückgekehrt war, um von einem fürchterlichen Gespenst dort unten zu berichten, nur um bald darauf halbwegs erholt und verdächtig guter Laune seinem Tagwerk nachzugehen, musste aufgefallen sein. Der Schuldige war leicht zu erraten gewesen, denn es verstand sich von selbst, dass der Junge nicht von sich aus Ludolfs Eigentum angerührt hätte, wenngleich das eher dem bekanntermaßen rachsüchtigen Wesen des Kochs als Tassilos besonderer Ehrlichkeit geschuldet war. Es hieß, der Bursche habe sich in Aquae Calicis mit Diebstählen über Wasser gehalten, bis sein Glück eines Tages nicht mehr ausgereicht habe, um damit durchzukommen. Wulf sah keinen Grund, daran zu zweifeln.

»Worauf wartest du eigentlich noch?«, fragte Ludolf drohend.

Wulf neigte ergeben den Kopf und murmelte etwas, das als Ent-

schuldigung missverstanden werden konnte, auch wenn es eigentlich alles andere als das war.

Das besänftigte Ludolf genug, ihm großzügig zu gestatten, den Korb, der unten an der Kellertreppe stand, als Tragehilfe zu nutzen. »Aber sieh zu, dass du ihn gut füllst. Wenn ich dich dabei ertappe, dass du ihn nur halb voll durch die Gegend trägst, um Zeit zu schinden, wird es dir noch sehr leidtun.«

Wulf nickte lammfromm. Der Koch bedachte ihn mit einem letzten zweifelnden Blick, bevor er sich in die Wärme des Küchenhauses zurückzog.

Der Rübenberg wartete geduldig, und der Korb an der Kellertreppe war ein Ungetüm aus Weidengeflecht, das man nicht ungestraft mit schwerem Gemüse vollhäufen durfte, wenn man ohne gebrochene Knochen die Stufen hinuntergelangen wollte.

So wurde das Rübenschleppen vor allem zu einer Übung darin, einzuschätzen, wie viel Ludolf wohl durch die Pergamentbespannung der beiden Küchenfenster sah, die auf die Kellertreppe an der Ostmauer des Gebäudes hinausgingen, wann er darauf verfallen könnte, eines dieser Fenster zu öffnen, um mehr zu erkennen, und ob die beiden Wachen, die Wulf vom Torhaus aus im Blick hatten, ihn wohl verraten würden, wenn er den Anweisungen des Kochs nicht in allen Einzelheiten Folge leistete.

Er hatte erfolgreich dreimal den nicht ganz halbvollen Korb in den Keller getragen und gezwungenermaßen auch zweimal vor Ludolfs Augen mehr schlecht als recht das überquellende Behältnis hinuntergeschleift, als Tassilo mit unfroher Miene durch die östliche Küchentür ins Freie kam.

Wulfs Leidensgenosse war noch keine zwanzig Jahre alt und eigentlich recht liebenswürdig für jemanden, dessen Kunst bisher darin bestanden hatte, auf dem Markt oder in den Gasthäusern die Schnüre von Almosenbeuteln zu durchtrennen und in fremde Taschen zu greifen. Es hatte ihn erst im letzten Monat nach Mons Arbuini verschlagen, doch diese kurze Bekanntschaft hatte ausgereicht, in Wulf einen Anflug väterlicher Besorgnis um seinen Mitgefangenen zu wecken.

Auch wenn »väterlich« kein Wort war, über das er allzu lange nachdenken wollte, um keine Wunde aufzureißen, die mehr schmerzte als die kürzlich vernarbte an seinem Arm, hatte er den Verdacht, dass es Gero, dem Hauptmann der Wachen von Mons Arbuini, mit Tassilo ähnlich ging. Auf seine Art war Gero kein übelwollender Mensch, und er musste gespürt haben, dass er jeden Ansatz zum Guten in dem Jungen im Keim ersticken würde, wenn er ihn drei Jahre lang der Plackerei in den Steinbrüchen und der denkbar schlimmsten Gesellschaft in diesem Teil Austrasiens überließ. So war es auf die Küche hinausgelaufen, einschließlich des ein oder anderen Gespensts, das sich unbedingt im Keller sehen lassen musste.

Anders als Wulf war Tassilo sich wenigstens nicht der Geister bewusst, die sich nicht gezielt zeigten. Sie waren zahlreicher, als man hätte meinen können, von dem grimmigen römischen Centurio, der aus unerklärlichen Gründen gern im Kornspeicher spukte, über die Wanderfalkengespenster nahe beim Nistplatz ihrer lebenden Verwandten hoch in der Steilwand bis hin zu dem neugierigen Hasen, dessen Anwesenheit an diesem trostlosen Ort Wulf ein völliges Rätsel war. Doch neben ihnen gingen viel zu viele Häftlinge um, die Mons Arbuini nicht einmal verlassen hatten, nachdem der Tod sie befreit hatte.

Ob Tassilo einem von ihnen begegnet und deshalb so entsetzlich verstört gewesen war, wusste Wulf nicht, aber er hatte nicht vor, danach zu fragen. Es war selten klug, zuzugeben, dass man ein kundiger Geisterseher war. Früher oder später führte dieses Eingeständnis nämlich unweigerlich dazu, dass irgendjemand einen um unerfüllbare Gefallen bat, ohne auch nur zu ahnen, dass es nicht einfach war, mit Gespenstern zu reden und sie in seinem Sinne zu beeinflussen.

Doch Geistersorgen führten Tassilo jetzt ohnehin nicht zu ihm.

»Es tut mir so verdammt leid«, flüsterte der junge Mann, musterte den Rübenhaufen und erkannte ihn ganz offensichtlich als den unüberwindlichen Gegner, der er war. Lauter setzte er hinzu: »Ein Krieger der Wache ist drüben an der Westtür, und ich soll dich rufen. Der Hauptmann will dich sprechen.«

Er klang, als vermute er, dass Gero im Zweifelsfalle noch schlimmer als die Rüben sei.

Wulf hätte ihm sagen können, dass er sich irrte, aber er wusste nicht, wer sonst noch zuhörte. So ließ er den Korb fallen und ging mit, ohne zu wissen, was ihn erwartete.

Gewöhnlich fand er sich nur ins schmucklose Schreibzimmer des Hauptmanns bestellt, wenn dessen Schreiber abwesend oder anderweitig verhindert war, so dass Gero jemanden brauchte, der eine Feder zu führen wusste. Doch der Schreiber war heute schon auf dem Hof gewesen, um der Bäuerin die Ablieferung der verdammten Rüben zu bestätigen; das konnte es also nicht sein, und der Krieger, der an der Westtür wartete, sah so unbehaglich drein wie Tassilo.

»Der Hauptmann will dich sprechen«, sagte auch er und klang dabei fast entschuldigend, ob nun aus rein menschlichem Mitgefühl oder weil er wusste, dass der Gefangene, den er über den Hof zu führen hatte, vor dem Krieg Geros Freund gewesen war und alle Begegnungen zwischen ihnen dementsprechend holprig verliefen.

Ein oder zwei Herzschläge lang gab Wulf sich der hübschen Vorstellung hin, dass dies hier vielleicht eine Rettung vor dem Rübenberg war und irgendeine langweilige, aber leicht zu bewältigende Schreibarbeit auf ihn wartete, bis Ludolf der Flut von Feldfrüchten anders Herr geworden war.

Doch zu so etwas neigte Gero gemeinhin nicht, und er achtete peinlich genau darauf, nicht in den Ruf zu geraten, seinen alten Freund auch nur im Mindesten zu bevorzugen.

Umso beunruhigender war das, was Wulf vorfand, als der Krieger die schwere Eichentür zu Geros Schreibzimmer aufzog. Ein Kohlenbecken spendete dem schlichten Raum etwas Wärme, obwohl der Hauptmann es sonst für Verschwendung hielt, die Frühjahrskühle durch mehr als seinen Mantel zu verscheuchen. Aber vor allem standen eine dampfende Teekanne und mit ihr zwei Schalen bereit, eine mehr, als hätte vorhanden sein sollen, wenn Gero allein hier arbeitete.

Darüber hinaus war das Gesicht des Hauptmanns, der zusam-

mengesunken an seinem Tisch saß, so blass und gequält, dass zu befürchten stand, dass der eine Dienst, den er Wulf trotz allem erweisen wollte, nur der war, ihm eine schlechte Nachricht schonend beizubringen, statt einen Untergebenen vorzuschicken. Das flackernde Licht, das über die geweißten Wände tanzte, hatte mit einem Schlag zu viel von einem Höllenfeuer.

Wulf bemühte sich redlich, sich die Angst, die sich in ihm regte, nicht anmerken zu lassen, und verneigte sich stumm, auch wenn sein rübengepeinigter Rücken sich darüber beklagte.

»Hör schon auf damit«, wies Gero ihn gereizt an, lehnte sich zurück und rieb sich den Armstumpf, der ihm bei feuchtem Wetter immer zu schaffen machte. Dann sah er die Wache an, und eine verschwindend geringe Kopfbewegung reichte aus, den Mann hinauszuscheuchen.

Kaum dass die Tür hinter ihm zugefallen war, wies Gero auf den Stuhl, der sonst ehrbaren Besuchern oder allenfalls noch seinem Schreiber vorbehalten war. »Setz dich.«

Wulf tat wie geheißen und musste sich auf die Zunge beißen, um nicht zu fragen, ob das Schlimmste eingetreten sei, als Gero ihm viel zu gemächlich Tee eingoss, bevor er seine eigene Schale füllte.

Er bedankte sich, wie es sich gehörte, und wartete ab, aber es verhieß nichts Gutes, dass Gero ihm sogar noch Zeit ließ, seine klammen Finger an der Schale zu wärmen, bevor er begann: »Du wirst vielleicht nicht hören wollen, was ich zu sagen habe, aber wissen musst du es.«

Die Furcht wuchs weit genug, um den kleinen Anflug körperlichen Behagens zu vertreiben, den die Ruhepause und die Wärme geweckt hatten.

»Ist etwas geschehen?«, fragte Wulf und hütete sich, seine Vermutung, was vorgefallen sein mochte, in Worte zu fassen. Solange das Schreckliche unausgesprochen blieb, war es noch keine Wahrheit.

Gero nickte ernst. »Ich weiß, dass ich dir im Laufe des letzten Jahres sehr wenig geholfen habe. Wenn du mir nun also im Gegenzug deine Hilfe versagst, habe ich es nicht besser verdient, und es

wird keine bösen Folgen für dich haben. Aber es geht ein Geist um, und da sogar der Priester Angst vor ihm hat, würdest du mir einen großen Gefallen tun, wenn du dich der Sache annehmen könntest.«

Wulf bemerkte erst, dass er schallend lachte, als Gero ihm einen tadelnden Blick zuwarf.

»Zum Lachen ist die Sache nicht«, erklärte er.

»Oh doch«, antwortete Wulf, wenn auch nur, um nicht eingestehen zu müssen, dass ihm schwach vor Erleichterung war, so unbegründet sie auch sein mochte. Dass die eine Nachricht, die er niemals hören wollte, heute ausgeblieben war, hieß nicht, dass sie nicht noch eintreffen würde. Aber selige Ungewissheit war alles, worauf er derzeit hoffen konnte, und sie wiederzuhaben war ungeahnt erfreulich.

Gero seufzte und nippte dann versuchsweise an seiner Teeschale. »Wenn du Geisterspuk mittlerweile so lustig findest, wird es dich sicher ungemein erheitern, dass dieses verfluchte Gespenst mich heute die ganze Nacht wachgehalten hat, und das nicht zum ersten Mal in den letzten vier Wochen. Dreien meiner Krieger ist es nicht besser ergangen, und das waren nur die, die offen darüber gesprochen haben. Der Priester hatte ebenfalls Ärger, und Ludolf auch, obwohl er das nicht gern zugegeben hat.«

Wulf schwieg, probierte den Tee und war wenig überrascht, dass das Gebräu so stark geraten war, dass Bitterkeit den eigentlichen Geschmack übertönte. Gero hatte sich noch nie aufs Teekochen verstanden, und so rührend es war, dass er sich selbst darum gekümmert hatte, hätte er doch besser daran getan, jemanden aus seiner Dienerschaft darum zu bitten. Aber das konnte man ihm nicht ins Gesicht sagen, und so beschränkte Wulf sich auf die offensichtliche Frage: »Ist dein Geist also einer von denen, die erst vor kurzem gestorben sind?«

Das Fieber, das im Winter umgegangen war, hatte mehrere Gefangene geholt, und es gab noch ganz andere Arten, in Mons Arbuini ums Leben zu kommen und dann vielleicht über den Tod hinaus auf Rache zu sinnen.

Gero schüttelte den grauen Kopf. »Ich wünschte, ich wüsste, wer der Kerl im Leben war! Aber er ist für mich ein Fremder, und ich verstehe kein Wort von dem, was er sagt oder vielmehr ruft und heult.«

Wulf legte den Kopf schief. »Der römische Centurio ist es aber nicht?«

»Zum Teufel, haben wir einen von denen? Der Himmel bewahre uns! Aber nein – ein Römer ist es nicht, da bin ich mir sicher. Mein Latein mag nicht das Beste sein« – *vollständig abhandengekommen* wäre ehrlicher gewesen, doch auch das sagte Wulf ihm nicht – »aber ich würde die Sprache wohl zumindest erkennen, und der Priester auch. Was das hier ist, weiß ich nicht, nur, dass unser Geist höchst übellaunig ist.«

»Wer könnte es ihm verdenken?«, gab Wulf zurück.

Gero schien die Frage für eine zu halten, die eine Antwort verdiente, doch was er sagte, hörte Wulf nur halb und vergaß es gleich wieder. Während sie die letzten paar Worte miteinander gewechselt hatten, war eine Kälte ins Zimmer gekrochen, die Tee und Kohlenbecken nicht verscheuchen konnten, und wenn es auch genaues Hinsehen erforderte, den Grund dafür auszumachen, war er nicht so gut versteckt, wie er vielleicht hoffte.

Ein in der Wand lauerndes Gespenst zu erspähen, war nicht unbedingt einfach, aber auch nicht unmöglich, wenn man seine Zorneskälte spürte und damit auf seine Anwesenheit vorbereitet war. Der rauchzarte Umriss einer Gestalt im sonst makellosen Weiß und zwei Schatten dort, wo sich Augen befinden mussten, waren zumindest auf den zweiten Blick zu erahnen. Ein Geist, der nicht nur den Nachtschlaf einiger Bewohner von Mons Arbuini störte, sondern auch noch tagsüber ihre Gespräche belauschte, war nun aber wahrlich nicht gut.

»Erschrick nicht«, sagte Wulf leise in Geros Ausführungen hinein und griff zu.

Ware die Handbewegung, die er aus alter Gewohnheit vollführte, wirklich nötig gewesen, um den Geist zu packen, wäre sein Arm

wohl ein ganzes Stück zu kurz gewesen. Doch körperlich zu tun, was sich auf anderer Ebene vollzog, erleichterte die Sache nur; eine notwendige Vorbedingung war es nicht.

Er hatte geahnt, dass das Gespenst sich sträuben würde, aber beträchtlich unterschätzt, wie sehr. Es war eines, gelegentlich einen kleinen Rattengeist aus einer Küche hinauszuwerfen, wenn er zu lästig wurde, aber etwas vollkommen anderes, einen altertümlich gekleideten Krieger, der sich mit aller Macht wehrte, aus einer Wand hervorzuzerren. Die eisige Luft, die in die Kohlenglut fuhr und dem entgegen der Mahnung sehr wohl erschrockenen Gero das Haar aus dem Gesicht wehte, war noch nicht einmal das Schlimmste. Solch äußere Misslichkeiten ließen sich ertragen, aber Willen gegen Willen mit dem Geist zu ringen, ließ einem die Knochen gefrieren und die Gedanken erstarren.

Das Gespenst hatte Pech und Wulf wiederum Glück, dass die letzten Wochen und Monate eine solche Zumutung gewesen waren und er nichts gehabt hatte, an dem er seine hilflose Wut auslassen konnte, ohne noch sehr viel größeren Ärger befürchten zu müssen. Wenn er sich nun gegen den Geist stemmte und ihn nicht davonkommen ließ, dann galt das viel eher Ludolf und Gero, den Wachen und all denen, die seinen Aufenthalt hier zu verantworten hatten, als einem längst toten Mann, der ihn erkennbar wüst beschimpfte, ohne dass Wulf mehr als wenige Worte verstanden hätte.

Dennoch war das hier – das Gespenst versuchte tobend erneut, sich loszureißen, und er musste es aufhalten – keine ganz fremde Sprache, nur eine sehr alte. Der Geist, dessen wilde rote Mähne so raureifüberzogen erschien wie sein pelzgefütterter Mantel, redete so, wie man es vor Hunderten von Jahren hier getan haben musste, oder vielleicht noch nicht einmal hier. Es schien sich um irgendeinen fürchterlichen Dialekt zu handeln, der dem inzwischen im nördlichen Austrasien gebräuchlichen nicht sehr nahestand.

»*Loquerisne Latine?*«, brachte Wulf in einem ruhigen Augenblick hervor, als das Gespenst kurz zu verharren schien, um nachzudenken, wie es sich besser aus dieser misslichen Lage befreien konnte.

Das immerhin hatte unerwarteten Erfolg; der Krieger aus langvergangenen Tagen stellte vorerst den Kampf ein und ließ Wulf herablassend wissen, Latein spräche doch wohl jeder, der etwas in der Welt herumgekommen sei.

»Du würdest dich wundern«, erwiderte Wulf, ohne seinen Griff zu lockern. Sich nach allem, was schon geschehen war, von diesem Gegner überrumpeln zu lassen und ihn ohne Waffenstillstand freigeben zu müssen, würde seine Nächte nur noch schlafloser machen, als sie in letzter Zeit ohnehin schon gewesen waren. »Und nun sag mir, warum du hier den Leuten zur Last fällst.«

Der Geist wurde deutlicher umrissen, zwar noch nicht so sehr, dass jemand wie Gero ihn hätte sehen können, aber doch genug, um eine gewisse Verhandlungsbereitschaft anzuzeigen. »Was kümmert es dich? Dir habe ich nichts getan.«

»Aber einem Freund.« Wulf nickte in Geros Richtung.

»So?« Das Gespenst maß den Hauptmann mit einem langen Blick und spie ihm dann ins Gesicht, was er gewiss als kalten Luftstoß zu spüren bekam, denn er zuckte zusammen. »Wenn der wirklich dein Freund wäre, ginge es dir ganz anders.«

Wulf wollte einem unhöflichen Spuk weder zugestehen, eigentlich Recht zu haben, noch erläutern, dass ein Krieger mit nur einem Arm in diesen Nachkriegstagen, in denen es zu viele entlassene Söldner und Heimatlose gebe, die liebend gern an seine Stelle getreten wären, nun einmal tun müsse, was er könne, um seinen Posten zu behalten.

»Ich habe dir eine Frage gestellt«, sagte er deshalb nur und zog den Geist unter Aufbietung aller Willenskraft noch ein Stück näher zu sich heran.

Das Gespenst runzelte die Stirn, und seine dichten Augenbrauen wallten dabei wie kleine Nebelschwaden. »Sie fallen mir ihrerseits lästig, und ich habe anders als sie jedes Recht, hier zu sein. Ich bin Arbuin. Dies hier war einmal meine Burg, und ich halte rein gar nichts davon, dass ihr daraus einen Steinbruch und ein Gefängnis gemacht habt.«

»Wir nicht. Die Entscheidung hat keiner, der heute hier ist, gefällt, und so leid es mir für dich tut, wir können sie wohl kaum rückgängig machen.« Wulf verschob das Staunen darüber, dass er es tatsächlich mit dem Mann zu tun haben sollte, der hier dem untergehenden römischen Reich einen Turm und eine kleine Herrschaft abgetrotzt hatte, sicherheitshalber auf später.

Vielleicht hörte man seinem Ton das Mitgefühl an, denn Arbuins Miene wurde friedfertiger. »Ich weiß«, bekannte er, »und die Schuldigen haben damals auch schon meinen Zorn zu spüren bekommen.«

»Warum trifft er dann jetzt andere?« Wenn Arbuin nur aus Kummer über die neue Bestimmung seines einstigen Wohnsitzes oder aus gekränkter Eitelkeit beschlossen hatte, den Lebenden zu Leibe zu rücken, dann konnte man ihm vielleicht etwas geben, das von genug Anerkennung zeugte, um ihn zufriedenzustellen, ein Trankopfer, eine täglich erneuerte Kerze in der Kapelle oder – da es an Steinen nun wahrlich nicht mangelte – eine gemeißelte Gedenkinschrift.

Doch die Antwort des Gespensts war eine ganz andere. »Die wird er auch weiter treffen, bis sie meinen Urenkel gehen lassen oder zumindest anständiger behandeln.«

»Es überrascht mich, dass du einen Urenkel hast, der noch jung und lebendig genug ist, hier gefangen zu sein«, bemerkte Wulf und war doch erleichtert, denn obwohl er die Geschichte von Arbuins Haus nicht gut genug kannte, um zu wissen, in welcher der heutigen großen Familien es aufgegangen war, hoffte er, dass Gero gewillt sein würde, dem Geist entgegenzukommen. Wenn es einen fernen Nachfahren des Burgherrn infolge des Bürgerkriegs in die Steinbrüche verschlagen hatte, würde eine Verbesserung der Lage des Unglücklichen vielleicht unterhaltsame und leidlich dankbare neue Gesellschaft in der Küche bedeuten.

»Nun gut – vielleicht auch ein ‚Ur‘ mehr, oder noch eines«, räumte Arbuin unwillig ein und wirkte gekränkt, dass sein *pronepos* mindestens zwei oder drei *pro* zu wenig aufwies, um Wulfs Ansprü-

chen an eine eindeutige Beschreibung zu genügen. »Er ist jedenfalls der Letzte, der von meinen Leuten noch übrig ist. So, wie sie jetzt mit ihm umgehen, ist das kein Zustand, und da er ja leider zu ängstlich ist, sich selbst zu helfen ...«

Wulf musste ein Auflachen unterdrücken. »Glaub mir, wenn das auch nur einer hier könnte, dann täte er es. Aber so leicht ist kein Ausweg zu finden.«

Das Gespenst musterte ihn seltsam, als würde es bedauern, zu viel gesagt zu haben, und Wulf machte dazu wohl ein sonderbares Gesicht, denn wie aus weiter Ferne drang Geros Stimme zu ihm, die fragte, wie es um ihn stünde.

Er winkte ab und behielt Arbuin im Auge. »Es gibt also doch einen Ausweg? Wenn man von hier fliehen kann, ohne sich den Hals zu brechen, dann sag es mir, und ich verspreche dir, dass ich deinen Nachfahren mitnehme, wenn ich gehe.«

Die eisige Luft, die zur Ruhe gekommen war, wirbelte wieder auf, und Arbuin unternahm eine ernsthafte Anstrengung, sich loszureißen; es glückte ihm nicht, aber die Sache war knapp, und Wulf stand der kalte Schweiß auf der Stirn, als ihr Ringen ein vorläufiges Ende fand.

Er hatte die Oberhand behalten, doch das nützte ihm wenig, denn offenbar spürte Arbuin, wie viel dieses neuerliche Kräftemessen sein Gegenüber gekostet hatte. Der Geist lächelte ohne Wärme und verkündete: »Nein, das sage ich dir ganz gewiss nicht. Es ist ein Weg, den nur ein einziger Mensch allein beschreiten kann und kein zweiter nach ihm. Und denk nicht, dass du mich lange genug festhalten kannst, um mich zu verlocken, ihn dir doch zu verraten.«

»Was für ein Weg sollte das sein?«, fragte Wulf.

Das schien Arbuin ernstlich genug zu verärgern, um ihn noch eine Spur kälter werden und leicht verschwimmen zu lassen. »Das geht dich nichts an! Du würdest ihn doch nur für dich selbst nutzen, und mein Junge wäre ärger dran als je zuvor.«

»Das tate ich nicht«, sagte Wulf sehr leise, obwohl die Versuchung groß war, lieber einen sonderbaren Fluchtweg zu nutzen, als

noch eine schier endlose Zeit hier zuzubringen und sie vielleicht nicht einmal zu überstehen. »Einen Urenkel oder ferneren Nachfahren habe ich zwar nicht, aber einen Sohn.«

In Wahrheit war es seine größte Angst, keinen mehr zu haben. Wenn man jemanden aus dem falschen Lager dieses unseligen Kriegs zuletzt nach der Schlacht von Bocernae verwundet und zu Tode erschöpft gesehen hatte, um dann anderthalb Jahre lang nichts von ihm zu hören, war es eine sehr kühne Hoffnung, dass dieser Mensch noch lebte und zugleich frei und bei guter Gesundheit war. Der ungewohnt fürsorgliche Empfang durch Gero hatte Wulf ernsthaft befürchten lassen, der Hauptmann würde ihm sagen, Wulfila sei tot oder selbst in den Steinbrüchen, wenn nicht gar in einem der Türme von Padiacum.

»Wenn mein Sohn gefangen wäre«, fuhr er fort, »und ich einen Fluchtweg für ihn wüsste, dann wäre ich mehr als zornig auf jeden, der ihn darum bringen würde. Das tue ich deinem Jungen also nicht an; gelegentlich bin ich zumindest in Ansätzen ein anständiger Mensch.«

»Das sagt sich leicht«, gab Arbuin wenig überzeugt zu bedenken.

Wulf hätte wohl nicht gekränkt sein sollen, dass ein fremdes Gespenst an ihm zweifelte. »Trau mir oder auch nicht, aber eines sage ich dir: Es ist immer noch sicherer, mir zu erklären, wie ich deinem Nachfahren helfen kann, als darauf zu hoffen, dass man ihn schonender behandelt oder gar freilässt, weil du allnächtlich wütest.«

Das Stirnrunzeln des Geists war furchteinflößend.

»Denn das muss aufhören«, verlangte Wulf. »Wenn du hier weiter die Wachen erzürnst, wird das deinem Verwandten mittelbar schaden, aber gewiss nicht nützen.«

Arbuin schwieg eine Weile. »Selbst wenn du nicht lügst und es wirklich gut meinst, kannst du ihm nicht helfen.«

»Ich kann zumindest mit Gero reden«, bot Wulf an. »Wenn du mir sagst, um wen es geht, kann ich den Hauptmann vielleicht überreden, ihn zu uns in die Küche zu schicken, das ist immer noch besser als ... Verdammt!« Die Miene des Geists war allzu verdächtig.

»Er ist schon dort, nicht wahr? Jetzt weiß ich auch, warum Tassilo erzählt hat, ihm sei ein Geist erschienen. Er ist dein sogenannter Urenkel, und du hast versucht, mit ihm zu reden!«

Arbuins gespenstisch fließende Gestalt wurde für einen Augenblick starr. Wulf war sich sehr sicher, richtig geraten zu haben, doch er kam nicht dazu, das Hochgefühl darüber auszukosten, denn jäh unternahm der Geist eine letzte Anstrengung, sich zu befreien. Die Kälte wurde zum Frosthauch einer Winternacht, der Luftzug zum tosenden Unwetter, und kurz spürte Wulf bis in die Knochen die Erschöpfung, die nicht nur dieses zu lange Ringen in ihm hinterlassen hatte, bevor er kopfüber in die Dunkelheit stürzte.

Als Wulfs Sinne ihm wieder halbwegs gehorchten, stellte er fest, dass er irgendwie auf dem Boden gelandet war und nicht viel bis auf Geros Hosenbeine sah. Der Hauptmann kniete neben ihm und versuchte, ihn wachzurütteln, während er gleichzeitig über Wulf hinweg der offensichtlich besorgt ins Zimmer geeilten Wache von vorhin wohl nicht zum ersten Mal versicherte, am Zustand des Gefangenen sei wirklich ein Gespenst schuld.

»Es ist, wie er sagt«, bekräftigte Wulf, fand, dass er noch erbärmlicher klang, als er sich fühlte, und ließ es geschehen, dass man ihn halb aufrichtete, an die Wand gelehnt hinsetzte und etwas von dem abscheulichen Tee in ihn hineinbeförderte, um ihn wieder zum Leben zu erwecken. Geros Mantel half nach einer Weile gegen das Zittern und die Kälte, und am Ende fand sich der Krieger mit der Weisung, niemanden einzulassen, der nicht mindestens einen Brand zu melden habe, wieder hinausgeschickt.

»Eines gebe ich zu«, sagte Wulf, als Gero ihm dann wortlos die zum zweiten Mal geleerte Teeschale abnahm. »Dein Geist ist wirklich nicht zum Lachen.«

»Was hast du da eigentlich so lange mit ihm besprochen? Meinen Namen habe ich verstanden und auch den Tassilos – war da unser Tassilo aus der Küche gemeint?«

»Eben der.« Vielleicht hätte es sich gehört, abzuwägen, ob man dem Hauptmann wirklich alles erzählen oder besser insgeheim

mit Tassilo sprechen sollte, aber trotz allem war Gero noch ein Freund und war es schon gewesen, als sie, jung und unvernünftig, gemeinsam gegen die Barsakhanen gekämpft hatten. Außerdem hatte er einmal ein wenig Latein gekonnt, und auch wenn er das Meiste vergessen haben mochte, war es durchaus möglich, dass er ein paar Wörter mehr als die unschuldigen Namen aufgeschnappt und sich seinen Teil gedacht hatte. So gab Wulf sein Gespräch mit Arbuin gerafft, aber wahrheitsgemäß wieder und schloss: »Wie wir ihn besänftigen sollen, weiß ich nicht. An dem kann sich auch ein erfahrener Geisterbanner die Zähne ausbeißen. Erstens ist er stark, und zweitens ist es so gut wie unmöglich, ein Gespenst dauerhaft von dem Ort zu vertreiben, an den es gehört. Mir fällt allenfalls eines ein, was wir versuchen könnten, um ihn gnädig zu stimmen, aber es wäre sehr heikel.«

Gero schüttelte abwehrend den Kopf. »Wenn es so gefährlich für dich ist wie die Begegnung eben, dann lass es bleiben; das ist ein Befehl.«

Wulf ahnte, dass sein Erlebnis von außen betrachtet noch schlimmer ausgesehen haben musste als von seiner Warte aus. »Ich versuche nicht noch einmal, ihn festzuhalten. Aber was, wenn Tassilo mit ihm reden würde? Auf ihn hört er vielleicht, wenn er ihm sagt, dass er nicht weiter spuken soll.«

Gero lachte nur. Als er erkannte, dass das als Antwort nicht genügte, winkte er ab. »Entweder hat der Junge zu viel Angst, mit ihm zu sprechen, oder er erfährt dabei von dem angeblichen Fluchtweg.«

»Letzteres lässt sich ohnehin nicht verhindern. Wenn Arbuin seinem Nachfahren davon erzählen will, wird er es tun, und du kannst den armen Tassilo nicht die nächsten drei Jahre über vorsorglich Tag und Nacht in der sichersten Zelle einschließen lassen, nur weil ihm jemand das Falsche sagen könnte.«

»Du weißt, dass ich das nicht täte«, gab Gero verärgert zurück. »Aber meinst du wirklich, es könnte etwas nützen, ihn zu bitten, mit seinem Ahnherrn zu reden?«

»Schaden kann es nicht«, behauptete Wulf kühn, und so bekamen sie bald Gesellschaft, auch wenn die auf der Suche nach Tassilo geschickte Wache nun endgültig an Geros Verstand zweifelte und sich erst merklich sträubte, den Hauptmann mit gleich zwei Gefangenen allein zu lassen, Geistergeschichte hin oder her.

»Und was hätten sie davon, mich umzubringen?«, fragte Gero am Ende fast heiter. »Das hilft ihnen wenig, und wenn sie mich als Geisel in ihre Gewalt bringen, wird auf mich gefälligst keine Rücksicht genommen. Nun geh; dass du es hörst, wenn hier jemand umfällt, hast du ja schon überdeutlich bewiesen.«

Der Krieger zog sich nicht ohne Argwohn zurück, aber Tassilo wirkte beim besten Willen nicht, als ob er die Gelegenheit zu Gewalttaten zu nutzen gedachte. Er spielte unruhig am Saum seiner fleckigen Tunika herum und warf verstohlene Blicke auf Wulf, ohne es zu wagen, laut zu fragen, weshalb er auf einmal den Umhang des Hauptmanns trug und was zum Teufel sonst noch hier geschehen war.

»Reden wir nicht lange um den heißen Brei herum«, begann Gero. »Es scheint, als hättest du bedeutende Verwandtschaft, Tassilo.«

Der junge Mann wurde mit einem Schlag sehr blass. »Ich hätte wohl ahnen sollen, dass es nicht ewig gut gehen würde«, sagte er dann kleinlaut. »Es war nicht von langer Hand geplant, das müsst Ihr mir glauben.«

Gero sah zu Wulf hinüber, als erwartete er, in ihm Tassilos Mitwisser wobei auch immer zu finden, bemerkte aber wohl, dass sein alter Freund so ahnungslos war wie er selbst. »Schildere mir alles noch einmal in eigenen Worten«, forderte er an Tassilo gewandt und brachte es mühelos fertig, wohlunterrichtet zu wirken.

Tassilo ließ den Kopf hängen. »Ja, es ist wahr, dass ich gar nicht Tassilo bin, und ich weiß auch nicht mehr über ihn als das Wenige, was er an dem einen Tag gesagt hat, über irgendwelche Diebstähle und die Ungerechtigkeit, dafür drei Jahre in Mons Arbuini zubringen zu müssen. Aber er sah mir nun einmal ähnlich genug, dass

man uns schon an dem Morgen, als wir von Aquae hierhergebracht werden sollten, ständig verwechselt hat.«

Bei seinem farblosen und noch knabenhaften Gesicht unter dem ebenso nichtssagenden blonden Haar war das kein großes Wunder. Vermutlich gab es Dutzende junger Kerle in seinem Alter, die nicht viel anders aussahen als er, zumal, wenn auch Kleidung und Gestalt keine großen Anhaltspunkte für eine Unterscheidung boten.

»Und Ihr müsst doch wissen, wie es sich dann ergeben hat«, fuhr der falsche Tassilo fort. »Es war ein Schneetag ... Vielmehr, ein regelrechter Schneesturm. Wir sind nur bis zum Bischofsgut gekommen, und dort waren sie gar nicht darauf eingerichtet, uns unterzubringen. Sie haben uns in eine leere Torfscheune gesperrt, und es war so elend kalt da, dass in der Nacht drei erfroren sind. Auch der richtige Tassilo. Am Morgen herrschte dann viel Aufruhr, nicht nur wegen der Todesfälle, sondern auch, weil Euer Schreiber mit ein paar Kriegern aus Mons Arbuini auftauchte, um nachzuforschen, warum wir nicht schon am Vorabend eingetroffen waren wie angekündigt ... Und als er dann in die Scheune kam und die Namen aufrief, um zu vermerken, wer noch lebte, bin ich aufgestanden, als er Tassilo nannte. Drei Jahre hier als Taschendieb wären besser als sieben wegen des verdammten Kriegs, dachte ich ... Das war dumm von mir, ich sehe es ein.«

Sein Blick sagte deutlich, dass er damit rechnete, sich nun noch weit Schlimmeres als die Verlängerung seiner Strafe auf das ursprünglich festgelegte Maß eingehandelt zu haben.

»Und in Wahrheit bist du ...? Ich will es von dir hören«, hakte Gero unerbittlich nach.

Der junge Mann murmelte seinen Namen und nannte als seine Eltern bedeutende Gefolgsleute des Grafen von Ripa, der zu den führenden Aufständischen gezählt hatte und im Krieg zu Tode gekommen war. Seinem Anhang war es seit Bocernae übel ergangen, und als Tassilo, der nicht Tassilo war, von den Umgekommenen und seiner eigenen reichlich misslungenen Flucht sprach, weinte er am Ende so sehr, dass Wulf sich auf die Beine kämpfte, ihn auf den freien Stuhl setzte und ihm eine der Teeschalen mit dem letzten Inhalt von Geros Kanne füllte. Über den Jungen hinweg sah er Gero an, und sie wurden sich stumm einig, wie mit diesem Geständnis umzugehen war.

»Nun beruhig dich«, befahl Gero, als einige Zeit verstrichen war und Tassilo den Tee immer noch nicht angerührt hatte, was bei Lichte besehen eine weise Entscheidung war. »Du hast so viel Unsinn geredet, dass Wulf kein Wort davon verstanden hat; ich, nebenbei bemerkt, auch nicht. Anders gesagt: Du tust gut daran, Tassilo aus Aquae zu bleiben. Sind wir uns da einig?«

Dass Tassilo sich auf ein Knie niederließ, um formvollendet den Saum des Mantels zu küssen, der Gero gehörte, aber immer noch um Wulfs Schultern hing, so dass die Geste wohl ihnen beiden galt, ließ der Hauptmann mit gereizter Miene über sich ergehen, um dann fortzufahren: »Eine Schwierigkeit bleibt aber, und das ist dein Ahnherr Arbuin.«

»Oh, der«, sagte Tassilo geistreich und zog die Nase hoch.

»Ja, der.« Gero sah sich unruhig um, doch Wulf bedeutete ihm, dass Arbuin dieser Unterredung zumindest bis jetzt nicht beiwohnte. »Ich mache dir keinen Vorwurf für sein Treiben, aber so kann es nicht weitergehen. Er spukt seit Wochen rücksichtslos und weitaus häufiger, als es einem rechtschaffenen Gespenst ansteht.«

Tassilo nahm doch noch den Tee, und so, wie er gleich darauf dreinsah, hatte man am Hof des Grafen von Ripa besseren gekocht. »Das kann ich mir vorstellen. Mir ist er ja gestern auch erschienen, unten im Küchenkeller. Er hat mir arg zugesetzt, unsinnige Dinge zu tun.«

»Unsinnige Dinge?«, vergewisserte Gero sich und bekam ein Nicken zur Antwort. »Die da wären?«

Der unglückliche Tassilo hob die leeren Hände. »Ihr werdet mir kein Wort glauben, und er muss wohl verrückt sein ... Oder ich habe ihn einfach falsch verstanden, weil er so seltsam redet wie heute kein Mensch mehr. Was er mir geraten hat, kann jedenfalls gar nicht gehen.«

»Verrückt ist er nicht, nur sehr anstrengend«, sagte Wulf und fragte sich, wie lange sie wohl noch ungestört reden konnten, bevor die Wache unruhig wurde oder Ludolf an der Tür erschien, um seine beiden abhandengekommenen Helfer zurückzufordern.

Doch Gero ließ sich weiter Zeit. »Was hat er dir vorgeschlagen?«

Ein müder Ausdruck trat auf Tassilos tränenverquollenes Gesicht. »Nichts wirklich Hilfreiches, das sage ich doch. Kennt Ihr die alten Geschichten von den Schwanenleuten, die ihr Gefieder nach Belieben ablegen und wieder überstreifen können, um Mensch oder Schwan zu werden? Unter einem Stein des Küchenbodens ist so etwas, sagt er – nur kein Schwanengewand, sondern ein Falkenkleid, wie in einem Märchen. Ganz verstanden habe ich nicht, wie es dorthin gekommen ist, aber ich glaube, er hat es versteckt und vergessen, seinen Erben zu sagen, wo sie es finden.«

»Dafür dürfte das Küchenhaus zu jung sein«, bemerkte Gero nüchtern. »Es ...« Er brach ab, als er Wulf bei einem Kopfschütteln ertappte. »Verdammt, Wulf, wenn man mich nicht belogen hat, ist die Küche keine zwanzig Jahre alt, und aus Arbuins Zeiten stammt sie ganz gewiss nicht.«

»Aber weißt du, wie es um die Grundmauern und auch um den Boden steht?«, entgegnete Wulf, der diesen Boden inzwischen oft genug gescheuert hatte, um ihn gut zu kennen. »Das beides ist älter als der Rest, und wenn seit Arbuins Zeiten niemand gründlich gesucht hat, dann kann man wohl sein Falkenkleid nehmen und davonfliegen.«

»So etwas gibt es nicht«, sagte Tassilo vernünftig, »und selbst wenn es anders wäre ... Die Küche ist tagsüber voller Menschen, und nachts, wenn die Zellen abgeschlossen sind, kommt keiner von uns dorthin. Wenn Arbuin mir droht, dass er mich weiter heimsuchen wird, bis ich tue, was er sagt, dann hat er nichts davon, nicht einmal, wenn dort tatsächlich ein Falkenkleid ist ... Und da kann keines sein.«

»Du hast dir dennoch Gedanken darüber gemacht, was dich daran hindern könnte, es zu finden«, hob Gero ohne Vorwurf hervor.

Tassilo zuckte die Schultern. »Man kommt hier genug um den Verstand, um sich so etwas auszumalen. Doch ich weiß sehr gut, dass es unmöglich ist. Selbst wenn da einmal etwas gewesen wäre, müsste es über die Jahrhunderte zerfallen sein.«

»So schnell zerfallen Zauberdinge nicht«, beschied ihn Wulf, denn als Geisterseher kam man nicht umhin, sich auch mit verwandten Gebieten zu befassen und im Vorübergehen einiges Wissen darüber anzuhäufen. »Und, doch, solche Tierkleider, die einen die Gestalt wandeln lassen, gibt es. Heute weiß nur niemand mehr, wie man sie anfertigt, darum sind sie selten geworden. Wenn dort also wirklich ein Falkengewand liegt, ist es ein unermesslich kostbarer Schatz und gewiss noch zu gebrauchen.«

Arbuin hatte nicht gelogen: Das war ein Weg in die Freiheit, den nur ein Einzelner einschlagen konnte, und noch dazu ein sehr sicherer, den kaum jemand erraten würde.

Gero nickte und musterte Tassilo, der noch nicht einmal wirkte, als ob er bereute, so leichtfertig sein Wissen preisgegeben zu haben. »Bist du dir sicher, Wulf?«

»Mehr als sicher. Ich selbst habe keine diesbezüglichen Erfahrungen, aber mein Vater kannte sich damit aus; recht gut sogar, glaube ich.« Wenn Rufus seinem Sohn erzählt hatte, eine verzauberte Wolfshaut tauge gut zum Schafetreiben, besonders, wenn es nicht die eigenen Schafe seien und man unerkannt bleiben wolle, dann hatte es jedenfalls nie nach einem bloßen Gedankenspiel geklungen, sondern nach glaubwürdigen Erinnerungen.

Gero seufzte tief, stand auf und ging die drei Schritte bis zum Kohlenbecken; dort verharrte er und blieb mit seinen Erwägungen allein. Als er sich umdrehte und zum Tisch zurückkehrte, hatte er unverkennbar eine Entscheidung gefällt.

»Wulf«, sagte er, und es war nicht der Hauptmann von Mons Arbuini, der sprach, sondern ein Gero aus anderen Tagen, »Wulf, wie machen wir das nun?«

Wulf lächelte und reichte Gero den Mantel zurück, denn auf dem Hof durfte er sich damit nicht blicken lassen. »Zunächst brau-

chen wir eine Erklärung, wie man *ohne* ein Falkenkleid entkommen könnte. Doch das ist einfach. Tassilo wäre nicht der Erste, der versucht, über das Küchendach in die Felswand zu steigen, um auf dem Wege zu fliehen. Der Letzte, der es gewagt hat, soll sich zwar dabei ein Bein gebrochen haben, aber irgendjemandem muss es ja auch einmal gelingen.«

Gero nickte langsam. »Das klingt glaubhaft, ja. Dann fehlt uns nur noch etwas, um alle anderen aus der Küche zu entfernen und Tassilo gleichzeitig dort allein zu lassen.«

Von Tassilo kam ein erstickter Laut, und er sah zwischen Wulf und Gero hin und her, als wäre er mittlerweile überzeugt, es mit wohlmeinenden Wahnsinnigen zu tun zu haben. Das entsprach auch in etwa der Wahrheit, aber von solchen Überlegungen durfte man sich nicht aufhalten lassen.

»Ich weiß etwas«, erklärte Wulf, auch wenn er es längst noch nicht sicher wusste, sondern erst allmählich zu einem Plan formte, »sofern ich deine Erlaubnis habe, alles Notwendige zu tun, um dem lästigen Geisterspuk ein Ende zu setzen. Unter dem Vorwand lässt sich viel in die Wege leiten.«

Gero nickte ohne Zögern und wies Tassilo an: »Du tust von nun an, was er sagt, selbst wenn es abwegig klingt. Er weiß, wie man nötigenfalls alles und jeden überlistet.«

Abermals ging Tassilos Blick zwischen ihnen hin und her. »Bist du … ich meine, *seid Ihr* so etwas wie sein Spion in der Küche?«, fragte er dann neugierig an Wulf gewandt.

»Wie sich das verhält, ist zu schwierig, als dass wir es dir in drei Sätzen erläutern könnten«, ließ ihn der Hauptmann wissen. »Nun sei still und lass uns machen.«

Das schien Tassilo wohl angeraten, denn er kam stumm mit hinaus ins Freie, obwohl in seinen Augen neben einem Funken Hoffnung auch die Angst stand, sich hier auf etwas sehr Törichtes einzulassen, für das er noch teuer bezahlen würde.

Wulf dagegen war in jener gefährlichen Stimmung, die ihn schon gut durch manche Kämpfe getragen hatte und in die man

geriet, wenn es kein Zurück mehr gab und man nichts mehr davon hatte, sich Sorgen zu machen. Arbuin war nicht in Sicht, als sie hinauskamen; nur der Hasengeist sprang kurz heran und beäugte sie missbilligend, bevor er durch die nächste Wand verschwand.

Wie viel der Krieger vor der Tür gehört hatte, ließ sich nicht einschätzen, aber auf Geros Wink lief der Mann los, um Verstärkung zu holen, und begleitete sie dann mitsamt den Hinzugestoßenen zum Küchenhaus.

Ihr gemeinsames Erscheinen dort brachte die alltägliche Betriebsamkeit zum Erliegen. Sogar Ludolf hielt im Linsenabmessen inne und stützte beide Hände auf die Tischplatte, um die seltsame kleine Versammlung anzustarren, der er wohl anmerkte, dass hier nicht einfach einige Wachen ihre Gefangenen zurück an ihren Bestimmungsort schafften.

Gero überließ mit einer Handbewegung Wulf das Reden, und spätestens jetzt erkannte wohl auch der Letzte, dass etwas Besonderes im Gange war.

Wulf wandte sich an Ludolf und freute sich heimlich darauf, gleich sein Gesicht zu sehen. »Ich brauche auf der Stelle sämtlichen vorhandenen Branntwein.«

Ludolf beugte sich noch weiter über den Tisch, sagte aber kein Wort, sei es nun, dass ihm das Ansinnen selbst die Sprache verschlug oder dass er nicht fassen konnte, dass der Hauptmann diese bodenlose Unverschämtheit nicht zu ahnden gedachte.

Kurz herrschte Stille, in der man nur die Feuerkobolde umherhuschen hörte.

»Gib ihm, was er verlangt, Ludolf«, befahl Gero dann. »Ich habe ihn gebeten, uns das Gespenst vom Hals zu schaffen, das vielen von uns seit Wochen zusetzt. Er versteht sich auf solche Dinge und weiß, wie man einen Geist loswird.«

»Mit Branntwein?« Ludolfs Zweifel waren nur zu berechtigt, aber Wulf ließ sich nicht davon anfechten.

»Unter anderem«, erklärte er. »Es ist der Geist Arbuins, nach dem der Berg hier benannt ist, das habe ich inzwischen in Erfahrung

gebracht – und auch, dass er zornig ist, weil sein Andenken nicht genügend gewürdigt wird. Zur Entschädigung verlangt er ein großes Brandopfer. Erst wollte er ja einen ganzen Ochsen und die Anwesenheit aller, die in Mons Arbuini leben, aber ich habe ihn auf die Küchenleute nebst einigen Wachen heruntergehandelt – und auf die Rüben, die ohnehin gerade da draußen liegen. Ohne den Branntwein gelingt es mir wohl nicht, sie anzuzünden, und wenn doch, kann ein zusätzliches Trankopfer ja nicht schaden.«

Diesmal war das Schweigen noch tiefer als beim ersten Mal und hielt länger an. Dann murmelte ein irgendwelcher Unterschlagungen überführter Schreiber aus Salvinae, das sei übles heidnisches Zeug und für so etwas gebe er sich nicht her, bis sein Nebenmann ihm auf den Fuß trat und ihm flüsternd klarmachte, dass ein großes Rübenopfer – ob heidnisch oder nicht – immerhin eine Unterbrechung der immer gleich langweiligen Arbeit sei.

»Ich stelle niemanden davon frei«, verkündete Gero ungerührt. »Dieses Gespenst ist zu gefährlich, als dass ich frömmelnde Bedenken gelten lassen könnte.«

Ludolf brachte noch immer kein Wort hervor, und die Art, wie er Wulf anstarrte, machte diesen sehr froh, dass Gero neben ihm stand und genügend Wachen im Raum waren, um nötigenfalls eine Bluttat zu verhindern. Das stumme Ringen mit dem Koch war kaum einfacher als das vorhin mit dem Geist, aber am Ende wandte Ludolf sich ab und ging, um den Branntwein zu holen.

Ob das Getränk ausreichen würde, einen ganzen Rübenberg erfolgreich in Brand zu setzen, wusste Wulf nicht, und auch nicht, wie gut Rüben überhaupt brannten. Während die Küchenarbeiter gelenkt von den Wachen nach und nach auf den Hof strömten, nahm er sich deshalb die Zeit, den Kobolden beim Herd zu erzählen, dass die Rüben draußen gleich ein schönes Feuer ergeben müssten und ihre Hilfe dabei unverzichtbar sei. Als die erste der winzigen rothaarigen Gestalten hinaushuschte und kurz darauf weitere folgten, glaubte er endlich selbst voll und ganz daran, dass sein Plan aufgehen würde.

»Du bleibst, Tassilo«, sagte er dann an den Jungen gewandt, der als Letzter in der Reihe der Gefangenen schon fast an der Tür war. »Einer muss hier drinnen das Feuer hüten.«

»Das tue ich lieber selbst«, sagte Ludolf, der inzwischen beladen mit seinen Schätzen herangekommen war und vermutlich ernsthafte Mordgedanken hegte.

»Das geht nicht«, bestimmte Wulf, als hätte er jedes Recht, über Ludolfs Tun und Lassen zu entscheiden. »Ihr seid kein Geisterseher. Wenn Arbuin unzufrieden mit uns ist und hier drinnen Unheil anrichtet, könnt Ihr es nicht erkennen, Tassilo aber sehr wohl. Was meint Ihr denn, was ihn so zum Weinen gebracht hat? Er wollte es lange nicht zugeben, aber am Ende hat er es doch eingestanden, und ich brauche nun einmal die Hilfe eines zweiten Geistersehers. Sonst weiß ich keinen hier. Ihr etwa?«

Ludolf öffnete den Mund, schloss ihn wieder und sah noch einmal zu Gero hinüber, der ihm nur ohne sichtbare Regung bedeutete, zum Rübenhaufen hinauszugehen. Ludolf tat es, wenn auch sehr langsam und unter misstrauischen Blicken zurück.

Tassilo hatte unterdessen schon gehorsam am Feuer Aufstellung genommen. Wulf folgte ihm zum Herd, um einen Kienspan dort anzustecken. »Keine Angst«, sagte er zu Tassilo und klopfte ihm auf die Schulter. »Es wird schon alles gut gehen.«

Der junge Mann nickte knapp, und alle Dankes- und Abschiedsworte blieben notwendigerweise ungesagt.

Gero wartete an der Tür und hielt sie auf, bis Wulf mit dem umsichtig mit der Hand beschirmten Feuer hindurch war; den Span durch eine Unachtsamkeit verlöschen zu lassen und noch einmal umkehren zu müssen, wäre sehr schlecht gewesen. Doch vorerst ging alles gut, und der Hauptmann zog die Osttür fest hinter ihnen zu.

Wenn Tassilo es geschickt anstellte, würde er die westliche Tür einen Spaltbreit offen stehen lassen, um das Falkenkleid noch im Schutze der Küche anlegen zu können und in Vogelgestalt hinauszuschlüpfen. Vielleicht hätte man ihm das noch vorhin in Geros Schreibzimmer raten sollen, wie so viel anderes, das einem Jungen hätte nützlich sein können, der bald seine Freiheit, aber sonst nicht viel haben würde. Sie hatten ihn nicht gefragt, ob es Leute dort draußen in der Welt gab, an die er sich wenden konnte, und ihn nicht einmal gedrängt, sich noch als Falke über die Grenze in den Norden zu retten. Aber Tassilo war nicht dumm; einer, der schnell genug dachte, um sich für einen Toten auszugeben, wenn es zu seinem Vorteil war, würde sich schon zurechtfinden, bis bessere Zeiten kamen. Wenn Wulf also eines von all dem Ungesagten wirklich bedauerte, dann, Tassilo nicht eigensüchtig gebeten zu haben, Wulfila Grüße auszurichten und ihn zur Vorsicht zu mahnen, falls der unwahrscheinliche Fall eintrat, dass die beiden sich irgendwann einmal begegneten, ob in Austrasien oder draußen im Heidenland, wo keine Verfolgung durch den König drohte.

Doch das war, wie es war, und man durfte nicht über Versäumtes nachdenken, wenn man all seine Aufmerksamkeit der wichtigen Aufgabe widmen musste, einen Rübenberg möglichst umfassend mit Branntwein zu begießen und dann in Brand zu stecken.

Wulf war sich bis zum letzten Augenblick nicht ganz sicher, ob es glücken oder ihm nur viel Hohn und Gelächter eintragen würde. Aber die Feuerkobolde waren verlässlich; sie huschten wie kleine rote Flammen um die Rüben, und was Wulfs eigene Anstrengungen nicht bewirkten, erledigten sie.

Dann brannte das angebliche Opferfeuer für Arbuin, und er hätte Wulf eigentlich den Gefallen tun können, sich zu zeigen und laut zu erklären, mit dieser Gabe zufrieden zu sein. Doch Gespenster waren nicht allzu berechenbar, was so etwas betraf, wenn Arbuin nicht ohnehin damit beschäftigt war, seinem Nachfahren in das Falkenkleid zu helfen oder ihm erst einmal das Versteck zu zeigen. In der Küche schien alles ruhig zu sein, vielleicht zu ruhig. Der von Westen herüberstreichende Wind erschwerte es, sich so aufzustellen, dass man Gebäude und Rübenfeuer zugleich im Auge behalten konnte, wenn man nicht Unmengen von Rauch und Gestank abbekommen wollte, aber zunächst gab es dort auch nichts zu sehen.

Gero war nicht minder aufgeregt als Wulf; seine eine Hand

strich seinen Umhang etwas zu gründlich glatt, nachdem eine Böe den Stoff kurz hochgewirbelt hatte.

Ludolf neben ihm besah sich nur dumpf, wie sein Vorrat an tröstlichem Branntwein ein Raub der Flammen wurde, und wäre der Koch ein freundlicherer Mensch gewesen, hätte man Mitleid mit ihm haben können.

Wulf hatte keines, während er abermals unauffällig zum Küchenhaus hinüberschaute und sehr hoffte, dass niemand die Geduld verlieren und sich vorzeitig von der großen Rübenverbrennung abwenden würde. Einige Häftlinge lachten schon jetzt und wurden von einer der Wachen halbherzig zur Ordnung gerufen.

Wie genau auf einmal ein Wanderfalke aufs Küchenhaus gekommen war, hatte wohl keiner beobachtet, da das seltsame Feuer die Aufmerksamkeit der meisten bannte, und vielleicht wäre er gänzlich unbemerkt geblieben, hätte er sich nicht unbeholfen ein Stück vorwärts gewagt und dabei fast den Halt auf dem steilen Dach verloren. Ein wildes Flügelschlagen brachte ihm das Gleichgewicht zurück, aber zu mehr reichte es vorerst nicht. Die Art, wie er dort saß, hatte etwas Verunsichertes, als wüsste er nicht recht weiter.

Einer der Krieger war abergläubisch genug, halblaut zu bemerken, es sei ein sehr gutes Zeichen, wenn einer der Falken herunterkäme, um der Geisterbesänftigung beizuwohnen. Der Schreiber aus Salvinae schlug daraufhin fromm ein Kreuz und verbiss sich weitere Bemerkungen über heidnische Bräuche wohl nur, um sich keine Prügel einzuhandeln.

Doch die Wache täuschte sich. Wulf war sich sicher, dass keiner der gewöhnlichen Falken auf dem Küchenhaus gelandet war, sondern dass sich dort ein unglücklicher Junge befand, den nach einem ersten kurzen Flug aufs Dach hinauf der Mut oder die Kraft verlassen hatte. Wenn Arbuin ihm heute überhaupt erschienen war, hatte er ihn nun allein gelassen und griff ihm nicht unter die Flügel, und ein nächstes Flattern half auch nicht viel, sondern ließ den Vogel, der kein Vogel war, nur etwas tiefer rutschen.

Wo er war, konnte er nicht bleiben, und wenn sich nicht bald

etwas tat, war wohl alles verloren. Denn selbst wenn Gero Wulf heute einiges durchgehen ließ, konnte er ihm nicht gestatten, auf ein Dach zu steigen und einen verstören Falken einzusammeln, wenn er nicht in Erklärungsnöte geraten wollte.

Das Wissen darum war auch Gero anzusehen, und wahrscheinlich hofften sie beide im Stillen, dass Tassilo, falls er wirklich nicht davonfliegen konnte, wenigstens klug genug sein würde, sich über den Dachfirst zurück auf die Westseite des Gebäudes zu retten, um das Falkengewand abzulegen und wieder in der Küche zu sein, bevor sein Verschwinden auffiel.

Vorerst bot dagegen noch seine Anwesenheit Anlass zu Neugier und wilden Vermutungen. Der Krieger von vorhin fühlte sich bemüßigt, allen zu erzählen, seine Großmutter sei erst spät Christin geworden und zu einem ihrer Opfer an die alten Götter sei ein gewaltiger Seeadler erschienen; das darauffolgende Jahr sei ein gutes für sie gewesen.

»Heißt das dann, dass das Opfer angenommen ist und wir allmählich wieder gehen können?«, wollte einer seiner Kameraden wissen.

Gero unterließ es, sich angesprochen zu fühlen, aber seine Miene wurde noch etwas ernster, und Wulf ahnte, dass sie nicht mehr lange untätig ausharren konnten, wenn die Lage ihnen nicht gründlich entgleiten sollte. Er holte tief Luft und war nahe daran, in aller Feierlichkeit zu verkünden, der Geist habe bemerkt, dass schon einige Körbe Rüben in den Keller geschafft worden seien, und fordere nun auch noch die.

Doch bevor er den Fehler begehen konnte, es auf den unvermeidlichen zusätzlichen Streit mit Ludolf ankommen zu lassen, änderte sich oben auf dem Küchendach etwas.

Tassilo war nicht mehr allein.

Wie aus dem Nichts war neben ihm einer der Falkengeister erschienen, die sich sonst zumeist in Gesellschaft ihrer lebenden Verwandten aufhielten. Für menschliche Beobachter ohne besondere Begabung blieb das Gespenst unsichtbar, doch in Vogelgestalt

hatte man wohl schärfere Sinne, denn Tassilo zuckte erst zurück, um dann doch zu lauschen, als der nebelzarte Besucher ihm auf Falkenart etwas mitteilte.

Vielleicht waren es nur sachdienliche Hinweise, vielleicht gar so etwas wie ein kleiner Zauber, denn als der Falke, der Tassilo sein musste, noch einmal die Flügel spreizte, gelang es ihm, sich in die Luft zu schwingen und den Weg hoch hinauf zu finden, über den Rand der Steilwand hinweg und damit fort aus Wulfs Blickfeld, aus den Steinbrüchen und aus Mons Arbuini in die Welt hinaus. Dort draußen mussten jetzt die ersten Buschwindröschen blühen, und einen Herzschlag lang sehnte Wulf sich danach, sie zu sehen.

Der Falkengeist flog mit wie ein Schatten der kräftiger umrissenen Gestalt, und er allein war es, der nach einer Weile zurückkehrte und noch einen gemächlichen Kreis über den Hof zog, bevor er seinen Lieblingsplatz wieder aufsuchte und in seinem zarten Grau selbst für Wulf nur noch schemenhaft vor dem Fels zu erkennen war.

Unten war die Unruhe der Leute gewachsen, seit es für sie keinen Falken mehr zu beobachten gab; ein qualmender Rübenhaufen bot eben nur für sehr kurze Frist ausreichende Unterhaltung.

Wulf wandte sich an Gero und deutete höflich eine Verbeugung an. »Ich glaube, der Geist ist nun zufrieden, Hauptmann.«

»Das wollen wir hoffen«, sagte Gero, wie man so etwas nun einmal sagte, und hoffte es wohl doch wirklich. »Dann können die anderen also wieder an die Arbeit gehen? Bleib du noch hier und bewach das Feuer, damit es beim Niederbrennen keinen Schaden anrichtet.«

Mit diesem kleinen Geschenk wandte er sich ab und ging zu einem seiner Krieger hinüber, um seine Befehle zu erteilen.

Wulf bewunderte die züngelnden Flammen, sah einen Feuerkobold davonhuschen und konnte sich einige Atemzüge lang dem schönen Trugschluss hingeben, dass alles gerade so gut war, wie es angesichts der nicht eben wünschenswerten Umstände sein konnte.

»Das wirst du noch sehr bereuen«, riss Ludolfs Stimme ihn ein zweites Mal an diesem Tag aus seiner Betrachtung des Rübenbergs.

»Wollt Ihr nicht erst abwarten, ob das Gespenst nun besänftigt ist, bevor Ihr Euch beklagt?«, fragte Wulf mild.

»Mach nur so weiter«, gab Ludolf zurück. »Ich weiß zwar nicht, wie du dem Hauptmann eingeredet hast, dass dieser Unfug hier notwendig ist, aber *warum* du es getan hast, ist mir mehr als klar, und dafür wirst du büßen.«

Wulf wollte ihm gern glauben, dass sich ein unersprießlicher Ersatz für die Rüben finden würde, doch er kam nicht dazu, sich allzu viele Möglichkeiten auszumalen, da sich im selben Augenblick federleicht eine Geisterhand auf seine Schulter legte.

»Sorg dich nicht«, bat Arbuin, und nun war er kein bedrohlicher Spuk mehr, sondern ein lachender Abglanz des glücklichen Burgherrn, der er im Leben bisweilen gewesen sein mochte. »Ich werde ihn in Frieden lassen, damit du nicht schlecht dastehst, aber wenn er seine Drohung wahrmacht, schicke ich ihm jede Nacht den Centurio. Der ist schon zu meinen Zeiten hier umgegangen, und er ist viel schlimmer als ich, sei versichert. Und danke für die Rüben.«

Damit versank er sehr hübsch im Boden, ohne zu verraten, ob Tassilos Flucht den erwünschten Verlauf nahm, aber seine vorzügliche Laune war eigentlich Bestätigung genug.

»Hörst du, was ich sage?«, beharrte Ludolf, und Wulf musste sich eingestehen, die Frage nicht mit letzter Gewissheit beantworten zu können.

»War es etwas Wichtiges?«, erkundigte er sich und rechnete beinahe mit einer Ohrfeige, aber die wäre als Preis dafür, Ludolf den Centurio auf den Hals zu hetzen, durchaus zu verschmerzen gewesen.

»Du wirst dafür büßen, habe ich gesagt«, wiederholte der Koch, »und wenn du glaubst, dass deine Dreistigkeit mich beeindruckt ...«

Weiter kam er nicht, und das aus einem Grund, der weit unerwarteter und wundersamer war als alle Geister und Falkenkleider dieser Welt zusammengenommen.

»Es reicht jetzt, Ludolf«, sagte Gero, der unbemerkt wieder herangekommen war. »Du solltest Wulf dankbar sein, statt ihm Vorwürfe zu machen.«

»Dankbar für *das hier*?« Ludolf deutete auf die immer noch brennenden Rüben.

»Vielleicht auch dafür; das wird sich erweisen«, erwiderte Gero. »Vor allem aber dankbar dafür, dass er sich zu gut war, mir manches über dich zu berichten, das mir eben erst von anderer Seite zu Ohren gekommen ist – etwa, welche Bewandtnis es heute Morgen mit diesen Rüben hatte oder dass neulich sogar Blut geflossen ist. Wenn er künftig noch einmal solchen Anlass zur Klage über dich haben sollte, sorge ich dafür, dass man dich auf die Straße setzt, und übertrage ihm die Aufsicht über die Küche. Weiß Gott, um die stünde es dann womöglich besser!«

Es hätte eine Genugtuung sein sollen, Ludolf blass werden zu sehen, doch Wulf war zu fassungslos, um auch nur darüber lächeln zu können.

»Ihr würdet dem da trauen?«, brachte der Koch endlich hervor.

»Ich traue ihm jetzt schon«, beschied ihn Gero schlicht, »und zwar, seit wir gemeinsam gegen die Barsakhanen gekämpft haben.«

Wulf wusste nicht, ob er noch nähere Einzelheiten angefügt hätte, doch aus dem Küchenhaus, in das die Leute zurückgeströmt waren, ertönte der Ruf, dass Tassilo unauffindbar sei, und verschaffte Gero die Gelegenheit, das Gespräch zu beenden, bevor es ihm unangenehm werden konnte. Er eilte davon.

Ludolf dagegen stand wie vom Donner gerührt da und sagte sehr lange nichts. Als er es doch tat, klang es recht jämmerlich. »Dann ... Frieden?« Er streckte die Hand aus. »Das habe ich nicht gewusst, auf mein Wort.«

Dazu hätte es einiges zu sagen gegeben, aber einfach einzuschlagen und sich damit abzufinden, dass die Lage sich auf sehr seltsame Art zum Besseren gewandelt hatte, war klüger, als nun stolz darauf zu bestehen, dass manche Dinge nicht so einfach wiedergutzumachen seien.

Der Lärm aus der Küche wurde lauter, und der Krieger, der Wulf am Morgen zu Gero geführt hatte, rannte zum Tor, um den Männern dort irgendetwas mitzuteilen.

»Weit kann er ja nicht gekommen sein«, bemerkte Ludolf erkennbar in dem Bemühen, eine freundliche Unterhaltung anzuknüpfen und die letzten Wochen vergessen zu machen. Verspätet fiel ihm auch ein, dass es sich wohl gehörte, Wulfs Hand wieder loszulassen.

»Oh, ich denke, er ist vernünftig genug, um zu wissen, dass es sich nicht lohnt, davonzulaufen.« Wulf meinte, den Falkengeist hoch in der Felswand rufen zu hören.

Darauf fiel Ludolf keine Erwiderung ein, und so dauerte es einige Zeit, bis er leise bat: »Sagt mir nur eines ... Das hier ...« Er nickte zu den Überresten des Rübenbergs hinüber. »War das nur Rache für alles, oder war es wirklich notwendig, um das Gespenst loszuwerden?«

»Unabdingbar notwendig«, antwortete Wulf und log nicht einmal.

Eine gelbe Rose

$\mathcal{D}$AS VERZEIHE ich dir nie, Ardeija«, verkündete Wulfila.

Er meinte damit nicht unbedingt, dass Ardeijas kleiner Drache Gjuki derzeit eifrig damit beschäftigt war, die Haselnüsse aufzufressen, die Wulfila sich zur Beruhigung bereitgelegt hatte und eigentlich gleich selbst hatte verzehren wollen.

Ardeijas Auflachen war mehr als selbstbewusst und wie immer gefährlich ansteckend.

Ihre Freundschaft hatte so manches überlebt, seit sie sich als Jungen kennengelernt hatten, erbitterte Übungskämpfe, ernsthafte Auseinandersetzungen und sogar die Tatsache, dass sie vor einigen Jahren in einem blutigen Bürgerkrieg auf unterschiedlichen Seiten gestanden hatten.

Noch wundersamer war vielleicht, dass ihre fast brüderliche Nähe sich danach unbeschadet wiedereingestellt hatte, obwohl Ardeija mittlerweile die Wachen einer Richterin befehligte, während die Beschäftigungen, denen Wulfila seither nachgegangen war, eine ganze Weile weniger löblich gewesen waren. Zu seinen Heldentaten zählte, dass er es fertiggebracht hatte, sich für einen Hühnerdiebstahl brandmarken zu lassen, und zwar ausgerechnet von der besagten Richterin, einer Frau mit kastanienbraunem Haar, einem gelegentlich recht boshaften Sinn für Humor und einem abscheulichen Geschmack, was Männer anging.

Hätte sie in der Hinsicht etwas mehr Verstand besessen, hätten ihre scharfen dunklen Augen nie und nimmer Ardeija übersehen, den sie nun schon seit Jahren vor der Nase hatte. Er war schließlich ein guter, großherziger Mensch und nicht dumm, auch wenn er Letzteres manchmal vergaß, wenn es galt, irgendein wildes Vorhaben zu verfolgen. Ganz abgesehen von seinen inneren Vorzügen bot er auch nicht unbedingt einen hässlichen Anblick, heute weniger denn je, da er festlich in meergrüne Seide gekleidet war.

»Du verzeihst mir schon«, behauptete er nun kühn und veränderte den Winkel des Spiegels, den er Wulfila hinhielt. »Früher oder später wirst du mir danken.«

Angesichts seines Spiegelbilds wagte Wulfila das zu bezweifeln. Vielleicht hätte er vorausahnen sollen, was ihn erwartete. Als sie noch jung und töricht gewesen waren, hatten sie sich gelegentlich gegenseitig die Haare geflochten, um, wenn auch mit wechselndem Erfolg, die neueste höfische Mode nachzuahmen. Aber was Ardeija heute in der Küchenecke geleistet hatte, in die er Wulfila vor knapp einer Stunde geschleift hatte, um ihn auf einen Hocker zu setzen und ein sehr gründliches Verschönerungswerk zu beginnen, ging über jene Spielereien aus einem anderen Leben hinaus.

Der kunstvolle Zopf, den Wulfila auf der rechten Schulter sacht durch den noch zu steifen und neuen Stoff seiner blauen Tunika spürte, war mit glatten Silberschnüren durchflochten und sorgfältig so zurechtgezogen, dass er selbst einem alles andere als lieblichen Gesicht schmeichelte und dessen zu schmale und spitze Züge unvertraut weich wirken ließ.

Vor allem aber trug Wulfila nun einen üppigen Kranz aus Efeu und Immergrün, der ihn an den übermütigen Bacchus auf einem der alten Sarkophage draußen in der Römernekropole vor dem Südtor erinnerte. Ein einäugiger Witwer, der bei der Belagerung von Salvinae und in der Schlacht von Bocernae gekämpft hatte und noch dazu ein gebrandmarkter Dieb war, hatte gewiss kein Recht, sich so zu schmücken und dabei seltsam jung und hoffnungsvoll zu wirken.

»Ich sehe nicht aus wie ich selbst«, gab Wulfila also zu bedenken, weil Ardeija viel zu zufrieden mit seinem Werk zu sein schien.

»Das sollte ein Bräutigam auch nicht«, beschied ihn Ardeija, legte den Spiegel beiseite und griff nach dem Parfümfläschchen, das neben den spärlichen Überresten der Haselnüsse wartete. Er musste erst Gjukis Schwanz vom Flaschenhals lösen, aber das kostete ihn nur eine geübte Handbewegung. »Und nun halt brav still.«

Wulfila wusste, dass selbst eine rasche Flucht ihn nicht mehr gerettet hätte, und so ertrug er es geduldig, in viel zu viel Blumenduft gehüllt zu werden.

»Und die hier? Ist das wirklich nötig?«, fragte er, als das Schlimmste überstanden war, und berührte die einzelne gelbe Rose,

die Ardeija in die Mitte des Kranzes gesteckt hatte wie einen Edelstein, der in einer Krone die Stirn eines Königs zierte.

Ardeija beugte sich zu ihm. »Gelbe Rosen mag sie besonders, merk dir das«, flüsterte er mit verschwörerischer Miene, als gäbe er damit ein großes Geheimnis preis. Dabei lächelte er so sehr, dass man ihm anmerkte, wie stolz er darauf war, spät im Jahr, kurz vor Anbruch des Winters, noch eine unvergleichlich prächtige Blüte an einem der Rosenstöcke seiner Mutter gefunden zu haben. »Und ein Bräutigam muss nun einmal Blumen im Haar haben, das gehört sich.«

»Bei seiner ersten Hochzeit vielleicht«, wandte Wulfila ein. Ihm war nur zu gut bewusst, dass er kein unschuldiger Junge mehr war, der sich einreden konnte, dass tiefe Liebe allein schon genug sein würde, alle Schwierigkeiten aus dem Weg zu räumen, die eine Ehe mit sich brachte, von der bis auf einige freundliche Seelen die gesamte Menschheit annahm, dass die Braut einen schweren Fehler beging.

»Dann ist ja alles, wie es sein sollte«, sagte Ardeija im Tonfall schönster Vernunft. »Es ist schließlich das erste Mal, dass du Frau Herrad heiratest. Und nun komm, deine Braut hat lange genug warten müssen.«

»Ich möchte gar nicht wissen, was sie sagt, wenn sie mich so zu Gesicht bekommt«, murmelte Wulfila und hoffte insgeheim doch, dass es kein Scherz, sondern etwas Lobendes sein würde.

Ardeija würdigte ihn keiner Antwort, und so blieb ihm nichts übrig, als gehorsam aufzustehen und sich seiner Richterin zu stellen.

IMMERGRÜN

OM DACH DER Kirche Sancta Maria in Templo flog ein Dohlenschwarm auf, schwarze Flecken vor den mattweißen Wolken des Winterhimmels. Unten auf der Tempelstraße beherrschten andere Farben das Bild, das Braun und Grau einfacher Mäntel, das leuchtende Blau, Rot und Grün teurerer Stoffe, das satte Gelb des Schmalzgebäcks, das ein Alter am Fuße der Kirchenstufen zubereitete, und dazwischen die bunten Tupfen der Waren an den Marktständen, die jetzt, gegen Ende der Adventszeit, die Hauswände und Gartenmauern säumten.

Die Kälte des frostigen Morgens kroch Richenza unter den Umhang und selbst in die dick gefütterten Lederstiefel. Der Heiligabend war schneefrei, aber zugleich eisig und mit seinem bedeckten Himmel alles andere als einladend. Wenn die mannigfaltigen Anblicke, die sich in der Umgebung des zur Kirche umgewidmeten Tempels boten, der Duft nach Leckereien aller Art und der Gesang eines ärmlich gekleideten Spielmanns sie nicht für das trübe Wetter entschädigt hätten, wäre es ihr vielleicht in den Sinn gekommen, ihren Ausflug ins Freie zu bereuen, zumal sie die anstehenden Einkäufe nur ungern tätigen wollte.

Doch sie konnte wohl nicht zum Abendessen bei ihrem Bruder erscheinen, ohne seine drei Kinder mit angemessenen Weihnachtsgeschenken zu bedenken, und so musste sie frieren. Ein vernünftiger, planvoll handelnder Mensch hätte nicht erst ein paar Stunden vor dem Besuch in Richolfs Haus etwas besorgt, und sie wusste seit Wochen davon, dass ihr dieses Festmahl drohte.

Dennoch hatte sie den Gabenkauf immer wieder aufgeschoben, vor allem, weil es kein großes Vergnügen machte, sich für die ungeratene Brut etwas auszudenken, deren Tante sie leider Gottes war. Beim letzten traulichen Beisammensein am Martinstag hatte sie von ihrem Neffen einen Tritt abbekommen – dafür müsse sie Verständnis haben, der Junge sei doch noch keine fünf Jahre alt und habe es nicht böse gemeint, auch wenn er sich standhaft weigere, sich zu entschuldigen. Seine beiden älteren Schwestern hatten sich unterdessen lautstark um das letzte Stück Kräuterbrot gezankt, ohne dass ihre Eltern sich zu einem Machtwort oder auch nur zu einem Schlichtungsversuch berufen gefühlt hätten. Der teure Honigkuchen, den Richenza mitgebracht hatte, war von den Dreien im Laufe des Abends überwiegend an den Hund der Familie verfüttert worden – nicht süß genug, so hatten sie gesagt.

Ob es viel Sinn hatte, ihnen einige der getrockneten Pflaumen zu kaufen, die eine Bäuerin stimmgewaltig anpries, wagte Richenza daher zu bezweifeln, obwohl sie, zu kleinen Schnüren und Kränzchen aufgereiht, überaus verlockend aussahen. Die Klappern und Rasseln, die ein fahrender Händler gleich nebenan im Angebot hatte, verboten sich aus anderen Gründen. Die Schonung ihres Gehörs und ihrer Seelenruhe war Richenza derzeit wichtiger denn je. Sie hatte genug andere Sorgen, die ihre Gelassenheit aufzehrten und nicht viel Geduld mit lärmenden kleinen Verwandten übrig ließen.

Die Arbeit häufte sich seit dem Herbst, was eigentlich erfreulich war – aber eben auch nur eigentlich, denn wenn einem mitten in einem umfangreichen Auftrag der beste Lehrling abhandenkam, halfen auch der größte Fleiß und langjährige Malerinnenerfahrung nur bedingt.

Das Elend dauerte nun schon fast zwei Wochen an. Der wirrköpfige Bußprediger, der damals in der Bischofskirche seine gefährlichen Reden geschwunden hatte, war leider so gut zu dem dummen Jungen durchgedrungen, dass dieser sich noch am selben Abend ins Kloster am Hafentor davongemacht hatte. Richenza hatte erfolglos versucht, seine Herausgabe zu erreichen, indem sie dem Abt versprochen hatte, im Gegenzug zu einem sehr günstigen Preis die farbige Fassung der vier Evangelistenstatuen am Portal seiner Klosterkirche zu erneuern. Das Bedauern war ihm anzusehen gewesen, als er abgelehnt hatte, aber ein goldener Solidus *und* ein eifriger Novize waren ihm dann doch zu teuer gewesen.

Der zweite Lehrling hatte sich von dieser schädlichen Frömmigkeit glücklicherweise nicht anstecken lassen, aber er war jünger und auch weniger begabt als der entschwundene erste und hatte

keine gute Hand für das Rankenwerk, das sie Stück für Stück durchs Speisezimmer eines reichen Kaufmanns in seinem Sommerhaus draußen vor der Stadt wuchern ließen. Ihre Gehilfin, die die Farben rieb, war seit Tagen erkältet und hatte, als sie am frühen Morgen zu ihrer Familie aufs Land aufgebrochen war, derart jämmerlich gehustet, dass Richenza sich nicht sicher war, ob sie sie überhaupt zurückerwarten sollte.

Da der verbliebene Lehrling nun ebenfalls über die Feiertage bei seinen Leuten war und die Magd, die im Haushalt das Grobe erledigte, mit einigen zweifelhaften Freunden durch die Wirtshäuser zog, blieb keine Ausrede mehr, den Marktbesuch länger aufzuschieben. Die ungezogenen Gören hatten es allesamt nicht verdient, dass Richenza sich überhaupt bemühte, und Richolf auch nicht, aber jetzt noch abzusagen und allein in ihrem leeren Haus zu sitzen, bis es Zeit wurde, zur Kirche hinüberzugehen, war auch keine erfreuliche Aussicht.

Am Ende entschied sie sich für drei buntglanzende tönerne Pferdchen und dann noch für einige Walnüsse, bei denen die Gefahr, dass sie im Hundemagen enden würden, gering erschien. Froh, ihren Pflichten Genüge getan zu haben, machte sie sich auf den Heimweg, winkte zum Gruß Malegis dem Zauberer zu, der nicht weit entfernt von ihr lebte und gerade zwei prächtige Kohlköpfe nach Hause schleppte, und war dadurch abgelenkt genug, im Gedränge zwischen den Ständen mit jemandem zusammenzustoßen.

Ihre Einkäufe purzelten zu Boden, was ihnen nicht bekommen würde, so sorgfältig sie auch umhüllt sein mochten. Richenza bückte sich danach, murmelte einen Fluch und schickte gleich noch einen zweiten hinterher, als sie im Aufrichten sah, dass der andere Beteiligte an dem kleinen Unfall weder einer ihrer Nachbarn noch einer der allgegenwärtigen Taschendiebe war. Drüben auf der anderen Straßenseite hatte der Spielmann gerade ein neues Lied angestimmt, das, dem Tag angemessen, die strahlenden Engel pries, aber Richenzas Gegenüber war wahrlich keiner, auch wenn ein Mantel in solch einem klaren Meergrün sich in einer Verkündigungsdarstellung oder einem Andachtsbild der Geburt Christi ausnehmend schön gemacht hätte. Den kleinen Drachen auf der rechten Schulter des Mannes hätte man allerdings auslassen müssen, denn Drachen standen an Kirchenwänden bekanntlich nicht für etwas Segensreiches.

Hier dagegen war Gjuki, der ungewohnt träge den Kopf schieflegte, um Richenza nachdenklich zu mustern, noch das Harmloseste. Sein menschliches Reittier hatte ihr einmal so sehr am Herzen gelegen, dass sie eine Heirat in Betracht gezogen hatte, und war dann doch nur hingegangen und hatte sie schnöde betrogen. Seitdem war sie auf Ardeija, den Hauptmann der Wachen des Hochgerichts, nicht mehr gut zu sprechen, schon gar nicht, wenn er sie mit funkelnden dunklen Augen so anlächelte wie jetzt, als wäre er entzückt, sie zu sehen.

»Das ist ja eine Überraschung!«, sagte er im Tonfall freudigen Staunens, um erst danach auf ihr nun schmutzbedecktes Päckchen zu deuten. »Es ist doch nichts Zerbrechliches darin, nicht wahr?«

Richenza erwog, ihm mitzuteilen, dass es allein seine Schuld sei, wenn nun drei Pferde mit gebrochenen Beinen daniederlägen, doch da ihre eigene Unachtsamkeit für den Aufprall mindestens ebenso sehr verantwortlich war, verzichtete sie darauf. »Mach dir keine Gedanken«, sagte sie nur – nicht, dass er übermäßig dazu geneigt hätte! – und wollte sich mit einem knappen Nicken, das als Abschied genügte, zum Gehen wenden.

Ardeijas Hand auf ihrem Umhang, Menschenhaut auf Mattblau, hielt sie auf. »Nein, warte. Es kann kein Zufall sein, dass wir uns jetzt treffen. Gerade heute Morgen habe ich das Glas wiedergefunden, das du mir damals mitgebracht hast, als es mir nach Bocernae so schlecht ging ... Das bunte, das im Kerzenschein leuchtet. Und dann läufst du mir über den Weg. Muss das nicht ein Zeichen sein? Das hier ist übrigens hübsch.«

Endlich löste er die Hand von ihrem Arm, um auf das blau und sandfarben gemusterte Tuch zu deuten, das ihren Hals wärmte. Auf seiner Schulter gähnte Gjuki ausgiebig. Anscheinend berührte das törichte Gerede ihn noch weit weniger als Richenza.

Sie bedachte Ardeija mit einem gleichgültigen Blick. »Wenn du verzweifelt genug bist, um *mir* nach allem, was war, so plump zu schmeicheln, muss es ja wahrlich übel um dich stehen. Fehlt es dir gerade am nötigen Geld, um dir eine Hure zu leisten?«

Beim nächsten Atemzug taten ihr die Worte schon leid, wenn auch nicht um seinetwillen; er hatte es verdient, sie zu hören zu bekommen, aber nicht unbedingt in Anwesenheit seiner Tochter, die gerade neben ihm aufgetaucht war und Richenza nun voll unverhohlener Neugier angaffte.

Richenza musste sich zwingen, es ihr nicht gleichzutun, sondern das zerzauste blonde Haar und den am Kragen liebevoll bestickten Mantel aus dem gleichen Stoff, den Ardeija trug, nur aus dem Augenwinkel zu betrachten. Wann und wie er zu diesem Kind gekommen war, beschäftigte sie mehr, als sie sich eingestehen wollte.

Den Gerüchten nach, die vor ein oder zwei Jahren in der Stadt umgelaufen waren, hatte er entweder aus reiner Herzensgüte eine arme Waise bei sich aufgenommen oder vielmehr nur so getan, um zu verschleiern, dass seine leibliche, aber uneheliche Tochter bei ihm eingezogen war. Falls Letzteres zutraf, war das ein Grund mehr für Richenza, ihn zu verabscheuen und zu verachten, denn Rambert – was für ein Name für ein Mädchen! – musste schon zwölf oder dreizehn Jahre alt sein und war damit längst auf der Welt gewesen, als die Malerin und Ardeija zusammengefunden hatten. Erwähnt worden war sie nie.

Auch heute kam Ardeija anscheinend nicht in den Sinn, seiner ehemaligen Geliebten seine Tochter in aller Form vorzustellen.

»Ich habe nur das Glas gefunden«, erwiderte er weniger empört als ernsthaft, als sei es sehr wichtig, diese Feststellung zu treffen, »ganz unerwartet, und auf so etwas muss man achten. Es mag immer sein, dass die guten Ahnen einem etwas sagen wollen.«

Richenza schüttelte den Kopf. »Jedenfalls bin ich in Eile«, verkündete sie und konnte sich doch nicht aus dem unbehaglichen Gespräch lösen, weil schon der Nächste zu ihrer kleinen Runde hinzustieß, ein einziger roter Umhang inmitten all der kühlen Farben.

Immerhin bewies sein Träger als Erster die Höflichkeit, »Guten Morgen, Richenza« zu sagen. Aber er war ja schon immer ein freundlicher Kerl gewesen, auch wenn er heute eher nach einem grimmigen Kämpfer aussah, da der Bürgerkrieg, der Ardeija ein Hinken beschert hatte, ihn das rechte Auge gekostet hatte. Eng befreundet waren die beiden schon früher gewesen und waren es nun, gemeinsam in Hochgerichtsdiensten, vermutlich mehr denn je. Viel Zeit, darüber nachzusinnen, blieb nicht, denn Wulfila fuhr fast ohne Pause fort: »Deija? Adela ist eben vom Praetorium gekommen. Ein Bote aus Mons Arbuini hat gemeldet, dass Messer-Ortnit aus den Steinbrüchen fort ist und Rache geschworen hat.« Der Fluch, der Ardeija über die Lippen kam, war noch weit derber als der, den die unerwartete Begegnung mit ihm Richenza entlockt hatte, doch Wulfila redete einfach darüber hinweg: »Ganz sicher ist sie sich nicht, aber sie meint, ihn kurz in der Menge erspäht zu haben, bevor sie mich gefunden hat. Ich habe ihr gesagt, dass sie zusehen soll, ob sie ihn wiederentdeckt, und habe das Mädchen des Glasbläsers zum Praetorium geschickt, um Verstärkung zu holen, nur für den Fall.«

Es ging noch schlimmer als zuvor, was die Verwünschungen betraf, und auch in anderer Hinsicht, denn wenn Richenza gehofft hatte, nun erfolgreich flüchten zu können, weil der entlaufene Sträfling doch offenbar eine Gefahr darstellte, mit der Ardeija sich auf der Stelle befassen musste, wurde sie enttäuscht.

Er sah nämlich ausgerechnet sie an, obwohl sie doch zum Verbrecherfangen beim besten Willen nicht taugte, und dann die Straße hinunter dorthin, wo in Sichtweite ihr Haus lag. »Du nimmst Rambert mit zu dir nach Hause, es ist nahe genug«, sagte er, griff auf seine Schulter und streckte ihr den abermals gähnenden Gjuki hin, der es sich sogleich auf der Hülle der Tonpferdchen bequem machte, »und ihn auch. Wenn Ortnit wirklich hier auf dem Markt ist, will ich die beiden in Sicherheit wissen, bevor der Hexentanz beginnt.«

Solch eine Bitte schlug man niemandem ab, noch nicht einmal, wenn man allen Grund hatte, ihm zu zürnen. Richenza nickte also und war mehr als froh, dass Rambert sich als vernünftiges Mädchen erwies, das den Ernst der Lage verstand und mitkam, ohne auf den Gedanken zu verfallen, selbst große Heldentaten vollbringen zu wollen. Bei jungen Leuten, die bald alt genug sein würden, Waffen zu tragen, musste man schließlich immer damit rechnen, dass sie sich beweisen wollten, und einem Kind dieses Vaters hätte Richenza ohne weiteres zugetraut, selbst auf Verbrecherjagd auszuziehen.

Doch Rambert ging nur ruhig neben ihr her und sagte kein Wort, noch nicht einmal, als Richenza ihr auf den Stufen vor der Haustür die Einkäufe in die Hand drückte, um ungestört ihren Schlüssel heraussuchen zu können.

Gjuki fühlte sich wohl davon allzu sehr durchgerüttelt, denn er schnarrte missbilligend, ließ sich zu Boden gleiten und machte Anstalten, auf Wanderschaft zu gehen.

»Sammel ihn ein«, bat Richenza. »Wenn er jetzt davonläuft, finden wir ihn so schnell nicht wieder.«

Sie selbst warf, als sie den Schlüssel ins Schloss schob, einen Blick zum Markt zurück, doch dort war vorerst noch alles friedlich, und Ardeija und Wulfila waren unter den vielen Menschen schon nicht mehr zu sehen.

Gleich darauf fluchte Rambert so lästerlich, dass ihr Vater seine helle Freude daran gehabt hätte. »Das ist Immergrün nicht wahr?«, fragte sie, als sie die Stufen – Gjuki in der einen, das Päckchen in der anderen Hand – wieder heraufgeeilt kam und ihrer unfreiwilligen Gastgeberin ins Haus folgte

Richenza schloss die Tür, ohne den raureifüberzogenen Pflanzen, die seit einer kleinen Ewigkeit rechts und links der Treppe sprossen, mehr als nur flüchtige Aufmerksamkeit zu gönnen. »Ja, da hast du Recht. Warum?«

»Er hat sich darin gewälzt«, erklärte Rambert so düster, dass es Richenza fast zum Lachen reizte.

»Das ist nicht schlimm«, befand sie großzügig. »Viel Schaden kann er in der kurzen Zeit nicht angerichtet haben. Komm!«

Sie schlug den Vorhang zurück, der Windfang und Werkstatt voneinander trennte.

Rambert leistete der Aufforderung Folge, doch sie schüttelte dabei den Kopf. »Immergrün ist nicht gut für Drachen, sehr schädlich sogar ... Das sagt Magister Paulinus, mein Lehrer, und der muss es doch wissen. Es steht in Büchern zu lesen, und man kann es sogar auf Bildern sehen. In der Martinskirche zu Masolacum soll eines sein, auf dem ein Drache tot im Immergrün liegt.«

Richenza, die ihr das Päckchen wieder abgenommen hatte, erstarrte in der Bewegung, und das nicht vor Ehrfurcht angesichts der Tatsache, dass Ardeija, dessen Verhältnis zum geschriebenen Wort gespannt, wenn nicht gar zerrüttet war, seinem Kind anscheinend dennoch guten Unterricht ermöglichte.

Das Wandgemälde in Masolacum hatte sie in ihren Lehrjahren einmal gesehen, und jener Paulinus hatte es richtig in Erinnerung. Aber dort war es einer der großen Drachen aus dem Osten, wie der heilige Georg sie landauf, landab in den Gotteshäusern besiegte, kein kleiner, freundlicher wie Gjuki, und überhaupt wusste man doch, dass die übertragene Bedeutung der Pflanzen nicht immer mit ihrer tatsächlichen Wirkung zusammenfiel.

»Da wird schon nichts geschehen«, behauptete sie mit mehr Zuversicht, als sie empfand, denn Gjuki sah sie aus Ramberts Hand sehr grämlich an. »Gefressen hat er doch nichts davon, nicht wahr?«

Rambert zuckte die Schultern, aber wie Richenza dachte gewiss auch sie daran, wie seltsam es war, dass Gjuki, der gemeinhin Wärme über alles liebte, sich freiwillig ins garstige kalte Immergrün gelegt hatte. »Seid Ihr sicher, dass es rein äußerlich angewandt nichts anrichtet?«

»Da macht es nur ein gutes Gedächtnis, stärkt die Treue und hält Schadenzauber vom Haus fern«, beschied Richenza sie, aber ob das auch für das Erinnerungsvermögen, die Anhänglichkeit und die Nester von Drachen galt, vermochte sie nicht zu beurteilen.

Sie rang mit sich, ob es sich wohl gehört hätte, das Mädchen in den angrenzenden Wohnraum des Hauses hinüberzubitten und nachzusehen, ob sich genug Glut unter der Feuerstülpe gehalten hatte, um es ihnen rasch behaglich zu machen, aber im Grunde

wollte sie niemanden, der mit Ardeija verwandt war, dort einlassen. Die Werkstatt hatte mit den beiden hohen Fenstern, der Tür zum Garten hinter dem Haus und der Treppe zum Dachboden, auf dem ein Großteil von Richenzas Hausgenossen seine Schlafplätze hatte, weit weniger Wärme und Geborgenheit zu bieten. Zum müßigen Verweilen lud sie nicht ein, und das hatte seine Vorteile, wenn man seine Gäste wieder loswerden wollte, sobald die Gefahr vorüber war.

Deshalb legte Richenza die Einkäufe auf dem Arbeitstisch ab, der unter den Fenstern stand. Fast alles, was sich gewöhnlich dort befand, Zeichnungen, Farbproben und dergleichen mehr, hatte sie in Vorbereitung auf die Feiertage weggeräumt, aber neben einem Glas, das für die darin verwahrten Pinsel eigentlich viel zu kostbar war, war noch ein Barsakhanenbogen mit sorgsam aufgerollter Sehne übrig geblieben. Der Kaufmann, dessen Sommerhaus sie verschönerte, hatte ihn am Vorabend mit stolzgeschwellter Brust vorbeigebracht.

»Hier, seht ... Dann könnt Ihr schon über die Feiertage darüber nachdenken! Mir ist eingefallen, dass es doch reizend wäre, wenn ein paar Bögen von dieser Art zwischen den Ranken hängen würden. Vielleicht kann hier und da ein Vogel darauf sitzen, meint Ihr nicht? Schließlich bin ich schon fünf Mal nach Merkand gereist, um dort Handel zu treiben, und den hier habe ich von da mitgebracht, als ich vor zwei Jahren zuletzt dort war ...«

So hatte er eine Weile weitergeplaudert und noch tausend ähnlich sinnreiche Vorschläge gemacht. Richenza hatte dazu ergeben genickt und innerlich die Neigung allzu vieler Auftraggeber verflucht, mitten in der Arbeit noch ohne Not Änderungen zu verlangen, die alle bisherigen Entwürfe über den Haufen warfen. Als der Mann endlich fort gewesen war, hatte sie die kunstvoll gearbeitete Waffe achtlos hierherbefördert und sie bis eben vergessen.

Nun aber beugte Rambert sich neugierig darüber, nachdem sie Gjuki sanft auf der Tischplatte abgesetzt hatte, wo er sich prompt zusammenrollte und den beiden Menschen den Rücken zuwandte. »Seid Ihr Bogenschützin?«, fragte sie und legte den Kopf schief, um die Verzierungen an den Endversteifungen genauer betrachten zu können.

Richenza lachte auf. Zuletzt hatte sie einen gespannten Bogen in der Hand gehalten, als vor siebzehn oder achtzehn Jahren auf einem Mittsommerfest vor der Stadtmauer ein Scheibenschießen veranstaltet worden war, und damals hatte sie jämmerlich gegen Richolf, die Stieftochter ihres Onkels und all ihre Freunde verloren. Nur der Lehrling des Drechslers von gegenüber war noch schlechter als sie gewesen, und der hatte sich gar nicht ernsthaft bemüht.

»Nein, und es wird sich erst noch erweisen müssen, ob es mir glückt, die Sehne einzuhängen. Ein Händler, für den ich ein Zimmer ausmale, hat ihn mir geliehen, damit ich eine Vorlage für die Verzierungen habe, die ihm vorschweben. Aber du kennst dich damit aus, nicht wahr? Schließlich bist du Asris Enkelin.«

Ardeijas Mutter, die vor über vierzig Jahren vom Barsakhanensturm hergeweht worden war, mochte ihr Brot ja heute als Seidenstickerin verdienen, aber den geschwungenen Bogen der Steppenleute wusste sie immer noch zu gebrauchen, vor allem vom Pferderücken aus. Als ihr Sohn vor dem Krieg noch in Diensten des Fürsten von Sala gestanden hatte, war sie dort einmal überredet worden, an einem Reiterspiel teilzunehmen, und hatte einige halb so alte Krieger sehr dumm dastehen lassen. Sie und Ardeija würden schon mit vereinten Kräften dafür gesorgt haben, dass auch Rambert entsprechende Kenntnisse erwarb.

»Die Sehne könnte ich einhaken.« Rambert schien nicht zu prahlen, sondern nur eine Tatsache festzustellen. »Aber andere schießen zielsicherer. Ich glaube nicht, dass ich einen wie Ortnit damit erwischen würde. Ein Schwert wäre besser.«

Richenza unterdrückte ein Lächeln, denn da sprach eindeutig Ardeijas Kind. »Weißt du etwas über den Mann?«, erkundigte sie sich, während sie daran ging, die Verschnürung des Päckchens zu lösen. Die Knoten leisteten erbitterten Widerstand.

Ein Nicken ließ Ramberts helles Haar im fahlen Tageslicht tanzen. »Er ist ein Räuber und hat jemanden umgebracht, draußen

in der Hafenvorstadt. Mein Vater und die anderen haben ihn festgenommen. Das war vor zwei Jahren, auch am Heiligabend. Dann ist Ortnit verurteilt worden und in die Steinbrüche von Mons Arbuini gekommen. Da ist er nun anscheinend nicht mehr.«

»Auch am Heiligabend?«, wiederholte Richenza, und es wurde ihr schwer, Ardeijas Glauben an die Zeichenhaftigkeit solcher Zufälle nicht zumindest ein wenig zu teilen. »Wie eigenartig. Hast du ihn damals eigentlich gesehen?«

Wenn der Mann nicht gleich wieder aufgegriffen wurde, konnte es schließlich nicht schaden, über eine Beschreibung seines Äußeren zu verfügen.

Rambert nickte erneut. »Aber erst, als er dann vor Gericht stand. Er ist groß und blond, doch ansonsten sieht er fast so aus wie Euer Teufel in der Justinuskirche. Er hat den gleichen Blick, wisst Ihr?« Richenzas Erstaunen war ihr wohl anzumerken, denn Rambert setzte erklärend hinzu: »Mein Vater hat mir Eure Bilder da einmal gezeigt. Sie sind sehr schön, auch wenn es dort so dunkel ist, besonders die vielen Akeleien.«

»Nun, wenn sie dir gefallen, soll es mich freuen«, antwortete Richenza und freute sich wirklich, wenn auch weniger über das sicher nur höflich gemeinte Lob als darüber, dass es ihr endlich gelang, den Knoten beizukommen. »Wie mein Teufel also? Ach, verdammt!«

Zwei der Pferdchen hatten den Sturz unbeschadet überstanden, aber dem dritten war das rechte Vorderbein abgebrochen. Das arme tönerne Tier sah sie aus einem aufgemalten dunklen Auge sehr anklagend an.

»Oh je«, sagte Rambert voller Mitgefühl, »das ist schade. Und ausgerechnet das schönste von den dreien!« Sie deutete auf die besonders zierlich ausgeführte Reihe roter Sterne, die sich an der Mähne des kleinen Pferds entlangzog.

Richenza musste ihr Recht geben. Von den drei Spielzeugen hatte ihr dieses auch am besten gefallen, und sie hatte sich schon vorgenommen, es Richolfs mittlerem Kind zu geben, das von den Geschwistern noch das erträglichste war. »Vielleicht lässt es sich ja

kleben«, dachte sie laut nach, »aber als Gastgeschenk taugt es nicht mehr, und auch nicht dazu, noch wild damit zu spielen. Was meinst du, möchtest du es haben? Wenn es künftig bei einer jungen Frau wohnt und nur betrachtet wird, ist das seiner Gesundheit sicher zuträglicher, als von den Kindern meines Bruders grob behandelt zu werden.«

Verspätet fiel ihr ein, dass ein schadhaftes Geschenk vielleicht als Kränkung aufgefasst werden würde, doch sie hatte Glück. Rambert lachte, strich bewundernd über das Pferdchen und lehnte es probeweise auf seinen drei Beinen an das Pinselglas. »Gern, vielen Dank.«

Das Pferd konnte so tatsächlich noch stehen, aber Ramberts Blick blieb an dem stützenden Glas hängen, und auch wenn sie nichts sagte, wusste Richenza, dass sie erkannte, dass es sich um das Gegenstück zu dem Fund handelte, den Ardeija heute Morgen in irgendeiner Truhe oder einem selten genutzten Winkel gemacht haben musste. Er hatte lange krank daniedergelegen, nachdem er in der Schlacht von Bocernae gegen Ende des Bürgerkriegs verwundet worden war, und aus irgendeinem Grunde hatten sie ihn in Sala nicht behalten, vielleicht aus der Unsicherheit heraus, ob er wieder gesund werden würde. So hatte er sich in Asris Haus von seinen Verletzungen erholt, und in der Adventszeit war es ihm noch nicht wieder gut genug gegangen, sich anzusehen, wie schön die bunten Glasfenster der Bischofskirche im Schein vieler Dutzend Kerzen glänzten und leuchteten, aber wiederum nicht mehr so schlecht, dass er diesen Umstand nicht sehr bedauert hätte. Richenza konnte ihm kein Kirchenfenster bringen, aber sie verstand sich darauf, mit dem Licht zu spielen, und wusste, wie man es anstellte, dass auch ein bescheidenes kleines Glas seine Farbenpracht auf Wände und Boden warf. So hatte sie ihm eines ihrer beiden teuren Gläser gebracht und auf die einzige Art gezaubert, die sie beherrschte. Es war ungeachtet allen Leids ein glücklicher Abend für sie beide gewesen, und vielleicht hatte Ardeija sich früher am Tag so genau daran erinnert wie sie jetzt und war auf dumme Gedanken gekommen.

60

Aber das war keine Geschichte, die sie seiner Tochter erzählen würde, nicht nach allem, was später gewesen war, auch wenn es sie rührte, wie Rambert nun das abgebrochene Pferdebein ordentlich neben seinen einstigen Besitzer legte.

Möglicherweise ließ es sich doch verantworten, sie ins andere Zimmer zu bitten, damit sie es sich bequem machen und zufriedener warten konnten.

»Wir sollten ...«, begann Richenza und brach gleich wieder ab, als sie auf Gjuki aufmerksam wurde, der die ganze Zeit über ungewohnt still gewesen war. Es hätte ihr schon als schlechtes Zeichen auffallen müssen, dass er nicht versucht hatte, sich an den Walnüssen zu vergreifen, die zugleich mit den Pferdchen sichtbar geworden waren, doch sie war abgelenkt gewesen und hatte gar nicht daran gedacht, dass er sonst immer hungrig war. Noch beunruhigender war seine Blässe, denn dass Drachenschuppen so milchig und weißlich wirken konnten, hatte sie bisher nicht gewusst und hätte gern auf die Erkenntnis verzichtet. Von seinem gewohnten grünen Glanz und dem rosigen Schimmern von Schnauze und Schwanzspitze war nun nur noch wenig zu bemerken, und als sie ihn besorgt hochhob, zappelte er nicht einmal, sondern wandte nur kraftlos den Kopf.

»Das war das Immergrün, nicht wahr?«, sagte Rambert, und Richenza wünschte, sie hätte aus tiefster Überzeugung widersprechen können.

»Was machst du denn nur, Gjuki?«, fragte sie stattdessen, ohne auf eine Antwort zu hoffen, und erhielt auch keine bis auf einen tieftraurigen Blick aus bernsteingelben Augen. Richenza sah Rambert an. »Hat dein Magister Paulinus auch gesagt, was bei Drachen gegen Immergrün hilft?«

Rambert holte Luft, wie um etwas zu erwidern, doch im selben Augenblick ertönte im Garten hinter dem Haus ein dumpfer Aufprall, der sie beide herumfahren ließ und Gjuki so sehr erschreckte, dass er sich Richenzas Griff doch noch entwand und unter ihren Mantel flüchtete. Die Malerin achtete kaum darauf; sie war zu beschäftigt damit, aus dem Fenster zu spähen.

Über den Zaun zur Rechten hatte sich ein abgerissener Mann geschwungen, dem man mit viel gutem Willen wirklich eine gewisse Ähnlichkeit mit ihrem Teufel zubilligen konnte, nur dass Letzterer fest mit der Kirchenmauer verbunden und darum nicht ganz so zum Fürchten war. Der unwillkommene Besucher warf einen Blick über die Schulter und eilte dann aufs Haus zu, um herumzuwirbeln und die schützende Wand im Rücken zu haben, als seine drei Verfolger von allen Seiten hinzugestürmt kamen und sich so verteilten, dass ihm jeder einfache Fluchtweg versperrt war.

Man musste es Ardeija wohl lassen, dass es ihm geglückt war, Ortnit gekonnt in die Enge zu treiben, obwohl die herbestellten Gerichtskrieger noch nicht eingetroffen waren. Richenza hätte es zwar bevorzugt, wenn er einen anderen Ort gewählt und vor allem ihren Rosmarin geschont hätte, statt schwungvoll darin zu landen, doch sie konnte nachvollziehen, wie es dazu gekommen war.

Ortnit musste unweit der Kirche zwischen die Gebäude geflüchtet sein und den Weg quer durch die Gärten eingeschlagen haben. Ardeija kannte den kleinen Pfad, der links von Richenzas Haus zu ihren Obstbäumen und Kräuterbeeten führte. Er musste darauf gebaut haben, dass jemand, der schnell diesen Umweg nahm, den Räuber würde abfangen können, und hatte Wulfila vorausgesandt, der nicht durch einen lahmen Fuß belastet und anscheinend immer noch ein ganz anständiger Läufer war. Dann war er Ortnit begleitet von Adela nachgesetzt, hatte sie über den Zaun am hinteren Grundstücksende geschickt und selbst an der gleichen Stelle wie unmittelbar zuvor der Verbrecher die Begrenzung von Richenzas unvollkommenem *hortus conclusus* überwunden.

Nun hatten die drei Ortnit – und hatten ihn doch nicht, denn in seinen Händen blitzten mit einem Mal zwei Messer auf. Kampflos würde er sich nicht wieder gefangen nehmen lassen, was bei allem, was man so über die Steinbrüche hörte, verständlich war. Da kein Mensch mit Speer oder Pfeil und Bogen auszog, um seine Weihnachtseinkäufe zu erledigen, und auch die Botin des Hochgerichts nur leichtbewaffnet war, verhieß Ortnits Entschlossenheit Ärger.

Aus der Entfernung war ihm nicht beizukommen, und obwohl das Kräfteverhältnis unausgeglichen war, würde er im Nahkampf so viel Schaden anrichten, wie er konnte.

Das wussten die drei Jäger dort draußen und blieben vorerst auf Abstand, während Richenza hoffte, dass die verriegelte Hintertür und die Bleirutengitter, in denen das unbezahlbare Fensterglas saß, Ortnit von dem Versuch abhalten würden, durchs Haus zu fliehen.

Ardeija redete nun mit ihm, und wenngleich sie seine Worte durch die dicken Scheiben nur unvollkommen verstand, konnte sie sich denken, dass er Ortnit die Aussichtslosigkeit seiner Lage vor Augen führte und ihn aufforderte, gütlich die Waffen zu strecken. Ob er ihn wahrhaftig zu überzeugen hoffte oder nur auf Zeit spielte, war nicht einzuschätzen.

Erfolg hatte er auf keinen Fall, denn Ortnit, gereizt wie ein waidwunder Keiler, ließ Ardeija gar nicht zu Ende kommen, sondern warf unverhofft sein rechtes Messer.

Der Stahl wirbelte durch die Luft, Ersatz dafür sprang rasch in Ortnits Hand – wie viele Messer trug er nur bei sich? –, dann schrak Rambert zusammen, und gleich darauf Richenza selbst, denn auch wenn sie Ardeija viel Böses wünschen mochte, so doch keine Klinge, die ihn traf.

Als er auf den Beinen blieb und die Waffe zu Boden fiel, wollte sie einen unvernünftigen Herzschlag lang glauben, es sei nichts geschehen und vielleicht nur der Griff glücklich abgeprallt. Doch dann begann ein hässlicher dunkler Fleck, sich viel zu rasch im Meergrün des Mantels auszubreiten.

Wulfila und Adela zogen den Kreis um Ortnit wenige Schritte enger, doch er schwenkte seine Waffen und schrie wild irgendetwas, sei es die Mahnung, ja nicht näherzukommen, eine Drohung oder ein Fluch. Dann war sein rechter Arm wieder zum Wurf erhoben, und es war zu erkennen, dass er abermals auf Ardeija zielte, die schon geschwächte Stelle im kleinen Ring seiner Verfolger.

»Der Barsakhanenbogen ... Kannst du die Sehne einspannen?«, fragte Richenza, ohne den Blick vom Fenster abzuwenden.

»Haben wir Pfeile?«, erkundigte sich Rambert, während sie sich, ganz die angehende Kriegerin, schon auf ein Knie niederließ, um die Sehne einzuhaken.

»Die brauchen wir nicht.« Richenza griff nach dem längsten Pinsel in ihrem Glas und riss Rambert den bereitgemachten Bogen fast aus der Hand.

Ortnit schien zu zögern, seine Verfolger ebenso, und das hieß, dass die Zeit reichen mochte, ja gefälligst reichen musste.

In drei Schritten war Richenza in dem schattigen Winkel zwischen Tür und Treppe. Die Waffe lag sehr unvertraut in ihrer Hand, doch darauf, ob sie wirklich etwas damit abschießen konnte, kam es gar nicht an, nur auf den Eindruck, den sie erwecken wollte.

Von ihrem Standort aus war Ortnit durchs Fenster nicht mehr zu sehen, aber wenn er sich nicht bewegt hatte, war er nah genug bei den Stufen, um gleich selbst etwas zu sehen zu bekommen.

»Schnell, mach die Tür auf«, flüsterte sie Rambert zu. »Und dann lauf, falls er sich nicht täuschen lässt.«

Ein rasches Nicken von Rambert, ein zustimmendes Zucken von Gjuki, der viel zu kalt für einen Drachen in ihrem Hemd ruhte.

Richenza hob den Bogen, und die Welt geriet in Bewegung.

Die Tür flog auf, Rambert rannte, und Ortnit, der tatsächlich vor den Stufen stand, fuhr halb herum und prallte zurück.

Vor Hochgefühl hätte Richenza beinahe gelächelt. Hätte sie Ortnit wirklich mit einem Pfeil treffen müssen, wäre es gewiss nicht gut gegangen. Aber mit den Tücken des Lichts und mit dem, was man sah, kannte sie sich aus, wie es vielleicht nur jemand konnte, der wusste, wie man Linienführung und Faltenwurf dem Blickwinkel des Betrachters anpassen musste, um ihn zu narren, und welche Streiche die Beleuchtung in einem Raum dem Auge spielen konnte. Jemand, der draußen im trüben Wintertag stand und ins Halbdunkel unter der Treppe spähte, musste einen mit der Borstenseite an die Sehne gelegten Pinsel dank seines spitz auslaufenden Griffs für ein weit tödlicheres Geschoss halten.

»Ergib dich!«, hörte sie sich selbst kühl befehlen und blieb reg-

los und bedrohlich stehen, wo sie war, das Pinselende unverwandt auf den Oberkörper des Räubers gerichtet.

Vielleicht hätte Ortnit gehorcht, vielleicht auch nicht, aber die zwei, drei Herzschläge, die er zögerte, waren alles, was Ardeija und seine Verbündeten benötigten, um über ihn zu kommen. Das Handgemenge dauerte nicht lange, und als Ortnit eben überwältigt war, drängten endlich die herbefohlenen Krieger in den Garten, die sich verdammt noch einmal hätten beeilen sollen, statt zuzulassen, dass ihr Hauptmann verwundet wurde.

Glücklicherweise schien Adela es gern zu übernehmen, die Verspäteten zu ordnen und Ortnit zum Praetorium zu schaffen, denn Ardeija, der nur wenige Worte mit ihr wechselte, war totenbleich und wirkte nicht, als sei ihm heute noch viel zuzumuten.

Ob er aus eigenem Willen zum Haus gekommen wäre, wusste Richenza nicht, aber Wulfila warf nur einen Blick auf ihn und führte ihn dann sehr bestimmt zu den Stufen.

»Danke«, sagte er mit einem Nicken zu Richenza, die noch immer unter der Treppe stand. »Das kam zur rechten Zeit. Guter Gott! Ist das ein Pinsel?« Er deutete auf den Bogen, den sie zwar gesenkt hatte, aber nach wie vor fest umklammert hielt, und begann schallend zu lachen, was eher Aufregung und Erleichterung entspringen mochte als echter Heiterkeit. »Kein Wunder, dass Ardeija immer noch so viel von dir hält; du greifst zu genauso wüsten Mitteln wie er.«

»Wenn er viel von mir hielte, hätte er mich nicht betrogen«, entgegnete Richenza ausdruckslos.

Ardeija hielt sich den linken Oberarm, und auf seinen blassen Fingern war das Blut deutlicher zu sehen als in seinem Mantel, in dem es nur einen düsteren Schatten bildete. »Ich war zornig auf dich«, sagte er und klang gar nicht gut. »Das ist etwas anderes.«

Richenza maß ihn mit einem langen Blick. »Komm herein und setz dich hin«, befahl sie dann, obwohl er ein solches Entgegenkommen beim besten Willen nicht verdient hatte. Aber seine Tochter, die sich wieder zur Tür gewagt hatte, sah besorgt drein, und Wulfila ebenfalls, so dass man Ardeija wohl nicht dort draußen auf dem

65

Hof verbluten lassen konnte wie ein für den Weihnachtsbraten geschlachtetes Schwein.

Richenza reichte den Bogen wieder an diejenige weiter, die wusste, wie man die Sehne löste, und rannte ins Nebenzimmer, um saubere Tücher zu holen.

Bei ihrer Rückkehr fand sie Wulfila damit beschäftigt, Ardeija, den er auf einen Schemel gesetzt hatte, den Ärmel der Tunika und das Hemd darunter aufzuschneiden. Der meerfarbene Mantel wogte hingeworfen in schmutzigen Falten um die Füße der beiden. Nicht mehr durch den dicken Umhangstoff gedämpft, war das Blut auf dem hellen Grau der Tunika und dann noch viel mehr auf dem Leinenweiß des Hemds eindrucksvoll wie auf einem Märtyrerbild.

»Ich habe Rambert zu Malegis, dem Magus, hinübergeschickt«, sagte Wulfila, ohne von dem Schnitt aufzusehen, den er eben behutsam führte, »ich hoffe, er ist zu Hause.«

»Ist er«, beschied ihn Richenza, »vorhin war er auf dem Weg dorthin und beladen, als würde er Gäste erwarten. Ich nehme an, er kocht.«

Zumindest wollte sie hoffen, dass der Zauberer nicht wieder aufgebrochen war, denn mit einem Verband allein würde es nicht getan sein, und Malegis nähte gewiss mit ruhigerer Hand als sie selbst oder jemand mit nur einem Auge, der vermutlich nicht einmal das Nadelöhr treffen würde.

Ardeija war eine Weile still gewesen, aber nun lächelte er Richenza an, als sei es eigentlich ein sehr schöner Tag. »Woher hast du den Bogen da?«, fragte er, während sie ihr Bestes tat, den Blutfluss vorläufig zu stillen.

»Ein Auftraggeber hat wilde Wünsche, was die Ausschmückung seiner Wände angeht, und das, obwohl mir vor zwei Wochen mein bester Lehrling ohne Vorwarnung ins Kloster davongelaufen ist, als dieser verfluchte Wanderprediger hier sein Unwesen getrieben hat. Das wird noch ein Spaß! Immerhin war das dumme Ding hier ja zu etwas nütze, vielleicht bilde ich es nun leichteren Herzens ab. – Da, jetzt kannst du selbst festhalten.«

Sie richtete sich auf und ging, um Wasser zu holen, hatten sie doch mittlerweile alle blutige Hände.

Als sie vom Brunnen zurückkehrte, war der Magus samt Rambert bereits in der Werkstatt und erkennbar unzufrieden. »Elend kalt ist das bei Euch. Und das einem armen Verletzten! Habt Ihr wenigstens etwas Starkes, das Ihr ihm zu trinken geben könnt? Ganz schmerzlos wird das nicht.«

Ardeija behauptete, das mache nichts aus, aber Richenza kannte ihn gut genug, um zu wissen, dass er es sagen musste, ohne es von Herzen zu meinen, und ging, um ihren Branntweinvorrat zu plündern.

Malegis hatte sein Werk schon begonnen, als sie ein Glas in die Werkstatt trug und in Ardeijas Reichweite auf dem Arbeitstisch abstellte.

Er rührte es nicht an. Stattdessen betrachtete er das andere Glas, das voller Pinsel, und bemerkte andächtig: »Deines ist also auch noch da. Meines hat mir seinerzeit sehr wohlgetan mit seinen schönen Farben.«

»Und wie hast du es mir vergolten? Indem du dich zu einer anderen Frau ins Bett gelegt hast«, sagte Richenza ohne Erbarmen und dachte an jenen strahlenden Frühjahrstag, an dem sie gerade zur rechten Zeit vorbeigekommen war, um zu sehen, wie er die Frau von der Schwarzen Schmiede innig umarmt hatte.

Malegis stach ein weiteres Mal zu, und Ardeija biss die Zähne gegen den Schmerz zusammen. »Das ... war vorher, nicht danach.«

»Erzähl mir doch nichts!« Richenza schob dennoch den Branntwein etwas näher zu ihm, nur für den Fall, dass es gar zu arg werden würde.

Diesmal verschmähte Ardeija ihn nicht. »Verdammt!«, stieß er hervor, ohne dass gleich erkennbar gewesen wäre, ob es ihr galt oder dem Magus, der eben den letzten Stich führte, um die Wunde zu schließen. »Mit der Schmiedin war nichts, die ist nur eine alte Freundin, die ich ein Weilchen nicht gesehen hatte. Und auch mit sonst niemandem, bis auf Justa damals in Sala.« Als er aufschaute,

fiel sein Blick auf Rambert, die stumm zusah und nun auch lauschte; er fluchte gleich noch einmal. »Gibt es einen Grund, dass wir das alles in Gesellschaft besprechen müssen?«

»Mich stört es nicht; ich habe nichts zu verbergen«, erklärte Richenza gelassener, als sie es in Wahrheit war. »Wer zum Teufel ist Justa?«

»Placidia Justa, die Vögtin von Aquae Calicis«, verkündete Wulfila, den nun wirklich niemand gefragt hatte. Richenza verzichtete darauf, ihm mitzuteilen, dass seine Einmischung weder gewünscht noch erforderlich war, denn er hatte es übernommen, mit dem Waschen der blutbefleckten Tücher zu beginnen, und dafür war sie ihm dankbar genug, ihn nicht gleich anzufahren.

Sonderbarerweise nickte Ardeija und zuckte zusammen, als Malegis daran ging, über der Naht einen Verband anzulegen.

»Die *Vögtin*?«, wiederholte Richenza. »Das war doch lange vor ihrer Zeit.«

Ardeija sah sie an, und wenn neben dem Schmerz noch etwas in seinen Augen stand, dann eher Erschöpfung als der Wunsch, Richenza hinters Licht zu führen. »Damals war sie als Königsbotin ein paar Tage auf Sala, gleich nachdem wir beiden uns so übel gestritten hatten. Placidia Justa wusste, was sie wollte, und ich war dumm, aber außer mit ihr war mit keiner etwas. Soll ich dir einen Reinigungseid schwören, dass sie die Einzige war, damit du mir glaubst? Wir können noch einen Zeugen holen, dann hat alles seine Richtigkeit.«

Richenza sah sich im Kreise der Anwesenden um. »Wir haben drei Zeugen; wenn eine alt genug ist, einen solchen Bogen zu spannen und mitzuhelfen, Ortnit zur Strecke zu bringen, dann ist sie auch alt genug, Zeugin zu sein.«

Ein seliges Lächeln vertrieb kurz die Anspannung aus Ramberts Miene, und das allein war es wert, diesen fürchterlichen Mann tatsächlich sein Vorhaben umsetzen zu lassen, ihr in aller Form zu beschwören, dass er sie mit der Königsbotin betrogen habe, aber mit keiner sonst.

»Fragt sich nur, warum du es nicht abgestritten hast, als ich es dir vorgeworfen habe«, bemerkte Richenza, als er die Schwurhand wieder sinken ließ und sie so stolz ansah, als hätte er durch diese eine Geste alles wiedergutgemacht.

»Du hattest ja Recht«, sagte Ardeija mit großem Ernst, »betrogen hatte ich dich schon, nur eben nicht mit der Schmiedin; da konnte ich es schlecht ganz leugnen, und wenn ich es hätte erklären wollen, hättest du an dem Tag wohl nicht zugehört.«

»Nein, und es war auf jeden Fall eine zu viel.«

Jemand wimmerte, und die Kälte fuhr Richenza noch tiefer als zuvor in die Knochen, als sie erkannte, wen sie ganz vergessen hatte.

Ihre Hände waren zu fahrig, als sie Gjuki aus ihren Kleidern barg, und er fühlte sich kalt und spröde an, mehr nach Pergament in einem klammen Klostersaal als nach einem warmen und lebendigen kleinen Drachen. »Da ist etwas, das wichtiger ist als all dieser Unfug. Gjuki geht es nicht gut, und Rambert sagt, er sei vorhin im Immergrün gewesen. Das soll wohl schädlich für Drachen sein, und ...«

»Wenn sie es *fressen*«, unterbrach Ardeija sie mit einem Auflachen und nahm Gjuki behutsam auf den gesunden Arm. »Aber er wäre niemals dumm genug, das zu tun, nicht wahr, Gjuki?«

Gjuki streckte sich nur stumm aus und wirkte vielleicht noch heller und schlaffer als vor dem Abenteuer mit Ortnit.

»Doch du siehst ja, dass es ihm nicht gut geht«, beharrte Richenza, über diese mangelnde Besorgnis verunsicherter als über alles andere im Laufe dieses merkwürdigen Tages.

»Das?« Ardeija lachte erneut. »Das hat er immer, wenn er sich häutet. Es scheint einen müde und unleidlich zu machen, aber sobald die ersten Fetzen abgefallen sind, wird er wieder wacher. Warte nur ab! Bis heute Abend ist er wieder munter, und er glänzt wunderschön, wenn er frisch seine alten Schuppen abgestreift hat.« Ein listiger Ausdruck stahl sich in sein Gesicht. »Aber davon wirst du dich selbst überzeugen wollen, nicht wahr? Ich könnte dir ja viel erzählen. Du musst zum Essen vorbeikommen oder schon zur Kirche.«

»Wir haben Gewürzkuchen«, fügte Rambert hinzu. Anscheinend hatten das Pferdegeschenk und die Anerkennung ausgereicht, Richenza ihre Zuneigung zu erwerben.

»Sogar recht guten«, bekräftigte Ardeija in viel zu hoffnungsvollem Ton.

»Bemüh dich nicht«, sagte Richenza. »Bis auf Ersatz für meinen zertrampelten Rosmarin will ich nichts von dir. Alles andere würde uns beide doch nur aufs Neue kreuzunglücklich machen.«

Malegis hatte unterdessen sein Handwerkszeug gereinigt und sich von Wulfila allem Anschein nach fürstlich für seine Dienste entlohnen lassen.

»Oh, Eurem Rosmarin könnte ich gut zureden«, behauptete er nun vergnügt. »Wenn eine Pflanze noch nicht lange beschädigt ist, lässt sie sich bisweilen wieder zusammenfügen.«

»Besser nicht«, gab Ardeija unmutig zurück. »Wie ich Euch kenne, kommt es mich weniger teuer zu stehen, wenn ich ihr den ganzen Garten mit neuen Pflänzchen überschütte, als wenn Ihr den alten Rosmarin richtet.«

»Wo denkt Ihr hin!« Malegis hatte ungefragt das beschädigte Tonpferdchen aufgehoben und wandte es nun zwischen den Händen. »Der Rosmarin wäre eine kostenlose Dreingabe; nehmt ihn als Weihnachtsgeschenk.«

»Ich wusste nicht, dass Ihr Christ genug für eines seid.« Ardeija klang misstrauisch.

Der Magus lachte. »Seht, Ardeija ... Ob man nun Weihnachten oder das Julfest begeht, die Saturnalien oder den Sol Invictus feiert, macht zwar in gewisser Hinsicht einen gehörigen Unterschied, in anderer aber kaum einen. In diesen dunklen Tagen verlangt es die Menschen nun einmal nach Zuversicht, Versöhnlichkeit und gutem Essen, und der Anlass ist zweitrangig, wenn man es recht bedenkt. Da!« Er stellte das Pferd auf dem Tisch ab, ohne es an das Glas zu lehnen. Das vierte Bein war wieder da, wo es sein sollte, und nur ein schmaler Streifen zeugte noch davon, dass es eine Weile nicht mit dem Rest des Körpers verbunden gewesen war. »Seht Ihr? Wenn

man Glück hat, kann man Zerbrochenes wieder heilen, wenn auch nicht ohne Narben. Man muss es danach zwar etwas pfleglicher behandeln als zuvor, aber seinen Zweck kann es dennoch erfüllen.«

»Und neben Rosmarin ist hehre Weisheit die zweite Dreingabe, wie?«, fragte Richenza und hielt sich nur mit Mühe davon ab, hinzuzusetzen, dass er seine durchschaubaren Ratschläge bei Dümmeren loswerden solle.

»Die teilt er ohnehin immer gern mit allen, die zuhören«, sagte Ardeija mit einem tiefen Seufzen, »stör dich nicht daran.«

Der Zauberer verneigte sich spöttisch, so dass die Amulette aneinanderschlugen, die er in den langen Bart geflochten trug. »Ihr kennt mich. Nun ärgert Euch nicht länger, sondern gehabt Euch wohl und genießt die Feiertage.«

Damit stahl er sich durch die Hintertür davon und war schon verschwunden, als Richenza den Hals reckte, um aus dem Fenster zu sehen. Doch am rechten Gartenzaun wuchs der Rosmarin wieder so prächtig und aufrecht wie vor Ardeijas Sprung.

In ihrer Verblüffung hätte sie wohl noch länger fassungslos ins Freie gestarrt, wenn Wulfila sie nicht gefragt hätte, wo er ihre nun wieder leidlich sauberen Tücher zum Trocknen aufhängen könne.

»Lass sie liegen; ich kümmere mich später darum«, antwortete sie, da ihr eigentlich nur noch daran gelegen war, die ganze Bande schnell aus dem Haus zu werfen.

Doch Rambert trat vor sie hin, deutete auf das vervollständigte Pferdchen und fragte: »Möchtet Ihr es zurückhaben, da es doch nun wieder heil ist? Dann müsst Ihr kein neues Gastgeschenk kaufen.«

»Nein, das ist deines«, entschied Richenza. »So wirst du doch noch mehr Freude daran haben.«

Rambert dankte artig ein zweites Mal, und von Gjuki ertönte ein Zirpen, das man aus Menschensicht für beifällig hätte halten können, das aber wahrscheinlich nur Ausdruck seines wiederkehrenden Wohlbefindens war. Er hatte sich sehr ausdauernd an Ardeijas Ärmel gescheuert, und nun löste sich an der rechten Flanke ein Stück abgestorbener Drachenhaut. Gjuki half mit spitzen Zähnen

71

nach, und als der erste Teil der trüb gewordenen alten Hülle abfiel, kamen darunter herrlich sattgrüne Schuppen zum Vorschein, die glänzten wie kleine Edelsteine.

Der eigentliche Abschied war dankenswert kurz. Richenza blieb lange genug auf den Stufen vor dem Haus stehen, um noch zu hören, wie Rambert Ardeija erzählte, sie habe inzwischen erfahren, dass Immergrün auch die Treue stärke. Ein Immergrünkranz auf dem dunklen Haar hätte Ardeija sicher gut gestanden, doch ob er es künftig in Zweifelsfällen damit zu versuchen gedachte, verriet er nicht, und Richenza ging hinein und schlug die Tür hinter sich zu, bevor sie sich dazu hinreißen lassen konnte, ihm nachzusehen.

Sie hätte ihre Gedanken gern in enge und geordnete Bahnen gelenkt, während sie die letzten Spuren der Unterbrechung ihres Heiligabends forträumte. Doch ihren Erlebnissen mit Ardeija war nun einmal heute ein neues hinzugefügt worden, und das weckte sorgsam begrabene Erinnerungen, widerwillig geschätzte wie verhasste. Und die Vögtin, verdammt, die Vögtin!

Es war früher Nachmittag, als sie notgedrungen noch einmal auf den Markt zurückkehrte, um ihre Geschenke für Richolfs ungeratene Sprösslinge zu ergänzen. Viele Händler hatten ihre Stände schon abgebaut, und auch der Töpfer mit seinen Pferdchen war nicht mehr da. Richenza kaufte doch noch Pflaumenschnüre und ließ sich von der Bäuerin erzählen, welch eine Aufregung hier vorhin geherrscht habe – ein gefährlicher Raubmörder sei ganz offen in den Straßen herumgestreift und habe dingfest gemacht werden müssen, man stelle sich das vor!

»Ja, man stelle sich das vor!«, wiederholte Richenza und floh mit Pflaumen und Wechselgeld, bevor der Bäuerin noch auffallen konnte, dass der Umhang ihrer Kundin einen Blutfleck davongetragen hatte, der ihr bis eben selbst entgangen war.

Diesen letzten unliebsamen Beweis für ihren wildbewegten Vormittag hatte sie schon unter Mühen im Licht der ersten Kerzen getilgt und festlichere Kleidung angelegt, als es vernehmlich an der Tür klopfte.

Richenza zuckte zusammen. Ortnits plötzliches Erscheinen in ihrem Garten saß ihr wohl doch tiefer in den Knochen, als sie es vor sich selbst zugeben wollte, wenn sie derart schreckhaft war.

Gleich darauf war sie beruhigt, denn eine Stimme, die sie so bald nicht wieder zu hören erwartet hatte, rief draußen: »Frau Richenza, seid Ihr da? Ich bin es nur.«

Richenza öffnete die Tür, um ihren Lehrling einzulassen, der eigentlich nicht mehr ihr Lehrling, sondern der neueste Novize im Kloster am Hafentor war. Doch das mochte sich geändert haben, denn ein angehender Mönch hätte sich gewiss nicht zu dieser Stunde verstohlen und gesenkten Kopfes in ihr Haus geschlichen.

»Na?«, fragte Richenza in dem Bestreben, durch freundliche Überlegenheit ihre kühnsten Hoffnungen daran zu hindern, sich auf ihrem Gesicht zu zeigen. »Was führt dich her? Hat dein Abt es sich anders überlegt mit den Evangelisten?«

»*Mein* Abt ist er wohl nicht mehr«, murmelte der Junge und sah womöglich noch verlegener drein als zuvor.

»Soso. Soll ich dann wieder deine Lehrherrin sein, oder wie hast du dir das gedacht?«

Ein zögerndes Aufschauen, dann ein angedeutetes Nicken. »Aber das müsst Ihr entscheiden. Es war nicht recht von mir, einfach mitten in einem großen Auftrag fortzulaufen und Euch im Stich zu lassen.«

»Das war es auch nicht. Aber falls ich dich zurücknehme ... Wer sagt mir, dass du es dir nicht nächste oder übernächste Woche anders überlegst und wieder im Kloster verschwindest, wenn ich dich am dringendsten brauche?«

Der Lehrling trat unbehaglich von einem Fuß auf den anderen. »Das tue ich nicht. Es war sehr kalt da, wisst Ihr? Kalt und ungemütlich. Und außerdem nehmen sie mich bestimmt nicht zurück. Sie haben mich alle ganz seltsam angesehen, nachdem er gesagt hatte, er müsse mich dringend in einer Verratsangelegenheit vernehmen, sogar der Vater Abt.«

»Verratsangelegenheit? *Wer* hat das gesagt?«

Der Junge schlug sich die Hand vor den Mund. »Das sollte ich

Euch eigentlich nicht erzählen. Wenn Ihr erfahrt, dass er mit mir geredet hat, bringt er mich um, hat er gesagt, und Ihr würdet es doch nur falsch auffassen und mich wieder hinauswerfen.«

»Das wird sich finden, und falls er dir Scherereien macht, sag ihm, ich hätte es von selbst erraten«, erwiderte Richenza mit einer sehr klaren Vorstellung davon, wer im Kloster vorgesprochen haben musste, und einem eigenartigen Gefühl von Wärme und Dankbarkeit.

Der Lehrling zog die Stirn kraus. »Habt Ihr ihn etwa geschickt?«

»Nein. Was hat er nun zu dir gesagt?«

»Schreckliche Dinge!« Der Junge ließ sich auf den Schemel sinken, auf dem vorhin noch Ardeija gesessen hatte, und stützte den Kopf in die Hände. »Dass es treuloser Verrat wäre, meine Meisterin so zu verlassen, und gewiss nicht der Weg zum Seelenheil ... Nicht viel besser als Judas, das sei ich, und wer sich aus Eigennutz und Pflichtvergessenheit hinter Klostermauern flüchte, sei dort der Verdammnis näher als ein verlässlicher und anständiger Mann in der Welt.« Gequält sah er auf. »Und auch, dass enttäuschtes Vertrauen einem sehr zu Recht nie verziehen werde und dass ich nur auf unverdiente Gnade hoffen könne ... Und dann noch, ob mir nicht das Gerücht zu Ohren gekommen sei, dass der Prediger von neulich nur ein übler Betrüger wäre, den man um seiner Verbrechen willen schon aus Aliso und sogar aus Padiacum verjagt hätte ... Ist das wahr, Frau Richenza?«

»Ich weiß es nicht«, bekannte Richenza und fügte nicht hinzu, dass sie das angebliche Gerücht für frei erfunden hielt. »Aber was ich sehr wohl weiß, ist, dass man sich in Menschen täuschen kann, ob man nun zu gut von ihnen denkt oder zu schlecht.«

Der Kerzenschein malte wunderliche Schatten auf das Gesicht des Jungen, als er zu ihr aufsah und erkennbar darüber nachgrübelte, ob ihre Worte Trost oder Verurteilung enthielten.

»Wenn du zurückkehren willst, bist du mir willkommen«, fuhr Richenza fort, »aber nur, wenn du mir einen Gefallen tust.«

Ein Lächeln trat auf das Gesicht des Lehrlings. »Gewiss! Welchen?«

Richenza ging zum Arbeitstisch, auf dem sie ihre neuen Einkäufe neben den alten abgelegt hatte, und packte die Walnüsse mit den Pflaumen ein. »Nachher kannst du gern zu deinen Eltern laufen, damit auch sie erfahren, dass der verlorene Sohn zurück ist. Aber vorher bringst du das hier zu meinem Bruder Richolf und richtest ihm mein Bedauern darüber aus, dass ich seiner Einladung heute Abend doch nicht folgen kann. Ich habe vorhin erfahren, dass einem Bekannten von mir etwas zugestoßen ist. Er ist verletzt, und es besteht nur geringe Hoffnung, aber ich muss selbst hingehen und mich überzeugen, ob es noch eine kleine Aussicht auf Besserung gibt oder gar keine.«

Die erschrockenen Beteuerungen des Lehrlings, wie leid ihm das täte, nahm sie mit einem ernsten Nicken zur Kenntnis und wartete ab, bis er wieder aufgebrochen war. Dann zog sie ihre Pinsel aus dem Glas und begann, es gründlich auszuwischen. Sie würde es bruchsicher einwickeln, denn mitnehmen musste sie es, und sei es nur, um daraus zum Gewürzkuchen etwas Beruhigendes trinken zu können. Was alles Übrige betraf, konnte sie nur hoffen, dass zwei weitere Tonpferdchen als Gastgeschenk willkommen sein würden. Zumindest sahen die beiden Richenza an, als wollten sie sagen, dass sie sich Schlimmeres vorstellen könnten, als mit einem alten Freund wiedervereint zu werden.

Die Katze, die zu den Trollen ging

NACH IVARS Schätzung dauerte es etwa eine Dreiviertelstunde, bis die erwarteten Schritte die Treppe heraufkamen, und solch eine Dreiviertelstunde war eine lange Zeit, wenn man sie hoch oben in der Kälte über der Welt damit verbrachte, über das nahende Ende eines Lebens nachzusinnen, das man lieben gelernt hatte.

Wie wörtlich das mit dem Lebensende zu nehmen war, würde sich erst noch erweisen müssen. Mit seinem Dienst für die Vögtin war es aber mindestens vorbei, und dass sie ihn nach dem, was er heute getan hatte, noch lange oder überhaupt jemals wieder frei herumlaufen lassen würde, bezweifelte er auch. Ein vernünftiger Mensch wäre an seiner Stelle schon auf halbem Weg ins Heidenland gewesen, und es war ja auch nicht so, dass es ihm früher am Tag an Gelegenheit gemangelt hätte, sich genau dorthin zu begeben. Doch Vernunft war nichts, was ihn je in besonderem Maße ausgezeichnet hatte. Sie war ihm ein Werkzeug, dessen er sich zu bedienen wusste, wenn es dringend notwendig war, aber keine treue Gefährtin.

So war er stattdessen bis an den obersten Rand des alten Amphitheaters gestiegen, das heute die Burg der Vögte von Aquae Calicis bildete, hinaus in die eisige Dezemberluft eines schon viel zu langen Heiligabends, und hatte vielleicht gehofft, noch hier zu sein, wenn es dunkel wurde und die Glocken zu läuten begannen. Denn er hatte die ganze Zeit nach Süden geblickt, auf Aquae, das von oben das Gerippe seines römischen Straßenrasters und die mittlerweile dazwischen gewucherten Pfade und Gässchen weit besser offenbarte, als wenn man mitten darin stand. Der Barbarakirche und einem gewissen Haus unweit davon hatte er allerdings nur einen flüchtigen Blick gegönnt, denn der Abschied lag schon hinter ihm. Der von der Stadt selbst nicht, und er wusste schon jetzt, dass er ihr nachtrauern würde, denn auch wenn sie nicht Padiacum war, hatte sie sich doch in sein Herz gestohlen.

Aber es hatte keinen Sinn, irgendetwas hinauszuzögern, und so wandte er sich von der Brüstung ab, bevor er dazu aufgefordert werden konnte.

»Ivar«, sagte Mathilde, am oberen Ende der Treppe angekommen, und ließ es weder Begrüßung noch Frage sein; es war eher eine Feststellung, dass er genau dort war, wo sie ihn zu finden erwartet hatte.

Seltsamerweise war Placidia Justas Schwertmeisterin allein und schon festtäglich gekleidet. Auf dem Blau ihrer Tunika glänzten Silberstickereien, nicht üppig genug, um das Gold der Vögtin zu überstrahlen, aber außerordentlich zart und fein gearbeitet, und eine Silberschnur war auch in ihr dunkles Haar geflochten. Die Almandinfibel, die sie nur dreimal im Jahr hervorholte, hielt den neuen Umhang, den sie ihm vorgestern erst stolz gezeigt hatte, und unter gewöhnlichen Umständen hätte Ivar ihr nun gesagt, dass sie sich sehen lassen konnte.

So aber hob er nur die leeren Hände. »Sei unbesorgt, ich bin waffenlos und habe nicht vor, Schwierigkeiten zu machen. Gehen wir.«

Mathilde rührte sich nicht. »Wir gehen erst hinunter, wenn du mir in allen Einzelheiten geschildert hast, was heute vorgefallen ist«, verkündete sie, ohne die Stimme zu heben.

»Ich streite nichts ab«, erklärte Ivar und folgte ihrem Blick zu seinem rechten Ärmel, der vor Blut starrte.

Seines war es nicht, das wusste Mathilde so gut wie er, denn sie erkundigte sich nicht besorgt, ob eine Wunde zu versorgen sei, sondern schaute nur auf und sagte: »Ich will aber in deinen eigenen Worten hören, was geschehen ist.«

Ivar wünschte sich sehr, er hätte diese eigenen Worte dafür gehabt. »Wie geht es Wiggo?«, fragte er also erst einmal, um Zeit zu gewinnen, sie zu suchen und zu ordnen.

Mathilde hob die Schultern. »Gut genug, dir dankbar zu sein, ihn *da* nicht mit hineingezogen zu haben, aber zugleich so schlecht, dass er dich für den Schlag auf den Kopf verflucht. Was hast du denn erwartet?«

»Es war nötig«, gab Ivar zurück, obwohl das wahrlich keine Entschuldigung darstellte. »Alles war nötig.« Und das war vielleicht nicht einmal gelogen.

»Was Wiggo betrifft, glaube ich dir das sogar«, sagte Mathilde bemerkenswert mitleidlos dafür, dass sie von einem ihrer Krieger sprachen.

»Und mehr gibt es nicht zu sagen.« Die Worte wollten sich nämlich immer noch nicht einstellen, und so wandte Ivar den Blick ab und sah wieder auf die Stadt hinunter. Drüben auf der Mauer hinter der Bischofskirche saß eine schwarze Katze. Von hier oben wirkte sie so winzig klein wie alle Tiere und Menschen, aber er meinte doch, sie gut genug ausmachen zu können, um zu erkennen, dass sie einen weißen Bauch hatte, ganz wie Svala. Die Katze schien in seine Richtung heraufzuspähen, obwohl das natürlich nicht sein konnte, und ein, zwei Atemzüge lang gestattete er sich den Gedanken, dass er vielleicht nicht hätte tun sollen, was er getan hatte. Doch zu lange durfte er dabei nicht verweilen, wenn er heute Nacht ruhig schlafen wollte, ob nun in seinem eigenen Bett (wenn auch vermutlich mit zwei oder drei Wachen vor der Tür) oder wohlverwahrt im Kerker. Es war schon alles gut, wie es war, und er hatte nicht anders handeln können.

»Ivar«, sagte Mathilde, und diesmal war es Anrede und Bitte in einem. »Wie lange kennst du mich nun?«

Ivar zuckte die Schultern. »Zwölf, dreizehn Jahre vielleicht. Nein – eigentlich nur elf Jahre. So richtig kenne ich dich erst, seit du mich vor den Walküren gerettet hast.«

Das entlockte ihr ein flüchtiges Lächeln, und kurz wirkte ihr vom Frost gerötetes Gesicht jünger, wie damals im Wald bei Padiacum, als sie Freunde geworden waren. Seither hatten sie auch jedes Weihnachtsfest miteinander gefeiert, und dass sie es dieses Jahr wohl nicht tun würden, ließ Ivar abermals ihren Augen ausweichen. Er suchte die Katze, doch sie war von der Mauer verschwunden.

Mathilde wagte sich einen Schritt näher heran. »Wenn du mich richtig kennst, weißt du auch, dass unter uns bleibt, was du mir hier oben erzählst. Frau Justas Schwertmeisterin hat ihre Befehle, aber ich habe sie dort unten am Fuße der Treppe gelassen, und wenn ich wieder hinabsteige und in ihre Haut zurückschlüpfe, vergesse ich,

was ich vergessen muss. Aber ich will wissen, welcher Teufel dich geritten hat, dass du dich dem Vernehmen nach erst streitest wie ein altes Fischweib, mir dann einen Krieger niederschlägst, einen Gefangenen verschwinden lässt und zu guter Letzt in aller Seelenruhe wieder zur Burg hereinspaziert kommst, um die Aussicht zu genießen!«

Sie war nicht einmal so laut geworden, wie er es verdient gehabt hätte, und vielleicht war es das, was endlich die ersten der notwendigen Worte hervorlockte.

»In meinem letzten Jahr zu Hause in Lunde ist meine Katze abhandengekommen«, erklärte Ivar und ertrug es, dass Mathilde ihn anstarrte, als hätte er den Verstand verloren. »Sie war noch ganz jung, ein hübsches Kätzchen mit schwarzem Fell, bis auf den Bauch; der war weiß, wie bei einer Schwalbe. Mein Bruder hat damals behauptet, sie sei zu den Trollen gegangen, denen wir immer Grütze an den Stein unten an der Straße gestellt haben. An dem Abend hat er nämlich die Grütze hingebracht, und er sagte, er hätte ganz deutlich gesehen, wie Svala den Trollen gefolgt wäre, in ihren Hügel hinein, als sie alle satt und zufrieden waren. Aber das habe ich ihm nie geglaubt. Er war kein sonderlich guter Bruder und hat mir mehr als einmal übel mitgespielt, hat mir Angst vor den Walküren gemacht und noch vor anderen Dingen ...« Unwillig schüttelte er den Kopf. »Wenn er also wirklich wusste, was aus meiner Katze geworden war, dann hatte er damit vermutlich mehr zu tun als irgendwelche Trolle.«

Mathildes Fassungslosigkeit war ganz allmählich in merklichen Ärger übergegangen, und als sie antwortete, lag Stahl in ihrer Stimme. »Falls du mir ernsthaft vorschlagen willst, dass wir sagen sollen, der Mann, der durch dein Zutun nie beim Hochgericht angekommen ist, hätte sich zu den Trollen davongemacht, kannst du dir tatsächlich alle weiteren Erklärungen sparen, da gebe ich dir Recht.«

»Nein«, sagte Ivar ehrlich, »Trolle hatten damit nichts zu tun. Aber das mit der Katze ... Das ist wichtig, du wirst noch sehen, warum.«

Am Vortag ahnte Ivar noch nicht, wie machtvoll die Erinnerung an die verlorene kleine Katze ihn am Heiligabend heimsuchen sollte. Es wurde spät, weil er lange damit beschäftigt war, herauszufinden, was ein unerwarteter Bote aus Padiacum im Haus des Bischofs trieb. Zur großen Erleichterung der Vögtin und ihres engsten Kreises stellte sich letzten Endes heraus, dass kein geheimer Austausch mit der *aula regia* dahinterstand, sondern nur windige Geldgeschäfte. Das war gut zu wissen, aber nichts, was unverzüglich Gegenmaßnahmen erforderte, und so legte sich Ivar, nachdem er Bericht erstattet hatte, weit nach Mitternacht ins Bett und verschlief, wie am nächsten Morgen der Steuereintreiber der Vögtin auf offener Straße niedergestochen wurde.

Zeugen gab es keine, und da das Opfer der Bluttat seinen Verletzungen erlag, ohne noch einmal das Bewusstsein erlangt zu haben, war von der Seite keine Beschreibung des Mörders mehr zu erwarten. Wer es gewesen sein musste, stand trotzdem schnell fest. Denn am Vorabend war der Steuereinnehmer übereinstimmenden Berichten der verschiedensten Beobachter nach im Teehaus in der Hafenvorstadt mit einem herrenlosen Söldner aus dem Norden aneinandergeraten. Besagter Krieger war in der letzten Adventswoche schon mehrfach unangenehm aufgefallen. Er sollte in eine Schlägerei in der Schenke »Zum Kranichschnabel« verwickelt gewesen sein, auch in irgendeine lautstarke Auseinandersetzung auf dem Markt, und so hatte die Behauptung des Steuereinnehmers, der Mann habe ihn absichtlich angerempelt und seine Teeschale vom Tisch gestoßen, einiges für sich gehabt. Man hatte den Söldner folglich aus dem Teehaus geworfen, und auf der Schwelle hatte er sich noch einmal umgedreht und gedroht: »Das wirst du bereuen!«

Nun hatte er diesen Worten wohl Taten folgen lassen, denn einer wie er – noch dazu ein überzeugter Heide, man hatte einen Thorshammer an seinem Hals gesehen! – hatte gewiss keine Hemmungen, jemanden wegen einer Nichtigkeit zu erstechen.

Mathilde hörte sich die Gerüchte an. Dann ließ sie zur Jagd auf den Söldner blasen, und da er sich bei seiner Festnahme wie der Teufel wehrte, machte er sich trotz allen Leugnens nur noch verdächtiger, zumal einer der Kanzleischreiber ausgrub, dass vor Jahren schon einmal etwas gegen den Mann vorgelegen hatte, irgendeine Anklage wegen gestohlener Pferde. Damals war ihm nichts nachzuweisen gewesen, aber so etwas blieb ja doch am Ruf eines Menschen hängen, und der angebotene Reinigungseid würde vor Gericht sicher nicht ausreichen, seine Unschuld zu erweisen, schon gar nicht, da der Tote doch in den Diensten der Vögtin und damit auch der Königin gestanden hatte. Die Stadt musste sehen, dass ein solches Verbrechen nicht ungestraft blieb, und auch nicht so hartnäckiger Widerstand gegen eine Verhaftung, dass ganze vier Mitglieder der Burgwache mehr oder minder schwere Wunden davongetragen hatten.

Der fremde Krieger wurde also vorerst im Verlies unter dem alten Amphitheater verwahrt, und das war der Stand der Dinge, als Ivar am späten Vormittag gemächlich den Weg zum Küchenhaus einschlug, um sich etwas zum Frühstück zu suchen.

Ivars Mitleid mit dem Steuereintreiber hielt sich in engen Grenzen. Der Mann hatte zwar sein Amt umsichtig und unbestechlich verwaltet, war aber im täglichen Umgang ein widerwärtiger Geselle gewesen, der dem Burggesinde gegenüber stets nur hochfahrend aufgetreten war und zutrauliche Sperlingsgreifen, die sich zu nahe an ihn herangewagt hatten, ohne Erbarmen fortgescheucht hatte.

Umso mehr bedauerte Ivar dafür sich selbst, denn es war kein Haferbrei mehr zu bekommen, und der Tee war kalt. So nagte er missvergnügt an einem Kanten Brot herum, als Mathilde ihn fand und sich neben ihn auf die Bank unweit des Küchenfeuers fallen ließ.

»Hast du es schon gehört? Ein verdammter Ärger, das alles«, sagte sie und rieb sich die Hände, um sie zu wärmen. »Eigentlich hatte ich gehofft, den Kerker über die Feiertage leer zu haben und unten keine Wachen aufstellen zu müssen, und dann geht so ein rücksichtsloser Mensch hin und ersticht ausgerechnet den Steuereintreiber!«

»Beschwer dich nicht, es hätte Leute treffen können, die einem mehr gefehlt hätten«, gab Ivar zurück und tunkte versuchsweise das wirklich schon sehr altbackene Brot in seinen Tee. Mathilde sah ihn tadelnd an, ohne dass er gewusst hätte, ob es seinen Worten oder seinem Benehmen galt, und um sie abzulenken, fuhr er rasch fort: »Sag doch einfach denen vom Hochgericht, dass sie ihn schon abholen sollen.«

Mathilde schnaufte abfällig. »Was meinst du, worum ich die guten Leute gerade gebeten habe? Aber man hat meinen Boten wissen lassen, dass die ganze Bande dabei ist, Messer-Ortnit wieder einzufangen. Er soll aus den Steinbrüchen geflohen sein.«

»Das hätte ich an seiner Stelle auch getan«, antwortete Ivar schulterzuckend und betrachtete unmutig das Brot, das nun feucht, aber nicht viel besser als vorher war. Die Steinbrüche von Mons Arbuini waren ein trostloser Ort, und Ivar hätte selbst seinem ärgsten Feind keinen langen Aufenthalt dort gewünscht. Für einen überführten Raubmörder wie Ortnit wäre er länger als lang geworden, wenn er ihn nicht eigenmächtig verkürzt hätte.

»Ja, aber du hättest es vermutlich vermieden, dich auf dem Weihnachtsmarkt sehen zu lassen und die ganze Stadt in Aufruhr zu versetzen«, sagte Mathilde verstimmt. »Verdammt, nun beiß endlich ab, sonst fällt dir das nasse Zeug noch auf die Hose.«

Das war ein guter Rat, und Ivar befolgte ihn, bevor er fragte: »Und deine eigenen Krieger kannst du nicht mit dem Gefangenen zum Praetorium schicken?«

Mathildes Miene verfinsterte sich. »Wen denn, nachdem er mir vier von ihnen so übel zugerichtet hat? Am Heiligabend lässt niemand sich gern sagen, dass er nun anders als abgemacht doch Dienst tun muss, und ich habe schon mehr als genug zu tun, bei der Menge an Gästen und fahrendem Volk, die über Weihnachten herströmt, die Sicherheit auf der Burg zu gewährleisten. Nein – entweder muss ich mich nachher selbst darum kümmern, oder du bist so freundlich und nimmst mir die Sache ab.«

Ivar seufzte, und wenn er heißen Tee und seinen geliebten Ha-

ferbrei gehabt hätte, wäre es ihm schwergefallen, sich aus der Küche wegzurühren. Aber da es hier gerade nur das Nötigste zu holen gab und Mathilde ihn bittend ansah, nickte er und erklärte sich bereit, ihr den Gefallen zu tun.

»Ich wusste ja, dass ich mich auf dich verlassen kann«, sagte sie vergnügt. »Wiggo ist unten, und zu zweit werdet Ihr den Burschen sicher gut im Griff behalten, schließlich ist er selbst verletzt und gewiss nicht mehr so dreist wie heute Morgen.«

Damit ging sie wohlgemut wieder an ihre Pflichten, und Ivar brach leise fluchend auf, wie man es eben tat, wenn eine lästige Aufgabe einem bevorstand. Hätte er geahnt, was oder vielmehr wen er in den Eingeweiden der Burg vorfinden würde, hätte er sich wohl geweigert, ihr den kleinen Dienst zu erweisen, aber der fremde Söldner war den ganzen Vormittag über für ihn namenlos gewesen und blieb es auch, bis Wiggo tief unter dem alten Amphitheater eine Zellentür öffnete.

»Ich bin froh, dass Ihr mir helft, Herr Ivar«, bemerkte Wiggo, während er noch den Schlüssel im Schloss drehte, und da er ein grober Klotz von einem Kerl war und sich gewöhnlich kein bisschen vor den armen Seelen fürchtete, die seiner Bewachung anvertraut waren, war das auffällig, wenn nicht gar ein Anlass zur Sorge.

Angst hatte Ivar dennoch nicht; er bekam sie erst, als die Tür aufschwang und im schwachen Schein von Wiggos Laterne zu sehen war, wer in dem engen Raum in Ketten darauf wartete, an seinen neuen Bestimmungsort geschafft zu werden. Erst war Ivar nahe daran, die Tür wieder zuzuschlagen und Wiggo zu sagen, er möge Mathilde ausrichten, leider könne Ivar ihr doch nicht helfen. Dann aber schaute er genauer hin und sah nicht mehr nur den eiskalten Blick des Gefangenen, sondern auch, wie mitgenommen er von dem überstandenen Kampf war. Sein rechtes Bein musste einen Schwerthieb davongetragen haben. Ein weit aufklaffender Schnitt in der Hose, deren einstiges Grau unter getrocknetem Blut und Schmutz nur noch zu erahnen war, ließ einen festen Verband erkennen. Das Gesicht des Mannes blieb unter Kratzern und blauen Flecken ausdruckslos, bis er Ivar seinerseits erkannte; nun blitzte Verachtung in seinen hellen Augen auf.

»Verflucht«, sagte er zur Begrüßung.

»Dir auch einen guten Morgen, Gorm«, erwiderte Ivar.

»Kennt Ihr den etwa?«, erkundigte Wiggo sich überflüssigerweise.

Ivar lächelte kühl; Gorm spuckte aus. Keiner von beiden antwortete.

»Wie auch immer, hoch mit dir«, befahl Wiggo. »Du sollst ins Praetorium hinüber.«

Es kostete den Söldner sichtliche Mühe, sich auf die Beine zu kämpfen.

Ivar beobachtete seine Anstrengungen, ohne einzugreifen, und kurz durchströmte ihn ein finsteres Hochgefühl, halb Schadenfreude, halb Erregung, einen alten Feind hilflos vor sich zu haben.

Das musste ihm anzumerken sein, denn die Geringschätzung in der Miene des Gefangenen wich für kurze Frist blankem Hass. »Du Schwein bist dir auch für nichts zu schade«, stieß er hervor, als er endlich aufrecht stand.

Die Ohrfeige, die Wiggo ihm daraufhin gab, wirkte fast beiläufig, hätte aber wohl ausgereicht, manch einen wieder von den Füßen zu holen. Dass sie Gorm selbst in seinem derzeit kläglichen Zustand nicht umwerfen würde, hatte Ivar im Voraus gewusst.

»Machst du dir nicht einmal mehr selbst die Hände schmutzig?«, fragte Gorm höhnisch und leckte sich das Blut ab, das aus dem neu aufgeplatzten Riss in seiner Oberlippe quoll.

»Halt besser den Mund«, riet Ivar ihm und klang ruhiger, als er es war. Seine Gedanken überschlugen sich und liefen ihm davon; er musste dringend entscheiden, wie er die Gelegenheit nutzen wollte, die ihm in den Schoß gefallen war.

Immerhin wehrte Gorm sich nicht, als sie ihn aus der Zelle führten, und das Gehen schien schmerzhaft genug für ihn zu sein, um ihn für eine Weile zum Schweigen zu bringen.

Den Gang entlang kamen sie noch halbwegs zügig voran, aber

auf der Treppe wurde es schwierig, und als der Gefangene zum zweiten Mal gestolpert war, fragte Wiggo an Ivar gewandt: »Meint Ihr, wir müssen ihn auf ein Pferd setzen, um ihn zum Praetorium zu bekommen?«

Ivar schüttelte den Kopf, denn mittlerweile war er zu einem Schluss darüber gelangt, wie er vorgehen wollte, und ein Pferd hatte in seinem Plan, der ihn innerlich frieren ließ, wahrlich keinen Platz. »Nein«, sagte er und schloss die Hand etwas fester um Gorms Oberarm, als könnte er ihm hier und jetzt noch entkommen. »Der kann sehr gut selbst laufen. – Und nun stell dich nicht weiter schwächer, als du bist, Gorm.«

»Ach, so ist das?«, gab Wiggo zurück, und die letzten neun Stufen waren für Gorm so, wie er sie daraufhin hochgeschleift wurde, vermutlich eine einzige Qual, die er stumm über sich ergehen ließ.

Oben auf dem Hof in der eisigen Luft gehorchte seine Stimme ihm dann wieder gut genug, um Ivar ganz genau zu sagen, was er von ihm hielt: »Du bist wirklich ein Schwein und ein Feigling! Aber was habe ich auch Besseres von einem erwartet, der die Götter seiner Ahnen verraten hat?«

Ivar sah ihn nicht an. »Wie es dir ergeht, hast du dir nur selbst zuzuschreiben.«

Drei Schritte weit herrschte Schweigen; dann erklärte Gorm: »Das mit dem Steuereintreiber ... Das war ich nicht.«

Ivar glaubte ihm kein Wort und hatte Wichtigeres zu bedenken.

Wiggo wies Gorm nur barsch an, endlich still zu sein.

Als sie unter dem Torbogen hindurch auf die Straße hinauskamen, hatte Ivar die freie Hand schon um den Griff seines Lieblingsmessers gelegt, denn viel Zeit blieb ihm nicht für das, was er vorhatte.

»Wir nehmen nicht die Straße am Römerbrunnen vorbei«, sagte er, als Wiggo den vertrauten Weg zum Praetorium einzuschlagen drohte. »Dort sind zu viele Leute; falls Gorm sich weiter sträubt, gibt das nur Ärger. Außerdem ist der Pfad zwischen den Gärten ohnehin ein Stück kürzer.«

Letzteres war selbst bei wohlwollender Betrachtung falsch geschätzt, mit klarerem Blick gesehen sogar dreist gelogen, aber Wiggo stellte die Anordnung nicht infrage, und Gorm glaubte wahrscheinlich ohnehin, dass Ivar ihm aus reiner Bosheit die holprige Strecke zwischen Zäunen und Trümmerfeldern zumutete. Sollte er es ruhig glauben; immerhin war er der Mensch, an den Ivar die meisten zornigen Erinnerungen hegte, abgesehen vielleicht von den vier Kämpfern aus Sala, die ihn während des Bürgerkriegs aus Ärger und Rache in einen Baum gehängt hatten, um ihn als Zielscheibe zu verwenden. Von den vieren lebte aber niemand mehr; Gorm dagegen sehr wohl.

Eines immerhin entsprach der Wahrheit: Der schmale Durchgang und die Grundstücke, die an ihn grenzten, lagen an diesem Frosttag verlassen da, und das war der einzige Grund für Ivars Entscheidung.

Er wartete, bis sie ausreichend von der Straße entfernt waren, die sie unweit der Burg verlassen hatten. Dann war es nicht schwierig, Gorm unauffällig ein Bein zu stellen. Der Angriff kam, anders als der Schlag vorhin im Verlies, unerwartet genug, den Gefangenen tatsächlich stürzen zu lassen. Ganz wunschgemäß beugte Wiggo sich fluchend über ihn, um ihm aufzuhelfen, und war damit in der günstigsten Haltung, um Ivars beschwerten Messergriff so über den Schädel geschmettert zu bekommen, dass auch er zu Boden ging.

Der Krieger der Vöglin landete nur zwei Schritte von einer Bank entfernt, die windschief an einer alten Römermauer lehnte und an die Ivar gleich gedacht hatte, als ihm klar geworden war, was er tun musste. Schließlich konnte man einen Ohnmächtigen bei diesem Wetter nicht auf dem nackten Boden liegen lassen, wenn man ihm nicht noch ärgeren Schaden zufügen wollte, als unumgänglich war.

Ivar hatte damit gerechnet, dass Gorm sich gleich wieder aufrichten würde, doch er blieb erst einmal liegen, und als er dann zumindest den Kopf hob, waren ihm die Schmerzen anzumerken.

»Was wird das?«, fragte er, und einen Herzschlag lang stand in seinem Blick tatsächlich einmal Angst.

»Für das, was nun kommt, kann ich keine Zeugen gebrauchen«, beschied ihn Ivar und ließ sein Messer einmal genüsslich herumwirbeln, bevor er es wieder einsteckte. Dann nahm er die Schlüssel von Wiggos Gürtel und ging daran, Gorm von den Fesseln zu befreien. »Kannst du allein aufstehen?«, fuhr er fort, als das getan war, und kümmerte sich rasch darum, Wiggo auf die Bank zu hieven, so gut es sich bewerkstelligen ließ.

»Das wird sich finden«, sagte Gorm und unternahm achtbare Bemühungen, sich hochzustemmen. »Aber die Wunde blutet wieder; sie haben sie schlecht genäht.«

Ivar unterbrach seinen Versuch, das Schlüsselbund an seinem gewohnten Platz zu befestigen. »Wenn das eben sie wieder hat aufreißen lassen, tut es mir leid.«

»Es tut dir kein bisschen leid«, urteilte Gorm, der sich mittlerweile an der kaum noch kniehohen Mauer abgestützt und so mit mehr Entschlossenheit als Körperkraft wieder auf die Beine gefunden hatte. Ein wenig milder setzte er hinzu: »Außerdem ist es nicht deine Schuld. Da ist schon vorhin auf der Treppe etwas schiefgegangen, das habe ich gespürt.«

Das war nicht gut, und es bot sich nicht an, zu sehr darüber nachzugrübeln oder Gorm die Zeit zu lassen, eben das zu tun.

»Komm, ehe er wieder aufwacht«, sagte Ivar, und es war ein äußerst schlechtes Zeichen, dass Gorm nicht einmal fragte, wohin es gehen sollte, sondern klaglos den Arm um Ivars Schultern legte und sich stützen ließ.

Die ersten stolpernden Schritte blieben sie auf dem Pfad; dann wurde alles noch mühsamer, als Ivar nach links in einen stillen, ungepflegten Garten abbog, durch den man ungesehen auf eine kleine Straße gelangen konnte, die schief und krumm in etwa dieselbe Richtung einhielt wie der alte Decumanus.

Die Stadttore würden heute besonders gut bewacht sein, wenn die Krieger des Hochgerichts tatsächlich auf der Suche nach Messer-Ortnit waren, und auch wenn Ivar hoffte, dass man ihn und jedweden Begleiter dennoch durchlassen würde, war das keine

Vermutung, die er unter diesen Umständen unbedingt auf die Probe stellen wollte. Das Kloster beim Osttor hatte aber seine eigene Pforte, durch die man vom Kräutergarten in die Hafenvorstadt hinausgelangen konnte. Wenn sie sich beeilten, würden sie schon dort sein, während die Mönche noch damit beschäftigt waren, die Sext zu beten, und außerhalb der Stadtmauern würde sich ein Kahn finden lassen, mit dem Gorm ans andere Flussufer oder auch ein Stück weit nach Norden fahren konnte. Die Mugila war noch nicht zugefroren, und auf dem Weg würde er weit kommen, bis man ihn suchte, auch wenn er jetzt nur noch humpeln konnte.

»Wo hast du deine Leute?«, fragte Ivar, denn davon hing ab, wie genau sie es mit dem Boot halten würden; spätestens wenn Gorm wieder bei der Söldnerschar war, über die er den Befehl führte, konnte Ivar sich ruhigen Gewissens von ihm verabschieden.

Gorm lachte auf und trat unglücklich in eine Kuhle, die sich im einstigen Gartenweg auftat. »Ich habe keine mehr.«

»Was?« Ivar wäre wohl auch dann stehen geblieben, wenn er nicht ohnehin dazu gezwungen gewesen wäre, um seinen Begleiter wieder Tritt fassen zu lassen.

Gorm winkte unwillig ab und murmelte nur irgendetwas von einem Streit um Kriegsbeute, den ein verschlagener Geselle namens Thoralf anscheinend absichtlich angezettelt hatte, um einen Vorwand für einen Kampf zu haben und Gorm die bescheidene Macht über sein kleines Gefolge zu entreißen. »Ich bin mit dem Leben davongekommen, das ist doch das Wichtigste. Aber was glaubst du, warum ich hier unten überwintere, statt wie sonst hinauf nach Lunde zu reisen?«

Ivar wusste nicht, was er geglaubt hatte. Wenn er ehrlich mit sich war, hatte er auf die Frage, was Gorm in Aquae Calicis trieb, noch gar keinen Gedanken verschwendet, denn dass er ihn überhaupt hier getroffen hatte, war schon schlimm genug. »Dann hat es wohl keinen Sinn, dich aus der Stadt zu bringen«, sagte er, halb an sich selbst gewandt, und zog Gorm weiter, während sein schöner Plan sich in Luft auflöste. »Ich werde mir etwas anderes einfallen lassen müssen.«

Ein Rotkehlchen flog vor ihnen davon, und Gorms Schritte wurden noch schleppender als zuvor. »Das ist doch eigentlich nicht deine Sorge«, gab er zu bedenken, um dann unvermittelt hinzuzusetzen: »Erst dachte ich, du würdest mich einfach dort beim Hochgericht abliefern.«

Sie kamen auf die Straße hinaus, und Ivar vermied es tunlichst, Gorm ins Gesicht zu sehen. »Das hättest du auch verdient«, gab er flüsternd zurück und hielt sich eher aufs Geratewohl nach links, als weil er noch eine klare Richtung vor Augen gehabt hätte, »und wenn du etwas Harmloseres angestellt hättest, hätte ich es auch getan, auf mein Wort! Aber ein Steuereintreiber, verdammt ... Dafür stecken sie dich bis an dein Lebensende in die Steinbrüche.«

»Das mit dem Steuereintreiber war ich nicht«, wiederholte Gorm.

»Du musst nicht mehr lügen; wir sind allein«, entgegnete Ivar gereizt und erkannte noch im selben Augenblick, dass er sich irrte, denn ihnen kam eine alte Frau mit einem Reisigbündel auf dem Rücken entgegen und musterte sie viel zu neugierig.

Gorm schwieg, bis die Alte an ihnen vorbei und hoffentlich außer Hörweite war. »Ich war es nicht«, bekräftigte er noch einmal, »aber wenn du mir nicht glaubst, muss ich wohl doppelt gerührt sein, dass du mir heraushilfst.«

»Dass du ein fürchterlicher Mensch bist, hindert dich ja nicht daran, mein Bruder zu sein«, antwortete Ivar und fragte sich immer verzweifelter, wohin er mit diesem seinem Bruder nun eigentlich wollte.

Nicht ohne finstere Heiterkeit ließ Gorm ihn wissen, manche Dinge lägen nun einmal in der Familie.

Ivar ging nicht darauf ein, denn er musste nachdenken. Gewöhnlich hätte er sich durchaus zugetraut, jemanden in der Stadt zu verstecken, aber er war sonst noch nie in einer Lage gewesen, in der das Gefolge der Vögtin, die Leute von Hoch- und Niedergericht und ein Großteil seiner eigenen Zuträger allesamt über den Aufenthaltsort eines Menschen getäuscht werden mussten. Sie waren

nicht unfähig und wussten zusammenzuarbeiten, und da die Reisig-sammlerin Gorm und ihn gesehen hatte, war davon auszugehen, dass man ihm früher oder später Fragen stellen würde, wenn er nicht gleich mit verschwand.

Natürlich konnte er immer noch ein Boot auftreiben, vorzugs-weise ohne zugehörigen Flussschiffer. Er wusste selbst gut genug, wie man einen solchen Kahn lenkte, und wenn niemand sie auf-hielt, was Ivar nicht zu hoffen wagte, konnten sie vielleicht über die Grenze und damit in Sicherheit gelangen. Doch ob Gorm, der immer schwerer an ihm hing, bis dorthin durchhalten würde, ohne zusammenzubrechen, war fraglich, und selbst wenn sie halbwegs heil draußen im Heidenland ankamen, würden sie mittellos einen kalten Winter fern aller Freunde und Bekannten überstehen müs-sen. Ausgerechnet mit Gorm in der Art von Räuber- und Wilderer-leben festzusitzen, die sich unter solchen Umständen unweigerlich ergab, war eine erschreckende Vorstellung. Sie würden sich über kurz oder lang nur gegenseitig den Schädel einschlagen, und damit wäre niemandem gedient gewesen. Es musste anders gehen, und in seiner Aufregung fiel Ivar nur eines ein.

»Kannst du bis zur Barbarakirche laufen?«, fragte er leise und ohne sich sicher zu sein, ob Gorm sich Kirchennamen überhaupt merkte. »Vielleicht weiß ich in der Nähe jemanden, der dir weiter-helfen kann.«

Gorm nickte knapp und biss die Zähne zusammen.

Eine Zeit lang blieb es still, während sie sich über unebene Ne-benstraßen zwischen Trümmergrundstücken und Gärten hindurch bis in das bescheidene Viertel um die Barbarakirche vorarbeiteten. Hier war es belebter, aber in dieser Gegend stellte dankenswerter-weise niemand Fragen, wenn ein wenig vertrauenerweckender Verwundeter einem unbekannten Ziel entgegenhinkte – niemand bis auf Gorm selbst, denn als das Haus mit den Rosenstöcken vor der Tür, zu dem Ivar wollte, schon in Sichtweite lag, erkundigte sein Bruder sich: »Wir gehen aber nicht zu Ratte? Oder zu Alfreda ... Unter welchem Namen auch immer du sie kennst.«

Ivar warf einen raschen Blick zu ihm hinüber, konnte aber nichts bis auf Anstrengung in seinem Gesicht lesen. »Da du sie offenbar deinerseits kennst ... Hat sie einen Grund, dich zu verraten?«

»Ich habe nicht nur Feinde«, sagte Gorm, ohne sonderlich gekränkt zu klingen. »Aber freuen wird sie sich nicht, wenn wir bei ihr einfallen; sie war gestern schon nicht entzückt, als ich sie besucht habe. Ihr Mann ist da, zumindest glaube ich das, und du weißt, wie es mit dem steht, nicht wahr?«

»Nur, dass er wohl nicht diesseits der Grenze sein sollte«, gab Ivar vorsichtig zurück, denn über Rattes verstohlenen Gefährten, bei dem er nicht einmal sicher war, ob er so recht als ihr Mann gelten konnte oder sich den Titel nur aus Gewohnheit anmaßte, wusste er viel weniger, als ihm lieb war. »Aber wenn sie dir nicht ans Leder will, gehen wir jetzt zu ihr, ganz gleich, wen sie im Haus hat.«

»Getroffen habe ich den Kerl gestern nicht«, räumte Gorm ein, »aber wenn das Kind mit einem Mal einen Welpen hat, der aussieht, als ob er zu Bruns Jagdhunden gehört, dann sollte einen das doch nachdenklich machen.«

»Wer ist Brun?«, fragte Ivar und musste sich mit aller Macht gegen Gorms neuerliches Straucheln stemmen.

»Du reist zu selten nach Hause, sonst wüsstest du, dass er einer ist, der oben an der Salzstraße eigenmächtig Wegzoll erhebt.« Das ließ sich mit »Räuberhauptmann« übersetzen, aber Gorm hatte drei quälend langsame Schritte gebraucht, um genug Atem für die Antwort zu schöpfen. »Rattes Mann steht in seinen Diensten, und manchmal läuft sie einem dort oben über den Weg.«

Das war nützliches Wissen, aber es blieb nicht genug Zeit, um zu ergründen, ob die Anwesenheit dieses besonderen Gasts Ratte hilfsbereiter oder feindseliger machen würde. »Wir gehen jedenfalls zu ihr«, bekräftigte Ivar und zog seinen Bruder zur Tür zwischen den Rosen.

Gorm widersprach nicht länger, und so blass, wie er mittlerweile war, freute er sich wahrscheinlich, sich überhaupt irgendwo ausruhen zu können, und sei es auch unter dem Dach einer womöglich missgelaunten Ratte.

Ivar klopfte auf die richtige Art, um die Bewohnerinnen des Hauses wissen zu lassen, dass er es war, der vor der Tür stand. Es dauerte nicht übertrieben lange, bis Alfreda öffnete, aber sie wirkte matter, als Ivar es von ihr gewohnt war, bei näherer Betrachtung sogar kraftlos genug, dass selbst er ihr die Ausrede abgenommen hätte, sie sei krank und könne keinen Besuch empfangen. Für eine Frau, die ihm gemeinhin so stark und kampfeslustig wie ein Keiler erschien, war das ungewöhnlich, aber ein Blick auf den wankenden Gorm genügte offenbar, sie erkennen zu lassen, dass es auch anderen heute nicht eben gut ging und alle Fragen und Erklärungen auf später verschoben werden mussten. Sie trat zurück und nickte ihnen zu, ins wohlig warme Halbdunkel des Hauses zu kommen.

Die Schreiberin, mit der Alfreda sich ihre Bleibe teilte, war vermutlich noch auf ihrem Platz unter den Arkaden am Markt, um auszunutzen, dass zu Weihnachten manch einem der ungewohnte Gedanke kam, Freunden und Verwandten einen Brief senden zu wollen; jedenfalls war sie nirgendwo in dem bescheidenen Raum zu sehen. Dafür war Alfredas Tochter Arnegunde da, und mit ihr ein kleiner schwarzer Hund, der wirkte, als müsse er in seine übergroßen Pfoten erst noch hineinwachsen. Er kam zutraulich auf die Neuankömmlinge zugetappt, während das Mädchen sich im Hintergrund hielt und mehr Argwohn erkennen ließ. Über dem Feuer köchelte eine Suppe, die nach Lauch und Rindfleisch roch, und die Kissen auf der Bank an der Wand gleich daneben waren zerdrückt, als hätte dort eben noch jemand behaglich gesessen.

Auf Rattes Nicken hin führte Ivar seinen Bruder zu dem bequemen Platz. Kaum dass Gorm darauf saß, schloss er die Augen und sank erleichtert in sich zusammen.

Alfreda hatte mittlerweile die Haustür verriegelt. Ivar drehte sich zu ihr um. »Alles hier geschieht mit dem Wissen und Willen der Vögtin«, behauptete er. »Wohlgemerkt, das sage ich dir, damit du im Notfall beschwören kannst, ich hätte dir genau diese Auskunft gegeben.«

»Der Notfall wird eintreten, nehme ich an«, entgegnete Ratte kühl und wies auf Gorm, »denn nach allem, was ich gehört habe,

sollte er da eigentlich hinter Schloss und Riegel sitzen, weil er endlich einmal eine gute Tat begangen und den Steuereintreiber aus dem Weg geräumt hat.«

»Habe ich nicht«, sagte Gorm, ohne die Augen zu öffnen, »aber das will ja keiner hören.«

Alfreda musterte ihn und wirkte so wenig überzeugt von seiner Unschuld, wie Ivar es selbst war. »Was ist mit dem Bein?«, fragte sie dennoch nur.

Ivar seufzte. »Es wäre wohl gut, wenn du Verbandszeug hättest ... Und eine saubere Nadel. Ich kümmere mich darum.«

Alfreda betrachtete auch ihn aus Augen, deren Ausdruck einen verstören konnte, und der kleine schwarze Hund wollte anscheinend unbedingt herausfinden, ob sein Mantelzipfel essbar war. Ivar ertrug beides stumm.

Dann wagte Arnegunde sich heran, um ihren Welpen einzusammeln, und Ratte löste die Arme, die sie vor der Brust verschränkt hatte. »Du solltest mir besser sehr schnell und sehr gründlich erklären, was hier gespielt wird«, riet sie ihm, während sie daran ging, das Verlangte herauszusuchen. »Dass Gorm jemanden braucht, bei dem er unterkriechen kann, sehe ich selbst, aber warum bringst *du* ihn mir?«

Ivar überhörte die Betonung der Frage absichtlich. »Bei dem Ruf, in dem er steht, wird man weder einen Reinigungseid noch einen Gerichtskampf zulassen, um die Anklage zu widerlegen, und wer weiß, ob nicht doch noch Zeugen auftauchen, echte oder falsche? Und wenn man ihn verurteilt ... Das geht nicht gut aus.«

Endlich schaute Gorm auf, und für jemanden, der brav und dankbar hätte sein sollen, sah er viel zu anklagend drein. »Du willst es vor Dritten wahrhaftig nicht aussprechen, wie? Sag es ihr lieber, sonst wundert sie sich noch, warum einer, der sonst lieber ein bloßes Werkzeug der Vögtin ist, auf einmal einen eigenen Willen hat.«

Ivar hielt sich mühsam davon ab, die Fäuste zu ballen. »Wenn du möchtest, dass ich dein Bein so gut in Ordnung bringe, wie es geht, nimmst du das besser zurück.«

Gorm zuckte die Schultern mit all jener unausstehlichen Gleichgültigkeit, auf die er sich immer schon verstanden hatte, und antwortete nicht. Stattdessen wandte er sich an Ratte. »Du kannst Ansegisel gern sagen, dass er wieder hereinkommen kann. Ich weiß, dass er da ist oder eben noch da war – solch eine Suppe kocht er schließlich auch immer bei Brun im Turm, wenn sonst keiner Lust hat, Essen zu machen. Und wenn er sich jetzt stundenlang in der Kälte die Beine in den Bauch steht, ist das doch nicht schön. Sag ihm, dass ich es bin und euch nichts Böses will, genauso wenig wie mein Bruder. Wenn der gerade finster dreinsieht, dann nur meinetwegen.«

Erstaunen war keine Regung, die oft über Rattes Gesicht ging, aber nun sah sie kurz sehr verblüfft über Leinentücher und Nähzeug hinweg von Gorm zu Ivar, bevor sie mit einem Mal lachte, und das wahrscheinlich nicht, weil der Welpe Arnegundes Armen glücklich entkommen war und Ivars Umhang noch nicht vergessen hatte. »Wenn du Ivar zum Bruder hast, warum fragst du dann gestern mich, ob ich jemanden weiß, der deine Klinge brauchen kann? Die Burgwache ist besser als alles, was ich auftreiben könnte, zumindest solange man keinen Steuereintreiber auf dem Gewissen hat.«

»Aus dem Blickwinkel betrachtet ist es wohl ein Segen, dass der Steuereintreiber tot ist«, sagte Ivar heiterer, als er sich fühlte. »Gorm und ich auf derselben Burg, das ginge nicht lange gut.«

Verspätet fiel ihm ein, seinen Mantelsaum zu befreien.

»Passt auf, dass der Hund ihm nicht lästig fällt«, empfahl Gorm hilfreich, »sonst weiß ich nicht, was er noch tut. Er hatte schon immer Katzen lieber, wie alle anstrengenden Leute.«

Ivar wirbelte herum und musste sich zügeln, um nicht dem Gedanken nachzugeben, dass es nach all dem Schaden, den Wiggo und seinesgleichen schon angerichtet hatten, auch nicht mehr viel ausmachen würde, Gorm die Nase blutig zu hauen. »Jetzt ist es genug, Gorm«, erklärte er, und danach zu urteilen, wie ihn alle von seinem Bruder bis hin zu dem Welpen mit einem Schlag ansahen, hörte man, dass er nicht scherzte. »Ich habe mir einiges von dir bieten lassen, aber nun gehst du zu weit. Wenn es sein muss, kann ich alles vergessen, was du zwischen der Burg und hier gesagt hast, und meinetwegen denke ich heute nicht einmal an das, was du mir damals an den Kopf geworfen hast, als du erfahren hast, dass ich getauft bin. Aber dass du meine Katze hast verschwinden lassen, habe ich dir nie verziehen und werde ich dir auch nie verzeihen. Also rede nicht von Katzen, wenn dir deine Freiheit und dein Leben auch nur einigermaßen lieb sind, denn sonst bereue ich, was ich getan habe, und mache es auf dem schnellsten Wege rückgängig.«

Gorm öffnete den Mund und war dann doch klug genug, ihn wieder zu schließen. Er sagte tatsächlich erst einmal kein Wort mehr, und das war gut, denn man konnte nicht gleichzeitig jemandem das Bein verarzten und ihn erwürgen.

So aber konnte Ivar Gorm vorerst nur Gorms Oberschenkel sein lassen, und um den war es nicht gut bestellt. Als Ivar den Verband löste, hatte er bald frisches Blut an den Händen. Glücklicherweise waren genug alte Laken da, um Alfredas Kissen vor dem Schlimmsten zu bewahren, aber die halb aufgerissene Naht in der Haut war wirklich von Anfang an schlecht gewesen, als wäre es denen, die sich vorhin um Gorm gekümmert hatten, nicht sehr auf sein Wohl oder Wehe angekommen. Kurz überstieg Ivars Wut auf diejenigen, die so mit seinem Bruder umgegangen waren, die auf Gorm selbst.

»Nun sieh dir das an«, sagte er zu Ratte, als sie ihm die Nadel bereitlegte. »Das kann man doch nicht machen.«

»Nein, das geht nicht«, erwiderte sie, klang nicht einmal so spöttisch, wie er es von ihr gewohnt war, und ging Branntwein für Gorm suchen, der nicht jammerte, weil er in der Hinsicht noch nie hinter den Helden der alten Sagen hatte zurückstehen wollen.

Zwischen all den Hilfstätigkeiten fand sie auch Zeit, Ansegisel hereinzuholen, auch wenn Ivar zu seiner Beschämung den Augenblick nicht bemerkte, in dem das geschah; irgendwann war nur einfach ein junger Mann da, der Arnegundes dunkles Haar und ihre ausdrucksvollen Augen hatte.

Ivar glaubte zwar nicht, dass man viel auf den Verstand eines Menschen geben konnte, der erstens oben an der Salzstraße Leute

ausraubte und sich zweitens mit Ratte einließ, aber er beschloss, den armen Toren zu mögen, da der Bursche so freundlich war, Alfreda halblaut zu fragen, ob sie nicht daran gedacht habe, dass wahrscheinlich auch Ivar etwas von dem Branntwein nötig hätte.

Was Ratte anzubieten hatte, war erwartungsgemäß stark, und Ivar hatte eigentlich nicht genug im Magen, um es herunterzustürzen, aber immerhin beruhigte es einen ein wenig, wenn man sich einredete, dass es diese Wirkung haben würde.

Später, als er für Gorm getan hatte, was er tun konnte, und sich in einem Eimer neben der Hintertür die Hände wusch, kam Alfreda zu ihm und fragte schlicht: »Und was nun?«

Ivar sah auf. »Nun versteckst du ihn irgendwo, damit er sich erholen kann, bis sein Bein geheilt ist. Sag mir nicht, wo genau, nur für den Fall, dass man mich danach fragt – ich will es gar nicht wissen. Sobald ich kann, mache ich es auch wieder gut.«

Sie musterte ihn mit etwas wie Mitleid. »Und du gedenkst ernsthaft, so zur Burg zurückzugehen?«

Ivar musste nicht an sich hinabschauen, um zu wissen, dass sein rechter Ärmel aussah, als hätte er mindestens ein Schwein abgestochen, und dass auch der Rest seiner Kleidung etwas abbekommen hatte. Dennoch nickte er. »Natürlich. Ein paar Leute aus Gorms Söldnerbande haben sich heimlich in die Stadt geschlichen, ihn befreit und mich als Geisel genommen. Ich musste zu fragwürdigen Mitteln greifen, um zu entkommen, und es ist mir erst im großen Nordwald gelungen. Dort sind sie im Unterholz verschwunden, eine Suche hat keinen Zweck.« Er lächelte leicht. »Das glaubt man mir hoffentlich lange genug, damit du Gorm in Sicherheit bringen kannst. Und wenn nicht ... Dann beschwörst du eben reinen Herzens, ich hätte dir gesagt, alles sei mit der Vögtin abgesprochen, wenn man dich denn fragt.«

Alfreda streckte ihm ein Handtuch hin. »Besser wäre es, keiner würde fragen.«

Ivar trocknete sich die Hände gründlich ab. »Falls du Angst hast, dass ich mein Versprechen nicht einlösen kann ...«, begann er dann

widerstrebend. »Ich habe bei den Mönchen unten im Kloster ein bisschen Geld für schlechte Zeiten hinterlegt. Wenn du mir etwas zu schreiben gibst, stelle ich dir eine Vollmacht aus, dann zahlen sie dir oder jedem, den du hinschickst, einen angemessenen Lohn, zumindest, wenn du dich schnell genug darum kümmerst, bevor jemand darauf kommen kann, es zu beschlagnahmen.«

Sie winkte ungehalten ab, was ihn überraschte, bis ihm wieder auffiel, wie matt und bleich sie heute wirkte. »Ich habe das nicht gesagt, um den Preis für meine Hilfe in die Höhe zu treiben, sondern weil wir wirklich keinen Ärger gebrauchen können. Wenn es heißt, wir hätten einen flüchtigen Mörder versteckt ...«

Sie brach ab und wandte ihm den Rücken zu, um zum Feuer zu gehen und die Suppe umzurühren, obwohl Ansegisel das gerade erst getan hatte.

Ivar hängte das Handtuch so ordentlich wie möglich über den Eimerrand und folgte ihr. »Ist es, weil *er* hier nicht gesehen werden darf?« Er nickte zu Ansegisel hinüber, der sich an dem tönernen Salztopf auf dem Wandbrett zu schaffen machte, ohne sich davon stören zu lassen, dass der Welpe ihm um die Füße tollte und von Arnegunde noch ermuntert wurde.

Ansegisel setzte das Gefäß sanft wieder ab und schaute auf. »Auch«, sagte er ohne große Aufregung und fuhr Arnegunde durchs Haar. »Aber vor allem wird solch eine Geschichte nicht für mich sprechen, wenn ich mich heute Abend der Vögtin zu Füßen werfe, wenn sie zur Messe geht, und sie um Gnade bitte. Viel länger halte ich es nicht aus, nicht in Austrasien sein zu dürfen, ohne um meine Freiheit zu fürchten.«

Ivar sah lieber ins Feuer, um die Blicke, die zwischen Alfreda und ihrem Mann hin- und hergingen, nicht bemerken zu müssen. Im Grunde war Ansegisels Plan kein schlechter, denn wenn das Wenige, was Ivar über ihn wusste, zutraf, hatte ihn nur eine dumme Jugendsünde kurz nach dem Bürgerkrieg ins Heidenland getrieben. Er hatte wohl jemanden auf der Verliererseite bei der Flucht unterstützt, und das war nun viele Jahre her. An Feiertagen um Straflosigkeit für solche Vergehen zu bitten, war ein bewährtes Mittel, und gewöhnlich war die Vögtin nicht unbillig hart, aber wie es damit aussah, wenn man Ansegisel auch nur auf Umwegen mit dem Mord an dem Steuereintreiber in Verbindung bringen konnte, war zugegebenermaßen eine andere Frage.

Ivar hatte fast ein schlechtes Gewissen, aber vielleicht konnte gerade diese heikle Lage helfen, alles doch noch zum Guten zu wenden. »Was kostet es mich, dich zu überzeugen, deinen Fußfall bis Ostern aufzuschieben und heute lieber erst einmal zurück zu Brun aufzubrechen – mit Gorm? Ich kann euch in den Hafen bringen und ein Boot besorgen.«

»Das kannst du vielleicht«, sagte Ansegisel sehr langsam, und nun stand in seinen Augen tiefere Verzweiflung als die gelinde von eben, »aber ich kann Gorm nicht mit zu Brun nehmen. Ich kann überhaupt nicht mehr zurück zu Brun.«

Kurz herrschte Schweigen; dann lachte Gorm, der die Verhandlungen stumm verfolgt hatte. »Du hast dich mit Brun zerstritten und ihm auch noch einen seiner Hunde gestohlen, als du gegangen bist?«, fragte er und deutete auf den Welpen, den Arnegunde inzwischen auf dem Arm hielt. »Das ist Mut!«

»Er war eben anhänglich.« Vermutlich meinte Ansegisel eher das Hündchen als Brun.

»Also bist du gerade weder dies noch jenseits der Grenze wohl gelitten?« Ivar musste zugeben, dass unter diesen Umständen ein Abwarten bis ins Frühjahr hinein wirklich nicht angeraten war.

Ansegisel zuckte die Schultern. »Ich könnte anderswo ins Heidenland gehen und hoffen, dass Brun mich dort nicht findet ... Aber dann wäre es auch nicht besser als bisher, womöglich sogar schlimmer.«

»Oder du könntest Brun erschlagen und seinen Turm übernehmen.« Vielleicht war die freundliche Anregung das, was Gorm für einen Scherz hielt, vielleicht aber auch nicht.

Ratte schien Letzteres anzunehmen, denn sie schüttelte mit Nachdruck den Kopf. »So, wie die Dinge zuletzt standen, ist das kein aussichtsreicher Plan, glaub mir. Und überhaupt dürfte Ansegisel

diesseits der Grenze mehr Glück haben, wenn alles gut geht. Ich habe mich in den letzten Tagen ein wenig in der Kanzlei der Vögtin und in den Papieren der Gerichte umgesehen, weil man seinerzeit auch von Aquae aus nach ihm gesucht hat. Bis auf die Sache damals liegt hier nichts gegen ihn vor. Noch nicht.«

»Und mindestens bis heute Abend sollte das so bleiben, ich weiß.« Ivar hatte zu viel zu bedenken, um sich auch nur in Ansätzen darüber zu ärgern, dass Ratte offensichtlich erfolgreich auf der Burg herumgestöbert hatte, ohne dass es ihm aufgefallen war. Er überlegte, ob er zu einem schriftlichen Gnadengesuch raten sollte, das es Ansegisel gestatten würde, irgendwo sicher versteckt abzuwarten, und verwarf den Vorschlag. Ein Brief hatte ja doch nie dieselbe Wirkung, wie selbst vorstellig zu werden, und wenn eine Rückkehr zu Brun nicht mehr möglich war, musste es schnell gehen.

»Dann gebt mir noch etwas von dem Branntwein. Es wird sich schon ein anderer Unterschlupf finden«, sagte Gorm selbstloser, als Ivar es ihm zugetraut hätte.

Alfreda schüttelte abermals den Kopf. »Du würdest nicht weit kommen, und selbst wenn es dir gelingen sollte, dir die Schmerzen für drei Schritte aus dem Bein zu saufen, wüssten wir noch nicht, ob jemand euren Besuch hier beobachtet hat. Also kannst du genauso gut erst einmal bleiben.«

Ivar wagte es nicht, ihr ein drittes Mal vorzuschlagen, zu behaupten, er habe ihr glaubhaft versichert, die Vögtin sei in alles eingeweiht. »Der Steuereintreiber, Gorm ...«, begann er stattdessen. »Hast du mir die Wahrheit gesagt, was seinen Tod betrifft? Wenn du ihn nicht erstochen hast, dann finde ich heraus, wer es war, und die ganze Sache geht glimpflich aus, aber wenn du es doch warst, dann sag es mir besser gleich.«

Gorm musterte ihn kühl. »Es wäre mir zuzutrauen, nicht wahr?«, fragte er schließlich und klang auch noch stolz darauf. »Vielleicht hätte ich es getan, wenn er mir nach gestern Abend noch einmal begegnet wäre. Aber das ist er nicht, auch wenn ihm das wenig genützt hat.«

Er wirkte nicht, als ob er log, aber das hatte Ivar bei ihm schon immer schlechter einschätzen können als bei anderen Menschen. Kurz erwog er, Gorm einen Schwur abzuverlangen, aber es gab bekanntlich auch Leute, die Meineide leisteten, ohne mit der Wimper zu zucken, und so wäre mit dem Ärger, den eine solche Forderung unweigerlich nach sich gezogen hätte, wenig zu gewinnen gewesen.

Folglich nickte Ivar nur. »Gut. Ich nehme an, du kannst nicht beweisen, heute Morgen anderswo gewesen zu sein?«

»Da vermutest du richtig«, sagte Gorm, hielt es aber anscheinend nicht für nötig, seinem Bruder anzuvertrauen, wo er sich aufgehalten hatte.

Das war zu erwarten gewesen. Ivar nickte ein zweites Mal. »Dann werde ich sehen, was ich tun kann, bevor ich auf die Burg zurückkehre. Ich melde mich, wenn ich etwas in Erfahrung bringe. Falls du nichts von mir hören solltest, tu mir den Gefallen, dich ruhig zu verhalten und darauf zu vertrauen, dass Alfreda schon weiß, wo und wie sie dich am besten verstecken kann.« Er machte einen Schritt in Richtung Tür, zögerte dann aber; ganz ohne gute Wünsche zu gehen, wäre wohl ein schlechter Abschied gewesen. »Und werd schön gesund, ja?«

Gorm sah ihn seltsam an und bat: »Warte noch.«

Ivar blieb stehen, und Gorm bedeutete den übrigen Anwesenden mit einer reichlich gebieterischen Handbewegung, dass sie sich zurückziehen sollten.

Ansegisel war, wie es schien, ein rücksichtsvoller Mensch, denn er ließ sich widerstandslos hinauswerfen.

»Komm, Arnegunde«, sagte er, »wir kümmern uns darum, den Eimer auszuleeren.«

Arnegunde folgte ihm durch die Hintertür hinaus und nahm ihren Hund mit.

Ratte war selbstverständlich nicht so zuvorkommend, ihr eigenes Haus redefreudigen Gästen zu räumen, aber sie hatte immerhin den Anstand, so zu tun, als würde sie nicht lauschen, während sie das übriggebliebene Verbandszeug wieder in einer Truhe verstaute.

Gorm warf einen misstrauischen Blick auf sie und winkte dann Ivar zu, näher heranzukommen.

Ivar tat ihm den Gefallen, wenn auch widerstrebend. Er wusste nicht recht, ob er unbeholfene Dankesworte oder gar doch noch irgendeine unbequeme Wahrheit über den Tod des Steuereintreibers hören wollte.

»Du, Ivar?«, begann Gorm, als sei es sehr wichtig, dass sein Bruder ihm nun zuhörte. »Was du vorhin gesagt hast, das mit der Katze ... Das stimmt nicht. Ich hätte doch nie deiner Katze etwas angetan.«

Er klang eindringlich, und sein Gesichtsausdruck war ein anderer als bisher, ein wenig wie der, den er als Junge gehabt hatte, wenn er nicht gerade von Walküren erzählt oder seinen kleinen Bruder geärgert hatte.

»So?«, fragte Ivar zweifelnd. »Was ist dann aus ihr geworden?«

»Sie ist mit den Trollen mitgegangen«, behauptete Gorm, »das habe ich dir doch damals schon gesagt, und du musst es mir glauben. Mir ist gleich, ob du annimmst, dass ich den Steuereinnehmer umgebracht habe, oder nicht, aber Svala hätte ich kein Haar gekrümmt, und das musst du wissen.«

Ivar war sich nicht sicher, ob er gerührt sein durfte, dass Gorm der Name über die Jahre nicht entfallen war, oder ob er die Beteuerungen erst recht verdächtig finden sollte. »Gewöhnlich verschwinden Katzen aber nicht einfach mit den Trollen.«

»Diese eben doch«, beharrte Gorm. »Sie ist zur Straße heruntergekommen, als ich die Grütze schon abgestellt hatte und die Trolle da waren, und als sie dann wieder fortgegangen sind, ist sie ihnen gefolgt und hat sich noch einmal nach mir umgesehen, ganz verächtlich, wie sie es gut konnte. Das war so.«

Wie zur Bekräftigung streckte er die Hand aus und legte sie Ivar auf den Arm.

Ivar ertappte sich dabei, ihm glauben zu wollen. »Das war so?«, wiederholte er und ärgerte sich darüber, gern eine tröstliche Bestätigung hören zu wollen.

Gorm sah ihn strafend an. »Das war so, wenn ich es doch sage! Verflucht, warum sind wir hier und nicht in Lunde? Wenn wir da wären, dann würde ich mit dir zum Trollhügel gehen, und wir könnten deiner Katze sagen, dass sie herauskommen soll, um dir zu erzählen, wie es wirklich war. In den Julnächten können die Tiere schließlich sprechen.«

Den alten Aberglauben hatte Ivar nie bestätigt gefunden, und ohnehin konnte er nicht einmal einschätzen, ob Svala jetzt noch gelebt hätte, wenn sie damals kein nach seinem Dafürhalten nach wie vor ungeklärtes Schicksal erlitten hätte. »Meinst du denn, dass sie noch da wäre? Dann müsste sie eine Katze in ehrwürdigem Alter sein.«

»Die wird bestimmt uralt, wenn sie doch im Trollhügel wohnt«, sagte Gorm zuversichtlich. »Da verläuft die Zeit langsamer, sagt man.« Dann wurde seine Miene nachdenklich, und er setzte hinzu: »Aber ob sie mit dir reden würde, weiß ich nicht. Du bringst doch gewiss seit Jahren kein anständiges Julopfer mehr.«

»Lass uns darüber jetzt nicht streiten«, bat Ivar, mit einem Schlag auch innerlich zu müde, noch einen Kampf mit Gorm aus-fechten zu wollen.

»Streiten müssen wir nicht, aber ich will es endlich verstehen«, erwiderte Gorm, noch immer mit ungewohnt großer Ernsthaftig-keit, und tastete nach dem Thorshammer, der um seinen Hals hätte hängen sollen. Man musste ihm das Schmuckstück abgenommen haben; vermutlich lag es auf der Burg bei seinen anderen Sachen, die später gesondert zum Praetorium geschafft worden wären und nach denen Ivar nicht zu fragen gewagt hatte, um keinen Verdacht zu erregen. »Hat deine Herrin es von dir verlangt?«, fuhr Gorm fort, und zu Ivars Erstaunen lag kein Vorwurf in seiner Stimme, sondern nur ein Anflug besorgter Neugier. »Oder war es das, was dieser ent-laufene Mönch dir damals immer erzählt hat? Ich habe ja gleich geahnt, dass er nur darauf aus war, dich zu bekehren!«

»Victorinus?« Ivar dachte mit leisem Groll daran zurück, wie höhnisch Gorm sich stets darüber geäußert hatte, dass sein Bruder

so oft mit dem gebürtigen Neustrier zusammengesessen hatte, den vor vielen Jahren ein günstiger Wind auf den Hasenhof bei Lunde geweht hatte. Der ehemalige Mönch war keiner der Verschleppten gewesen, die es als Unfreie in den Norden verschlug, sondern ein Flüchtling aus unklaren Gründen, der Bibliotheken und Skriptorien nachgetrauert hatte und hocherfreut gewesen war, dass zumindest *ein* Kind in seiner neuen Heimat hatte wissen wollen, was man mit einer Schreibfeder anstellen konnte.»Nein, der hat nur sehr wenig von seinem Glauben gesprochen, und ich nehme an, er war ohnehin eher aus Gelehrsamkeit als aus Frömmigkeit ins Kloster gegangen.« Erst wollte er es dabei bewenden lassen, denn Gorm zu viel zu verraten und sich dadurch verwundbar zu machen, war selten klug und immer gefährlich. Doch ihn dumm dreinsehen zu lassen, war allzu verlockend, und so fuhr Ivar nach einer kurzen Pause fort:»Wenn überhaupt jemand außer mir schuld daran ist, dass ich mich habe taufen lassen, dann du.«

Gorm starrte ihn verständnislos an.

»Wer hat mir denn immer von den wilden Walküren erzählt, die einen holen kommen?« Ivar machte Anstalten, sich zum Gehen zu wenden.

Doch Gorms Hand, die bis eben locker auf seinem Arm geruht hatte, schloss sich plötzlich fest wie eine Fessel darum.»Du hast dich aus Angst vor den Walküren taufen lassen?«, erkundigte er sich, offenkundig zu entsetzt, um auch nur ein wenig verächtlich zu klingen.

Drüben bei ihrer Truhe lachte Ratte in sich hinein.

»Es war damals ein schlimmer Tag, ich wäre fast verreckt, und von einer unbarmherzigen Dämonin mit rotglühenden Augen und Rabenfedern am Mantel verschleppt zu werden, war ungefähr das Letzte, was ich in näherer Zukunft erleben wollte«, gab Ivar zurück und war gegen seinen Willen für einen Augenblick wieder an einem kalten Novemberabend im Wald südlich von Padiacum.

Der Regen war eisig, der Boden feucht, und irgendwo in dem Schlamm lag Ivar und wusste nur noch, dass ein Speer in ihm steckte, aber nicht mehr genau, wie das verfluchte Ding dorthin gekommen war.

Sie waren überfallen worden, als Frau Placidia Justa – hochschwanger mit ihrem dritten Kind – von einer Reise in Kanzleiangelegenheiten auf dem Rückweg in die Stadt gewesen war. Mathilde, die in derart verfahrenen Lagen nie den Überblick verlor, hatte die meisten ihrer Krieger wie eine lebende Rüstung um Justa und ihre verstörten Schreiber angeordnet. Dann hatte sie ihnen befohlen, die schwache Reihe, die ihnen den Weg verstellte, zu durchbrechen und ihre Herrin in aller Eile und um jeden Preis zum unweit des Waldrands gelegenen Wegzollturm zu bringen, der sich im Zweifelsfall würde verteidigen lassen. Doch die Schwertmeisterin war entschlossen gewesen, die Räuberbande gar nicht so weit kommen zu lassen, sondern hatte fünf Leute zurückbehalten, um das Gesindel in einen Kampf zu ziehen und unschädlich zu machen.

Das war gelungen, aber um einen hohen Preis, und Ivar glaubte, der Einzige zu sein, der noch übrig war, bis Mathilde blutend zu ihm gehumpelt kam und flüsterte, das sei übel verlaufen, sehr übel.

Wenn es ihm auch nur ein wenig besser gegangen wäre, hätte Ivar sie gefragt, ob genug der Räuber entkommen waren, um Justa noch gefährlich zu werden, doch er war auf halbem Weg zwischen Leben und Tod, und so sagte er ihr, dass sie ihn vorwarnen sollte, wenn die Walküren kamen, um ihn zu holen, denn unvorbereitet würde das sicher noch schlimmer werden, als wenn man sich sammeln und tapfer sein konnte.

Die Angst war ihm wohl anzuhören, denn Mathilde ließ sich in den Schmutz fallen, zog seinen Kopf auf ihren Schoß und versicherte ihm, er könne unbesorgt sein, die Walküren würden keinen Getauften holen.

»Dann wünschte ich, ich wäre getauft«, sagte Ivar, und Mathilde sah ihn groß an.

»Nun ... Das lässt sich ja ändern«, befand sie am Ende.

Ivar gab zu bedenken, dass sie keinen Priester hätten, denn die Zeit, noch einen aufzutreiben, blieb ihnen bestimmt nicht.

»In Notfällen braucht man keinen, da reicht jeder andere Getaufte hin«, erklärte Mathilde voller Überzeugung. »Komm ... Widersagst du dem Teufel?«

Zu dem Zeitpunkt konnte Ivar schon nicht mehr viel tun, als zu zittern und sich elend zu fühlen.

Vermutlich wurde das auch Mathilde klar, denn sie bemerkte: »Ach, verdammt, du widersagst immerhin den Walküren, das genügt, finde ich.«

Damit leerte sie über ihm aus, was in ihrer Feldflasche gewesen war, und es wurde alles noch nasser und unersprießlicher, aber Mathilde versprach, nun könnten die Walküren nicht mehr kommen, ganz gewiss nicht mehr, gewiss nicht, gewiss nicht ...

Der Rest des Abends war ein verschwommenes Gemisch aus Schmerz, Erschöpfung und Spätherbstkälte, die irgendwann gnädig in Schlaf oder tiefe Bewusstlosigkeit übergingen.

Ivars Erinnerungen setzten erst damit wieder ein, dass er Stunden später den Himmel sah – nicht den, in den man als guter Christenmensch zu kommen hoffte, sondern den grauen, wolkenverhangenen, der sich an jenem Vormittag über Padiacum spannte, und damit auch über dem vertrauten Hof vor dem Haus der Placidii und dem Karren, von dem man ihn gerade mit äußerster Vorsicht hob.

Dass noch in der Nacht Hilfe vom Zollturm gekommen war, erfuhr er erst später, und am Tag darauf war Mathilde, blass und lahm, imstande, das Bein, das nicht so wollte wie sie, hinter sich her durchs halbe Haus zu schleifen und ihn zu besuchen, um zu sehen, wie es ihm ging.

»Ich habe es niemandem verraten«, sagte sie zum Gruß, sobald sie an seinem Bett saß, »das mit den Walküren und der Nottaufe, meine ich. Wenn wir es also lieber vergessen sollen, sag es mir, ja?«

Doch Ivar schüttelte nach kurzem Bedenken den Kopf, und ein paar Sonntage danach, als er wieder auf den Beinen war, ging er mit

ihr zur Kirche. Immerhin sangen sie dort schön, und wenn das die Walküren weiter fernhielt ...

Das alles erzählte er Gorm selbstverständlich nicht, aber das, was er gesagt hatte, schien genug gewesen zu sein, denn sein Bruder versicherte ihm:»Rotglühende Augen haben sie nicht. Das habe ich nur so dahingesagt, weil es gut klang ... Wenn man jung ist, redet man viel unsinniges Zeug, das musst du doch wissen! Und sie sind freundlich zu einem, die Walküren. – He, Alfreda, du weißt nicht zufällig, wie man einen enttauft, der sich aus Dummheit hat taufen lassen?«

Ratte lachte nur weiter vor sich hin, und Ivar holte tief Luft, unsicher, wem er lieber die Meinung sagen wollte.

Gorm ließ ihn gar nicht zu Wort kommen.»Vielleicht reicht es ja, wenn du doch ein Julopfer bringst«, schlug er hoffnungsvoll vor.

»Das werde ich nicht tun.«

Gorm ließ endlich die Hand sinken.»Es wäre aber gut, weißt du? Denn wenn du irgendwann tot umfällst und zu einem fremden Gott gehst, wie soll ich dann, wenn ich einmal sterbe, unseren Eltern erklären, wo du abgeblieben bist? Sie werden mir etwas erzählen, wenn ich nicht verhindere, dass du solchen Unsinn machst, und was unsere Großmutter sagen wird, will ich mir nicht vorstellen.«

Die Vermeidung eines Wiedersehens mit besagter Großmutter war ein erheblicher Vorteil der Taufe, den Ivar noch gar nicht bedacht hatte, aber so, wie Gorm ihn gerade ansah, hätte er es nicht zu schätzen gewusst, diesen Gedanken laut ausgesprochen zu hören. Bei einigen anderen Verwandten und Freunden hätte es Ivar vielleicht auch leidgetan, sie nicht eines Tages in einer besseren Welt wiederzutreffen, aber darüber wollte er jetzt unter keinen Umständen nachdenken.

»Nun gut«, sagte er also leichthin,»dann erwähnst du besser nichts von den Walküren.«

Gorm lachte nicht. »Du wärst ja dennoch ganz fort«, erwiderte er bedauernd.

Ivar fragte sich, ob er nicht schon vor mindestens einer Viertelstunde hätte flüchten sollen. »Das wäre dir wichtig?«

Zu seiner Überraschung nickte Gorm ohne Spott. »Wenn du da bist, ist das zwar oft lästig, aber wenn ich gar nicht weiß, wo du dich gerade herumtreibst, ist das noch besorgniserregender.«

Darauf gab es keine gute Antwort, aber glücklicherweise nahm Ratte Ivar die Mühe ab, sich eine einfallen zu lassen.

Sie war ans Feuer herübergekommen, um nach der Suppe zu sehen, und bemerkte mitten im gemächlichen Umrühren: »Wenn deine größte Sorge wahrhaftig die ist, du könntest deinen Bruder durch Glaubensfragen dauerhaft loswerden, dann kann ich dich beruhigen, Gorm. Mein Schwager hat einen guten Freund, und der wiederum hat sich einmal mit seinem toten Häuptling unterhalten, der als Geist umzugehen pflegt. Wenn ich die Geschichte recht in Erinnerung habe, hat dieser Häuptling einst einen christlichen Priester im Wasser versenkt, und als diese beiden nun tot waren, haben sie einander wiedergetroffen, anscheinend durchaus am selben Ort. Ob man am Ende also mit Engeln, mit Walküren oder mit sonst jemandem mitgeht, scheint bestenfalls einen geringen Einfluss zu haben.«

»Sagst du das, weil es so ist oder weil mir das Bein erbärmlich wehtut?«, erkundigte Gorm sich misstrauisch.

Ratte schaute endlich vom Suppentopf auf. »Ihr beiden seid ungefähr die letzten Menschen, denen ich je tröstliche Lügen erzählen würde, da seid nur ruhig. Wie ist das, Ivar, möchtest du noch etwas essen, bevor du losziehst?«

»Wahrscheinlich ist er doch jetzt einer von denen, die vor Weihnachten fasten«, sagte Gorm, sichtlich beruhigt über die Welt und den Fortgang, den ihrer beider Dasein selbst im schlimmsten Fall nehmen würde.

»Nicht freiwillig.« Ivar dachte an sein misslungenes Frühstück. »Aber mir fehlt die Zeit. Wenn ich herausfinden soll, was nun wirk-

lich mit dem Steuereintreiber geschehen ist, muss ich an die Arbeit gehen.«

Erst zögerte er, Gorm zum Abschied zu umarmen, denn das hatte er bei ihrer letzten und vorletzten Begegnung auch nicht getan, vielleicht noch nicht einmal bei ihrer vorvorletzten. Doch heute sah Gorm aus, als könnte er es gebrauchen, und außerdem war er zuletzt so sonderbar freundlich gewesen, dass Ivar nicht nur mit einem flüchtigen Nicken gehen wollte. So beugte er sich zu seinem Bruder, und dass Gorm ihm ins Ohr flüsterte, wenn es darauf ankäme, sei eigentlich doch ganz gut Verlass auf ihn, wärmte ihn noch in der Kälte auf dem Weg durch die Stadt.

Schon im Barbaraviertel schnappte er die Neuigkeit auf, dass Messer-Ortnit unweit der Kirche Sancta Maria in Templo den Leuten des Hochgerichts ins Netz gegangen war. Das war eine willkommene Nachricht; wenn man nicht nach zwei verschiedenen Flüchtigen suchte, sondern nur noch nach Gorm selbst, konnte er zumindest nicht mehr rein zufällig von jemandem entdeckt werden, der Ortnit zu finden hoffte. Falls nicht die Reisigsammlerin den Falschen von ihrer Begegnung vorhin erzählte oder irgendein Spitzel Rattes Haus unter Beobachtung hatte, würde die Behauptung, Gorm sei längst nicht mehr in der Stadt, vielleicht sogar glaubwürdig klingen. Das wiederum mochte genug Zeit erkaufen, um der Sache mit dem Steuereintreiber auf den Grund zu gehen. Wenn sich Gorms Unschuld erwies – und das musste und würde sie –, würde es vielleicht noch nicht einmal mehr allzu schlimm sein, wenn ans Licht kam, dass an Gorms Befreiung keine geheimnisvollen fremden Söldner Anteil gehabt hatten.

Einige Straßen weit war es schön und erhebend, daran zu glauben und die gute Laune der Leute zu teilen, die Einkäufe heimschleppten, Festvorbereitungen trafen oder einen nicht von übertriebenem Fleiß geprägten Arbeitstag sehr früh enden ließen. Irgendwo sang jemand sogar lautstark und schief, aber voller Inbrunst ein altes Lied auf die Verkündigung. Ivar lächelte darüber, und sein Hochgefühl und sein Tatendrang hielten an, bis er den

Decumanus erreichte, von dem die Seitengasse abzweigte, in der eine scharfe Klinge dem Steuereintreiber zum Verhängnis geworden war.

Doch noch auf der breiten, gepflasterten Straße zerschlugen sich Ivars Pläne, und das ausgerechnet an einem Freund, der es nicht böse meinte und sogar noch freundlich winkte, als sie einander von weitem erspähten.

Ardeija, der die Krieger des Hochgerichts befehligte, hatte wohl auch keinen einfachen Tag gehabt. Sein Mantel war ein anderer als sonst, und er schonte so erkennbar seinen linken Arm, dass der und der gewohnte Umhang etwas abbekommen haben mussten, sei es bei Ortnits Verhaftung oder bei einem anderen Abenteuer. Selbst sein kleiner Drache, der ihm sonst stets ein unternehmungslustiger Begleiter war, schien müde zu sein, und steckte nur kurz den Kopf aus Ardeijas Kleidern hervor, um gleich wieder zu verschwinden, als er festgestellt hatte, dass es nichts Aufregenderes als Ivar zu sehen gab.

Ardeija dagegen fand den Anblick seines Gegenübers anscheinend bemerkenswert genug, denn er betrachtete etwas zu lange den blutbefleckten Ärmel und sagte zur Begrüßung nur:»Du hattest heute auch schon gut zu tun, wie?«

Das konnte man so ausdrücken, aber Ivar beschränkte sich auf ein Schulterzucken und war im Stillen erleichtert darüber, dass Gorms Abhandenkommen sich anscheinend noch nicht bis zum Praetorium herumgesprochen hatte.»Du hattest eine erfolgreiche Jagd, wie man hört?«

»Halbwegs.« Der Stolz war Ardeija dennoch anzumerken; anders als Gorm war er leicht zu durchschauen, aber er hatte meist auch weniger zu verbergen.»Jetzt habe ich nur noch etwas im Kloster zu erledigen, aber das ist nichts Dienstliches.«

So, wie er in sich hineinlächelte, ging es ihm nicht darum, eine Fürbitte der frommen Brüder zu erwirken oder einen harmlosen Freundschaftsbesuch zu machen, aber Ivar fragte nicht nach, was er vorhatte. Etwas anderes zu klären, war weit wichtiger.

»Sprichst du die Richterin heute trotzdem noch einmal?«, erkundigte er sich und wusste nicht recht, ob er womöglich gerade dabei war, zu sehr auf die Güte anderer Menschen zu vertrauen.

Ein Kopfschütteln hätte seinem aus dem Augenblick geborenen kühnen Einfall ein rasches Ende gesetzt, aber Ardeija nickte. »Soll ich Frau Herrad etwas von dir ausrichten?«

»Ja, aber am besten, ohne zu sagen, dass du mein Bote bist.« Ivar vergewisserte sich unauffällig, ob auch niemand sie belauschte, doch obwohl der Decumanus nicht gerade verlassen war, schien ihr Gespräch bei all den Vorbeieilenden wenig Interesse zu wecken. »Wenn die Vögtin heute Abend zur Kirche geht, wird ein junger Mann namens Ansegisel bei ihr vorstellig werden, um sie um Gnade zu bitten. Wenn Frau Herrad sich für ihn verwenden könnte, wäre ich dankbar, denn er ist ... ein anständiger Junge, der in schlechte Gesellschaft geraten ist und einen Fehler gemacht hat, den er bereut. Mit der rechten Fürsprecherin wäre ihm sehr geholfen.«

Ardeija hatte ihn nicht unterbrochen, aber seine Miene war forschend geworden. »Hat es einen Grund, dass du nicht selbst für ihn bittest oder Mathilde sagst, dass sie es tun soll?«

»Zwei Gründe«, beschied ihn Ivar unbewegt. »Erstens wiegt Frau Herrads Wort bei Frau Justa mehr als fast jedes andere, und zweitens ist die Vögtin heute vermutlich nicht sonderlich gut auf mich zu sprechen ... Es ist etwas schiefgegangen, reden wir nicht darüber. Was meinst du? Lässt sich die Richterin überreden, zu helfen, ohne dass du ihr sagen musst, dass der Vorschlag von mir kommt?«

Der Hauptmann schwieg eine ganze Weile. »An jedem anderen Tag würde ich dir erwidern, dass sie erst gründliche eigene Nachforschungen über den Burschen anstellen wird, bevor sie für ihn eintritt, aber heute ... Heute könntest du Glück haben, nicht, weil Heiligabend ist, sondern weil sie so verdammt guter Laune ist. Es freut sie außerordentlich, dass nun bewiesen ist, wie der Steuereintreiber ermordet worden ist, und auch, dass schon der richtige Verdächtige hinter Schloss und Riegel sitzt und der Hergang nur herausgekommen ist, weil der Bettler, der alles mit angesehen hat, zu *ihr* solches Vertrauen hatte … Erst hat er ja nichts gesagt, weil er Angst hatte, man könnte ihn der Tat bezichtigen. Aber wir kennen ihn noch aus Niedergerichtszeiten, und er weiß eben, dass die Richterin eine anständige Frau ist und nicht aus einem Zeugen einen Mörder macht, nur weil er von Almosen lebt. Und die Beschreibung, die er geben konnte, war wirklich gut, das hätte ich ihm gar nicht zugetraut.« Er nickte anerkennend vor sich hin. »Gerade, was er von dem eiskalten Blick gesagt hat, ist unverkennbar, wenn man weiß, wen er meint, und da er auch noch den ganzen Wortwechsel behalten hat, der den Messerstichen vorausgegangen ist … Das wird für eine Verurteilung reichen, auch wenn weiter kein Geständnis kommt.«

Ivar war dem Drachen dankbar, dass er sich just zu diesem Zeitpunkt unter dem Umhang zu regen begann, denn so hatte er etwas, das er unverwandt anstarren konnte, während er sich damit abzufinden versuchte, dass Gorm – Gorm mit dem eiskalten Blick – ihn nicht zum ersten Mal gekonnt belogen hatte und sich nun bestimmt darüber totlachte, dass sein Bruder auf der Suche nach einem anderen Mörder, den es nicht gab, die Stadt durchkämmte.

»Wenn man dann noch bedenkt, dass er sich nicht kampflos hat festnehmen lassen und danach noch der Vögtin mit Rache gedroht hat«, fuhr Ardeija fort und lachte dabei über das Drachengezappel, »dann hat Frau Herrad wirklich überreichlich, womit sie arbeiten kann. Wie gesagt, das alles freut sie, und es mag sein, dass sie nicht lange fragt, wem sie helfen soll und warum.«

»Ich wäre dir dankbar, wenn du sie bittest.« Ivar hatte bis dahin genug von seiner Fassung zurückgewonnen, um Ardeija ins Gesicht sehen und sogar lächeln zu können, aber danach beendete er das Gespräch schnell und kehrte wie in einem bösen Traum zur Burg zurück.

Das schlechte Gewissen bewog ihn, kurz am Weg zwischen den Gärten vorbeizuschauen, denn wenn noch nicht allgemein bekannt war, dass Gorm weder unter der Burg noch unter dem Praetorium saß, lag Wiggo möglicherweise immer noch dort und war in üblerem

Zustand, als Ivar es beabsichtigt hatte. Doch irgendjemand hatte den Mann von der Burgwache und die Ketten, mit denen Gorm gefesselt gewesen war, inzwischen fortgeräumt, und Ivar rechnete voll und ganz damit, dass man ihn selbst schon am Tor des Amphitheaters aufhalten würde. Einen Verdächtigen zu befreien, war eines, einen überführten Mörder zu retten, dagegen schon etwas ganz anderes, aus dem man sich weniger leicht herausreden konnte. Aber jemanden auf freien Fuß gesetzt zu haben, der die Vögtin bedroht hatte, und sei es nur mit unbedachten Worten, war mehr, als sie zu verzeihen bereit sein würde.

Irgendwann stand er dann auf dem Hof, ohne selbst ganz zu begreifen, weshalb die Torwächter ihn vorübergelassen hatten wie immer, doch mit der Frage hielt er sich nicht lange auf. Viel quälender war die, ob Gorm, der so überzeugend die Bluttat an dem Steuereintreiber geleugnet hatte, nicht genauso dreist gelogen hatte, als er behauptet hatte, Ivars Katze nie angetastet zu haben. Svala war nicht zu den Trollen gegangen, das wurde von einer Vermutung zu einer Gewissheit, während Ivars Beine ihn fast ohne sein Zutun zum besten Aussichtspunkt der ganzen Burg hinauftrugen, und wenn sie nicht zu den Trollen gegangen war, dann war es entsetzlich dumm von ihm gewesen, Gorm zu retten, dumm, aber irgendwie auch unvermeidlich.

Nun stand er hier oben und war sich nicht einmal sicher, wie viel davon er gerade Mathilde erzählt hatte, und noch unsicherer, wie viel sie ihrerseits doch im Gedächtnis behalten und getreulich an die Vögtin weitergeben würde.

Doch vorerst sah sie ihn nur ungefähr so an wie damals im Wald bei Padiacum, als sie die Walküren vertrieben hatte, schüttelte den Kopf und sagte: »Ach, Ivar.«

Dann breitete sie die Arme aus, und Ivar ließ es geschehen, dass sie ihn an sich zog und ihm den Rücken streichelte wie einem, der

sehr getröstet werden musste. An ihre Schulter gelehnt zu weinen, konnte er sich hier und heute wahrhaftig nicht leisten, aber er hätte es gern getan.

Sie standen noch so beieinander, als Mathilde unangebracht schadenfroh bemerkte: »Ich hätte übrigens nicht geglaubt, dass auch dir einmal der Fehler unterläuft, nicht zur rechten Zeit die richtige Frage zu stellen.«

Ivar löste sich von ihr und schaute auf, und da sie allen Ernstes darauf zu warten schien, erkundigte er sich folgsam: »Welche wäre das gewesen?«

Mathilde lächelte. »›Wen meinst du?‹, an Ardeija gerichtet, vorzugsweise zwischen dem eiskalten Blick und dem strampelnden Drachen. Dann wüsstest du nämlich, dass besagter Bettler schwört, dass Messer-Ortnit den Steuereintreiber niedergestochen hat, weil der töricht genug war, zu erkennen zu geben, dass er wusste, wen er vor sich hatte. Und weil du in Kenntnis dieser Tatsache vermutlich keine halbe Ewigkeit hier oben verbracht hättest, wüsstest du vielleicht auch, dass sie mittlerweile im Praetorium ein entsprechendes Geständnis aus Ortnit herausbekommen haben. Was das betrifft, hat dein lieber Bruder folglich die Wahrheit gesagt. Ob er allerdings deine Katze auf dem Gewissen hat oder nicht, kann ich nicht beurteilen.«

Mathilde hatte keinen Drachen unter der Kleidung, auf den Ivar den Blick heften konnte, um sich zu sammeln, und so blieb ihm nur, verlegen den Kopf abzuwenden, als ihm vor Erleichterung doch noch die Tränen kamen.

Mathilde drückte ihm wortlos ihr Taschentuch in die Hand und wartete ab.

Lange musste sie sich nicht gedulden, denn die ernüchternde Erkenntnis, dass bei weitem noch nicht alles gut war, regte sich früh. Gorm mochte nicht schuldig und auf dem besten Weg in die Steinbrüche sein, aber dafür, dass er sich der Festnahme widersetzt hatte, konnte man ihn sehr wohl noch belangen, und was Ivar selbst getan hatte, nahm sich weiterhin nicht löblich aus.

»Ich sollte mich bei Wiggo entschuldigen«, sagte er und betrachtete das Taschentuch, das nicht mehr in einem Zustand war, es Mathilde zurückzureichen. »Wenn du zulässt, dass ich damit anfange, habe ich zumindest ein wenig mehr Zeit, mir zu überlegen, wie ich der Vögtin begreiflich machen soll, was ich angerichtet habe.« Erst jetzt begann er wieder so recht zu spüren, wie eisig die Luft heute war, und er nickte Mathilde zu, dass sie gern schon hinuntergehen konnten, wenn sie wollte.

Doch Mathilde rührte sich nicht, obwohl der leichte Wind an ihrem Mantel und ihren Haaren zog und ihrem Gesicht anzusehen war, dass die Kälte ihr zusetzte. »Sie wird Verständnis dafür haben«, sagte sie voll ruhiger Gewissheit, »denn auf ihre Art hat sie vorhin ganz das Gleiche getan. Ich habe dir doch gesagt, dass ihre Schwertmeisterin ihre Befehle hat, nicht wahr? Und die lauten, die Gründe für dein Handeln in Erfahrung zu bringen, da du gemeinhin nichts grundlos tust, und dir bei guten Gründen zu sagen, dass du nichts zu befürchten hast und sich ein Weg finden wird, alles mit ihrer Billigung geschehen sein zu lassen. Bei schlechten Gründen dagegen hätte ich dir ausrichten sollen, Burg und Stadt auf dem schnellsten Wege zu verlassen und unauffindbar zu sein, wenn es unumgänglich geworden wäre, nach dir zu suchen. Aber ich denke, die Gründe sind gut genug, dir das zu ersparen, nicht wahr?«

»Sie muss wohl wirklich etwas von mir halten«, bemerkte Ivar leicht verwirrt, aber voll neuer Dankbarkeit der Vögtin gegenüber. »Dass sie mich damit davonkommen lassen würde, einem Mordverdächtigen zur Flucht zu verhelfen, hätte ich nicht gedacht.«

Ein Ausdruck, den er nicht zu deuten wusste, trat kurz in Mathildes Augen, bevor sie ihn dann so mitleidig ansah, als wollte sie ihm sagen, dass seine geistigen Fähigkeiten heute wahrlich nicht auf der Höhe seien. »Sie hält noch viel mehr von dir, als du denkst, denn dass du Gorm hast laufen lassen, war das Letzte, was wir vermutet hätten. Ein übel beleumundeter Söldner, den du kanntest und mit dem du gleich böse Worte gewechselt hast, und dann diese blutbesudelte Heimkehr ... Das sah nicht nach selbstloser Hilfe aus.«

Einige Herzschläge lang war Ivar heiß und kalt zugleich vor Entsetzen, aber dann stahl sich ein Lächeln in sein Gesicht und drohte, sich dort längerfristig festzusetzen. »Um meinen Ruf als einer, mit dem man sich nicht anlegen sollte, ist es also noch vorzüglich bestellt? Das freut mich zu hören.«

»Ich habe geahnt, dass du so etwas sagen würdest«, gab Mathilde zurück, und der verhaltene Ärger, der in ihrem Ton mitschwang, verriet Ivar, dass sie heute mindestens so viel Angst um ihn ausgestanden hatte wie er um Gorm, obwohl eine gnädige Verbannung immer noch besser gewesen wäre als das härtere Urteil, das seinen Bruder unweigerlich getroffen hätte. »Sonn dich ja nicht zu sehr darin, Furcht und Schrecken zu verbreiten, sonst verzeihe ich dir nicht, dass du mich vorhin belogen hast.«

»Habe ich das?« Ivar konnte sich nicht daran erinnern.

»Du hast gesagt, du seist waffenlos. Was ist mit deinem guten Messer?«

»Das habe ich bei Gorm gelassen. Man weiß ja nie, schon gar nicht in dem Haus.«

Mathilde schüttelte noch einmal den Kopf, aber sie lächelte, als sie sich abwandte und zur Treppe voranging. Fünf, sechs Stufen tiefer zwischen den Mauern, wo es nicht viel wärmer als draußen, aber immerhin windgeschützt war, blieb sie noch einmal stehen und sah sich nach ihm um. »Wenn du deinem Bruder die frohe Botschaft überbringen gehst, dann richte ihm aus, dass er sich nicht zu früh freuen soll. Ganz gleich, was die Vögtin sagt, ihr schuldet mir etwas, du und er, denn gemeinsam habt ihr mir immerhin zu fünf Verwundeten an einem Tag verholfen.«

Ivar neigte ergeben den Kopf und wartete ab, denn wenn sie so dreinsah, schwebte ihr gewiss schon eine angemessene Entschädigung vor.

»Er hat Eindruck auf mich gemacht, dein Bruder«, fuhr Mathilde auch ohne langes Zögern fort, »keinen uneingeschränkt guten, das gebe ich zu, aber Eindruck. Kämpfen kann er, und wenn er ohnehin einen neuen Dienst sucht, will ich ihn für die Burgwache,

sobald sein Bein ihn wieder trägt. Nein – sprich jetzt nicht aus, was dir auf der Zunge liegt. *Dein* Teil der Buße ist es, dich erstens damit zufriedenzugeben und ihn zweitens dazu zu überreden, wenn er sich ziert.«

»Du weißt nicht, worauf du dich einlässt«, sagte Ivar und ertappte sich doch bei dem Gedanken, dass es womöglich keine allzu große Zumutung sein würde, sich dieser Forderung zu beugen.

»Ich weiß immerhin, dass ich ihn vorerst werde beherbergen müssen«, entgegnete Mathilde ungerührt und setzte ihren Weg treppab fort, »denn ihn gleich heute zu meinen anderen Kriegern zu stecken, ist mir nach allem, was war, zu heikel. Der Rest der Burg quillt über vor Gästen, und all die Stufen in dein Krähennest hinauf bewältigt er bestimmt noch nicht. Aber da ich hoffe, dass du wie gewohnt zu mir kommen wirst, um Weihnachten zu feiern, ist er dann ja gleich am richtigen Ort. Oh – und sag ihm um Himmels willen, dass er für sein Julopfer keine Ziege vor meiner Tür schlachten darf. Auch kein Schaf oder sonst irgendetwas, sonst gilt mein Angebot, ihn in die Burgwache aufzunehmen, nicht mehr.«

Ivar verzichtete darauf, ihr auseinanderzusetzen, dass Gorm heute nicht in der Verfassung war, überhaupt einem Tier gefährlich zu werden, das wehrhafter als eine Fliege war. »Man braucht keine Ziege, sei beruhigt«, sagte er zu Mathildes Rücken, »aber man muss Bier für die Ahnen ausschütten; das ist sehr wichtig.«

»Bier kann er haben, wenn er mir etwas übrig lässt«, beschloss Mathilde, und damit war die Angelegenheit zur allgemeinen Zufriedenheit geklärt.

Die Welt war selbst zwischen den düsteren Steinen des alten Amphitheaters mit einem Mal sehr licht und schön, und Ivar war nahe daran, ohne weitere Vorbereitung ins Barbaraviertel zurückzukehren, um Gorm zu sagen, dass er sich nicht weiter sorgen musste, und Ratte mitzuteilen, dass er für Ansegisel getan hatte, was er konnte. Doch es hätte einen sehr schlechten Eindruck gemacht, noch einmal in diesen befleckten Kleidern durch die Stadt zu laufen, und Gorm sollte mit seiner Beinwunde nicht weit hinken müssen. Es

war besser, in den Ställen Bescheid zu geben, dass ein Pferd gesattelt werden musste, und sich dann in aller Eile umzuziehen und zu hoffen, vorzeigbar genug zu sein, um im Falle einer verspäteten Rückkehr noch unauffällig in den Gottesdienst schlüpfen zu können.

Zunächst glaubte Ivar in seinem Überschwang allerdings, dass er noch genug Zeit haben würde, seinen Bruder einzusammeln, vielleicht gar Wiggo um Verzeihung zu bitten und dennoch leidlich pünktlich zu sein. Dass er nicht unverzüglich aufbrechen konnte, begriff er erst, als er, den Umhang noch nicht einmal halb umgelegt, quer durch die Betriebsamkeit auf dem Hof zu den Stallungen hastete und beim Wassertrog die Katze traf.

Sie saß vollkommen gelassen auf dem Rand der Pferdetränke, als würden die geschäftigen Menschen ringsum sie nicht stören, und sah ihn an, wie sie es schon von der Mauer bei der Bischofskirche aus getan hatte. Es war dieselbe Katze, schwarz und weiß und ein wenig zu vertraut, die Katze, die eine gealterte Svala hätte sein können, vielmehr: die Katze, die Svala war.

Ivar blieb stocksteif stehen.

Du tust ungewohnte Dinge heute, Ivar, sagte die Katze, weil die Dunkelheit aufzog und Tiere in den Julnächten sprechen konnten, *aber es sind gute Dinge. So gefällst du mir besser, weißt du?*

»Svala?«, flüsterte Ivar, ohne sich daran zu stören, dass ihn eine vorüberkommende Küchenmagd sehr seltsam ansah; auf die Meinung einer Frau, die heute die Tiere nicht sprechen hörte, konnte man schließlich nichts geben.

Am Ende habt ihr euch heute nicht mehr gestritten, du und Gorm, sagte die Katze, als sei es unter ihrer Würde, ihm ihren Namen zu bestätigen. *So ist es besser; damals auf dem Hasenhof war es immer zu laut und zu unruhig, weil ihr euch in den Haaren gelegen habt, und wenn nicht ihr, dann eure Eltern und euer Onkel oder eure Großmutter mit allen anderen. Bei den Trollen war es warm, ruhig und schön; das konnte ich gebrauchen.*

»Du kannst nicht hier sein«, sagte Ivar staunend, weil sie eben doch hier war, »selbst wenn du zu den Trollen gegangen bist. Das

war oben nördlich von Lunde, zu weit für eine kleine Katze, um herzukommen.«

Du solltest mich nicht unterschätzen; wenn man gute Gründe hat, kann man viel bewerkstelligen, ließ Svala ihn wissen, und für kurze Frist lag etwas ungeahnt Sanftes in ihrem Katzengesichtchen, als hätte sie ihn vermisst wie er sie.

Ivar streckte versuchsweise die Hand aus, aber die Katze sah ihn strafend an.

Nicht hier und jetzt mit kalten Fingern! Wenn du mich streicheln willst, dann tu es später an einem warmen Feuer.

»Wirst du denn noch da sein, wenn ich zurückkomme?«

Svala musterte ihn mit durchdringendem Katzenblick. *Vielleicht, wenn sie gute Mäuse hier auf der Burg haben.*

Damit sprang sie vom Trogrand und huschte fort, geschmeidig in den Stall hinein, um einen Heiligabend nach ihrem Geschmack zu verbringen

Ivar sah ihr nach und folgte ihr dann ganz langsam, um sie nicht zu verscheuchen und den Zauber nicht zu zerbrechen. Drinnen zwischen den Pferden war nichts mehr von ihr zu sehen, aber der Knecht, der wie versprochen ein gesatteltes Tier bereithielt, musterte Ivar fast so zweifelnd wie eben die Magd.

»Ist etwas?«, fragte Ivar im Aufsteigen; er hatte wenig Lust, ausdrücklich zu erklären, dass er keinen hilflosen Gefangenen aus dem Weg geräumt hatte und auch jetzt nichts allzu Arges plante.

»Vergebt«, sagte der Knecht, »es ist nur, dass Ihr gelächelt habt wie ein zufriedenes Kind, als Ihr hereingekommen seid. Das ... Das tut Ihr sonst nie.«

»Ich habe gerade mit einer Katze gesprochen, die zu den Trollen gegangen war und zurückgekommen ist«, erwiderte Ivar in aller Aufrichtigkeit und trieb das Pferd sacht an.

Der Blick, den er im Davonreiten auf sich zog, ließ ihn laut auf lachen, und ganz hatte sich seine Heiterkeit immer noch nicht gelegt, als er nach seinem halsbrecherischen Weg durch die Stadt zum zweiten Mal an diesem Tag vor Rattes Tür hielt.

Es brauchte ausdauerndes Klopfen und mehr als ein »Ich bin es, nun öffnet schon!«, bevor der Riegel endlich angehoben wurde. Vielleicht hätte es ihn nicht wundern sollten, sich der Spitze seines eigenen Lieblingsmessers gegenüberzusehen. Natürlich war Gorm allein; die anderen Hausbewohner mussten längst aufgebrochen sein, um die Vögtin abzupassen und das Beste zu hoffen.

»Steck das Messer weg«, bat Ivar, »es ist alles gut. Svala lässt dich grüßen. Vielmehr, das tut sie nicht ... Aber sie freut sich, dass du hier bist, glaube ich.«

Gorm stützte sich schwer am Türrahmen ab und sah seinen Bruder ungefähr so an wie eben noch das Burggesinde. »Sonst geht es dir gut, ja? Hast du etwas getrunken?«

»Nein«, sagte Ivar und fragte sich, ob es sehr unwürdig sein würde, wenn er an ein und demselben Tag zum zweiten Mal zu weinen begann. »Aber Mathilde sagt, du kannst Bier haben.«

Heidenhunde

IE ABSAGE ERFOLGTE spät und in dürren Worten. Er bedaure, dass er zum Weihnachtsessen nun doch nicht werde kommen können, schrieb Magister Paulinus, und darüber hinaus rein gar nichts.

Die zehnjährige Tochter einer seiner Nachbarinnen hatte den Brief in aller Frühe hereingereicht und sich nur zu gern mit den Lachsresten vom gestrigen Heiligabend bewirten lassen, bevor sie vergnügt wieder davongelaufen war, hatte aber nichts Näheres berichten können. Der Magister habe sie aus dem Murmelspiel mit ihren jüngeren Geschwistern gerissen, um ihr den Botengang aufzutragen, und nein – mehr dazu gesagt habe er nicht.

»Der kann etwas erleben!«, verkündete Herrad grimmig, kaum dass die Tür hinter dem Mädchen zugefallen war.

»Wenn er bisher noch nie gekommen ist, sollte es einen nicht wundern, wenn er es auch dieses Jahr nicht über sich bringt«, bemerkte Wulf, den die Vorbereitungen für das heutige Essen weit mehr zu kümmern schienen als das kurze Schreiben, das auf der Ecke des Küchentisches lag und vermutlich gleich heruntergefegt werden würde, wenn es sich weiter erdreistete, den im Entstehen begriffenen Beilagen zum Braten im Weg zu sein.

»Und immerhin hat er diesmal mehr als nur ‚Reveniam‘ geschrieben«, setzte Wulfila, ebenso beschäftigt, hinzu. Er war damit befasst, einen Krug voller Rotwein aus Aemilianum sicher zu verschließen, um ihn durch die Stadt zu Ardeija zu tragen. Der Hauptmann von Herrads Gerichtswachen hatte einen wilden Heiligabend hinter sich. Mithilfe einiger anderer Leute aus dem Praetorium und einer ehemaligen Freundin war es ihm zwar gelungen, einen gefährlichen Räuber und Mörder nach dessen Flucht aus den Steinbrüchen von Mons Arbuini wieder dingfest zu machen, doch er hatte mit einem verletzten Arm für diesen Erfolg bezahlt und sich noch dazu eine unmissverständliche Abfuhr von seiner alten Liebe geholt, die er wohl gern wieder für sich gewonnen hätte.

Das schien Wulfila ein bisschen zu viel für fröhliche Weihnachten zu sein, und so hatte er vor, nach seinem besten Freund zu sehen und ihm zum Trost etwas Wein vorbeizubringen.

Der kleine Mäusegeist, der seit gut einem Monat in der Küche herumspukte, schien von diesem Plan sehr angetan zu sein. Er huschte Wulfila eifrig um die Hände und schlüpfte mehr als einmal durch den Weinkrug hindurch.

Die Frage, ob ein Gespenst allein davon betrunken werden konnte, wagte Herrad gleichwohl nicht zu stellen. Ihr Schwiegervater kannte sich zwar erklärtermaßen mit Geistern besser aus als irgendeiner seiner Hausgenossen, aber wenn er gerade damit ausgelastet war, aus den Beständen des Vorratskellers Wunderdinge zu zaubern, mochte er keine Fragen und eigentlich auch keine sonstigen Abweichungen von den geplanten Abläufen.

»Beeil dich«, hatte er gesagt, als sein Sohn seinen Entschluss verkündet hatte, Ardeija zu besuchen. »Ich brauche nachher noch deine Hilfe.«

Wulfila hatte versprochen, sich nicht zu viel Zeit zu lassen, aber Herrad konnte sich denken, dass er froh über die Gelegenheit war, der wilden Betriebsamkeit im Haus für eine Weile zu entkommen. Gestern war er erst an der Jagd auf Messer-Ortnit beteiligt gewesen und hatte dann seine Frau auf die Burg begleiten müssen, um am Weihnachtsfest der Vögtin teilzunehmen. Ganz oben an Placidia Justas Tisch am Kopfende des großen Saals sitzen zu dürfen, war unbestreitbar eine Ehre, aber auch um einiges anstrengender, als irgendwo im Gewirr der Gäste an der langen Tafel zu verschwinden, und sie waren beide dankbar gewesen, als der Abend nach viel zu langer Zeit zu Ende gegangen war.

Zur Belohnung für ihr wackeres Durchhalten wäre ein ruhiger Weihnachtsmorgen erfreulich gewesen, doch den gab es selbstverständlich nicht. Im vorderen Zimmer waren die Mägde damit befasst, den Tisch für das Festessen aufzubauen und darüber zu schimpfen, dass irgendwelche Teile wieder einmal nicht zusammenpassten. Wulfin sah sich von seinem Großvater zu allerlei Handlangerdiensten herangezogen, und Herrad hatte den leisen

Verdacht, dass es ihr selbst nicht besser ergehen würde, sobald Wulf auffiel, dass sie immer noch Muße hatte, den Brief des Magisters zu studieren.

Ein Klopfen an der Tür konnte in diesem Durcheinander eigentlich niemand gebrauchen.

Um alle anderen nicht aus ihren jeweiligen Aufgaben zu reißen, ging Herrad selbst quer durch die Küche, um dem unerwarteten Besucher zu öffnen, und war heimlich froh darüber, dass es zumindest jemand zu sein schien, der vertraut genug mit ihrem Haushalt war, um den Weg über den Hof zu nehmen. Ein Fremder, der von der Straßenseite her Einlass begehrte, wäre unweigerlich noch lästiger gewesen.

Doch ihre Hoffnung, es nur mit einer zur Unzeit vorbeischauenden Freundin zu tun zu haben, erwies sich als trügerisch.

Draußen auf den Stufen stand Ivar von Lunde und wünschte ihr mit einem unvertraut fröhlichen Lächeln gesegnete Weihnachten, als könnte es einen auch nur ansatzweise harmlosen Grund dafür geben, dass der bevorzugte Spitzel der Vögtin an einem hohen Feiertag bei ihrer Richterin erschien.

Herrad wusste sich keinen Rat, als ihn ins Haus zu bitten und zum Schlafzimmer hinüberzunicken, das der einzige Raum war, in dem sich derzeit ungestört reden ließ.

»Nicht nötig«, sagte Ivar und betrachtete die Essensvorbereitungen mit so hungrigem Blick, als überlege er, ob sich vielleicht eine der getrockneten Pflaumen, die sich seit gestern mit Rotwein vollsaugen durften, unbemerkt würde entführen lassen. »Große Geheimnisse habe ich Euch nicht mitzuteilen. Ich soll nur ausrichten, dass die Vögtin als Beschirmerin der heiligen Stätten und Gräber dieser Stadt pflichtgemäß Klage gegen Unbekannte führt, die in der Nacht eine Opferstange auf dem südlichsten Heidenhügel umgestoßen und geplündert haben.«

Danach zu urteilen, wie er die aufgetragene Botschaft aufsagte, fand er das angezeigte Verbrechen ungefähr so unwichtig, wie es sich in Herrads Ohren anhörte.

Vor dem Südtor von Aquae Calicis erstreckte sich links und rechts der Straße die alte Römernekropole weit ins Land. Gleichsam als schlichteres Gegenstück dazu lagen nördlich der Stadt die Heidenhügel, aus langvergangenen Tagen stammende Gräber, um die sich unzählige Sagen und abergläubische Gerüchte rankten. Im erwähnten südlichsten Hügel sollte nicht nur ein König unbekannten Namens ruhen, sondern auch ein unermesslicher Schatz aus Gold, Silber und Edelsteinen, bewacht von den Geistern sieben schwarzer Jagdhunde, die nicht mit sich spaßen ließen. Herrad hatte allerdings weder diese Heidenhunde noch ihren Herrn je gesehen, so dass sie nicht hätte wetten mögen, dass sie mehr als nur eine gute Geschichte waren.

Gelegentlich brachten einzelne Stadtbewohner, die den alten Göttern zuneigten, Opfergaben dort hinaus, und dass diese verschwanden oder von törichten jungen Leuten und überfrommen Christen mutwillig beschädigt wurden, kam vor. Gewöhnlich machte sich aber niemand die Mühe, deswegen vor dem Hochgericht Klage zu erheben, zumal sich gerade bei nächtlichen Vorfällen solcher Art die Schuldigen kaum ermitteln ließen.

»Und was für eine Opferstange war das, wenn Justa den Vorfall so ernst nimmt?«, erkundigte Herrad sich, als nähere Erklärungen ausblieben.

Ein spöttisches Lächeln tanzte über Ivars schmale Züge. »Eine mit einem Huhn darauf. Aber da Regins Mutter sie aufgestellt hat, ist es eine sehr wichtige Opferstange, das werdet Ihr einsehen.«

Regin war der Kanzler der Vögtin und abgesehen davon, dass er sich auf das Ordnen seiner Schreiberschar vorzüglich verstand, ein schwieriger Mensch. Diese Veranlagung hatte er eindeutig von seiner Mutter geerbt, über die man sich auf der Burg beileibe nicht nur Lobendes erzählte, wenn auch meist hinter vorgehaltener Hand, weil sie eben die Mutter des Kanzlers war und man es sich weder mit ihr noch mit ihm verscherzen wollte.

Eines an Ivars Angaben überraschte die Richterin allerdings. »Ich wusste nicht, dass Regins Mutter zu den alten Hügelgräbern hinausgeht, um Opfer zu bringen.«

»Gewöhnlich tut sie das auch nicht.« Ivar pirschte sich un-auffällig ein paar Schritte näher an den Tisch heran, und genauso geschickt brachte Wulf mit einem Handgriff, der beiläufig hätte wirken können, seine Pflaumen in Sicherheit. Ivar nahm es mit durchaus anerkennender Miene zur Kenntnis und fuhr fort: »Sie hat aber eine kranke Schulter, wisst Ihr? Alle Kerzen und Gebete in der Kirche scheinen wenig gegen die Schmerzen geholfen zu haben, und da hat sie sich auf das besonnen, was ihre Großeltern ihr erzählt haben, als sie noch klein war, und es mit irgendeinem Heilsegen im Namen der alter Götter versucht. Mit dessen Ergebnis war sie zufriedener als mit dem ihrer bisherigen Bemühungen, und so fand sie, zum Dank dafür sei ein Julopfer fällig. Gestern hat sie es hingebracht, und als sie heute Morgen dann noch eine Trankspende hinterherschicken wollte, um ganz sicherzugehen, fand sie ihren Opferplatz zu ihrer Empörung verwüstet vor. So hat sie keine Ruhe gegeben, bis die Vögtin sich bereiterklärt hat, Klage zu führen.«

»Ich verstehe«, sagte Herrad und verstand auch gleich mit, warum Ivar als Laufbursche hatte dienen müssen, obwohl das in solch einem unbedeutenden Fall sonst unter seiner Würde gewesen wäre. Wenn Justa ihrem Kanzler und seiner Mutter hatte zeigen wollen, wie ernst sie ihr Anliegen nahm, hätte sie gar nichts Besse-res tun können, als ihren Lieblingsspitzel in irgendeiner Form mit der Sache zu betrauen.

»Ja«, sagte Ivar, als hätte er nicht nur ihre Worte, sondern auch gleich noch ihre Gedanken gehört. »Um Weisheit hat sie die Götter wohl leider nicht gebeten. Wenn sie das getan hätte, wäre ihr näm-lich klar, dass es gar kein lebender Mensch gewesen sein wird, den man verklagen kann. Das mit der umgestürzten Stange kann so ein Hügel auch allein bewirken, wenn Ihr mich fragt.«

»Ihr haltet das, was geschehen ist, also für Geisterwerk?« Her-rad dachte an die vielen Geschichten, die sie schon in ihrer Kindheit und Jugend über die Heidenhügel gehört hatte.

Ivars Nicken war ernst und feierlich. »In solchen Nächten sind die Toten ziemlich munter, das weiß man doch. Vielleicht feiern

sie da drinnen im Hügel, bis er wackelt, oder aber sie streiten sich. Das gibt es durchaus. Meine Großmutter haben sie damals in Lunde in ihrem Fischerboot begraben, aber leider genau über dem Grab, in dem wiederum ihr Großvater in *seinem* Fischerboot lag. Seitdem haben schon viele Leute, die Ohren für so etwas haben, übereinstimmend erzählt, dass man die beiden kräftig zanken und fluchen hört, wessen Grab es denn nun eigentlich sei. Nicht, dass mich das wundern würde ... Meine Großmutter hätte bestimmt etwas vermisst, wenn sie nach ihrem Tod niemanden mehr gehabt hätte, an dem sie ihre schlechte Laune auslassen konnte, und wenn ihr Großvater auch nur in Ansätzen war wie sie ...« Er hob vielsagend die Schultern. »Wie auch immer – ich sehe mich dort draußen jedenfalls gleich einmal um, und wenn ich etwas finde, das doch auf gewöhnliche menschliche Einwirkung hindeutet, werde ich es Euch berichten.«

»Willst du wirklich ausgerechnet heute vor der Stadt herumstöbern, wenn schon jetzt zu ahnen ist, dass es eigentlich nichts herauszufinden gibt?«, fragte Wulfila, der seinen Weinkrug mittlerweile zu seiner Zufriedenheit verschlossen hatte.

Ivar zuckte die Schultern. »Da ich ohnehin zu den Hügelgräbern muss, ist es kein Umweg. Ich habe jemandem, der ebenfalls Wert auf so etwas legt, versprochen, *sein* Julopfer dort hinauszubringen, weil er gerade nicht gut hinlaufen kann ... Da kann ich mir auch die verdammte Opferstange gleich mit anschauen.«

Wenn Ivar irgendetwas bei sich trug, das sich als Opfergabe eignete, war es allerdings bisher nicht zu sehen.

»Wenn nachher eines von unseren Hühnern fehlt, bemerke ich es«, erklärte Wulf, und da er gerade ein gut geschärftes Messer in der Hand hielt, war das eine Äußerung, die man ernst nehmen musste.

Ivar lachte dennoch darüber. »Mit einem Huhn wäre es nicht getan, wenn man für eine Errettung vor einer ungerechten Verurteilung, eine unverhoffte Aufnahme in die Burgwache und noch manch anderes dankt«, erwiderte er dann, und den Ausdruck, der

dabei durch seine Augen huschte, hatte Herrad noch nicht oft bei ihm gesehen. Es lag fast so etwas wie Rührung darin, und das ließ sie ahnen, wer den Auftrag zu dem Opfer erteilt haben mochte.

»Ist es also wahr, dass Euer Bruder zu Euch gezogen ist?«, fragte sie. »Man hat gestern Abend auf der Burg so etwas geraunt.«

»Wahr«, bestätigte Ivar, »und wenn er schon etwas opfert, dann gutes Hacksilber.«

Das brachte ihm mehr als einen Blick aus großen Augen ein.

»Hacksilber?«, wiederholte Wulfila. »Wenn *das* morgen verschwunden ist, sollte es aber weder dich noch deinen Bruder sehr wundern.«

»Wird es auch nicht«, beschied ihn Ivar wohlgemut, »und keiner von uns wird Klage führen, das verspreche ich.«

Damit verabschiedete er sich und ging.

»Hacksilber«, sagte Wulfila kopfschüttelnd noch einmal, nachdem die Tür zum Hof zugefallen war.

Wulfin war davon weit weniger beeindruckt als von einer ganz anderen Einzelheit dessen, was Ivar erzählt hatte. »Glaubt ihr, Vogt Geta streitet sich im Grabhügel mit dem alten Heidenkönig, weil wir ihn damals einfach dazugelegt haben?«, erkundigte er sich und klang etwas zu begeistert.

»Ich will nicht hoffen, dass ich eine Auseinandersetzung zwischen meinem lieben Verwandten und einem uralten Toten schlichten muss«, gab die Richterin zurück. »Und so dringend, dass ich den Grabhügel unverzüglich selbst in Augenschein nehmen muss, ist die Sache nun wirklich nicht. Wenn du mich fragst, haben entweder wilde Tiere oder Vagabunden zugegriffen, sobald Regins Mutter fort war. Ich kann weder hungrige Füchse und Krähen verurteilen, noch irgendeinen Landstreicher aufspüren, der die Gunst der Stunde genutzt und sich einen Festtagsbraten gesichert hat. Auf alle Fälle sehe ich erst einmal nach Magister Paulinus, bevor ich entscheide, ob ich mich bei der Kälte zu den Heidenhügeln hinauswage.«

»Ich kann dich ja bei Paulinus einsammeln, wenn ich von Ardeija komme, oder du mich umgekehrt bei Ardeija, je nachdem,

wer schneller fertig ist«, schlug Wulfila vor und warf seinem Vater einen entschuldigenden Blick zu. »Dann gehen wir zusammen zu den Heidenhügeln, haben unsere Pflicht getan und können Justa in den nächsten Tagen wissen lassen, dass sich das abscheuliche Verbrechen leider nicht aufklären lässt.«

Herrad nickte. »Nehmen wir jeweils den Weg über den Decumanus, damit wir uns nicht verfehlen?«

So verblieben sie, und die Richterin legte ihren Mantel um und ging in die feiertäglich stille Stadt hinaus.

Auf ihrem Weg zur östlichen Stadtmauer begegnete sie nur wenigen Leuten. Selbst die Geister schienen sich am Weihnachtsmorgen ausruhen zu müssen. Bis auf ein flinkes Steinmardergespenst, das sich am Rattenbach herumtrieb und sie keck musterte, bevor es in der raureifüberzogenen Uferböschung verschwand, sah sie keinen Spuk.

Im Maul des steinernen Löwen bei Paulinus' Gartentor hatte jemand – wahrscheinlich einer der Schüler des Magisters – einen Stechpalmenzweig mit leuchtend roten Beeren hinterlassen. Sie fand kaum die Zeit, darüber zu lächeln, denn die Haustür öffnete sich schon, bevor Herrad auch nur das Grundstück betreten hatte.

Paulinus kam zu ihr heraus und warf sich im Gehen eilig den Umhang um die Schultern. Krank wirkte er nicht, doch damit hatte Herrad auch nicht ernsthaft gerechnet. Sorgen bereitete ihr dagegen der Ausdruck, der in den Augen des Magisters stand, und einen Herzschlag lang fragte sie sich, ob sie ihn besser doch nicht hätte aufsuchen sollen.

»Frohe Weihnachten«, sagte sie dennoch und verzichtete gnädig darauf, zu erwähnen, dass er diesen Wunsch in seinem Absageschreiben heute Morgen vergessen hatte.

Nun sprach er ihn aus, wenn auch mit einem reichlich schiefen Lächeln.

»Es tut mir leid«, fügte er dann noch an, doch für eine Erklärung seines Handelns schienen ihm die Worte zu fehlen.

»Ich hatte nur Angst, Ihr könntet plötzlich erkrankt sein«, sagte

Herrad und war sich immer sicherer, mit ihrem trotzigen Besuch einen unverzeihlichen Fehler begangen zu haben. Vielleicht war es zu eigensüchtig gewesen, den Magister über die Feiertage um sich haben zu wollen und darauf zu hoffen, dass ihre Erlebnisse im jüngst vergangenen Spätherbst sie genug zusammengeschweißt hatten, um es seinem empfindlichen Stolz zu gestatten, in einem fremden Haus das Fest zu begehen.

Bevor man ihn nach Aquae Calicis verbannt hatte, wo er sich damit durchschlug, Kinder zu unterrichten und junge Leute im Recht zu unterweisen, war Paulinus selbst Richter in Masolacum gewesen, und Herrad hatte den Verdacht, dass ein gutes Weihnachtsfest für ihn immer noch eines war, bei dem er selbst am Kopf einer gastlichen Tafel saß und seine Familie um sich hatte. Doch seine Leute hatten ihn nicht mit offenen Armen empfangen, als er sich im November zur Beerdigung seiner früheren Frau ein erstes Mal wieder nach Masolacum gewagt hatte, und so würde er wohl nicht dorthin zurückkehren, obwohl seine Verbannung mittlerweile gnadenhalber aufgehoben war.

Paulinus seufzte schwer. »Das nicht. Ich würde dich ja ins Haus bitten … Aber ich bin nicht allein.«

Herrad wettete mit sich selbst, dass diese Gesellschaft nichts so Langweiliges wie eine unverhofft zu Besuch gekommene heimliche Geliebte war, und wartete stumm ab, ob er mehr verraten würde.

Der Magister tat ihr den Gefallen, obwohl doch er selbst es gewesen war, der ihr beigebracht hatte, dass Schweigen oft wirksamer zum Sprechen verführte als alle Worte. »Mein Enkel ist hier. Der älteste.«

Das kam unerwartet, denn diesen seinen Enkel hatte Paulinus erst im November kennengelernt, und zu dem Zeitpunkt hatte kein Mitglied der Familie auch nur die geringste Neigung gezeigt, den Magister in Aquae Calicis zu besuchen.

»Oh«, entgegnete Herrad geistreich. »Der Mann, der heiraten will?«

Diese Einzelheit war ihr in Erinnerung geblieben.

»Der eben das *nicht* tun will.« Paulinus lächelte so bedauernd, als wäre sie diejenige, deren Hand sein Enkelsohn auszuschlagen gedachte. »Deshalb ist er ja hier, und ich befürchte, dass bald die Hölle losbrechen wird.«

»Meint Ihr nicht, dass es von der Hölle ein wenig viel verlangt wäre, über Euren Enkel herzufallen, nur weil er seine Verlobung lösen will? So etwas ist nicht das Ende der Welt.«

»Das dürften seine Eltern anders sehen als du«, vermutete Paulinus, »zumal er die Verlobung längst gelöst hat. Immerhin war er klug genug, sich von der jungen Dame schriftlich bestätigen zu lassen, dass das in gegenseitigem Einvernehmen geschehen sei, so dass zumindest niemand auf irgendwelche überhöhten Entschädigungszahlungen wegen eines gebrochenen Eheversprechens klagen kann.«

Herrad tat ihr Bestes, sich ein Lächeln zu verbeißen, und scheiterte der Miene des Magisters nach zu urteilen gründlich damit. »Bei *Eurem* Enkel hätte es mich auch gewundert, wenn er vergessen hätte, sich rechtlich abzusichern. Dann ist es also nur der Unmut seiner Eltern, um den es jetzt noch geht?«

»*Nur?* Du bist gut.« Paulinus sah sie an, als stünde der Weltuntergang unmittelbar bevor. Einen eisigen Windstoß später setzte er hinzu: »Aber vielleicht solltest du doch hereinkommen. Ich sehe dir an, dass du dich nicht so einfach fortschicken lassen wirst.«

Ohne ihre Antwort abzuwarten, ging er voran zur Tür, und so kam es, dass Herrad eine vorerst sehr einseitige Bekanntschaft mit dem Enkel des Magisters schloss, denn das kleine Haus, das an die Stadtmauer angebaut war, hatte nur einen Raum und war zu beengt, um selbst einem wachen Gast einen Rückzug in einen sicheren Winkel zu ermöglichen. Einer, der tief und fest im Bett schlief, war gar nicht zu übersehen.

Herrad betrachtete den Enkel ihres Lehrers und konnte einen Herzschlag lang nur denken, wie verdammt jung er noch wirkte. Sie schätzte den Jungen auf etwa sechzehn oder siebzehn Jahre, alt genug, um zu heiraten, aber vermutlich weiß Gott noch nicht

an einem Punkt angelangt, an dem die Entscheidung dazu wirklich ausgereift und wohlerwogen war, statt nur von erster Verliebtheit oder den wohlmeinenden Eltern vorgegeben zu werden.

»Der sieht wirklich nicht aus, als ob er schon eine Frau haben sollte«, bemerkte sie mit gesenkter Stimme.

»Nicht wahr?« Paulinus zog sacht die Tür hinter ihr zu, damit die teuer erkaufte Wärme nicht aus dem Zimmer flüchten konnte, und legte Holz in der Feuerstelle nach.

Der marmorne Römerkopf auf seinem Schreibtisch sah über ein paar lose Seiten Plautus hinweg unbewegt zu.

»Und seine Eltern sind ihm auf den Fersen?«, fragte Herrad.

Paulinus zuckte die Schultern. »Weiß der Teufel. Aber ich halte weder meinen Sohn noch seine Frau für so dumm, dass sie nicht früher oder später darauf kommen würden, wo Fredegar sich versteckt, auch wenn er meint, es sehr klug angestellt zu haben, weil doch wohl keiner ihn bei seinem in Ungnade gefallenen Großvater vermuten wird.«

»Fredegar also?« Herrad lächelte, den Blick immer noch zwischen den Bettvorhängen hindurch auf den schlummernden Jungen gerichtet, der offenbar nicht einmal bemerkt hatte, wie sein Großvater aufgestanden war und seinen Weihnachtsmorgen begonnen hatte.

»Seine Mutter ist eine Frederun«, erläuterte Paulinus.

»Ist er von Masolacum zu Fuß hergekommen?«, fragte Herrad, denn eine lange Wanderung hätte die beste Erklärung geboten, warum Fredegar weiterhin wie ein Stein schlief.

Paulinus seufzte. »Nur das letzte Stück. Er wollte den Wegzollturm an der Straße von Salvinae her umgehen, hat sich in den nördlichen Ausläufern der Colles Sironae verirrt und sich dann auch noch das Pferd stehlen lassen.«

»Ein Grund mehr, dass Ihr und er mich nachher besuchen kommen müsst«, befand Herrad. »Denn er wird doch wohl Klage führen wollen, und in meiner warmen Küche dürfte das deutlich angenehmer verlaufen als drüben im Praetorium.«

Paulinus' Blick ging zu seinem Enkel hinüber. »Wenn du darauf bestehst. Ich hätte ein schlechtes Gewissen gehabt, dir einen ungebetenen Gast ins Haus zu schleppen, und ein noch schlechteres, ihn hier allein zu lassen. Er hat gestern Abend sehr geweint.«

»Beim nächsten Mal fragt Ihr einfach«, bat Herrad und war erleichtert, ihren alten Lehrer lächeln zu sehen.

»Ich werde mich bemühen«, versprach er und hätte vielleicht noch etwas hinzugesetzt, wenn nicht zwei Dinge auf einmal geschehen wären, von denen der Magister allerdings nur eines bemerkte. Fredegar erwachte, und gleichzeitig streckte ein entzückender Hundegeist die schwarze Schnauze unter dem Bett hervor.

Bei Paulinus wohnte er gemeinhin nicht, so viel wusste Herrad, doch ob er zu Fredegar gehörte oder nur irgendwie mit ihm ins Haus geschlüpft war, konnte sie beim besten Willen nicht einschätzen.

Den Jungen danach zu fragen, bot sich vorerst nicht an, denn er sah etwas verschreckt drein, als er bemerkte, dass sein Großvater nicht allein war, auch wenn ihm dazu nicht mehr einfiel als: »Oh.«

Daraufhin schlüpfte ein zweiter Geisterhund durch den Bettvorhang und schaute sich neugierig um.

Wie es bei Wesen von ihrer Art nicht selten geschah, schienen die beiden Gespenster zu spüren, dass Herrad sie wahrnahm, und kamen zu ihr herüber, um sie zu beschnüffeln.

Paulinus ging derweil daran, seiner einstigen Schülerin seinen Enkel noch einmal in aller Form vorzustellen, ohne sich daran zu stören, dass Fredegar zerzaust im Bett saß.

Herrad war sich dieses Umstands weitaus besser bewusst. »Ich will Euch gar nicht länger lästig fallen. Aber Ihr, Herr Fredegar, sollt wissen, dass meine Einladung zum Weihnachtsessen für Euch ebenso gilt wie für Euren Großvater.« Eine kalte Schnauze aus Nebel stupste fordernd ihre linke Hand an. »Oh, und bringt ruhig auch Eure Gespensterhunde mit, wenn Euch danach ist. Geister sind in meinem Haus immer willkommen.«

Kaum dass sie es gesagt hatte, leckte eine eisige Zunge ihr die Finger, ohne sie feucht werden zu lassen.

Fredegar sah es wohl nicht; er fuhr sich nur hilflos durch die dunkelblonden Locken. »Gespensterhunde? Die sind also auch wieder da? Alle sieben?«

Herrad zählte immer noch nur die beiden, die inzwischen brav auf dem Boden saßen und sie unschuldig ansahen.

»Mehr als zwei sind nicht hier.« Sie wies mit der Hand auf die schwarzen Hunde, falls Fredegar nur zu schlaftrunken war, sie zu bemerken, doch das schien ihm nicht weiterzuhelfen. »Also habt Ihr eine ganze Geistermeute, ohne dass Ihr sie sehen könnt? Das ist auch etwas Ungewöhnliches.«

»Ich dachte eigentlich, sie wären nicht mit durchs Stadttor gekommen«, sagte Fredegar kopfschüttelnd. »Und überhaupt sind das nicht meine. Ich habe sie nur unterwegs getroffen, kurz bevor der Mann mit dem Huhn dazugekommen ist und mir geholfen hat ... Aber ›getroffen‹ ist falsch ausgedrückt. Sie haben mich wohl eher gefunden.«

Paulinus hatte sich unterdessen noch einmal am Feuer zu schaffen gemacht, das ihm zu unruhig gebrannt hatte. »Das war draußen bei den Heidenhügeln vor dem Nordtor. Also müssen es wohl die Jagdhunde des toten Königs sein, der dort begraben liegt.«

Die Hunde verrieten Herrad nicht, wie es darum bestellt war; einer von ihnen drehte sich auf den Rücken, als wollte er sich von ihr den Bauch kraulen lassen, während der andere aufstand und sich daran machte, alle Ecken des kleinen Hauses zu erkunden.

Die Richterin fragte sich, ob er wohl andere Gespenster riechen konnte, doch sie konnte es sich leider nicht leisten, nun längere geisterkundliche Überlegungen anzustellen. »Mag sein. Aber über alles, was gestern Abend dort draußen vorgefallen ist, möchte ich mehr hören. Heute Morgen hat mich nämlich schon eine Klage wegen einer angeblich geschändeten Opferstange erreicht, von der ein Huhn verschwunden sein soll.« Sie sah Fredegar an, der nun noch verwirrter wirkte und vermutlich eher als Zeuge denn als Verdächtiger einzustufen war. »Steht in Ruhe auf und werdet wach; aber dann müsst Ihr mir von allem berichten. Ich warte im Garten.«

Der Junge nickte verunsichert, und Herrad machte ihr Versprechen wahr, ins Freie zu gehen, damit Fredegar sein vermutlich geliehenes fadenscheiniges Nachthemd abstreifen konnte, ohne in Verlegenheit zu geraten. Die Hundegeister folgten ihr nicht, als hätten sie sich vorgenommen, tatsächlich bei dem Besucher aus Masolacum zu bleiben.

Nach der behaglichen Wärme im Haus schlug die Kälte ihr draußen umso unangenehmer entgegen. Immerhin lenkte sie bald etwas ab. Sie hatte noch nicht lange neben den schadhaften Überresten einer römischen Nymphenstatue gewartet, als sie aus Richtung des Decumanus zwei Farbtupfer näherkommen sah, einen roten und einen meergrünen Mantel. Das sagte eigentlich schon genug, und ein paar Schritte später waren die zugehörigen vertrauten Gesichter zu erkennen.

Mit Wulfila hatte sie halb und halb gerechnet, weil sein Besuch bei Ardeija sich am Weihnachtsmorgen gewiss nicht in die Länge gezogen haben konnte. Dass er den Krieger gleich mitbrachte, war jedoch unerwartet, und so gut gelaunt, wie Ardeija wirkte, konnte der Grund für seine Anwesenheit auch nicht darin bestehen, dass er irgendeinem Familienstreit entfliehen wollte.

»Was führt dich denn her?«, fragte sie an Ardeija gewandt, nachdem die üblichen Höflichkeiten und Weihnachtswünsche ausgetauscht waren. Es war immer noch ungewohnt, ihren Hauptmann so anzureden, aber im November hatte es sich dank eines weinseligen Abends so ergeben, und es hatte durchaus etwas Unterhaltsames, ihn noch immer verlegen werden zu sehen, wenn er seinerseits »Du, Herrad« sagen musste.

Heute allerdings lächelte er ganz unbefangen. »Wenn man deinen Mann fragt, dann die Notwendigkeit, ihn davor zu bewahren, die nächsten paar Stunden über einen Bratspieß drehen zu müssen.« Ernster fuhr er fort: »Nein, ich fürchte, ich weiß, wer gestern Abend die Opferstange auseinandergenommen hat.«

Sein kleiner Drache Gjuki, der sich nun unter Ardeijas Mantel hervorwagte, um Herrad zwitschernd zu begrüßen, war allerdings

bestimmt nicht der Schuldige. So hungrig er auch ständig war, ein Huhn wäre ihm als Beute wohl doch zu groß gewesen, um es vollständig davonzuschleppen.

»Wer denn?«, fragte die Richterin, überzeugt, dass Fredegars Mann mit dem Huhn gleich ein Gesicht und einen Namen bekommen würde. Sie wurde nicht enttäuscht.

»Toste, unser alter Bekannter aus Niedergerichtszeiten«, nannte Ardeija einen kleinen Gauner, mit dem Herrad tatsächlich schon mehrfach zu tun gehabt hatte.

Wenn der Verdacht zutraf, war es wohl eher um das Huhn an sich als um eine gezielte Schändung der Opferstätte gegangen, aber zuzutrauen war dem Beschuldigten ein solcher Diebstahl.

»Wie kommst du auf den?«, erkundigte sich Herrad dennoch.

»Nun ...« Ardeija kraulte behutsam Gjukis Schnäuzchen. »Wenn ich Toste gestern Abend begegne, wie er mit einem Huhn aus Richtung Nordtor kommt, und das so spät, dass jeder anständige Mensch schon zu Hause sein sollte, und heute dann von Wulfila höre, dass draußen bei den Heidenhügeln just um die Zeit ein Huhn verschwunden ist, was soll ich da denken? Dass er vor heiligen Stätten wenig Achtung hat, haben wir ja schon vor zwei Jahren gesehen, als er den Kelch aus der Barbarakirche gestohlen hat.«

Der erwähnte Vorfall war für Toste glimpflich ausgegangen, weil die Kirchengemeinde auf Betreiben der Priesterin letzten Endes ihres Klage zurückgezogen hatte, doch wenn Ardeija Recht hatte, dann hatte der Dieb aus der Erfahrung nicht das Geringste gelernt.

Eines aber war Herrad an seiner Geschichte noch unklar. »Was hast du nach allem, was gestern geschehen war, eigentlich noch so spät in der Stadt getrieben, dass du Hühnerdieben über den Weg laufen konntest?«

Ardeijas Lächeln verriet derart umfassende Zufriedenheit mit der Welt und sich selbst, dass Wulfilas morgendliche Sorge um die Gemütsverfassung seines Freunds wohl unbegründet gewesen war. »Ich musste doch den Gast, den wir gestern Abend hatten, heil nach Hause bringen.«

»Mach es nicht so spannend«, sagte Wulfila, der aus Erfahrung ahnte, dass Ardeija seinen Bericht liebend gern zu einem langen Wechselspiel aus Fragen und Antworten ausgedehnt hätte, wie er es bisweilen tat, wenn er sehr stolz auf ein Abenteuer war. An Herrad gewandt setzte er hinzu: »Richenza ist ihn doch noch besuchen gekommen, und er hat sie nach Hause begleitet und ist rein zufällig dort hängen geblieben.«

»Richenza fand nur, es sei für einen verletzten Mann viel zu gefährlich, ganz allein durch die halbe Stadt zurückzugehen«, sagte Ardeija unschuldig. »Und sie hat versprochen, nachher zum Essen zu kommen. Bis dahin müssen wir also spätestens mit Toste fertig sein.«

Herrad seufzte und verbiss sich jegliche Bemerkung über Ardeijas Abendgestaltung. »Wenn wir Glück haben, kann uns ein Zeuge gleich mehr über das erzählen, was bei den Heidenhügeln geschehen ist.« Sie nickte zum Haus hinüber und schilderte den beiden, was sie bisher über Fredegar und seine gestrigen Erlebnisse erfahren hatte. »Wenn er vollends wach ist, wird er uns Genaueres sagen können. Falls seine Angaben Ardeijas Verdacht bestätigen sollten ... Wissen wir, wo Toste stecken könnte?«

Soweit sie sich erinnerte, hatte der Dieb im Laufe der Jahre nicht immer denselben Wohnsitz und manchmal auch gar keinen gehabt.

Doch Ardeija nickte. »Nach allem, was man so hört, lebt er schon eine ganze Weile bei einer Frau, die über den Sommer als Wache auf den Flussschiffen fährt, drüben im Barbaraviertel. Ich glaube, ich weiß, welches Haus das sein müsste.«

»Gut.« Herrad betrachtete seinen linken Oberarm, an dem sich unter einer frisch geflickten Stelle in seinem Umhang ein Verband abzeichnete. »Wie ist das? Reichen wir drei, um ein ernstes Wort mit ihm zu reden und ihn, wenn nötig, zum Praetorium mitzunehmen?«

Ardeija warf ihr einen mitleidigen Blick zu. »Es ist doch nur *Toste*.« In der Art, wie er den Namen aussprach, lag schon seine ganze Einschätzung der Wirksamkeit etwaiger Gegenwehr. »Das geht auch mit dem Arm hier.«

Herrad glaubte nicht, dass er sich diesbezüglich zu viel zutraute, und so wurden sie sich einig, keine weiteren Hochgerichtskrieger zu Hilfe zu holen. Dann standen sie frierend beieinander und beobachteten ein Rotkehlchen in den Büschen bei der Gartenpfote, bis die Haustür aufschwang und anzeigte, dass Fredegar nun angemessen gekleidet und zu einem längeren Gespräch bereit war.

Die Geschichte, die er zu erzählen hatte, als er den dreien vom Hochgericht gegenübersaß, während sein Großvater Tee für alle kochte, war ausführlicher als erwartet und schlug wunderliche Umwege ein.

»Begonnen hat es damit, dass ich begriffen habe, dass ich Radegunde nicht heiraten kann. Und bitte macht jetzt keinen Scherz, dass es wohlerwogen sein will, die Hand der Königin zu verschmähen!« Sein Seitenblick auf Paulinus verriet überdeutlich, wer sich schon eine unpassende Bemerkung über den Namen der ehemaligen Braut erlaubt hatte. »Sie heißt nur einfach so.«

Das Ende seiner Heiratspläne war jedenfalls an dem Tag gekommen, als seiner Verlobten, die nicht die Alleraufmerksamste sein konnte, zum ersten Mal aufgefallen war, dass der Goldbrakteat, den Fredegar als Schmuck und Amulett um den Hals trug, ein Wodansbild zeigte.

Von da an war die dünne Goldmünze mit dem achtbeinigen Pferd und dem speerbewehrten Reiter der jungen Frau ein Dorn im Auge, und sie sagte Fredegar, solch ein gottloses Ding dürfe er aber zu ihrer Hochzeit nicht tragen, und danach besser auch nicht mehr. Das Argument, den Glücksbringer habe ihm aber sein Großvater – der andere, nicht Paulinus – schon vor zehn Jahren geschenkt, ließ sie nicht gelten. Es war nicht einmal so, dass sie sich lange darüber stritten. Fredegar sah rasch ein, dass die schüchternen Einwände, die er erhob, nicht durch die Mauer aus christlicher Frömmigkeit dringen würden, die Radegunde um ihr Herz errichtet hatte, und sagte nichts mehr. In ihm arbeiteten ihre Worte weiter, und am nächsten Morgen ging er noch einmal zu ihr und erklärte ihr, wenn er wirklich vor der Wahl zwischen seinem Brakteaten und ihr stünde, dann würde Wodan bleiben und nicht sie. Daraufhin hatte dann umgekehrt Radegunde nichts mehr dagegen einzuwenden, eine Verlobung zu lösen, die neben fehlender gegenseitiger Abneigung vor allem der einhelligen Meinung beider Elternhäuser geschuldet war, solch eine Verbindung biete sich an, um ein durch verwickelte Erbgänge geteiltes Landgut wieder zusammenzuführen und überhaupt künftig gute Freundschaft zu halten.

Dementsprechend unsicher war sich Fredegar, wie er seinen Eltern nun die Wendung erklären sollte, die die ganze Sache genommen hatte – vor allem, da seine Mutter, der er am Vorabend von Radegundes Forderung erzählt hatte, darauf nur zu sagen gewusst hatte, dann werde sie ihm eben als Ersatz ein schönes Heiligenbild kaufen, das er künftig tragen könne, denn das bringe doch auch Glück genug. Dass kein Heiliger ein Pferd mit acht Beinen hatte, war ihr nicht wichtig erschienen, und so würde wohl weder sie noch sein Vater Verständnis haben.

Fredegar schob es daher erst einmal vor sich her, ihnen die Wahrheit zu sagen, aber Radegundes Vater war so freundlich, ihm die Entscheidung darüber abzunehmen. Als er mit wutentbrannter Miene auf die Vordertür von Fredegars Elternhaus zuhielt, nahm dieser, der ihn durchs Fenster noch rechtzeitig erspäht hatte, den Besuch zum Anlass, sich seinerseits nur mit dem Nötigsten ausgerüstet durch die Küche hinaus auf den Hof zu schleichen und zu machen, dass er in den Stall und zu seinem Pferd kam. Natürlich hatte er das Pech, dass ihn seine kleine Schwester sah, als er seinen Wallach gesattelt ins Freie führte, und nicht einmal sie mit ihren unschuldigen zehn Jahren wirkte überzeugt, als er ihr sagte, sie solle Frederun und Walthari ausrichten, er treffe sich heute mit seinem besten Freund zu einem Ausritt, den er bisher leider zu erwähnen vergessen habe.

Zu besagtem besten Freund ließ es sich leider nicht fliehen, weil dessen Mutter ihrerseits Frederuns beste Freundin war und einen schutzsuchenden Fredegar sicher ohne Erbarmen verraten hätte.

So nahm er erst einmal sicherheitshalber den Weg aus der Stadt hinaus und dann vor den Mauern, weil er nicht recht weiterwusste,

die Straße nach Osten, wo ihn niemand vermuten würde, da er in der Himmelsrichtung keinen Menschen kannte. Nach einer Viertelstunde, als er aller Vernunft nach eigentlich hätte umkehren sollen, um sich doch noch dem elterlichen Strafgericht zu stellen, fiel ihm dann aber schlagartig ein, dass es dort draußen sehr wohl jemanden gab, der ihm ein Bett für ein paar Nächte und vielleicht auch einen guten Rat nicht verweigern würde. Er hatte schließlich in Aquae Calicis einen Großvater, und auch wenn er den nur ein einziges Mal in seinem Leben getroffen hatte, war Paulinus damals freundlich zu ihm gewesen und hatte sogar eine wohlwollende Bemerkung über den Brakteaten gemacht, der feiner gearbeitet sei als diejenigen, die man im Grenzlands Austrasiens finde.

So wurde aus der ziellosen Flucht eine Reise, die ihre Tücken hatte, vor allem am Heiligabend, als Fredegar dann in den nördlichen Ausläufern der Colles Sironae in einem Haus rastete, in dem man Bier an Durchreisende ausschenkte, ohne dass man es als echten Gasthof hätte beschreiben können. Als er wieder ins Freie kam, fand er nämlich sein Pferd nicht mehr vor.

Irgendein Dieb musste es losgebunden haben und darauf davongeritten sein, und die Leute, die ihn bewirtet hatten, wurden ihm auch gleich unheimlich, obwohl sie immerhin halbherzig suchen halfen. Nach kurzer Zeit erschien es ihm daher besser, sich heimlich quer durch den Wald davonzumachen, ohne sich zu verabschieden, bevor man ihm noch mehr als sein Reittier nehmen konnte.

Als es dann schon zu dunkeln begann, kam er pferdelos aus den Colles hinuntergestolpert und hatte nur die fernen Feuer der Stadt als Wegweiser, um sich zur Landstraße durchzuschlagen. Doch das vage Wissen, wo in etwa Aquae Calicis lag, half einem herzlich wenig, wenn man zwischen die Heidenhügel geriet und sich dort so schlecht zurechtfand, dass man in eine Grube oder Kuhle stürzte, die im Bewuchs bei dem schwachen Licht nicht auszumachen gewesen war. Voller blauer Flecken und unbehaglich feucht kroch er wieder daraus hervor und wäre beinahe gleich wieder hineingefallen, weil er sich in dem Augenblick den Hundegeistern gegenübersah, vielmehr: erst einmal einem von ihnen, der gleich bellend und schwanzwedelnd seine Gefährten herbeirief.

Kaum dass sie alle um Fredegar herumsprangen, hatte er nach dem ersten Schrecken keine Angst mehr, denn Hunde hatte er immer gemocht, und diese hier waren freundlich, das spürte er.

»Ihr könnt mir auch nicht sagen, wie ich am besten nach Aquae Calicis komme, nicht wahr?«, fragte er sie, und vier, fünf von ihnen tobten munter fort, während die verbliebenen um seine Füße und gelegentlich auch mitten hindurch tollten, als fänden sie es sehr schön, zwischen den alten Gräbern endlich einmal Besuch zu haben.

Als er sich schon fragte, ob die Hunde, die davongelaufen waren, ihn vielleicht hatten auffordern wollen, ihm zu folgen, kehrten sie dann mit einem Mann zurück, der Fredegar erst einmal mehr Furcht einflößte als die Hunde, denn er war ganz eindeutig ein Lebender, an dessen guten Absichten man durchaus zweifeln konnte. Die Laterne, die er trug, brannte nicht, ganz zu schweigen davon, dass er auch noch ein totes Huhn bei sich hatte und mager und ein wenig heruntergekommen wie ein Bettler war.

Doch nach dem ersten beiderseitigen Erstaunen über die Begegnung sagte der Fremde nur: »Hast du dich verlaufen?«

Eigentlich sprach auch weiterhin alles gegen ihn, von seinem zerzausten roten Haarschopf über die schmutzigen Kleider bis hin zu dem prüfenden Blick, den er auf den Brakteaten warf, der unter Fredegars verrutschtem Umhang sichtbar geworden war. Aber er erwies sich als ganz freundlicher Geselle, der den unglücklichen Wanderer bereitwillig zum Nordtor von Aquae Calicis führte, das zu dieser späten Stunde schon geschlossen war. Doch Fredegars namenloser Begleiter wusste, wie man durch die Nachtpforte gelangte, ohne dass man den Wachen allzu viele lästige Fragen beantworten musste, und auch, wie man zu dem Haus mit dem Garten voller Römerstatuen an der Ostmauer kam.

»Halt dich an die großen Straßen, erst immer schön an den Cardo, und dann an den Decumanus – von da hast du es dann nicht mehr weit, wenn du bis zum Hafentor gehst und dich davor nach

rechts wendest. Aber das da« – ein ausgestreckter Zeigefinger traf fast den Anhänger an Fredegars Kette – »schiebst du schön unter dein Hemd, bevor du in die Richtung läufst. Es ist kein reiches Viertel dort, und spätabends weißt du nicht, was für Leuten du begegnest.«

Damit hatte der Mann mit dem Huhn ihm noch schöne Weihnachtstage gewünscht und sich in irgendeine Seitengasse geschlagen, bevor Fredegar ihm auch nur hatte danken können. Die Wegbeschreibung hatte ihn aber sicher zu Paulinus geführt, und nun war er hier und wusste eigentlich immer noch nicht weiter.

»Über die Feiertage findet man ja auch keinen Boten, und es bietet sich nicht an, selbst zu reisen, solange es auf den Straßen doch nur einsam und unsicher ist«, sagte Paulinus, während er seine Gäste und seinen Enkel mit Tee versorgte. »Aber falls sich bis nach Weihnachten nichts getan haben sollte, begleite ich Fredegar eben zurück nach Masolacum und rede seinen Eltern gut zu. Dann besteht immerhin die Aussicht, dass sie sich über mich noch mehr ärgern als über die gelöste Verlobung und das Verschwinden ihres Sohnes.«

Fredegar schüttelte stumm den Kopf, als wagte er nicht zu hoffen, dass alles so glimpflich ausgehen würde.

Herrad bedauerte, die übrigen Beteiligten nicht gut genug einschätzen zu können, um zu wissen, wie vernünftig oder töricht die Eltern des Jungen sich tatsächlich verhalten würden. »Das wird sich finden«, sagte sie also nur und sah zu Wulfila und Ardeija hinüber, die beide beim Zuhören kaum ihre Heiterkeit darüber hatten unterdrücken können, dass Gjuki und die Geisterhunde einander sehr ausdauernd und nicht ohne leises Misstrauen beschnüffelt hatten, um letzten Endes zu einer Art Burgfrieden im fremden Haus zu finden. »Aber was meint ihr zu allem anderen? Toste, nicht wahr?«

»Oh ja, Toste, in der Tat«, bestätigte Ardeija mit einem Maß an mangelnder Überraschung, das nicht nur seiner gestrigen Begegnung mit dem rothaarigen Dieb, sondern auch und vor allem seiner langen Bekanntschaft mit ihm geschuldet war.

»Gut«, sagte Wulfila und kraulte versuchsweise eines der Hundegespenster, das sich der Liebkosung nicht entzog. »Dann steht

wohl fest, wie wir alle jeweils die Zeit bis zum Essen herumbringen? Ihr beiden« – er nickte Paulinus und Fredegar zu – »setzt eine schöne Klageschrift wegen des Pferds auf, und wir gehen hin und nehmen einen Opferstangenschänder und Hühnerdieb fest.«

»Dass er irgendetwas mit einer Opferstange gemacht hat, kann ich aber nicht bestätigen«, wandte Fredegar ein. »Nur, dass ich ihn eben da draußen bei den Hügelgräbern mit einem Huhn getroffen habe. Aber, wie gesagt, ganz hell war es nicht mehr ... Ich weiß gar nicht, ob ich den Mann wiedererkennen würde, wenn es denn Euer Toste ist.«

Ardeija beugte sich vor, um Gjuki festzuhalten, bevor der kleine Drache das Schnäuzchen in Herrads Teeschale versenken konnte. »Das sagt Ihr nicht, weil es so ist, sondern weil er gestern gut zu Euch war«, bemerkte er mild und dem Dafürhalten der Richterin nach durchaus zutreffend. »Aber sorgt Euch nicht, an Eurer Aussage wird es nicht hängen. Erstens habe *ich* ihn gestern Abend ebenfalls mit einem Huhn gesehen, und zweitens kennen wir ihn, und er kennt uns. Wenn wir nur überzeugend genug andeuten, dass wir etwas gegen ihn in der Hand haben, wird er uns ganz von selbst alles erzählen, was wir hören müssen, weil er genau weiß, dass das letzten Endes besser für ihn ausgeht, als hartnäckig zu leugnen und doch noch überführt zu werden.«

Fredegar sah ihn betrübt an und erwiderte nichts mehr, aber ihm war anzumerken, dass er heimlich hoffte, dass sie Toste gar nicht antreffen würden.

Hätte Toste gewusst, wer an seine Tür klopfen würde, hätte er es wohl auch gehofft.

Vielleicht war Wulfila einer mehr, der es hoffte, wusste er doch, was einen dazu treiben konnte, Hühner zu stehlen, auch wenn er wohl keine Opferstätte angerührt hätte.

Falls er dem ertappten Dieb im Stillen Glück wünschte, hatten sie beide Pech.

Ardeija fand den geradesten Weg zu einem reetgedeckten Häuschen, das sich zwischen Brombeerranken und winterstarren

Beeten duckte, aber es hätte genauso gut gereicht, den zutraulichen Geisterhunden zu folgen, die sich ihnen angeschlossen hatten und munter ins Barbaraviertel vorausgelaufen waren, als hätten sie ganz genau verstanden, zu wem es gehen sollte.

Als Herrad klopfte, war es Toste selbst, der ihr öffnete. Mit ihr hatte er nicht gerechnet, das sah sie seiner bestürzten Miene an. Umgekehrt hatte sie allerdings nicht erwartet, dass er ein Kind auf dem Arm halten würde, noch dazu ein sehr kleines mit einem Hauch von rotem Haarflaum, das allenfalls ein paar Wochen alt sein konnte.

»Oh, verdammt«, sagte Toste aus tiefster Seele.

Dieser Einschätzung der Lage konnte Herrad nicht guten Gewissens widersprechen. »Du sagst es, Toste. Wer ist das denn?«

Die Frage überrumpelte Toste genug, ihn tatsächlich darauf antworten zu lassen. »Das ist die dritte Pelagia.« Er hatte ein flüchtiges Lächeln für das winzige Mädchen übrig, das tief und fest in seinem Arm schlief, bevor ihm wieder zu Bewusstsein kam, dass dies alles andere als ein Höflichkeitsbesuch war.

»Die zweite bin ich«, verkündete eine Frau, die nun hinter Toste erschien und über seine Schulter spähte. »Was gibt es?«

Vermutlich war sie die Besitzerin des Hauses, von der Ardeija gesagt hatte, dass sie als Wache auf den Flussschiffen fuhr. Sie sprach mit dem Selbstbewusstsein einer Kriegerin, doch ihr Gesicht war noch blasser und müder, als es bei einer jungen Mutter ohnehin zu erwarten war, und es lag zu viel Mattigkeit in ihren Bewegungen.

Weiter hinten im Raum hing ein Topf über dem Feuer, und es roch nach Hühnersuppe.

Mit einem Schlag verschob sich die lästige, aber im Grunde lächerliche Geschichte über die umgestoßene Opferstange und wurde zu einer verwickelteren, die damit begann, dass diejenige, die in diesem Haus den Löwenanteil des Geldes heranschaffte, ihrer gewohnten Tätigkeit in diesem Jahr gewiss nicht bis zur spätherbstlichen Einstellung der Flussschifffahrt im vollen Umfang hatte nachgehen können. Dann war vielleicht eine schwere Geburt gefolgt, auf jeden

Fall aber eine, die die zweite Pelagia nicht gut genug überstanden hatte, um jetzt schon wieder bei Kräften zu sein, mit sämtlichen Kosten für Hebammen, Ärzte, Heilkräuter und Wundermittel, die solch ein Erlebnis erforderlich machte. Nach so vielen Härten und Missgeschicken endete alles schließlich bei dem Huhn, das Regins Mutter nicht einfach verschwunden sein lassen konnte und das nun zu Suppe verkocht wurde, um möglichst lange vorzuhalten, während jeder Mensch, der auch nur halbwegs hoffnungsvoll in die Zukunft blickte, es heute in einen Festtagsbraten verwandelt hätte.

Auf einmal war es Herrad selbst, die sich von Herzen wünschte, Toste gar nicht aufgestöbert zu haben, doch was getan werden musste, musste getan werden, wenn auch vielleicht auf etwas sanftere Art als die, ihren Begleitern zu befehlen, ihn ohne weitere Umstände zum Praetorium zu schleifen.

»Dürfen wir hereinkommen?«, fragte sie also an die zweite Pelagia gewandt und sah dann wieder deren Mann, Geliebten oder was auch immer er ihr sein mochte an. »Denn wir müssen wohl oder übel über das reden, was gestern vor dem Nordtor vorgefallen ist, Toste.«

Kurz war alles sehr still, wenn man von Gjuki absah, der kleine Kinder ebenso gern mochte wie Hühnersuppe, wenn auch aus unterschiedlichen Gründen, und schimpfend in Ardeijas Griff zappelte, weil er sich weder den Säugling noch den Kochtopf näher ansehen durfte.

»Ich weiß nicht, woher Ihr so etwas immer wisst, obwohl Ihr es doch eigentlich gar nicht wissen könnt«, sagte Toste dann niedergeschlagen und bekam nichts davon mit, dass ihn unterdessen schon die Geisterhunde begrüßten, als freuten sie sich sehr, ihn zu sehen. »Reden wir also darüber.«

Damit gab er die Tür frei.

Die dritte Pelagia verschaffte ihm eine Gnadenfrist, denn natürlich erwachte sie, als er sie in den Weidenkorb zu legen versuchte, der ihr als Bett diente, und tat lautstark ihre Unzufriedenheit mit dem Vorhaben ihres Vaters kund. Die zweite Pelagia bemühte sich,

sie zu beruhigen, doch irgendjemand musste auch die verräterische Suppe im Auge behalten, und da das mit einem Kind auf dem Arm nur mäßig gut zu bewältigen war, lag die Kleine am Ende wieder dort, wo sie sich ganz zu Anfang befunden hatte. Zusammengenommen mit der Tatsache, dass diese Hütte sich wahrlich nicht eignete, um gleich drei Gäste auf einmal zu empfangen, machte dieser Umstand niemandem das Gespräch leichter, und vielleicht lag es daran, dass Toste brav von sich aus zu erzählen begann.

»Wenn Ihr ohnehin schon unterrichtet seid, hat es keinen Sinn, es zu leugnen, und Ihr seht ja, wie es steht. Da dachte ich ...« Er brach ab und sah sein Kind an, das ihm auch nicht dabei helfen konnte, bessere Worte für all das zu finden, was entsetzlich schiefgegangen war. »Es sah gestern eben noch schlechter aus als heute, und da fiel mir ein, was man sich so über die Heidenhügel erzählt. Die Geschichte kennt Ihr auch, nicht wahr? Dass sich das südlichste Hügelgrab zur Dämmerung am Abend vor Weihnachten auftut, weil das eine der Nächte ist, in der die Toten besonders wach und munter sind. Und das ist das Grab, von dem es heißt, dass es voller Schätze ist, bis an die Decke der Kammer überhäuft mit Reichtümern, wie es sie heute sonst gar nicht mehr gibt ... Nur, dass da auch der tote König und seine schwarzen Hunde sind und die Hunde einen fressen, wenn man sich an den Grabbeigaben vergreift.« Er hob den Blick wieder zu Herrad. »Seit der Sache mit dem Kelch damals habe ich eigentlich versucht, anders zurechtzukommen, das müsst Ihr mir glauben. Doch das hier hätte keinem lebenden Menschen geschadet, und ich dachte, wenn ich mich vorsehe, geht es schon gut ...«

Abermals hielt er inne, und Herrad meinte zu ahnen, welches Ende die kühne Unternehmung genommen hatte. Die abergläubischen Geschichten über das Hügelgrab waren eben nicht mehr als das, und wenn sich schon keine Kostbarkeiten gefunden hatten, war ein Huhn eben die zweitbeste Beute gewesen, nur dass es leider von einer Opferstange stammte und damit anders als jedes Geflügel von einem Marktstand oder aus einem fremden Garten Grund genug für eine Klage vor dem Hochgericht bot.

Sie hütete sich aber, nachzufragen, und das stumme Abwarten half.

Toste redete weiter:»Da, wo ich herkomme, sagt man, damit Zauberdinge einem nicht schaden, muss man seinen Feuerstein einmal über sie hinwegwerfen. Und ein Grabhügel mit einem toten König und spukenden Hunden darin ist doch etwas wie ein Zauberding, nicht wahr? Also habe ich es gestern Nachmittag kurz vor der Dämmerung so versucht und habe meinen Feuerstein geworfen. Dann wollte ich ihn aufsammeln gehen. Damit, dass ein Geisterhund ihn mir zurückbringen würde, habe ich nicht gerechnet, und ... Ihr glaubt mir kein Wort, nicht wahr?«

»Bis hierher schon«, antwortete Herrad, mild erheitert, dass er nicht wusste, dass der Beweis für einen Teil seiner Worte in gleich zweifacher Ausfertigung zu seinen Füßen ausgestreckt lag und sehr friedlich dreinsah.»Was hast du dann getan?«

Toste musterte sie misstrauisch, als spürte er, dass sie sich das Lachen verbiss.»Eine Weile mit dem Geisterhund gespielt, weil das Grab so unzugänglich und geschlossen war wie alle Tage. Denn der Hund schien sich wirklich zu freuen, dass jemand da war, und mit all seinen Freunden war das nicht anders, als die dann hinzukamen ... Und ich dachte, wenn sie mich mögen, werden sie mich schon nicht fressen. Das haben sie ja auch nicht getan. Aber ...« Er seufzte tief. »Das verdammte Grab war eine Enttäuschung, wisst Ihr? Denn es *hat* sich geöffnet, so viel ist wahr – ganz und still und leise, nur einen Spalt breit, so dass man gerade eben in den Gang hineinkam. Es ist nämlich ein Gang darin, der in eine Kammer aus Steinen führt. Doch die ist leer.«

Er klang so bekümmert, dass Herrad keinen Augenblick lang an seiner Aufrichtigkeit zweifelte. Dennoch stellte sie die Frage, die sie stellen musste:»War sie das auch schon, als du hingekommen bist?«

»Wenn ich es Euch doch sage!« Nun war Toste geradezu empört.»Ich hatte eine Laterne dabei, um drinnen alles gut sehen zu können, denn dass es dunkel sein würde, konnte ich mir ja denken – aber nicht, dass bis auf die Hundegeister eben gar nichts dort sein würde, keine Schätze und nicht einmal ein toter König. Nur auf dem Boden ... Da war ein Fleck oder Schatten, als hätte an der Stelle einmal jemand gelegen. Das war nicht geheuer. Aber ein ganzer Grabraub ist deshalb gar nicht daraus geworden, nur so etwas wie ein Einbruch, und das ist doch weniger schlimm, nicht wahr?«

Es war keine Vergewisserung, sondern eine Bitte, aus der die Angst sprach, diesmal zu weit gegangen zu sein.

Die zweite Pelagia sah zu der bemerkenswert fein gearbeiteten Streitaxt hinüber, die an der Wand über dem Bett hing; dabei hätte die Frau wissen müssen, dass sie in ihrer derzeitigen Verfassung nie und nimmer drei Gegnern gewachsen sein würde. Erst als sie dann etwas sagte, begriff Herrad, dass sie gar nicht an einen bestimmungsgemäßen Gebrauch der Waffe gedacht hatte, sondern nur daran, dass diese vermutlich das Einzige hier war, was sich gewinnbringend auf die Schnelle verkaufen ließ.

»Ihr seht ja, dass er es nicht abstreitet«, wandte sie sich an Herrad und klang kaum weniger bittend als Toste. »Wenn ich dafür bürge, dass er am nächsten Gerichtstag vor Euch erscheint und die fällige Buße aufbringen wird, könnt Ihr es dann nicht verantworten, ihn erst einmal hierzulassen? Ich komme derzeit nicht gut ohne ihn aus.«

»Bei Tostes Vorleben würde mich rein gar nichts zwingen, zuzugestehen, eine Strafe durch eine Geldbuße ablösen zu lassen«, sagte Herrad.

Tostes Schweigen war weniger überrascht als hoffnungslos.

Die Hundegeister sahen die Richterin so vorwurfsvoll an, dass sie nicht länger umhinkonnte, etwas aus der Erkenntnis zu machen, dass eines bislang dankenswerterweise nicht zur Sprache gekommen war.

»Also hast du sehr großes Glück, dass mir keine Anklage wegen eines versuchten oder tatsächlichen Grabraubs vorliegt. Nur eine gegen Unbekannte wegen einer angeblich umgestoßenen Opferstange und eines davon verschwundenen Huhns. Danach wollte ich dich eigentlich fragen, weil man dich gestern in der Nähe des Nordtors gesehen hat, aber soweit ich feststellen kann, deutet nicht das Geringste darauf hin, dass du damit etwas zu tun hast. Meint ihr nicht auch?«

Ardeija und Wulfila nickten zuverlässig und betrachteten dabei so eindeutig den Kochtopf, dass Toste nicht im Zweifel darüber bleiben konnte, ob ihm gerade ein großer Gefallen getan wurde oder ob er es nur mit sehr unaufmerksamen Leuten zu tun hatte.

»Wenn ich deinen Ausführungen also eines entnehmen konnte, das mich kümmern muss, ist es nur, dass du draußen bei den Grabhügeln gestern Hunde gesehen hast«, fuhr Herrad ruhig fort. »Und Hunde und ein unbewachtes Huhn – da weiß man ja, wie das enden muss, auch wenn ihnen die Geflügelknochen nicht gutgetan haben werden. Nach den Feiertagen kommst du ins Praetorium und wiederholst meinen Schreibern noch einmal in aller Form genau das: Es waren streunende Hunde dort. Mehr muss keiner wissen.«

Sie rechnete entweder mit gesundem Misstrauen angesichts dieses Entgegenkommens oder mit Dankesworten, nicht aber damit, dass Toste zu weinen beginnen würde.

Seine Tränen zu sehen, machte alles nicht besser und zeigte ihr mehr als deutlich, dass sie in seiner Geschichte bisher zu oft die Schurkin gewesen war, von der man Hilfe und Verständnis nicht erwarten konnte.

»Warum tut Ihr das?«, fragte er denn auch erstickt, nicht einmal so, als würde er eine Falle vermuten, sondern irgendwo zwischen Rührung und Verwirrung.

Herrad hatte mehr als einen Grund gehabt, den, dass sie nicht nur mit der selig schlafenden dritten Pelagia Mitleid hatte, und mehr noch den, dass sie einmal einem anderen Hühnerdieb nicht geholfen hatte, als es in ihrer Macht gestanden hätte, und es bis heute bereute. All das zu erwähnen, hätte aber keine sehr erzieherische Wirkung gehabt, und zumindest einen Versuch, Toste in die Nähe des rechten Wegs zurückzuschieben, war sie ihrem Amt trotz allem schuldig. »Weil ich dir abnehme, dass du in letzter Zeit tatsächlich versucht hast, dich zu bessern. Ganz gleich, was du gestern Abend sonst noch getan hast, du hast auch einem Fremden weitergeholfen und bei der Gelegenheit auf sehr leichte Beute verzichtet. Das verdient Anerkennung.«

Toste sagte nichts, sondern zog nur die Nase hoch, und am Ende war es die zweite Pelagia, die ihr so feierlich dankte, als hätte sie ihnen sehr geholfen, statt nur darauf zu verzichten, die Umstände noch schlimmer zu machen, als sie ohnehin schon waren.

Der nächste Ärger war eigentlich nur eine Frage der Zeit und der Gelegenheit, solange sich nichts Grundsätzliches änderte, und darauf, dass es sich ändern ließ, kam ein anderer vor Herrad.

Sie war noch zu beschäftigt damit gewesen, Tostes Mienenspiel zu betrachten, um mehr als nur flüchtige Aufmerksamkeit darauf zu verschwenden, dass Wulfila sich zu den Geisterhunden gebeugt und ihnen auf Latein etwas zugeflüstert hatte. Doch nun sprangen die beiden schwarzen Gespenster durch die Wand fort, als gäbe es dort lohnendere Unternehmungen als in dem beengten Haus, und Wulfila richtete sich auf.

»Ihr beiden hört jetzt einmal nicht hin«, sagte er sehr bestimmt an Herrad und Ardeija gewandt, um dann Toste zuzunicken. »Du aber schon. Es hat seine Vorteile, für das Hochgericht zu arbeiten; man erfährt manchmal nützliche Dinge. Und zu dem, was ich heute erfahren habe, gehört, dass draußen bei den Grabhügeln vielleicht doch etwas zu holen ist. Ein dankbarer Mensch hat Hacksilber hingetragen, um es den alten Göttern zu weihen, und irgendjemand, der vor denen keine Angst hat, wird es sich holen. Man müsste nur schnell sein. Das mit dem Opfer ist schon eine Weile her.«

Nun stand nur noch schiere Fassungslosigkeit in Tostes Gesicht. »Das ist nicht Euer Ernst!«

»Oh doch«, ließ Wulfila ihn wissen. »Ich kann nicht einschätzen, ob es überhaupt noch da ist, und auch nicht, ob es reicht, um über den Winter zu kommen, oder nur, um einen anständigen Neujahrsbraten zu bezahlen. Aber einen Versuch ist es wert.«

Ardeija hatte die Zeit, in der er nicht hatte hinhören sollen, damit verbracht, sich – Gjuki immer noch fest im Griff – sehr gründlich einiges im Raum anzusehen, am längsten den Korb für das Kind. »Wie ist das eigentlich?«, fragte er unvermittelt, bevor Toste auch nur Luft holen konnte, um noch etwas auf Wulfilas guten Rat

zu erwidern. »Habt ihr den hier selbst gemacht, und die anderen auch?«

Sein Blick ging zu einer Reihe von kleinen Körbchen auf einem Wandbrett hinüber.

»Er«, verkündete die zweite Pelagia, den Finger auf Toste gerichtet, ohne besser als er zu wissen, wie mit dem seltsamen Verhalten der Besucher umzugehen war.

»Sehr schön«, sagte Ardeija und sah Toste an. »Wenn du nach den Feiertagen zum Hochgericht kommst, um deine Hundegeschichte noch einmal zu erzählen, machst du unten bei mir halt, hörst du? Mag sein, dass ich eine Bestellung habe. Ich könnte einen Korb gebrauchen. Einen großen, um Strickzeug unterzubringen.«

Er log so schlecht wie immer, aber diejenigen, die er überzeugen wollte, waren vom ganzen Gang der Ereignisse wohl noch verstört genug, um nicht zu sehr zu spüren, dass Ardeijas Behauptung nur aus Mitgefühl und dem Wunsch, hinter seinen Begleitern nicht zurückzustehen, geboren war.

Er selbst schien von seinem Auftritt jedenfalls recht angetan zu sein und war immer noch vorzüglicher Laune, als sie das Haus verließen und sich auf den Rückweg durch die Stadt machten.

»Was hast du eigentlich eben zu den Hunden gesagt?«, fragte er, als sie schon ein Stück von Tostes Bleibe entfernt waren und hoffentlich nicht mehr belauscht wurden.

Wulfila lächelte in sich hinein. »Ich habe sie nur gefragt, ob sie Ivars Hacksilber bewachen können, bis der Richtige kommt, um es abzuholen. Sie können, glaube ich. Und nun sieh mich nicht so an! Du brauchst schließlich auch keinen neuen Strickkorb.«

»Das ist wahr«, gestand Ardeija bereitwillig. »Aber wenn Toste glaubt, dass ich einen brauche, könnte etwas Gutes daraus erwachsen. Denn wenn alle Strafen und Vorhaltungen im Laufe der Jahre schon nichts bei ihm bewirkt haben, hilft es ja vielleicht stattdessen, wenn zur Abwechslung einmal ein paar Leute freundlich zu ihm sind.«

Herrad hoffte es im Stillen selbst, aber sie war bereits zu lange Richterin, um allzu fest darauf bauen zu wollen. »Auch wenn es

ihn nicht dazu bringt, künftig redlicher zu leben, hat das hier seine Richtigkeit. Wenn es zu Weihnachten schon ein Kind in unzureichenden Verhältnissen gibt, dann gehört es sich auch, dass drei nicht allzu Weise vorbeikommen und Geschenke machen.«

Ardeija lachte. »Und zumindest nur den nützlichen Teil der Geschenke! Gold oder Silber ist ja ganz gut, aber was die mit Weihrauch und Myrrhe anfangen sollten, habe ich nie verstanden.«

»Weiterverkaufen?«, schlug Wulfila vor.

Ardeija schüttelte den Kopf. »Das fällt ja auch überhaupt nicht auf, wenn eine arme Familie es tut.«

»Alles eine Frage der Vertrauenswürdigkeit der Hehler, die man so kennt«, bemerkte Herrad und wehrte die Frage, ob das in diesem Zusammenhang keine gotteslästerliche Überlegung sei, mit hocherhobener Hand ab.

Wulfila und sie konnten immer noch darüber lachen, als sie nach ihrem Abschied von Ardeija zu Hause die Küchenstufen wieder hinaufstiegen.

Drinnen waren die Essensvorbereitungen mittlerweile wesentlich weiter gediehen. Auf dem Tisch lag frisches Brot bereit. Mit dem Drehen des Bratspießes hatte sich Oshelm betraut gefunden, der am Morgen im Praetorium nach dem Rechten gesehen hatte und offenbar schon seit einer Weile zurück war. Wulfin dagegen saß inzwischen aller Pflichten ledig am Boden und war vergnügt damit befasst, ein Speckstück gerecht unter dem kleinen Mäusegespenst und dem Fuchsgeist aufzuteilen, der das Haus in letzter Zeit gelegentlich auch besuchte. Wulf war schon mit den Mandeln für die Nachspeise beschäftigt und mit dem Fortgang der Arbeit zufrieden genug, um vor sich hinzusummen.

»Ivar lässt ausrichten, dass draußen bei den Heidenhügeln nichts Ungewöhnliches zu beobachten war«, sagte er, als Herrad eben ihre Mantelspange löste.

»Oh, die Sache haben wir anders klären können«, beschied Herrad ihn. »Sagt er sonst noch etwas?«

»Dass meine Rotweinpflaumen gut sind.« Anscheinend hatte

Wulf doch noch Erbarmen mit dem zurückgekehrten Besucher gehabt. »Aber nichts, was das Hochgericht betrifft.«

»Da kommt aber noch etwas auf uns zu«, warf Oshelm ein, ohne seinen wackeren Dienst als Küchenjunge zu unterbrechen. »Eine Klage ist zwar bisher nicht eingegangen, aber es hat jemand aus dem Wegzollturm an der Straße nach Salvinae bei uns vorbeigeschaut, weil er ohnehin in die Stadt musste und meinte, es schade nichts, wenn wir schon vorbereitet wären. Irgendein Reisender ist unter die Räuber geraten, entführt worden oder sonstwie verschollen; die Leute aus dem Zollturm haben erfolglos nach ihm gesucht.«

»Ein erstochener Steuereintreiber und eine geplünderte Opferstange reichen für *ein* Weihnachten ja wohl auch nicht aus«, gab Herrad mit leisem Unmut zurück. »Na gut – warten wir ab, bis die eigentliche Klage eingeht. Bis dahin gedenke ich nicht, mir das Weihnachtsfest verderben zu lassen.«

Es fiel ihr nicht allzu schwer, sich an diesen Vorsatz zu halten. Trotz des unruhigen Morgens war niemand schlecht gelaunt, und so war das erste unglückliche Gesicht, das sie im weiteren Verlauf des Tages zu sehen bekam, das Fredegars, der in der besten Tunika seines Großvaters steckte und gleich nach dem Eintreffen der beiden bang fragte, was denn nun aus dem Mann mit dem Huhn geworden sei.

»Der? Der hat ein paar schwarze Hunde an den Grabhügeln herumstreunen sehen, wie Ihr auch, und damit hat es sich«, gab die Richterin zurück.

Das reichte aus, Fredegar zum Lächeln zu bringen, und im Folgenden vergaß er seine Sorgen weit genug, um sich voller Begeisterung über die Köstlichkeiten herzumachen, die auf den Tisch kamen.

Er war bei seiner dritten Scheibe Braten angelangt, ohne dass sein Appetit sehr nachzulassen schien, als es vernehmlich an der vorderen Haustür klopfte.

Eine der Mägde sprang auf und eilte hin, um zu öffnen. Sie verstellte den anderen im Zimmer die Sicht auf den Menschen auf den

Stufen, aber die Stimme, die von draußen zu hören war, reichte aus, Fredegar sehr blass werden zu lassen. Im nächsten Augenblick war er schon unter dem Tisch verschwunden. Wulfin folgte ihm unverzüglich und ließ ihn flüsternd wissen, ein sehr gutes Versteck sei das aber nicht, da hier jeder sofort nachschauen würde.

Die Magd wandte sich um und sah zu der Runde am Tisch hinüber. »Frau Herrad? Hier ist jemand, der sagt, er sei der Sohn des Magisters und müsse dringend seinen Vater sprechen.«

Da Paulinus schon Anstalten machte, sich zu erheben, und leise bemerkte, das habe wirklich ganz nach Walthari geklungen, nickte Herrad. »Bitte ihn herein.«

Der Mann von knapp fünfzig Jahren, dem die Magd daraufhin Einlass gewährte, hatte mit Paulinus nicht nur die hagere Gestalt, sondern auch die etwas zu lange Nase gemein, doch der Mantel, den er trug, war aus teurem Tuch, und er hätte ganz wie ein würdiger Gutsherr oder Kaufmann wirken können, wenn er nicht ein Gesicht gemacht hätte, als sei ihm auf dem Weg hierher mindestens die Wilde Jagd begegnet.

Für die um den Tisch Versammelten hatte er nur ein Nicken übrig, bevor er sich grußlos an seinen Vater wandte, der ihm entgegengegangen war. »Gott sei Dank, du bist wirklich hier! Deine Nachbarin sagte, ich solle hier fragen ... Es ist etwas Entsetzliches geschehen.«

»Das steht wohl zu vermuten, wenn du mir die unerwartete Ehre erweist, mich zu Weihnachten zu besuchen.« Die Spitze hatte Paulinus sich wohl nicht verbeißen können, aber er umarmte seinen Sohn dennoch.

Walthari ließ es zu. »Ich bitte dich, mach keine Scherze, dazu ist die Sache zu ernst. Wie genau es dazu gekommen ist, erkläre ich dir später, aber Fredegar war ein gutes Stück vor mir auf der Straße nach Aquae, und kurz vor dem letzten Zollturm ist mir sein Pferd auf einmal ohne ihn entgegengelaufen. Seitdem ist er unauffindbar, und ... Verdammt, findest du das zum Lachen?«

»Ja«, bekannte Paulinus ohne jede Reue, hob das Tischtuch an und spähte in die dunkle Höhle darunter. »Fredegar? Kann es sein,

dass du dein armes Pferd einfach schlecht angebunden hast, statt es dir stehlen zu lassen?«

Fredegar äußerte sich nicht dazu, aber er war sehr rot angelaufen, als er unter dem Tisch hervorgekrochen kam. »Musstest du ihm unbedingt gleich sagen, dass ich hier bin?«

»Was soll ich denn sonst tun, wenn er dich für verschwunden, wenn nicht gar tot hält?«, gab Paulinus zurück, aber vermutlich hörte Fredegar es kaum, da sein Vater ihn innig an sich zog und ihm wortreich versicherte, wie ungemein erleichtert er sei, ihn heil und gesund anzutreffen.

»Wart Ihr eigentlich derjenige, der den Leuten vom Zollturm erzählt hat, ein Reisender sei überfallen worden oder etwas in der Art?«, fragte Oshelm, als sie enger zusammengerückt waren, um Platz für Walthari zu schaffen und ihm etwas zu essen und vor allem Wein zur Beruhigung vorzusetzen.

Walthari musste erst einmal sein Glas leeren, bevor er nickte. »Dort sollte ich wohl spätestens morgen Bescheid geben, dass sich alles als harmlos erwiesen hat und keine weitere Suche nötig ist.«

»Ich schicke einen Boten«, versprach Herrad, froh, dass der überstandene Schrecken bisher alle Streitigkeiten verhindert hatte.

»Es tut mir auch leid, dass du so viel Aufregung hattest«, sagte Fredegar kleinlaut. »Das mit dem Pferd wollte ich nicht, und auch nicht, dass es solchen Ärger mit Radegundes Vater gibt.«

Walthari musterte ihn über den Tisch hinweg und ließ sich mit der Antwort Zeit, bis sein Glas nachgefüllt war. »Wenn es mit dem Ärger gibt, dann liegt es nicht an dem, was du getan hast, sondern daran, dass er jetzt ein blaues Auge hat.«

»Und wie ist er zu dem gekommen?«, erkundigte sich Paulinus mit einer Miene, als hätte er bereits eine sehr genaue Vorstellung von dem, was sich abgespielt haben musste.

Walthari betrachtete lieber den tiefroten Wein, statt seinen Vater anzusehen. »Na, wenn er *meinen* Sohn einen unverschämten kleinen Heiden nennt, der seine Tochter ohne Not sehr gekränkt habe ...«

Kurz herrschte am Tisch Totenstille, die erst durch Fredegars entzückte Frage unterbrochen wurde, was um Himmels willen denn seine Mutter zu dem Vorfall gesagt habe.

Walthari schaute endlich von seinem Glas auf. »Dass ich mich erstens schämen sollte und zweitens gut daran täte, keinen Fuß mehr nach Masolacum zu setzen, bis ich dich Dummkopf wiedergefunden hätte. Und dann hat sie deine Geschwister genommen und ist über die Feiertage zu ihrer Mutter gegangen, statt sich auch nur zu bemühen, mit Radegundes Eltern wieder Frieden zu schließen.«

Fredegar tat sein Bestes, nicht zu laut zu lachen, aber es glückte ihm nicht.

Walthari warf ihm einen düsteren Blick zu, verzichtete aber darauf, etwas zu sagen.

Paulinus dagegen sah verdächtig zufrieden drein. »Ich nehme an, der Vater der frommen jungen Dame ist einer, der dich für solch einen Vorfall mit Wonne vor Gericht zerren wird?«

»Das wird wohl so kommen«, räumte Walthari ein und spülte den Nachgeschmack der nur unwillig geäußerten Worte mit einem großen Schluck Wein hinunter.

Paulinus lächelte so vergnügt, als gäbe es kein besseres Weihnachtsgeschenk. »Dann bist du genau im richtigen Haus«, stellte er fest und sah Herrad an. »Bringen wir da eine Verteidigung zustande, gegen die selbst der entschlossenste Kläger nichts ausrichten kann?«

»Das lässt sich wohl einrichten«, sagte Herrad und stand gehorsam auf, um aus dem Nebenzimmer die *Leges* zu holen, denn wenn ihr alter Lehrer in dieser eifrigen Stimmung war, würde sie niemals zu ihrer Mandel-*patina* mitsamt Rotweinpflaumen kommen, solange sie ihm die Gesetzessammlung nicht ausgehändigt hatte, ob das Buch nun Bratensaftflecken abbekam oder nicht.

So war sie schon auf den Beinen, als es ein zweites Mal an der Haustür klopfte. Sie bedeutete den Mägden, sich nicht die Mühe zu machen, und ging selbst hinüber, um zu öffnen.

Aus der Dunkelheit reckte sich ihr ein Strauß Stechpalmenzweige voll roter Beeren von einer Efeuranke umwunden entgegen.

»Für Euch«, sagte Toste, und die Richterin fragte sich, ob sie ihn schon je zuvor so hatte strahlen sehen. »Danke noch einmal.«

Damit war er verschwunden, bevor sie ihm entweder danken oder zu neugierig nach der Herkunft der unerwarteten Gabe fragen konnte, die er gewiss nicht in seinem eigenen Garten geschnitten hatte, über dessen Gewächse sie seit heute Morgen gut genug unterrichtet war, um das beurteilen zu können.

»Was ist das?«, fragte Wulfila mit Blick auf das Geschenk, als sie die Tür wieder geschlossen hatte.

»Der Beweis dafür, dass Ivars Bruder verdammt viel Hacksilber übrig hatte«, entgegnete Herrad trocken, um sich ihre Rührung nicht allzu deutlich anmerken zu lassen.

Wulf dagegen achtete weit weniger auf die Stechpalmenzweige als auf etwas ganz anderes. »Herrad«, sagte er leise in höchst anklagendem Ton, »hast *du* die etwa eingeladen?«

Als sie unauffällig in die Richtung schaute, in die er hinübergenickt hatte, sah auch sie die beiden Hundegeister, die sie schon am Vormittag kennengelernt hatte, neben der Tür sitzen.

Es hätte keinen Zweck gehabt, ihre Schuld zu leugnen, und so neigte sie nur bestätigend den Kopf und drückte Wulf den Strauß in die Hand, um selbst wieder auf die Suche nach den *Leges* gehen zu können. »Das habe ich. Meinst du, sie vertragen Braten?«

In allerbester Absicht

DER HEILIGABEND WAR seine ersten Stunden über verdächtig friedlich verlaufen; vielleicht hätte Ivar also misstrauisch werden sollen. Zu seiner Verteidigung konnte er allenfalls anführen, dass er kein so wildes Auf und Ab wie im Vorjahr erwartet hatte. Damals hatte der Tag vor Weihnachten einen ermordeten Steuereintreiber, einen ungerechtfertigten Verdacht gegen Ivars Bruder, die Rückkehr einer langverlorenen Katze und allgemein viel Aufregung gebracht.

Um das Gleichgewicht der Welt zu wahren, musste heute eigentlich alles ruhig und ein wenig langweilig bleiben, und Ivar glaubte auch fest daran, bis er von einer letzten vorweihnachtlichen Runde durch die Stadt zurückkehrte, auf der Burg die vielen Stufen bis zu seinem Zimmer hinaufstieg und auf dem Bett besagten Bruder vorfand.

Dort hätte er nicht sein sollen. Obwohl ihr Verhältnis sich im Laufe des letzten Jahres merklich gebessert hatte, ging Ivars Bruderliebe nicht so weit, dass Gorm der Mensch gewesen wäre, dem er den zweiten Schlüssel zu dieser Kammer anvertraut hätte.

»Was treibst du hier?«, fragte er also auch nur anstelle einer Begrüßung und ließ die Tür einen Spaltbreit geöffnet, falls Svala, die Katze, nicht den ganzen Tag über auf Mäusefang bleiben, sondern ihn besuchen wollte.

Gorm gähnte ausgiebig. »Schlafen, das siehst du doch. Und auf dich warten«, erklärte er und bequemte sich immerhin, die Beine vom Bett zu schwingen und sich aufzusetzen.

»Ich dachte eigentlich, ich hätte die Tür abgeschlossen«, bemerkte Ivar, indem er den regennassen Mantel abnahm und an den linken Wandhaken hängte, obwohl er an den rechten gehörte. Doch an dem machte sich bereits Gorms schwerer Umhang breit.

»Das hattest du auch.« Gorm lächelte ungerührt, denn einer wie er, der jahrelang ebenso Räuber wie Söldner gewesen war, bevor es ihn zur Burgwache verschlagen hatte, ließ sich von einem simplen Schloss nicht aufhalten. »Aber nun setz dich hin und hör zu. Es ist wichtig. Schließlich geht es um deine Frau.«

Es war vielleicht ebenso sehr die Verwunderung über diese Eröffnung wie die drängende Ernsthaftigkeit in Gorms Tonfall, die dafür sorgte, dass Ivar sich tatsächlich fügsam auf den Schemel neben der Wäschetruhe setzte und ins kalte, klare Blau der Augen seines Bruders sah. »Ich habe keine Frau.«

»Wenn du eine hättest, wäre es aber Mathilde«, erwiderte Gorm, als wäre es das Selbstverständlichste der Welt, die Schwertmeisterin der Vögtin von Aquae Calicis gedanklich mit Ivar zu verheiraten.

»Das ginge nicht.« Es schnitt Ivar ins Herz, das laut auszusprechen, aber es war, wie es war.

»Es sollte aber besser gehen.« Einen Augenblick lang klang Gorm wie ihrer beider Vater, und Ivar konnte nur hoffen, dass man ihm den Schrecken darüber nicht ansah. »Du hast ihr schon die Haare gekämmt, glaub ja nicht, das wüsste ich nicht. Und man mag ja auf viele Arten einer Frau nahe sein, um sein Vergnügen zu haben, aber *das* zu tun, schickt sich nicht, wenn es nicht die eigene ist oder sehr bald werden soll.«

»Wir sind nicht mehr in Lunde«, wandte Ivar ertappt ein und wusste doch, dass die Berufung auf die Unterschiede, die in Sitten und Gebräuchen zwischen ihrer alten und ihrer neuen Heimat bestanden, in diesem Fall eine äußerst schwache Verteidigung war.

»Das gehört sich auch hier nicht. Ich war lange genug auf Heerfahrt in ganz Austrasien, um das zu wissen.« Gorm sprach mit leiser Empörung, und das wollte etwas heißen, denn um sein moralisches Empfinden zu kränken, brauchte es mehr als gewöhnliche Missetaten.

»Was zwischen Mathilde und mir ist, geht dich dennoch nichts an«, gab Ivar gereizt zurück.

Gorm schüttelte den Kopf. »Oh doch! Erstens bin ich dein älterer Bruder und muss achtgeben, mit wem du dich einlässt. Das hätten unsere Eltern von mir erwartet. Und zweitens solltest du nicht so dumm sein, anzunehmen, ich würde nichts mitbekommen. Du magst ja im letzten Jahr geglaubt haben, ich sei krank genug, um lange zu schlafen, aber so leise, dass ich euch nicht gehört und dann auch gesehen hätte, wart ihr wahrlich nicht.«

Ivar fragte nicht, wie viel von ihrem Tun und Lassen am letzten Weihnachtsmorgen sein Bruder tatsächlich beobachtet hatte, denn darauf kam es nicht an. Im Gedächtnis geblieben war Gorm ja doch nur das eine, das, wie man sie in ihrer Kindheit hoch im Norden in Lunde gelehrt hatte, den Nächststehenden und Vertrautesten vorbehalten bleiben musste: Ivar hatte Mathildes dichtes, dunkles Haar gekämmt, während sie vor ihm am Feuer gesessen hatte. Vermutlich war ihnen das Glück nicht einmal so gewogen gewesen, dass Gorm wieder eingedöst war, bevor sie die Plätze getauscht und Mathildes geschickte Finger Ivar einen kunstvollen festtäglichen Zopf geflochten hatten. Wenn er sich recht entsann, hatten sie währenddessen nur ganz unschuldig über das bevorstehende Weihnachtsessen geredet, aber Taten wogen bekanntlich schwerer als Worte.

»Das ist trotz allem nicht deine Sache«, beharrte er in dem sicheren Bewusstsein, ein aussichtsloses Rückzugsgefecht zu führen. »War das alles, was du mir über Mathilde sagen wolltest? Dann geh jetzt; darüber rede ich nicht weiter.«

»Wenn mir das im Kopf herumgegangen wäre, hätte ich dich ja schon vor einem Jahr danach fragen können, aber du siehst, ich habe zu gut von dir gedacht. ›Er verschweigt mir nur, dass ich eine Schwägerin habe‹ – das war meine feste Überzeugung, bis du mir gesagt hast, dass dem nicht so ist.« Gorm kratzte sich ein wenig zu behaglich im Bart und schien sich sehr zu freuen, seinen kleinen Bruder gehörig in Verlegenheit gebracht zu haben. Dann aber wurde sein Gesicht schlagartig wieder ernst, und er fuhr fort: »Ich fürchte, sie plant Arges, deine Doch-nicht-Frau. Weißt du das, oder solltest du es nur wissen?« Dass Ivar es *nicht* wusste und sich dafür verabscheute, in den letzten Tagen nichts Besorgniserregendes an Mathildes Verhalten bemerkt zu haben, nahm Gorm mit einem befriedigten Lächeln zur Kenntnis, war aber so gnädig, rasch weiterzusprechen: »Na, dann pass auf. Als ich heute frühmorgens von der Nachtwache am Tor kam, bin ich nicht schlafen gegangen, sondern ins Verlies hinunter. Wiggo hätte dort nämlich Dienst tun sollen, und er schuldet mir noch Geld wegen der verlorenen Wette letzte

Woche, also dachte ich, es könnte nicht schaden, ihn allein zu fassen zu bekommen. Er war aber nicht da, zumindest nicht vorn an der Treppe. Dafür aber Mathilde und Frau Herrad vom Hochgericht.« Er machte eine Kunstpause, als sei das eine bedeutsame Beobachtung.

Ivar zuckte die Schultern. Die Richterin war auf dem Weg zur Burg gewesen, als er selbst in die Stadt gegangen war, und hatte ein paar freundliche Worte mit ihm gewechselt, über das widerliche Regenwetter geflucht und sich auch ansonsten nicht weiter auffällig verhalten.

Als Gorm aufging, dass sein Bruder nicht antworten würde, seufzte er, erzählte aber brav weiter: »Ich hörte die Richterin also sagen: ›Versuchen kann ich es, aber große Hoffnungen solltet Ihr Euch nicht machen‹, und darauf Mathilde: ›Die einzige Hoffnung, die ich hege, ist die, dass die Vögtin nichts davon erfährt.‹ – ›Von mir nicht‹, sagte da Frau Herrad, und als ich ins Zimmer kam, waren sie sehr plötzlich still und haben von da an nur noch über den Siegelfälscher gesprochen, den die Richterin verhören sollte. Was meinst du, haben sie etwas Böses im Sinn, oder ist das nur irgendein Unfug?«

»Nichts Ernstes«, ließ Ivar ihn wissen und hätte beinahe gelacht, weil Gorm eine völlig harmlose Angelegenheit so missdeutet hatte, dass er zwecks besserer Geheimhaltung aller Gespräche darüber bei seinem Bruder eingebrochen war. »Es geht um Mathildes Almandinfibel, möchte ich wetten. Ich habe ihr selbst geraten, die Richterin zu bitten, ihre Leute die Ohren spitzen zu lassen, ob das Ding bei einem Hehler wiederauftaucht. Sie hat es nämlich verloren, Mathilde, meine ich.«

Gorm wirkte erst enttäuscht, keine große Verschwörung aufgedeckt zu haben, legte dann aber neugierig den Kopf schief. »Und warum darf die Vögtin das nicht wissen?«

»Weil die Fibel ein Neujahrsgeschenk von ihr war, und zwar nicht irgendeines.« Ivar entdeckte ein braunes Blatt, das sich an seiner Schuhspitze verfangen hatte, und zupfte es ab. »Vor sehr vielen Jahren war es das erste, das nicht von den Placidii allgemein

kam, sondern geradewegs von Frau Justa an Mathilde, zum Zeichen, dass Frau Justa sie künftig in *ihrem* Gefolge wissen wollte, nicht in dem ihrer Eltern oder gar ihres Bruders. Das war in dem Jahr, bevor sie nach Isia gereist sind, und beide haben das nicht vergessen. Mathilde trägt die Fibel nur zu besonderen Anlässen, und wie das so geht ... Die Nadel ist zu Pfingsten locker geworden, und Mathilde hat vergessen, einen Goldschmied um Hilfe zu bitten, weil immer so viel zu tun war. Aber gestern, als sie dem Königsboten, der nach Salvinae abreiste, das Geleit bis zum Stadttor geben musste, hat sie die Fibel dann doch angesteckt. Als sie wieder auf die Burg kam, hatte sie nur noch die Nadel am Mantel, aber die Scheibe mit den Almandinen war fort und nicht mehr zu finden. Mathilde hat es der Vögtin nicht erzählt, aber wenn sie heute oder spätestens morgen die Fibel nicht trägt, wird es auffallen und vielleicht falsch gedeutet werden.«

Warum genau ein solches Versäumnis in diesem Jahr besonders ins Auge stechen und als Beweis für eine Missstimmung zwischen der Vögtin und ihrer Schwertmeisterin gelten würde, sprach er lieber nicht aus, denn das hätte Gorm nur wieder auf andere Belange kommen lassen, die Ivar nicht mit ihm bereden wollte.

Doch sein Bruder fand auch ohne jede Hilfestellung zu dem unbequemen Gesprächsgegenstand zurück. Er rieb kurz den glückbringenden Thorshammer, den er um den Hals trug, und bemerkte: »Wenn sie einen guten Grund hätte, eine andere Fibel zu tragen, würde sich schon niemand etwas denken. Und ein Brautwerbungsgeschenk wäre ein guter Grund, meine ich.«

Der Plan war noch nicht einmal allzu dumm, aber in die Tat umsetzen ließ er sich nicht.

»Das ginge nicht«, wiederholte Ivar.

Sein Bruder musterte ihn prüfend. »Nein? Wenn es am Geld liegt, finde ich Wiggo jetzt gleich, und du kannst seinen Wetteinsatz haben. Vorerst zumindest«, versprach er.

Ivar wollte eigentlich nicht gerührt über jemanden sein, der in sein Zimmer eingebrochen war, und war es einen Herzschlag lang doch. »Daran liegt es nicht. Eine Fibel kann ich kaufen, wenn es

sein muss, aber daraus kann keine Brautwerbung werden. Ich kann Mathilde nicht heiraten, so gern ich es vielleicht täte.«

Das hätte er nicht zugeben sollen. Gorm beugte sich vor und stützte die kräftigen Arme auf die Knie, als wollte er andeuten, dass jedes Hindernis zwischen Ivar und dieser Heirat, das sich mithilfe einer Streitaxt aus dem Weg schaffen ließ, so gut wie beseitigt war. »Hat sie irgendwo einen anderen Kerl, von dem sie nicht loskommt? Den finden wir schon, und dann ...«

Er brach ab, als Ivar den Kopf schüttelte. »Sie hat mich getauft, Gorm, das weißt du doch – und eine Taufe begründet eine geistliche Verwandtschaft zwischen den Beteiligten, das habe ich mir sehr gründlich erläutern lassen.«

»Und?« Gorm hatte dem Christentum noch nie etwas abgewinnen können. Jetzt sah er aus, als ob er sich schon auf die Zunge beißen musste, um nur dieses eine Wort auszusprechen und seinem Bruder nicht wieder einmal zu erklären, dass es ja auch töricht von ihm gewesen sei, den Göttern ihrer Ahnen untreu zu werden.

Ivar beschloss, den Blick zu übersehen und geduldig zu antworten. »Und das heißt, dass solch eine Ehe in den Augen der Kirche keine Gültigkeit hätte. Wir würden nie einen Priester finden, der den Segen spricht.«

»Den braucht es doch nicht, damit man verheiratet ist!« Nun klang Gorm noch empörter als vorhin, und das Ärgerliche daran war, dass er nicht einmal Unrecht hatte, was die weltliche Seite der Angelegenheit betraf.

»Es würde sich aber nicht gut machen, wenn jemand der Vögtin vorwerfen könnte, dass sie solche Gottlosigkeiten in ihrem Haushalt duldet – der Bischof etwa.« Ivar musste nicht ausführen, dass Bischof Alberich und Frau Placidia Justa derzeit ohnehin nicht gut aufeinander zu sprechen waren. Die Vögtin hatte im Herbst in einem Rechtsstreit um ein Landstück gegen Alberich und für seine Gegnerin, eine allem Anschein nach wenig fromme Gutsherrin, entschieden. Als er sich damit nicht hatte abfinden wollen, hatte die Vögtin ihn wissen lassen, wenn er den Fall vor die Königin bringe,

dann täte er gut daran, damit zu rechnen, dass die zugleich von seinen bedenklichen Geldgeschäften erfahren würde. Die Drohung war ernst zu nehmen gewesen, denn Justa war nicht nur vorzüglich über alles unterrichtet, sondern hatte dank Ivars unermüdlicher Arbeit das ganze Jahr über mittlerweile auch umfassende Beweise dafür. Seitdem herrschte Ruhe, was den Rechtsstreit betraf, aber auch ansonsten eisiges Schweigen.

»Außerdem«, setzte Ivar hinzu, da er Gorm ganz genau ansah, dass er mit seinen Einwänden noch nicht am Ende war, »ist es Mathilde wichtig. Zumindest vermute ich das.«

»Dir aber nicht?« Gorm fand wie gewohnt zielsicher den schwächsten Punkt in Ivars Argumentation. »Verdammt, dann bring dieses Jahr endlich wieder ein anständiges Julopfer. Wenn du kein Christ mehr bist, ist es doch auch mit dieser angeblichen Verwandtschaft vorbei, nicht wahr?«

Ivar schluckte die zornigen Sätze herunter, die er hätte erwidern können, denn sonderlich viel Lust, sich hier und jetzt zu prügeln und zu unterliegen, hatte er nicht. »So einfach geht das gewiss nicht.«

Gorm war klug genug, nicht vorzuschlagen, sicherheitshalber Mathilde gleich mit zum Heidentum zu bekehren. »Und wie willst du diesen Ärger dann ungeschehen machen?«

Ivar sah sich nach einer Ablenkung um, die einen Ausweg aus der immer unbehaglicheren Unterhaltung geboten hätte, doch Svala ließ auf sich warten, und der schlichte, vertraute Raum enthielt nichts Unerwartetes, nur die beiden Mäntel, die Truhen mit seinen Habseligkeiten, das derzeit kalte Kohlenbecken, den bunten Wandbehang mit den springenden Pferdchen und darunter das behagliche Bett mit seinen Decken und bestickten Kissen sowie einem Gorm zu viel darauf.

»Du musst doch darüber nachgedacht haben«, beharrte Gorm. »Denn so weitergehen kann es nicht.«

Ivar fand im Stillen, dass es nicht das Schlechteste wäre, alles zu belassen, wie es war, denn sie hatten doch viel, Mathilde und er, je-

weils eine geachtete Stellung im Haushalt der Vögtin, viele gute Erinnerungen und das Wissen, sich aufeinander verlassen zu können.

»Es ist nicht so, dass der Bischof in solchen Fällen keine Dispens erteilen könnte«, sagte er dennoch widerstrebend, weil Gorm vermutlich sein Bett nicht freigeben würde, bis er eine Antwort hatte. »Aber dass Alberich uns den Gefallen täte, glaube ich kaum, und da die Vögtin uns gerade in der Hinsicht eingeschärft hat, den Ärger mit ihm nicht noch zu verschlimmern ...«

»Halt!«, unterbrach Gorm ihn. »Die Vögtin weiß, was ihr da treibt?«

Ivar schloss kurz die Augen und wünschte sich nichts sehnlicher, als im Boden versinken zu können. Da ihm das erstens unmöglich war und zweitens auch nichts genützt hätte, da unter seinem derzeitigen Aufenthaltsort das Ankleidezimmer der Vögtin lag und er dort auch nicht besser aufgehoben gewesen wäre, sah er Gorm wieder an und sagte so nüchtern, wie es ihm möglich war: »Die Vögtin weiß, dass Mathilde in der vergangenen Woche ohne Bedenkzeit eine sehr vorteilhafte Heirat ausgeschlagen hat, mit dem Hinweis, sie sei anderweitig gebunden. Da es der Königsbote war, der einen entfernten Verwandten gut untergebracht wissen wollte und eine fürstliche Mitgift bot, war das eine heikle Sache, und Frau Justa hat später unter vier Augen eine Erklärung verlangt. Sie war ... nicht erfreut.«

»Du bist ihr nicht gut genug für ihre Schwertmeisterin?« So, wie Gorm klang, war Placidia Justa eine tote Frau, wenn Ivar nun auch nur zu lange mit der Antwort zögerte.

»Es wäre ihr wohl schon recht«, sagte er eilig, »aber um ihr begreiflich zu machen, warum es denn nicht längst eine Ehe ist, wenn da kein Platz für einen anderen Mann bleibt, musste Mathilde ihr einiges erzählen, von der Nottaufe und auch davon, wie wir vor Jahren in Padiacum einmal beim dortigen Bischof nachgefragt haben.«

»Und der hat abgelehnt?« Gorms Wut hatte ein neues Ziel gefunden, und Angilbert von Padiacum konnte froh sein, dass sie sich mehrere Tagesreisen östlich von seinem Bistum befanden.

Ivar zuckte die Schultern. »Zu dem sind wir gar nicht vorgedrungen, nur zu einer unfreundlichen Diakonin, die große Zweifel hatte, ob wir es ehrlich meinten, und sich deshalb geweigert hat, ihm unser Anliegen vorzutragen. Vielleicht hätte Mathilde sie nicht ohrfeigen sollen, aber wenn sie es nicht getan hätte, hätte ich es wohl getan.«

Die Diakonin hatte sich immerhin erdreistet, Mathilde zu fragen, was sie sich überhaupt dabei gedacht habe, einen hergelaufenen Kerl zu taufen, dessen Bekenntnis zum Christentum sich doch offensichtlich in übersteigerter Furcht vor irgendwelchen heidnischen Dämoninnen erschöpfe, ganz abgesehen davon, dass es gotteslästerlich sei, eine Feldflasche wer weiß welchen Inhalts für eine Taufe zu benutzen. So hatte sie nicht darüber reden dürfen, dass Mathilde ihn vor den Walküren gerettet hatte, und an eine Fortsetzung des Gesprächs war danach nicht mehr zu denken gewesen.

»Jedenfalls durften wir uns daraufhin beim Bischof von Padiacum nicht mehr sehen lassen. Wenn das hier noch einmal so kommt, und das in der jetzigen angespannten Lage, verzeiht Frau Justa uns das nicht.«

Gorm lachte viel zu laut und zu lange. Als er wieder halbwegs Luft bekam, nutzte er sie nur, um zu verkünden, das mit der Diakonin habe Mathilde sehr gut gemacht. »Versuchen könnt ihr es bei Alberich aber dennoch; vor hohen Feiertagen sind die Leute immer gnädig und milde gestimmt.«

»Das ginge nicht«, antwortete Ivar zum wiederholten Male, denn wenn Mathilde der Vögtin versprochen hatte, den Bischof nicht noch zorniger auf sie und ihren ganzen Haushalt zu machen, dann mussten sie sich auch daran halten. Justa war am vergangenen Heiligabend sehr großzügig mit ihm gewesen, als er auf wenig nachahmenswerte Art versucht hatte, seinen Bruder vor Ärger zu bewahren. Ihre Langmut nun schon wieder auf die Probe zu stellen, bot sich nicht an, wenn ohnehin kaum Erfolgsaussichten bestanden.

Gorm stand auf, achtete gar nicht darauf, dass er dabei das Kissen mit dem gestickten Wal vom Bett riss, und sah kopfschüttelnd

171

auf seinen kleinen Bruder herunter. »Wer das so oft an einem Tag sagt, ist nur zu feige, etwas zu unternehmen. – Reden wir also nicht länger davon. Wie ist das, sehen wir uns heute Abend nach dem Festessen der Vögtin?«

»Vermutlich«, gab Ivar zurück, ohne sich besonders darauf zu freuen, und wartete mit dem Einsammeln des Kissens, bis Gorm gegangen war. Der Wal schien ihn unmutig anzusehen, und das gewiss nicht nur, weil Ivars Mutter ihn seinerzeit schön groß und gefährlich auf die blaue Stoffflut gebannt hatte.

»Sag du nicht auch noch, ich sei feige«, murmelte er, doch der gestickte Wal war nicht so liebenswürdig, abzustreiten, dass ihm solche Gedanken durch den Kopf gingen.

Ivar wäre froh gewesen, wenn er nun genug zu tun gehabt hätte, um die ganze leidige Angelegenheit zu verdrängen, doch es war Heiligabend. Er musste sich nur noch darum kümmern, seine Kleider für Gottesdienst und Festmahl bereitzulegen. Der Inhalt seiner Truhen war leider so wohlgeordnet, dass alles Notwendige in drei Handgriffen zu erledigen war, und deshalb hatten Gorms Worte Zeit, in ihm zu arbeiten und nachzuwirken. Das taten sie viel zu gründlich, während er unter dem finsteren Blick des Wals ein frisches Hemd auf dem Bett ausbreitete, bevor er daran ging, seine besten Schuhe zu putzen, und gerade jener letzte Vorwurf fraß sich in ihm fest und ließ sich nicht verdrängen.

Vermutlich geschah es deshalb, dass seine Beine ihn fast ohne sein Zutun die vielen Treppenstufen hinab, über die Höfe des zur Burg gewordenen Amphitheaters und wieder in die Stadt hinaus trugen. Er machte es sich nicht einmal so einfach, zuerst den Weg in die einladende Straße der Silberschmiede einzuschlagen und den vergnüglichen Teil seiner Besorgungen zu erledigen. Das große Haus neben den Bischofsgärten, in dem Alberich zu finden war, lag ohnehin näher an der Burg, so dass er genauso gut gleich dort haltmachen und das Schlimmste hinter sich bringen konnte.

Eingedenk dessen, was die Vögtin verlangt hatte, bat er den baumlangen Türwächter in aller Bescheidenheit und Höflichkeit um

Einlass. Obwohl der Mann ihn unter buschigen Brauen hervor sehr seltsam musterte, als glaube er nicht an die Harmlosigkeit dieses Besuchs, hielt er es doch wohl nicht für angemessen, einen Bittsteller am Heiligabend unverrichteter Dinge vor dem Haus des Bischofs stehen zu lassen. Ivar stieg also die drei Stufen aus rotem Sandstein hinauf und fand sich drinnen wiederum argwöhnisch gemustert und von einem an den anderen verwiesen, bis die Suche in einem schmucklosen Arbeitszimmer vor einem hageren grauhaarigen Schreiber und einem halb so alten fülligen Priester ein Ende hatte.

Der Schreiber steckte bis zum Hals mit in Alberichs Betrügereien, doch ihn zart darauf hinzuweisen, um nötigenfalls ein Druckmittel in der Hand zu haben, wäre wohl kaum im Sinne der Vögtin gewesen, zumal der blondgelockte Priesterjüngling nach allem, was Ivar über den Sommer herausgefunden hatte, nichts von den fragwürdigen Vorgängen wusste, seinen Bischof für einen ehrenwerten Mann hielt und mit dem Schreiber blendend auskam.

So beschränkte Ivar sich darauf, die beiden zu begrüßen und sich dafür zu entschuldigen, ihnen und dem Bischof ausgerechnet heute mit seiner Bitte zur Last zu fallen, da gewiss alle schon mit Vorbereitungen auf den abendlichen Gottesdienst beschäftigt seien. Es sei aber nun einmal unvermeidlich, dass einem mit dem Herannahen der Weihnachtstage und des Jahresendes die eigenen Sünden und Versäumnisse stärker denn je zu Bewusstsein kämen, und darum wolle er so bald wie möglich etwas bereinigen, das ihn schon lange umtreibe.

Zusammengenommen mit einer knappen Schilderung der Nottaufe, die Mathilde ihm vor zwölf Jahren unter recht verzweifelten Umständen gespendet hatte, ergab das eine sehr hübsche kleine Rede, doch seine Hoffnung, dass sie etwas wie Mitgefühl und christliche Barmherzigkeit in seinen Gegenübern wecken würden, schrumpfte mit jedem Wort, denn der Schreiber hatte von Anfang an die Stirn gerunzelt, so dass sie jetzt in tiefen Falten lag, und dem kleinen Priester stand der Mund offen.

Dennoch war er es, der sich als Erster fing und sehr ungehalten fragte: »Das ist doch jetzt wohl nicht Euer Ernst?«

»Mein voller Ernst«, beschied ihn Ivar und verfluchte sich innerlich dafür, wider besseres Wissen geglaubt zu haben, auf Gorm hören zu müssen.

Das Gesicht des Priesters war zu dem Zeitpunkt schon rot angelaufen. »Ich weiß nicht, was Ihr Euch von Eurem Erscheinen hier versprecht ...«, begann er und hielt inne, als ihm der Schreiber die Hand auf den Arm legte und ihm eilig auf Latein zuflüsterte, um Himmels willen nicht ausfallend zu werden, denn er wisse doch, zu welchen Gewalttaten diese Barbaren aus dem Norden fähig seien, besonders, wenn sie erkennbar nur kämen, um Streit zu suchen.

Der Priester nickte unmerklich. »Jedenfalls werde ich ganz bestimmt nicht damit zum Bischof gehen«, ließ er Ivar wissen und klang, als hätte er sich weitaus härtere Worte verbissen.

»Ich bitte Euch, Eure Entscheidung noch einmal zu überdenken«, gab Ivar zurück und musste sich selbst zurückhalten, um nichts zu sagen, was er vor der Vögtin nicht hätte rechtfertigen können.

Der Priester holte tief Luft.

»Bleib ruhig«, riet der Schreiber ihm, abermals in gerauntem Latein. »Der will nur einen Vorwand, um ein Messer ziehen zu können.«

»Wenn ich das tun wollte, bräuchte ich keinen Vorwand«, entgegnete Ivar sanft, ohne die Stimme zu heben. »Seid versichert, dass selbst ein Barbar aus dem Norden imstande ist, zu erkennen, wenn er seine Zeit verschwendet. Ich werde euch nicht länger stören.«

Damit ging er und hatte nicht einmal Vergnügen daran, den Schreiber eine ganze Reihe von deftigen Flüchen murmeln zu hören, die seiner Fehleinschätzung fremder Lateinkenntnisse sehr angemessen waren.

Hinzugehen und eine Fibel zu kaufen, war danach nur ein schwacher Trost, auch wenn er eine fein gearbeitete aus gutem Silber fand, auf der die beiden Raben der alten Götter inmitten kunstvoll verschlungener Ranken die Schnäbel kreuzten. Ob Mathilde daraus lesen würde, dass man zu einer Hochzeit nicht den Segen

eines christlichen Priesters brauchte, oder ob ihr aufgehen würde, dass hier passenderweise zwei dargestellt waren, die bei aller Klugheit doch oft genug im Aas stochern mussten, wusste er nicht, aber beides ging ihm in rascher Folge durch den Kopf. Als der Silberschmied eilfertig anbot, einen Spiegel zu holen, damit sein Kunde gleich sehen könne, wie ihm die Mantelspange stehe, lehnte er nicht ab, obwohl er bei seinem Aufbruch von der Burg noch geplant hatte, genau das zu tun. »Sie ist nicht für mich, sondern für meine Frau«, hatte er sagen und die neue Bezeichnung für Mathilde ein wenig vor der Zeit erproben wollen. Doch nach der Enttäuschung im Haus des Bischofs sperrte sich der Satz dagegen, laut geäußert zu werden, und so sah Ivar sich verschwommen mit funkelndem Silber am Mantel in glänzender Bronze gespiegelt und zahlte den geforderten Preis, ohne noch lange zu verhandeln.

Auf dem Weg zurück zur Burg spürte er den Regen weit deutlicher als vorhin beim Aufbruch zu all diesem Unfug, und auch wenn er sich sagte, dass er anders als im Vorjahr zumindest nicht mit einem blutgetränkten Ärmel und reichlich Angst um seine Freiheit das Tor durchschritt, hätte seine Laune wesentlich besser sein können.

Gorm, der sich trotz des erbärmlichen Wetters im vorderen Hof herumtrieb, konnte er unter diesen Umständen wirklich kein zweites Mal am selben Tag gebrauchen, doch um ihm zu entkommen, war es zu spät.

»Da bist du ja endlich! Komm!« Gorms Tonfall duldete keinen Widerspruch.

»Was ist denn nun noch?«, fragte Ivar mit leiser Ungeduld, ließ aber zu, dass sein Bruder ihn unter den Torbogen mitzog, der zum Kanzleihof hinüberführte.

»Noch dasselbe wie vorhin«, erwiderte Gorm viel zu vergnügt. »Und oben hätte es sich jetzt schlecht auf dich gewartet, da du dein ganzes Zeug auf dem Bett verstreut hast. Willst du nachher wirklich die grüne Tunika tragen? Die macht dich immer zu blass, wenn du mich fragst.«

»Ich frage dich aber nicht, und ohnehin dachte ich, wir hätten alles besprochen.«

Hier im Trockenen wurde Ivar erst so recht bewusst, wie nass und verfroren er war, und mit einem Schlag war es ihm nur noch darum zu tun, in frische Kleider und dann zu Mathilde zu kommen, um die Rabenfibel loszuwerden und zu gestehen, dass er unbedacht genug gewesen war, sein Glück beim Bischof zu versuchen. Wahrscheinlich würde sie nicht erfreut darüber sein und auch nicht über den Vorschlag, ein Hindernis, das jahrelang bestanden hatte, trotzig zu missachten.

»Das hängt davon ab, was du eben in der Stadt getan hast.« Gorm musterte ihn sehr eingehend.

»Einmal im Leben deinen Rat befolgt und es gleich bereut.« Ivar wich einen Schritt zurück, um zwei Knechten Platz zu machen, die eine Bank vorbeischleppten. »Ich habe eine Fibel für Mathilde, aber beim Bischof habe ich so wenig erreicht, dass ich mich genug geärgert habe, mir anmerken zu lassen, dass ich Latein verstehe.«

Gorm winkte ab, als sei der Misserfolg nicht weiter von Bedeutung, und ließ sich zunächst einmal die Mantelspange zeigen. »Gutes Silber«, sagte er anerkennend und fuhr mit der Fingerspitze erst über den einen, dann über den anderen Rabenrücken. »Davon hat sie mehr als von dem alten Almandinding. Das war ja doch nur vergoldete Bronze, und wenn die Mode mit den Steinen einmal vorbei ist, will doch keiner mehr das Zeug haben.«

»Noch weiß ich gar nicht, ob Mathilde die hier wollen wird.« Je mehr Zeit verstrich, desto unsicherer wurde Ivar, vor allem auch, ob es ein glücklicher Einfall gewesen war, zu den Raben zu greifen.

»Wird sie«, behauptete Gorm überzeugt. »Eigentlich ist sie eine ganz vernünftige Frau, wenn man mit ihr redet.«

Ivar war zu entsetzt, mehr zu tun, als die Fibel sehr sorgfältig wieder einzuwickeln und seinen Bruder dabei nicht anzusehen. »Was hast du zu ihr gesagt?«, fragte er, sobald er glaubte, wieder sprechen zu können, ohne Gorm anzuschreien.

»Nichts, was du ihr besser sagen könntest.« Gorm lächelte breit.

»Aber als ich vorhin, nachdem ich bei dir war, wieder nach unten gegangen bin, war sie am Fuß der Treppe und hat deine Katze gestreichelt, und da habe ich sie gefragt, ob sie glaubt, dass ich irgendwann zur Hölle fahre. Erst wollte sie ja wissen, ob ich dir etwas getan hätte, dass du mir so etwas in Aussicht gestellt hättest, aber als ich ihr glaubhaft versichert hatte, von dir käme es nicht, ich wolle nur ihre Meinung hören, hat sie darüber nachgedacht. ›Nein‹, hat sie am Ende gesagt, und wollte wissen, warum ich auf einmal solche Gedanken hätte. Da habe ich sie nach ihren Vorfahren gefragt, denen, die noch keine Christen waren, irgendwann ganz früher – ob es denen wohl nun schlecht ergehe. ›Nein‹, sagte sie wieder und hat mir dann erläutert, dass ein weiser Bischof namens Julian von Aeclanum vor langer Zeit gesagt haben soll, dass es nur darauf ankomme, ein guter Mensch zu sein, ob Christ oder nicht. Und daraufhin habe ich sie gefragt, warum es ihr dann so wichtig sei, große Entscheidungen von der Zustimmung eines anderen Bischofs abhängig zu machen, zumal der von Aquae nun wirklich nicht der Anständigste sei ... Da konnte ich sehen, dass sie nachgedacht hat, und in eine gute Richtung, glaube ich.«

»Das war alles, was ihr besprochen habt?«, fragte Ivar misstrauisch.

Gorm zuckte die Schultern. »Nun ja ... Mag sein, dass ich ihr auch geraten habe, darüber nachzudenken, ob sie ihren Ahnen nicht einmal ein Trankopfer spenden und sie um Rat fragen sollte, weil sie doch sicher traurig sind, dass ihre Nachfahren allesamt Christen geworden sind. Aber mehr habe ich nicht gesagt, das schwöre ich dir, zumal sie dann auch zur Vögtin gerufen wurde und gar keine Zeit mehr war, noch länger zu reden.«

»Verflucht, Gorm«, murmelte Ivar, und die Raben der alten Götter wogen ein wenig zu schwer in seiner Hand.

Sein Bruder lächelte noch immer. »Aber das ist nicht alles. Sicher ist sicher, dachte ich, falls sie doch nicht auf mich hört.« Er griff unter seine Kleider und zog ein gesiegeltes Schriftstück aus dem Hemd hervor. »Da! Sag mir, ob das das andere ist, was du brauchst. *Wie* man so etwas bekommt, weiß ich anscheinend besser als du, aber ob auch wirklich darin steht, was ich verlangt habe, kann ich nicht einschätzen.«

Zu jedem anderen Zeitpunkt hätte Ivar sich gefreut, Gorm daran erinnern zu dürfen, dass er durchaus hätte lesen lernen können, wenn er denn gewollt hätte, da auf dem heimatlichen Hasenhof bei Lunde ein entlaufener Mönch zur Hand gewesen war. Hier und jetzt aber wäre eine solche Spitze wohl unangebracht gewesen. Ivar nahm, was Gorm ihm stolz hinstreckte, sah Bischof Alberichs Siegel und las eine eigenartig gewunden formulierte Dispens, die zwei sonderbar umschriebenen Leuten eine Ehe gestattete, nämlich Sigrids und Eriks jüngerem Sohn, der in Lunde für sein flinkes Messer und sein Glück beim Lachsfischen bekannt sei, und einer gewissen Frau aus Aemilianum, die ihn in einem Wald irgendwo im Westen in höchster Not getauft habe.

Als er aufschaute, war aus Gorms Lächeln ein Lachen geworden. »Das ist gut, nicht wahr? Du hast doch gesagt, dass die Vögtin nicht will, dass ihr beiden Ärger mit dem Bischof verursacht. Wenn eure Namen gar nicht genannt werden, weiß doch niemand bei Alberich, um wen es eigentlich geht, aber ich kann leicht genügend Zeugen zusammenbringen, die beschwören, dass die Beschreibung nur auf dich passt.«

Ivar war sich alles andere als gewiss, dass irgendein Priester ein Schreiben, das die Namen der Betroffenen ausließ, als gültig anerkennen würde, ob es nun das Siegel des Bischofs trug oder nicht. Aber Gorm war so sichtlich überzeugt, ihm etwas Gutes getan zu haben, dass er gar nicht anders konnte, als ihn zu umarmen und ihm zu danken.

»Wie hast du das hier überhaupt so schnell erhalten?«, fragte er dann, während sie gemeinsam bis an die Wand des Torbogens zurückwichen, während eine zweite Bank hindurchgetragen wurde.

»Man muss nur wissen, wie man diese Leute anfassen muss. Du warst bestimmt zu freundlich und friedlich.« Die gewohnte Härte war in Gorms Blick zurückgekehrt.

»Wenn du irgendwen bedroht hast, ist das hier nichts wert, und sie werden es widerrufen!«

»Das werden sie nicht.« Gorm klang sehr überzeugt. »Und ich habe niemanden bedroht. Sieh mich nicht so an! Ich hatte ja noch nicht einmal eine Waffe dabei. Keine sichtbare zumindest. Aber ich habe Wiggo mitgenommen. Er hatte nämlich mein Geld nicht, als ich ihn gefunden habe, und ich habe ihm gesagt, dass ich ihm die Wettschulden erlasse, wenn er mir dafür schnell mit dem Bischof hilft. Wir sind also hingegangen und haben uns einen seiner Schreiber gegriffen, der wusste, dass wir von der Burgwache waren. Als wir ihm dann erzählt haben, dass wir gehalten seien, das ganze Haus auf den Kopf zu stellen, weil von der Burg eine kostbare Almandinfibel verschwunden sei und alle Spuren ins Gefolge des Bischofs führten, und dass der Fund eines Beweises gerade am Heiligabend vor der ganzen Stadt sehr unangenehm werden könne, war er gleich lammfromm. Deshalb war er dann auch bereit, uns rasch und gründlich zu helfen, als ich ihm erklärte, wenn er mir einen Gefallen täte, würden wir gar nicht erst suchen, sondern vor der Vögtin beschwören, nichts gefunden zu haben. Jedenfalls hat er geschrieben, was ich ihm gesagt habe, und war im Handumdrehen mit Unterschrift und Siegel des Bischofs wieder da. Gut, nicht wahr?«

»Gar nicht gut.« Ivar schwankte zwischen Dankbarkeit für die wohlmeinenden Absichten seines Bruders und übelsten Befürchtungen, was aus seiner Vorgehensweise noch erwachsen würde. »Wenn davon etwas zur Vögtin dringt ...«

»Die werden doch nicht so dumm sein, sich bei ihr zu beschweren. Schließlich wissen sie alle sehr genau, wie schnell etwas angeblich Gestohlenes in jedem beliebigen Haus versteckt und gefunden werden kann.« Gorm klang, als wäre er bereit, nötigenfalls eigenhändig dafür zu sorgen, dass dem Bischof und seinem Gefolge allerlei vermeintliches Diebesgut untergeschoben wurde. »Ah – da kommt deine Frau. Die künftige, meine ich. Nun mach deine Sache gut.«

Damit schlug er sich die Kapuze über den Kopf und verschwand auf dem äußeren Hof, bevor Mathilde, die sich gerade unter dem

Bogengang vor der Kanzlei hervor in den Regen wagte, ihn erspähen konnte. Dafür sah sie Ivar unter dem Torbogen, kam zu ihm und schüttelte sich wie ein Hund, bevor sie ihn ernst ansah. »Wir müssen reden, Ivar.«

»Das müssen wir«, bestätigte Ivar und verschob doch die Entschuldigung für Gorms Fragen und Ratschläge auf später, da nach den Bänken nun auch noch eine Tischplatte durch den Durchgang geschafft wurde und ein rasches Ausweichen sich empfahl.

So blieb alles unbesprochen, bis sie in Mathildes Quartier schräg gegenüber der Kanzlei angekommen waren, und eine Weile konnten das Anfachen des Feuers, das Ausbreiten der Mäntel zum Trocknen und das gemeinschaftliche Schimpfen auf das Regenwetter einen davor bewahren, auszusprechen, was einem doch nicht über die Lippen wollte, weil es sich nicht zurücknehmen ließ.

Mathildes Haar war draußen so feucht geworden, dass es überhaupt nicht saß, und die Kleidung, in der sie steckte, war noch die gewöhnliche, nicht die silberbestickte festliche für nachher, die wichtigen Worten vielleicht angemessen gewesen wäre. Sehr feierlich würde das alles nicht werden, aber es lag etwas Richtiges darin. Was sie verband, war schließlich nie die rasende und augenblickliche Verliebtheit gewesen, die in Liedern besungen wurde, sondern etwas Stetigeres und Alltäglicheres, das wie warmer Haferbrei oder guter Tee das Leben erträglicher und manchmal sogar sehr schön machte.

Wie versunken er sie betrachtet hatte, fiel ihm erst auf, als sie ihn anstieß und wiederholte, dass sie etwas mit ihm zu besprechen habe.

»Ich auch mit dir, aber fang du an«, bat Ivar, denn wenn sie ihren Ärger über Gorm loswerden oder irgendeinen Auftrag der Vögtin ausrichten wollte, war es besser, das alles aus dem Weg zu haben, bevor er erklärte, wie er den Heiligabend bisher zugebracht hatte.

Mathilde nickte und zögerte dann doch, als müsste sie sich erst zurechtlegen, was sie sagen wollte. »Ich war bei der Vögtin und ...«,

begann sie schließlich, unterbrach sich selbst und holte noch einmal Luft. »Nein, ich muss anders anfangen, das zu erklären. In Anbetracht der Tatsache, dass wir ... Zum Teufel, Ivar, was hast du da eigentlich?«

Ivar ertappte sich dabei, die Dispens und die gut umhüllte Rabenfibel so aufgeregt zwischen den Händen zu wenden, dass er bei jedem anderen darüber gelacht hätte. »Dann doch ich zuerst. Also, Mathilde ...«

Sie sah ihn erwartungsvoll an, aber zugleich mit einem Hauch von Ungeduld, als könne das, was er zu erzählen hatte, nicht wichtiger als ihre Neuigkeiten sein.

Ivar schlug das Schreiben des Bischofs auseinander. »Da«, sagte er leise, »das hat Gorm auf eine Art, die ihm schlau vorkam, erpresst, du willst nicht wissen, wie. Aber vielleicht sollten wir es zum Einsatz bringen, bevor irgendwer auf den Gedanken kommen kann, es für ungültig zu erklären. Und das hier ...« Er streckte auch noch die Hand mit der Fibel aus. »Das ist für dich, weil man zu solch einem Anlass doch ein Geschenk machen sollte, und du kannst mir mit Recht böse sein, weil es einen Tritt von meinem Bruder gebraucht hat, um mich daran denken zu lassen.«

Damit verstummte er, nicht allein, weil alles gesagt war, was er Mathilde mitzuteilen gehabt hatte, sondern auch, weil sie nach einem Blick auf die Dispens schallend zu lachen begonnen hatte. Eine Ablehnung in der Sache war das nicht, er kannte sie lange und gut genug, um das zu wissen. Wenn sie so lachte, dann nicht aus Hohn, sondern weil sie etwas tatsächlich sehr lustig fand, aber ob das der Umständlichkeit des Schreibens oder seinem eigenen Ungeschick galt, konnte er nicht einschätzen.

»Das hätte ich schöner sagen können, ich weiß«, setzte er verlegen hinzu, während sie, wieder ernst geworden, erst einmal die Fibel auswickelte und angesichts der Raben mit einem Anflug von Zärtlichkeit lächelte.

Mathilde schaute auf. »Du hast es sehr schön gesagt, und der Plan ist gut. Aber gleich wirst du auch lachen.« Sie legte Rabenfibel

und Dispens auf ihrem Sessel beim Feuer ab und griff in die Tasche, um selbst ein Schriftstück hervorzuziehen, das Bischof Alberichs Siegel trug. »Das enthält übrigens sogar Namen«, fuhr sie fort, während Ivar sich eine weitere Dispens besehen durfte, allerdings eine weit langweiligere als die von Gorm beschaffte, waren doch die Empfänger klar benannt. »Die Angelegenheit hat mich umgetrieben, seit ich neulich mit der Vögtin darüber gesprochen habe, und als heute Morgen die Richterin auf die Burg kam, ist mir eingefallen, dass ich sie hatte sagen hören, sie hätte beim Bischof noch etwas gut ... Da habe ich sie gebeten, das hier zu erwirken, ohne viel Aufhebens darum zu machen. Sie war sich nicht sicher, ob das gelingen würde, aber es ging wohl doch schnell und gut. Ich hatte es schon am späten Vormittag.«

Ivar konnte nur halb darüber lachen, denn er ahnte dumpf, dass sie zumindest mit dem Vorhaben, kein Aufsehen zu erregen und den Bischof nicht noch weiter gegen die Vögtin und ihren Anhang aufzubringen, gründlich gescheitert waren. »Dann wundert es mich nicht mehr, dass sie mich beim Bischof empfangen haben, als wollte ich mir einen schlechten Scherz erlauben, und erst Gorm kommen musste, um das da zu erhalten.«

Mathilde sah ihn groß an. »Verdammt, du warst auch noch da?«

Ivar zuckte die Schultern. »Ich dachte, ich könnte es zumindest versuchen.«

Sie lachte schon wieder, aber vermutlich nicht über ihn. »Alberich muss uns mittlerweile wirklich hassen oder sich doch sehr auf den Arm genommen fühlen. Sieh her!« Sie schob die Hand ein zweites Mal in die Tasche und holte eine dritte Dispens hervor, die der zweiten auffällig glich. »Vorhin werde ich zur Vögtin gerufen, und die gibt mir das hier.«

»Ich dachte, sie wollte nicht, dass wir den Bischof damit belästigen?«

»Sie hat ihn wohl wissen lassen, zum heiligen Weihnachtsfest sei ihr sehr daran gelegen, Frieden zu schließen, und wenn er durch einen kleinen Gefallen seinen guten Willen bekunde, stehe künftiger

182

Freundschaft nichts mehr im Wege ... Aber sie war verwirrt, dass man ihrem Boten gesagt hat, eigentlich stelle man so rasch keine zweite Urkunde in einer schon entschiedenen Sache aus, nur weil sie es sei, könne da eine Ausnahme gemacht werden. Da musste ich ihr dann gestehen, was ich veranlasst hatte ... Und die verlorene Fibel gleich mit, da ich schon einmal dabei war.«

»Das hat sie hoffentlich nicht zu sehr gekränkt?«

So, wie Mathilde ihn ansah, war eher sie die Gekränkte gewesen. »›Wenn ich nicht gedacht hätte, dass Ihr an dem alten Ding hängt, hätte ich längst dafür gesorgt, dass Ihr ein neues und besseres bekommt‹ – das hat sie gesagt, und ich glaube nicht, dass es sie auch nur ein wenig getroffen hat. Aber da sie es so gut mit uns meint, bemühe ich mich, es ihr nicht übelzunehmen.«

Ivar fiel nichts ein, als Mathilde tröstend auf die Schulter zu klopfen, und er hoffte, dass es nicht nur tapferes Überspielen ihres Kummers war, dass sie sagte, nun habe sie ja eine viel bessere Fibel, die sie noch lieber tragen würde. »Ich hoffe zumindest, dass sie dir gefällt«, antwortete er. »Und ansonsten können wir einander jetzt immerhin dreimal heiraten ... Das ist nützlich, falls wir uns zwischenzeitlich zerstreiten, meinst du nicht?«

Der Blick, der ihn daraufhin traf, war finster und erinnerte ihn daran, dass er sich wohl noch bei ihr für das entschuldigen musste, was Gorm ihr unten an der Treppe gesagt hatte. Er setzte auch dazu an, aber schon bei den ersten stolpernden Worten unterbrach ihn ein Klopfen an der Tür.

Der Diener, der den Kopf hereinsteckte, wirkte aufgeregt. »Schwertmeisterin, Ihr müsst kommen! Zwischen zweien von den Gauklern, die zum Fest hier sind, ist ein Streit ausgebrochen, und nun ist im äußeren Hof schon eine Schlägerei mit zwölf Leuten daraus geworden! Die Torwachen allein bringen sie nicht auseinander.«

Mathilde fluchte und nahm sich nicht einmal die Zeit, nach ihrem Mantel zu greifen; doch irgendwie gelang es ihr, schon halb im Laufen, die Rabenfibel wie einen Glücksbringer anzustecken, obwohl der Stoff ihrer Tunika es ihr nicht danken würde.

»Mitkommen!«, befahl sie, kaum dass sie über die Schwelle war, und erst draußen ging Ivar auf, dass das nicht ihm allein gegolten hatte, sondern vor allem jemandem, der sich ganz offensichtlich vor der Tür herumgedrückt hatte, um zu lauschen.

»Es ist gut gegangen, nicht wahr?«, fragte Gorm, während sie hinter Mathilde über den Hof eilten, und war gewiss nicht nur deshalb in bester Stimmung, weil er gleich Gelegenheit haben würde, sich in einen Kampf zu stürzen.

»Ist es«, bestätigte Ivar und bemerkte, dass der Regen endlich nachgelassen hatte und ein wenig Licht in den Tag zurückgekehrt war.

PFERDERAUB

*D*IE FREIHEIT ROCH nach Lavendelseife.

Das war seit neun Jahren der Fall, und Wulf hatte den Verdacht, dass es auch bis an sein Lebensende, wenn nicht gar darüber hinaus, so bleiben würde. Als sein Sohn damals nach Mons Arbuini gekommen war, um seine Freilassung zu erwirken, hatte es ihnen in den Tagen darauf an allem und jedem gefehlt, nur nicht an Lavendelseife. Daran, die – auf welchem Wege auch immer – in reichlicher Menge zu beschaffen, hatte Wulfila selbst in dieser Notlage gedacht, als hätte er geahnt, dass man nach einem Jahr in den Steinbrüchen etwas Gutes und Vertrautes brauchte, um neben allem Schmutz auch die Schande und die Schrecken der Zeit in Gefangenschaft abzuwaschen.

Wulf hatte den Lavendelduft schon vorher sehr gemocht, aber seither hatte die Seife jene zusätzliche Bedeutung für ihn gewonnen, so albern er sich auch insgeheim dafür vorkam.

Die Seifensiederin, deren Laden am Rattenbach auf halbem Weg zwischen dem Markt und zu Hause lag, wusste nicht um diese Gedanken, nur um seine Vorliebe an sich, denn dass seine regelmäßigen Einkäufe bei ihr neben der Seife mit Melisse für Sohn und Schwiegertochter und der mit Geißblatt für seinen Enkel eben auch immer die mit Lavendel für ihn selbst umfassten, hatte sich in den dreieinhalb Jahren, die er nun bereits in Aquae Calicis lebte, nie geändert.

An diesem kühlen Apriltag plauderte die Frau wie gewohnt leichthin, während sie das Übliche abwog. Ihre Stimme vermischte sich mit dem beruhigenden Geräusch des leichten Regens vor dem engen Fenster, während sie ihre Waage ausrichtete, und aus dem ganzen hier verarbeiteten Kräutergarten stieg wie gewohnt der Lavendelgeruch am deutlichsten hervor.

Der übellaunige Katzengeist, der hier so gut wie immer auf dem Wandbrett neben der Hintertür saß, sah grämlich zu, ohne dass die Seifensiederin es auch nur ahnte.

Wulf verriet ihr nichts davon, da sie ihn sonst doch nur für wunderlich gehalten hätte, und lauschte allenfalls mit halbem Ohr, wie die Frau ihrer Freude darüber Ausdruck verlieh, dass das Frühjahrshochwasser in diesem März nur geringe Schäden in der Hafenvorstadt angerichtet hatte, und von Alltäglichem erzählte.

Erst als sie schon die Lavendelseife beiseitelegte, um ein Stück von der mit dem Geißblatt abzuschneiden, horchte er auf, denn die Seifensiederin, die sich eben weitschweifig über den langerwarteten Besuch einer Verwandten geäußert hatte, vollendete ihre Rede mit der Bemerkung: »Und ich bin froh, dass sie heil in Aquae angekommen ist, denn wenn sich jetzt schon am helllichten Tag Räuber zwischen Mons Arbuini und hier auf der Landstraße blicken lassen, dann muss man wirklich mit allem rechnen!«

»Räuber auf der Straße von Süden her?«, vergewisserte sich Wulf, denn das wusste er nicht und hätte es doch wissen müssen. Wenn man die Richterin des Hochgerichts von Aquae Calicis zur Schwiegertochter hatte, erfuhr man von solchen Vorfällen schneller als die meisten und war dem Klatsch in aller Regel um ein paar Tage voraus.

Die Seifensiederin nickte. »Ja, gerade gestern ist da wieder etwas Schlimmes geschehen. Einem Reisenden, der auf dem Weg hierher war, haben sie sein Pferd weggenommen, und es ist ein Wunder, dass er überhaupt mit dem Leben davongekommen ist.«

»Und das war gestern?«, vergewisserte sich Wulf, sehr sicher, dass keine diesbezügliche Klage beim Hochgericht eingegangen war.

Wieder nickte die Frau. »Meine Nichte und der Fuhrmann, bei dem sie mitgefahren ist, haben ja selbst mit dem armen Kerl gesprochen, dem das zugestoßen ist. Und das gestern Nachmittag noch im Hellen – die Vögtin unternimmt nicht genug, die Straßen sicher zu halten, ich sage es Euch!«

Wulf hielt zwar nicht übertrieben viel von Placidia Justa, doch dieser eine Vorwurf erschien ihm unberechtigt, auch wenn er sich hütete, die Seifensiederin an seinen Überlegungen teilhaben zu lassen.

»Das klingt gar nicht gut«, sagte er stattdessen nur. »Ich habe da unten Richtung Mons Arbuini einen alten Freund und hatte

eigentlich gedacht, ich könnte ihn einmal wieder besuchen, sobald das Wetter sich bessert, aber wenn die Dinge so stehen ... Hat Eure Nichte erzählt, wo genau sich der Überfall ereignet haben soll?«

Das hatte sie, und noch so manches mehr, denn ganz offensichtlich war sie nicht weniger gesprächig als ihre Tante, die erfreut darüber, dass ihre Schauergeschichte Anklang gefunden hatte, alles bis in die letzten Einzelheiten ausschmückte, während sie die Seife verpackte und im Austausch gegen eine vertretbare Zahl von Münzen hergab.

Wulfs Marktkorb war auch ohne diesen zusätzlichen Einkauf schon schwer genug gewesen, und eigentlich hätte sein Weg jetzt geradewegs nach Hause führen sollen, doch er ließ sich weder von der Last noch von dem stärker werdenden Regen aufhalten, bis er die Stufen zum Praetorium hinaufgestiegen war.

Hier schien es ein ruhiger Tag zu sein, oder doch zumindest keiner, an dem Jagd auf Wegelagerer von der Landstraße gemacht wurde. Ardeija, der die Wachen der Richterin befehligte und es sich niemals hätte nehmen lassen, dabei zu sein, wenn solche Räuber dingfest gemacht wurden, hatte jedenfalls Zeit und Muße genug, an einem Strumpf aus zartblauer Wolle zu stricken, soweit sein kleiner Drache es zuließ, der das Knäuel als sein Spielzeug zu betrachten schien und nicht verstand, dass jemand anders ältere Rechte daran hatte.

»Halt Gjuki gut fest«, bat Wulf, als er seinen Korb neben Ardeijas Bank unter der Kanzleitreppe abstellte. »Wenn er sich an den geräucherten Forellen für heute Abend vergreift, bin nicht nur ich ungehalten.«

Ardeija ließ die Nadeln sinken und packte Gjuki gerade noch rechtzeitig am Schwanz, bevor er, vorläufig von der Wolle abgelenkt, tatsächlich zur Erkundung des Korbs aufbrechen konnte. »Falls du deinen Sohn suchst ... Den hat dein Enkel entführt. Irgendein großes Geheimnis um etwas, das er mit Magister Paulinus entdeckt haben will. So schmutzig, wie er ausgesehen hat, haben die beiden wieder einmal im Dreck gewühlt, um alte Römerscherben auszugraben.«

»Wir werden es erfahren, nehme ich an«, entgegnete Wulf mit einem vorläufigen Mangel an Interesse, der den armen Wulfin gewiss tödlich beleidigt hätte, wenn er da gewesen wäre, um die Worte seines Großvaters mitanzuhören. »Ist Herrad zu sprechen?«

»Wenn es lebenswichtig ist, wohl schon.« Ardeija musterte prüfend Wulfs Gesicht und schien daraus nicht ganz ablesen zu können, ob die Lage ernst war oder nicht. »Ivar ist eben zu ihr hinaufgegangen, um irgendetwas zu besprechen.«

»Lebenswichtig nicht«, räumte Wulf ein und unternahm einen Versuch, Gjuki tröstend zu streicheln, da der Drache ihn so missmutig betrachtete, als wüsste er genau, wer ihn nicht an den verlockend duftenden Korb lassen wollte. »Aber ist euch hier etwas über einen Raubüberfall auf der Straße nach Mons Arbuini zu Ohren gekommen?«

Ardeija hatte nichts dergleichen gehört, das war ihm schon anzusehen, bevor er antwortete. »Heute?«

»Geschehen sein soll es gestern, aber eine Klage könnte natürlich auch erst heute erfolgt sein.«

Durch die Wand neben der Tür kam der stille Fuchsgeist hereingehuscht, der Wulf oft auf seinen Wegen durch die Stadt begleitete, aber nie mit zur Seifensiederin ging, weil er mit dem unfreundlichen Katzenschatten dort nicht auskam.

Nun ließ er sich neben dem Marktkorb nieder und musterte mit aufmerksamem Blick Gjuki, der unmutig schnaufte, aber nicht länger versuchte, sich dem festen Griff seines Menschen zu entwinden und zu den nicht für ihn bestimmten Herrlichkeiten zu gelangen. Ardeija bemerkte den Besucher und setzte den kleinen Drachen beruhigt ab, denn derart wohlbewachte Einkäufe würde er nicht antasten.

»Wir hatten weder heute noch gestern eine Klage wegen eines Raubs auf der Landstraße oder sonst irgendwo«, sagte er und nahm wieder sein Strickzeug zur Hand. »Das Einzige, was wir heute hatten, ist ein mutwillig vom Portal der Justinuskirche abgeschlagener Türring. Oshelm ist hingegangen, um sich die Sache anzusehen,

aber das ist auch schon das Aufregendste, was wir hier gehört haben. Woher hast du die Sache mit dem Raubüberfall?«

»Aus leidlich glaubhaftem Klatsch.« Wulf hielt inne, da leichtfüßige Schritte die Treppe herunterkamen.

Gleich darauf erschien Ivar von Lunde in der Vorhalle und wollte sich mit einem flüchtigen Nicken zum Gruß und zum Abschied entfernen.

Doch Ardeija hielt ihn auf. »Warte eben, Ivar! Habt ihr auf der Burg etwas von einem Überfall gestern auf der Straße nach Süden gehört?«

»Nicht, dass ich wüsste«, entgegnete Ivar nach einem so winzigen Zögern, dass man hätte glauben können, die verschwindend kurze Pause sei gar nicht da gewesen. Doch Wulf spielte das Spiel, unverdächtig dreinzusehen, naturgemäß schon ein paar Jahre länger als der Mann aus dem Norden, der Placidia Justa als Spitzel diente, und hätte ihm sagen können, dass er gerade gut, aber nicht gut genug gelogen hatte.

»Wenn noch etwas zu euch dringt, lass es uns wissen«, bat Ardeija.

Ivar nickte und nahm sich die Zeit, noch eine Bemerkung über das fürchterliche Wetter zu machen, bevor er in den Regen hinausflüchtete.

Ardeija zuckte die Schultern und nahm die Arbeit an seinem Strumpf wieder auf. »Wenn sie selbst auf der Burg noch nichts davon gehört haben ...«

»... dann heißt das in diesem Fall sehr wenig«, vollendete Wulf. »Ich werde trotzdem mit Herrad darüber sprechen.«

»Worüber?«, fragte die Richterin, die mittlerweile ebenfalls aus der Kanzlei heruntergekommen war, von der Türschwelle des Gerichtssaals her.

Wulf wiederholte ihr, was die Seifensiederin zu erzählen gewusst hatte. »Und nun redet sie zwar gern und viel, aber gewöhnlich keinen Unsinn«, schloss er, während der Fuchsgeist die Hinterpfote hob, um sich zu kratzen, als könne es ihm auch ohne Körper im Fell

jucken. »Aber was mich daran vor allem umtreibt, ist, dass es seltsame Räuber gewesen sein müssen, wenn die Nichte der Seifensiederin die Wahrheit sagt. Denn angeblich ist ihr und dem Fuhrmann der Beraubte vor allem deshalb aufgefallen, weil er zu Fuß auf dem Weg nach Norden war, aber dennoch einen Sattel mitschleppte. Und wer würde einem Reisenden nicht nur seine Mantelspange, sondern auch sein Pferd abnehmen, ihm dann aber den Sattel lassen?«

»Wenn es ein besonders auffälliger Sattel war ...«, schlug Ardeija vor, unter dessen Vorfahren neben würdigen Barsakhanenhäuptlingen gewiss auch einige Pferdediebe gewesen waren.

Wulf schüttelte den Kopf. »Davon hat niemand etwas erwähnt. Und überdies wusste dein Freund Ivar mehr, als er zugegeben hat.«

»Das ist bei ihm selten anders.« Herrad war so freundlich, Gjuki aufzuheben, bevor er dem Wollknäuel allzu übel mitspielen konnte. »Er weiß also etwas über diesen Überfall?«

»Er hat es abgestritten«, teilte Ardeija ihr recht hilflos mit, während Wulf schon nickte und sich, wenn auch nur ganz im Stillen, an der Überzeugung freute, dass die Richterin seiner Einschätzung in diesem Fall eher trauen würde als der ihres Hauptmanns.

»Genau genommen hat er nur behauptet, man hätte auf der Burg noch nichts davon gehört«, ergänzte er, »und er hat einen Herzschlag zu lange damit gezögert, um überzeugend vorzugeben, dass kein Abwägen hinter seiner Antwort steckte.«

»An seiner Stelle hätte ich auch gut darüber nachgedacht, was ich sage«, erwiderte Herrad mit leiser Heiterkeit. »Ihr wisst doch beide, dass sein Bruder schon einmal wegen eines Pferdediebstahls angeklagt war, noch zu Vogt Adalhards Zeiten? Man hat ihm damals nur nichts nachweisen können.«

»Gorm von Lunde müsste dumm sein, wenn er seinen sicheren Posten bei der Burgwache für ein Pferd aufs Spiel setzen würde«, wandte Ardeija ein und legte seine Strickarbeit doch wieder beiseite. »Und überhaupt haben wir bisher weder eine Klage noch sonst einen stichhaltigen Hinweis, dass etwas geschehen ist. Eine wilde Geschichte allein zählt schließlich nicht.«

Herrad nickte. »Dennoch muss man sich fragen, warum eben diese wilde Geschichte entstanden ist, es aber keine Klage gibt. Wissen wir mehr über den Überfallenen, als dass er pferdelos einen Sattel durch die Gegend geschleppt hat?«

»Nur, dass er sich Thoralf genannt hat. Außerdem hat er sich und seinen Sattel ein Stück weit von dem Fuhrwerk mitnehmen lassen, auf dem auch die Nichte der Seifensiederin saß, ist aber vor dem Stadttor wieder abgesprungen, weil er angeblich zu Gastfreunden in der Hafenvorstadt wollte und den Weg am Fluss entlang angenehmer fand als den quer durch Aquae.« Dafür, sich den Torwachen und ihren lästigen Fragen nicht stellen zu wollen, hatte Wulf schon bessere Ausreden gehört und bei Bedarf auch selbst erfunden.

Dementsprechend unbeeindruckt wirkte Herrad. »Hoffen wir, dass daran zumindest stimmt, dass er sich in der Hafenvorstadt herumtreibt. Denn wenn er dort ist, finden wir ihn und werden ihn einmal freundlich nach seinen Erlebnissen fragen, die immerhin die Sicherheit auf einer Landstraße der Königin betreffen und deshalb auch dann, wenn er auf eine Klage zu verzichten gedenkt, für uns von Interesse sind.« Sie betrachtete Ardeijas Strumpf. »Ich nehme an, der soll heute noch fertig werden?«

Ardeija seufzte. »Das hat Zeit, wenn der Sache erst nachgegangen werden muss«, sagte er edelmütig und wünschte sich doch erkennbar, Wulf hätte dem Geplauder der Seifensiederin weniger Aufmerksamkeit geschenkt und den schönen Frieden im Praetorium nicht gestört.

Herrad schüttelte den Kopf. »Du lügst schlecht, und einer, der zur Not eine Feder führen kann, muss ohnehin hier die Stellung halten, wenn meine Schreiber allesamt abhandengekommen sind. Aber es spricht doch nichts dagegen, dass ich mit meinem Schwiegervater bei diesem trüben Wetter Tee trinken gehe und dabei ganz nebenbei erfrage, ob der Wirtin in den ›Drei himmlischen Rosen‹ gestern oder heute ein Thoralf begegnet ist. Ich hole nur rasch meinen Mantel. – Oh, und sag dem nächsten deiner Krieger, dessen Dienst endet, dass er das da mit zu uns nach Hause nehmen soll.«

Sie nickte zu dem übervollen Marktkorb hinüber. Der Fuchsgeist daneben gähnte und streckte sich dann behaglich aus, wie um zu sagen, dass er bis dahin weiter Wache halten würde.

»Gern«, versprach Ardeija, sichtlich erleichtert, dass er seine Handarbeit nicht auf unbestimmte Zeit unterbrechen musste, und die Richterin ließ Gjuki wieder auf die Wolle los, bevor sie noch einmal in die Kanzlei hinaufeilte, um dann gut gegen den Regen gerüstet wieder zum Vorschein zu kommen.

Sie brachen auf, und Wulf ließ ihr Zeit, bis sie sich behaglich an seinem Arm eingerichtet hatte und mit ihm schon zwei Straßen vom Praetorium fortspaziert war.

»Verrätst du mir auch, warum du Ardeija nicht dabeihaben willst?«, fragte er dann.

»Ich kann ihn doch nicht einfach beim Stricken stören«, entgegnete Herrad unschuldig, setzte dann aber doch freiwillig hinzu: »Nein – er mag mir Ivar ein bisschen zu sehr. Wenn du Recht hast und unser lieber Freund von der Burg genauer über die Sache unterrichtet ist, als er es sein sollte, dann klären wir alles besser ohne Ardeijas mitfühlende Beteiligung.«

Wulf lächelte leicht. »Es ist nicht so, dass ich Justas kleines Wiesel *nicht* mag, aber trauen muss ich ihm deshalb noch lange nicht.«

»Das empfiehlt sich auch nicht«, bestätigte Herrad.

Sie bogen nach Osten auf den breiten Decumanus ein, auf dem auch bei diesem schlechten Wetter viel Betrieb herrschte. Hier, auf einer der Hauptachsen der alten Römerstadt, ließ sich besser als anderswo erahnen, wie Aquae Calicis einmal gewesen sein musste, auch wenn der Regen die Geister aus jenen Tagen verschwimmen ließ. Doch mehr als ein Gebäude hatte Grundmauern, die aus Zeiten stammten, als dieser Teil der Welt noch nicht Austrasien geheißen hatte, und der Straßenverlauf war über die Jahrhunderte gleich geblieben.

»Weshalb war Ivar eigentlich im Praetorium?«, erkundigte Wulf sich, während sie einem Reiter auswichen, der ebenfalls dem Hafentor zustrebte und es eiliger als sie zu haben schien.

Herrad lächelte in sich hinein. »Weil er mich vorwarnen wollte, dass Arbeit auf uns zukommt, da jemandem von der Burg, der gestern beim Wegzollturm in Mons Arbuini nach dem Rechten gesehen hat, Unregelmäßigkeiten dort aufgefallen sind. Die Einzelheiten müssen uns jetzt nicht weiter kümmern. Aber dass ein Mensch aus Justas Gefolge sich ungefähr zur gleichen Zeit auf der Landstraße aufgehalten haben muss wie die Nichte deiner Seifensiederin, macht mich doppelt sicher, dass dein Eindruck von Ivar nicht getrogen hat. Er wird etwas gehört haben und will es uns nicht erzählen.«

»Könnte er selbst in Mons Arbuini gewesen sein?«

Herrad schüttelte den Kopf. »Unwahrscheinlich. Erstens ist er nicht Justas Mann für förmliche Besuche, und zweitens ist Wulfila ihm gestern Mittag auf dem Markt über den Weg gelaufen und hat ein paar Worte mit ihm geredet. Wenn Ivar danach noch nach Mons Arbuini und wieder zurück gelangt ist, muss er geflogen sein, und von Schwanenkleidern und dergleichen in Justas Beständen ist mir noch nichts zu Ohren gekommen.«

Es war ein Scherz, keine ernsthaft erwogene Möglichkeit, aber Wulf fragte sich ein paar Atemzüge lang dennoch, ob er ihr erzählen sollte, dass er einmal einen Mann gekannt hatte, der als Falke davongeflogen war. Zur Erklärung von Ivars Verhalten hätte das allerdings kaum beigetragen, denn bei allem Geschick war der Spitzel der Vögtin gewiss niemand mit einem Auge für die Geisterwelt oder für Zauberei.

So verzichtete Wulf darauf, seine Erinnerungen auszubreiten, und bemerkte nur: »Von solchen Dingen erfährt man doch immer zu spät.«

Herrad schwieg zu dieser Einschätzung, und so verbrachte Wulf die nächsten paar Schritte damit, darüber nachzusinnen, ob es wohl auch Leute gab, die sich ein Pferdekleid überstreiften, nur um dann in aller Eile eine Rückverwandlung vornehmen zu müssen und mit einem Sattel auf der Landstraße zu stehen, damit niemand sie fälschlich für ein entlaufenes Tier hielt. Doch warum solch ein Pferd überhaupt einen Sattel getragen hätte, erschloss sich nicht recht, wenn man der Geschichte nicht einen verschwundenen Reiter hinzufügen wollte, und so verwarf Wulf die Gedankenspielerei.

Sie kamen am Kloster vorbei zum Hafentor. Die Wachen dort erkannten die Richterin selbst unter ihrer Kapuze, denn sie nickten ihr mit freundlicher Ehrerbietung zu, ließen aber auch sonst die Leute ungehindert passieren, ohne irgendjemanden allzu genau in Augenschein zu nehmen. Bei diesem Wetter stand ihnen der Sinn wohl nicht nach Schmugglerfang oder sonstigen Heldentaten.

Dennoch war der Regen bislang nicht schlimm genug, um zu dieser vergleichsweise frühen Stunde schon mehr Gäste als gewohnt ins Teehaus »Zu den drei himmlischen Rosen« zu locken. Mit seinen bunten Vorhängen, die wie kleine Zeltbahnen den Raum unterteilten, und seinem Geruch nach Holzrauch und Gewürzen gehörte es für Wulf allein in dieses neue, erst knapp vier Jahre alte Aquae des Lebens unter dem Dach der Richterin. Es hatte ihn nie hierher verschlagen, solange er noch Fürst Bernwards Speerträger befehligt hatte, und er bezweifelte stark, dass man ihm in den dunklen Jahren zwischen den beiden guten Zeiten überhaupt hier Einlass gewährt hätte. Da ihm die »Himmlischen Rosen« damals noch unbekannt gewesen waren, hatte er das nicht bedauern können, doch mittlerweile wollte er auf Besuche hier nicht mehr verzichten, und das nicht allein, weil der Tee vorzüglich war. Entscheidender war, dass man, bequem auf weichen Kissen sitzend, hervorragend andere Gäste beobachten oder ihren Gesprächen lauschen konnte, ganz zu schweigen davon, dass man hier oft ganz von selbst nützliche Leute traf.

So war es auch heute, wenngleich Wulf sich deutlicher als sonst daran erinnert fühlte, dass »nützlich« und »angenehm« nicht dasselbe bezeichneten, denn die hochgewachsene Frau, die von ihrem dampfenden Tee aufschaute, kaum dass Herrad die Tür durchschritten hatte, war Irmina, die Hafenzolleinnehmerin.

Wulf hatte ihr im Stillen nie verziehen, dass sie ein Jahr lang nicht mit seiner Schwiegertochter geredet hatte, nachdem diese den Irminas Ansicht nach falschen Mann geheiratet hatte, und auch abgesehen davon hatte er stets den Eindruck gehabt, dass die

Freundschaft zwischen ihr und der Richterin eher eine derjenigen war, die man im Laufe seines Lebens zufällig sammelte, als auf engerer Übereinstimmung zu beruhen.

Doch wenn jemand noch besser als die Wirtin des Teehauses wusste, was in der Hafenvorstadt vorging, dann die Hafenzolleinnehmerin.

Dementsprechend hielt Herrad auch gleich auf sie und ihre beiden Begleiter zu, die den liebenswerteren Teil von Irminas Familie bildeten, die – wenn man sich auf die hier in Aquae ansässigen Mitglieder beschränkte – außer ihnen noch aus zwei verzogenen Söhnen, einem trinkfreudigen Mann und einer übellaunigen alten Mutter bestand. Gegen diese glücklicherweise derzeit nicht anwesende Ansammlung nur mit viel Geduld zu ertragender Gestalten waren Irminas Neffe Irmin und sein Mann Wetti harmlos und umgänglich, ganz zu schweigen davon, dass sie der Grund dafür waren, dass die Hafenzolleinnehmerin sich wieder mit der Richterin versöhnt hatte. Anscheinend hatte Herrads Hilfe, als die beiden jungen Leute sich in einen Teeraub hatten verwickeln lassen, in Irminas Augen doch schwerer gewogen als ihre Heirat.

Alle richterliche Milde hatte jedoch nichts daran ändern können, dass es Irmin und Wetti wenig ratsam erschienen war, weiter der Teehändlerin zu dienen, für die sie bis dahin gearbeitet hatten. Da Irmina trotz all ihrer Fehler und Schwächen eine gute Tante war, hatte sie das ins Unglück geratene Paar daraufhin in ihr Gefolge geholt, und diese Barmherzigkeit hatte sich auf lange Sicht als klüger erwiesen, als man erst hätte annehmen können. Wenn man im Flusshafen Zölle und Abgaben eintrieb, konnte es schließlich nichts schaden, zwei Männer dabeizuhaben, die sich auf Tee und sonstige kostbare Waren aus dem Osten blendend verstanden. Seit einiger Zeit sagte Irmina nun, sie seien ihre rechte und ihre linke Hand, und auch wenn dabei ein wenig Spott mitschwingen mochte, merkte man ihr an, dass sie die beiden gern um sich hatte, die sie nun – ein dunkler Schopf auf der einen, blonde Locken auf der anderen Seite – auch im Teehaus wie zwei Leibwächter einrahmten.

»Suchst du mich?«, fragte Irmina, während ihr Neffe fröhlich winkte.

»Jetzt schon«, beschied Herrad sie und grüßte mit einem Nicken in die kleine Runde. »Ich dachte ja erst, ich müsste die Wirtin ausfragen, aber du kannst mir bestimmt weiterhelfen.«

Irmina seufzte tief, war aber zu wohlerzogen, laut auszusprechen, dass sie nicht die geringste Lust hatte, eben diese Hilfe zu leisten. »Was für einen Räuber oder Mörder suchst du denn?«

Herrad schob es noch etwas auf, ihr den Fall zu erläutern. »Du hattest wohl nicht den besten Morgen?«

Irmina nickte mit Nachdruck, während Irmin auf der Bank näher an sie heranrückte, um Platz für die Neuankömmlinge zu schaffen. »Das kannst du laut sagen! Ich habe gewiss eine halbe Stunde damit verbracht, irgendsoeinem unbelehrbaren Weibsbild aus dem Norden zu erklären, dass ein ganzer Laderaum voller Stockfisch *nicht* als unverzichtbarer Proviant zählt, der nicht verzollt werden muss – und doppelt so lange, um klarzustellen, dass das Gesetz ist und nicht etwa eine Ansichtssache, die man mit der Streitaxt klären kann.« Sie trank einen großen Schluck aus ihrer Teeschale.

»Und ihr Bruder erst!« Wetti fuhr sich durch die wirren Locken, als erschöpfe es ihn schon, auch nur an das Gespräch mit den fremden Händlern zurückzudenken.

»Ein ganz unangenehmer Geselle!«, bestätigte Irmina finster. »Der ist erst von Land her hinzugekommen, als unser Streit schon in vollem Gange war, und hat weniger geschlichtet als dazwischengeschrien, obwohl er gar nicht wissen konnte, wie es um die Fracht seiner Schwester bestellt war, denn anscheinend wollte er erst hier zu der Fahrt dazustoßen. Wenn du mich fragst, war er einer von diesen reisenden Söldnern, die doch nur bessere Plünderer sind – und feige noch dazu. Als nämlich Ardarich von der Burgwache, der zufällig im Hafen war, dazukam und uns gefragt hat, ob wir Hilfe bräuchten, war der Kerl auf einmal ganz klein und friedlich, ja er hat sogar noch seine Schwester beruhigt. Auf jeden Fall haben wir uns unseren Tee redlich verdient.«

»Um den will ich euch auch nicht bringen«, versicherte Herrad, »und einen Räuber suchen wir auch nicht, sondern nur dessen vermutliches Opfer.«

Irminas Miene wurde noch eine Spur düsterer. »Aber lebendig, ja? Wenn wir heute auch noch den Hafen nach einer Leiche absuchen müssen ...«

Herrad lächelte mild. »Das wollen wir nicht hoffen.«

Mehr sagte sie nicht, da in dem Augenblick die Wirtin herbeieilte, um nach ihren Wünschen zu fragen und ein paar freundliche Worte über das Wetter mit ihnen zu wechseln, das wie immer einen dankbaren Gesprächsgegenstand bot.

Als die Frau sich eben wieder entfernte, kam der Fuchsgeist durch die Wand geschlüpft, was wohl zu bedeuten hatte, dass irgendein unglücklicher Krieger aus dem Praetorium sich mit der Aufgabe betraut gefunden hatte, Wulfs Marktkorb nach Hause zu schleppen, so dass Gjuki keine Gefahr mehr für den Räucherfisch darstellte.

Die Hafenzolleinnehmerin und die jungen Männer nahmen nichts davon wahr, aber Herrad zwinkerte dem Fuchs zu, bevor sie sich wieder an Irmina wandte: »Gestern soll ein Reisender in die Hafenvorstadt gekommen sein, den ich sprechen möchte. Bislang weiß ich leider nicht viel mehr über ihn, als dass er einen Sattel bei sich gehabt haben soll und Thoralf heißt oder sich zumindest so nennt ...«

Sie verstummte, weil Irmina und ihre beiden Begleiter in ungläubiges Gelächter ausgebrochen waren, kaum dass der Name gefallen war.

»Oh je«, sagte Wulf, der sich bisher darauf beschränkt hatte, zuzuhören und den Fuchs unauffällig hinter den Ohren zu kraulen. »Ist *er* der Bruder der Stockfischfrau?«

»Ist er«, bestätigte Irmina seine Vermutung, »aber das ist sehr schön, denn das heißt, dass wir ihn finden. – Irmin, Wetti? Geht den Kerl herbringen, und wenn nötig, holt euch ein paar Leute zu Hilfe.«

Die beiden sprangen so bereitwillig auf, dass Herrad und Wulf sich beeilen mussten, ebenfalls auf die Beine zu kommen, um sie durchzulassen.

»Aber nicht all unseren Tee allein austrinken«, sagte Irmin zu seiner Tante; dann stoben Wetti und er eifrig wie die jungen Hunde davon. Seit sie damals einer Verurteilung wegen des Teeraubs entgangen waren, gab es kaum einen Gefallen, den sie der Richterin nicht getan hätten. Da das im letzten Jahr auch umfasst hatte, Herrad und damit ihrem ganzen Haushalt zu einem prall gefüllten Korb der saftigen, aber gewöhnlich nur geizig geteilten Pflaumen aus dem Garten der Hafenzolleinnehmerin zu verhelfen, hoffte Wulf sehr, dass diese Dankbarkeit lange vorhalten würde.

Irmina trank gemächlich noch einen Schluck, hielt sich aber an ihre eigene Teeschale, wenn auch vielleicht nur, weil es Zeugen gab. »Was ist das nun eigentlich für eine Geschichte?«

»Thoralf ist pferdelos mit einem Sattel auf der Landstraße herumgelaufen und hat anderen Reisenden von einem Überfall durch Räuber berichtet, gegen eben diese Räuber aber keine Klage erhoben«, fasste Herrad zusammen, nachdem sie sich wieder behaglich auf der Bank eingerichtet hatte.

Wieder lachte Irmina, diesmal womöglich noch verblüffter als bei Thoralfs erster Erwähnung. »Den Räuber möchte ich sehen, der den Burschen freiwillig überfällt!«

»Vor der Burgwache ist er aber sehr schnell eingeknickt, das hast du selbst gesagt, und wenn es nicht nur ein Räuber allein war, ist es ohnehin unerheblich, wie sehr der Mann nach einem Kämpfer aussieht«, gab Herrad zu bedenken.

Irmina hob leicht die Schultern, wirkte aber nicht unbedingt überzeugt.

Abgesehen davon, dass sie sein Äußeres eindrucksvoll gefunden hatte, wusste sie allerdings nicht viel über Thoralf zu berichten. Vor ihr und ihren Leuten habe er jedenfalls keine Angst gehabt, als er seiner Schwester beigesprungen sei, nur eben vor dem Krieger von der Burg - wahrscheinlich habe er geahnt oder gewusst, dass der zur Vögtin gehöre, mit der sich niemand ohne Not anlegen wolle.

Herrad nickte zwar sinnend, sagte aber nichts weiter dazu, und Wulf beschäftigte sich damit, den Fuchs zu beobachten, der sich im

Raum umsah und freundlich genug war, einen kleinen Rattengeist, der hier zu Hause war, in Frieden zu lassen.

Der Tee wurde gebracht, kühlte ab, während der Regen unvermindert heftig aufs Dach prasselte, und erwies sich wie immer als gut.

»Die armen Jungen werden kalten Tee trinken müssen, wenn sie zurückkommen«, bemerkte Herrad, »aber da das meine Schuld ist, lade ich sie zu neuem ein.«

»Ach was, das verkraften sie schon«, gab Irmina zurück, beäugte aber doch die Teeschale ihres Neffen, als überlegte sie, ob man den Inhalt wirklich verkommen lassen durfte.

In den Wänden lachten Gespenster, ob nun über sie oder über einen Geisterscherz. Der Fuchs spitzte die Ohren, ging aber nicht nachsehen, wer sich dort verbarg; vielleicht wusste er es ohnehin, war er doch schon häufig genug hier gewesen.

Das nächste Öffnen der Tür brachte ein paar durstige Kaufleute, das übernächste Wetti, der erst schaudernd den tropfnassen Mantel abstreifte, bevor er verkündete: »Irmin ist gleich mit ihm hier. Aber ich soll ausrichten, dass Thoralfs Schwester auch mitkommt.«

»Na, das kann heiter werden«, murmelte Irmina und stürzte den kümmerlichen Rest ihres Tees herunter, während Herrad nur lächelnd dankte und die Wirtin heranwinkte, um ihr Versprechen wahr zu machen, für Nachschub zu sorgen.

Der neue Tee war schon aufgetragen und wärmte den dankbaren Wetti, als die Tür ein drittes Mal aufschwang, diesmal, um Irmin und zwei Wachen der Hafenzolleinnehmerin einzulassen, die einen blonden, bärtigen Hünen zwar nicht ganz zwischen sich führten, aber doch darauf achteten, dass er nicht in die falsche Richtung laufen konnte.

So fügsam sich der auf der Landstraße Beraubte derzeit auch gab, war Irminas Einschätzung, ihn würde so schnell niemand überfallen, doch durchaus nachvollziehbar. Thoralf wirkte nicht nur, als ob er das Schwert, das er am Gürtel trug, zu führen wüsste, sondern auch, als ob es gewöhnlich nicht viel brauchte, um ihn zu der Waffe

greifen zu lassen. Was in den blauen Augen glomm, war nichts Gutes. Wulf hatte lange genug Krieger befehligt, um zu spüren, ob jemand Kämpfe nicht nur durchzustehen vermochte, sondern geradezu suchte, und was das betraf, hätte er jedem Dienstherrn dringend davon abgeraten, den Mann in sein Gefolge aufzunehmen. Einer wie Thoralf bedeutete auch dann Ärger, wenn er nicht seiner Schwester dabei half, sich mit einer königlichen Amtsträgerin zu streiten, und wenn es tatsächlich einem mutigen oder auch nur schnellen Räuber gelungen war, das Pferd dieses Kerls an sich zu bringen, musste man sich wahrscheinlich mehr Sorgen um den Schuldigen als um sein Opfer machen.

Was allerdings nicht ins Bild passte, war die bescheidene Mantelspange, die Thoralfs regenschweren Umhang hielt, ein schlichtes, bronzenes Ding, wie es auch hier draußen in der Hafenvorstadt billig zu haben war. Vielleicht handelte es sich um einen rasch beschafften Ersatz für die Fibel, die gestern abhandengekommen sein sollte.

Die ebenfalls strohblonde Frau, die den vier Männern ins Haus folgte, trug dagegen glänzendes Silber am Mantel und an den Fingern, doch das war nicht das Auffälligste an ihr. Vielmehr war sie die Einzige, die nicht einfach blind durch den Schwanz des Fuchsgeists hindurchmarschierte, sondern ihm auswich, wie man es sich angewöhnte, wenn man Geister sehen konnte.

Kurz huschte ihr wacher Blick durch den Raum, und als er Wulf streifte, vermutete er fast, dass sie wusste, dass er etwas bemerkt hatte. Dann aber wandte sie sich Irmina zu, schob sich an deren Neffen und seinen Begleitern vorbei und fragte: »Was ist denn nun noch? Ich dachte, es wäre alles geklärt, aber jetzt lasst Ihr meinen Bruder herbestellen, als schulde er Euch Gehorsam!«

»Ich nicht«, sagte Irmina und nickte zu Herrad hinüber.

Die Schifferin aus dem Norden wandte sich mit unheilverkündender Miene der Richterin zu. »Und wer seid Ihr?«

»Herrad, Flavias und Heribrands Tochter, Richterin des Hochgerichts von Aquae Calicis«, gab Herrad ihr in aller Freundlichkeit

Auskunft. »Aber eigentlich möchte ich mit einem Mann namens Thoralf sprechen – und ich nehme an, der seid Ihr nicht?«

Die Frau holte tief Luft, wie um etwas zu erwidern, das gewiss nicht allzu höflich gewesen wäre, aber zur allgemeinen Überraschung griff ihr Bruder ein, bevor das Gespräch ausarten konnte. »Lass es gut sein, Thordis«, bat er seine Schwester halblaut, um dann an Herrad gewandt fortzufahren: »Ich bin ja nun hier. Was gibt es also?«

»Das werdet *Ihr* mir erklären müssen«, beschied ihn Herrad.

»Ich?« Unter dem Erstaunen, das Thoralf leidlich glaubhaft zur Schau trug, versteckte sich Unruhe. »Ich habe keinen Grund, mit einer Richterin zu reden. Sagt jemand etwas anderes?«

»Ihr selbst, wenn ich nicht falsch unterrichtet bin.« Herrad musterte ihn weiter unverwandt, auch als durch den Vorhang hinter ihr der Rabengeist hereingeschwebt kam, mit dem sie eine Freundschaft verband, und sich auf ihrer linken Schulter niederließ. »Ihr seid doch gestern von Süden her nach Aquae Calicis oder vielmehr in die Hafenvorstadt gekommen?«

»Das trifft zu, ja«, räumte Thoralf ein, aber nicht ohne ein kleines Zögern, als hätte er sich kurz gefragt, ob es vorteilhafter wäre, eine andere Antwort zu geben.

Thordis hatte das kurze Stocken eindeutig bemerkt; der Blick, den sie ihm zuwarf, enthielt überdeutlich die Frage, was Thoralf nun wieder angestellt habe, aber der Krieger war offenbar geübt darin, solch stumme Vorwürfe nicht einmal durch eine beschwichtigende Geste zu bestätigen.

»Mit einem Sattel, aber ohne Pferd?«, vergewisserte Herrad sich.

Diesmal bejahte Thoralf noch zurückhaltender als eben.

»Ihr habt Leuten, die Euch auf einem Fuhrwerk mitgenommen haben, erzählt, man habe Euch überfallen und Euch Pferd und Mantelspange gestohlen«, fuhr Herrad fort und erntete zunächst einmal nur tiefes Schweigen.

Thordis sah von ihrem Bruder zu dem Raben auf der Schulter der Richterin und wieder zurück, ohne etwas zu sagen.

»Mag sein, dass ich denen so etwas erzählt habe«, gestand Thoralf endlich sehr, sehr langsam wie einer, der nicht zu lügen wagt und doch nicht offen reden will.

Herrad fuhr fort, in seinem Gesicht zu lesen. »Ihr werdet verstehen, dass ein Überfall auf einer Landstraße der Königin die Sicherheit der ganzen Vogtei Aquae Calicis betrifft. Niemand zwingt Euch, Klage gegen die Räuber zu führen, wenn Ihr aus irgendeinem Grund davon absehen möchtet, aber ich muss Näheres wissen.«

Was nun durch Thoralfs Augen huschte, war Besorgnis, wenn nicht gar Angst. »Mich hat keiner überfallen«, behauptete er dann.

»Das hast du mir vorhin noch anders erzählt«, mischte sich Thordis nun doch ein.

Thoralf sah sie nicht an. »Weil ich mich geschämt habe. Das mit dem Pferd und der Fibel, das war ... ein verlorenes Glücksspiel.«

Der Rabengeist krächzte Herrad sehr leise etwas ins Ohr, aber vermutlich hätte es dieser Hilfestellung gar nicht bedurft, um einen Anflug von Verwunderung auf ihr Gesicht treten zu lassen. »Ihr habt Euer Pferd und Eure Fibel im Spiel verloren?«

»Wenn ich es Euch doch sage!«, beharrte Thoralf. »Aber so etwas sagt man weder fremden Mitreisenden noch seiner Schwester gern. Ihr müsst Euch also gar nicht um die Sicherheit der königlichen Landstraßen sorgen.«

Letzteres betonte er etwas zu sehr, um ganz überzeugend zu klingen.

Da Thoralf aber dabei blieb, dass es so und nicht anders gewesen sei und im Übrigen auch die Vergnügungen, mit denen er seine Zeit herumbringe, niemanden zu kümmern hätten, solange er nichts Verbotenes tue, war das Gespräch schnell beendet. Denn wenn keine Klage vorlag, konnte die Richterin der Sache nicht weiter nachgehen, so wenig sie ihm die harmlose Erklärung auch abnehmen mochte.

Als der Krieger und seine Schwester fort waren, wollten dann auch noch die Wachen der Hafenzolleinnehmerin bewirtet sein, die so wacker geholfen hatten, auch wenn ihre Unterstützung nichts zur Klärung des Vorfalls auf der Landstraße hatte beitragen können.

Dem Rabengeist wurde die Sache bald zu langweilig; er zupfte Herrad noch einmal zärtlich am Haar, was für Geisterblinde aussehen musste, als sei ein Luftzug hindurchgestrichen, und flog dann davon, ohne sich von den wuchtigen Deckenbalken des Teehauses aufhalten zu lassen.

Der Fuchs blieb und rollte sich zu Wulfs Füßen zusammen. *Du hast dem Kerl doch auch kein Wort geglaubt?*, fragte sein Blick stumm, und Wulf bejahte ebenso wortlos, während er seinen Tee austrank und darüber nachsann, ob und wie man der Sache trotz allem noch auf den Grund gehen konnte.

Immerhin hatte die mit Irmina und ihren Leuten vertane Zeit den Vorteil, dass der Regen endlich zum Erliegen gekommen war, als sie sich vor der Tür voneinander verabschiedeten und ihrer getrennten Wege gingen. Die ungepflasterten Straßen zwischen den Lagerhäusern waren gleichwohl weiterhin eine einzige Aneinanderreihung schlammiger Pfützen, und die feuchte Luft ließ einen immer noch alle Knochen spüren, die man nicht spüren wollte, zumal, wenn man über einen Misserfolg nachgrübelte.

»Was hat der Rabe dir vorhin zugekrächzt?«, fragte Wulf, als sie nach links abbogen, um den leichten Anstieg zum Stadttor in Angriff zu nehmen.

Herrad zog ihren Mantel fröstelnd enger um sich. »Dass Thoralf weder völlig gelogen noch die ganze Wahrheit gesagt hat. Was halten wir davon?«

Wulf zuckte die Schultern. »Darauf verstehen sich manche Leute eben.«

»Sieh gefälligst nicht mich an, wenn du so etwas sagst«, gab Herrad ein wenig unleidlich zurück, was ihm verriet, dass sie sich über das ungelöste Rätsel mindestens ebenso sehr ärgerte wie er selbst, denn gewöhnlich hätte sie nicht abgestritten, dass sie sich damit auskannte, ihre Worte doppeldeutig genug zu setzen, um einen die falschen Schlüsse daraus ziehen zu lassen.

Vielleicht hätte Wulf darauf erwidert, es sei doch nur höflich, den Menschen anzuschauen, mit dem man gerade redete, wenn ihnen nicht im selben Augenblick beiden etwas aufgefallen wäre, das sie ihre Unterhaltung vorerst abbrechen ließ. Unter dem vorspringenden Dach des letzten Speichers zur Rechten vor dem Hafentor lehnte Thordis an der Wand und stieß sich davon ab, um ihnen entgegenzugehen.

»Und ich dachte schon, Ihr hättet doch einen anderen Weg in die Stadt genommen«, sagte sie zur Begrüßung, als könne sie sich nicht vorstellen, was sie noch so lange im Teehaus aufgehalten hatte.

»Muss ich gerührt sein, dass Ihr auf uns gewartet habt, Frau Thordis?«, gab Herrad zurück, blieb aber immerhin am Straßenrand stehen und ließ sich auf das Gespräch ein.

»Nein«, entgegnete Thordis entwaffnend ehrlich. »Ich will mit Euch reden, weil ich Eure Hilfe brauche. Es gibt sehr wenige Dinge, vor denen mein Bruder Thoralf Angst hat, aber als vorhin die Rede auf den Überfall kam, hat er sich gefürchtet, und er will mir nicht sagen, wovor. Aber wenn ihm irgendein Unheil droht, muss ich es wissen, zumal, wenn er auf meinem Schiff mitfahren will. Allein finde ich es wohl nicht heraus; ich bin fremd hier und kenne ja noch nicht einmal die verfluchte Landstraße, auf der sich das alles zugetragen haben soll. Jemand muss mir helfen, in Erfahrung zu bringen, was da gewesen ist, und wenn ich das einem Menschen in dieser Stadt zutraue, dann Euch.«

»Für eine Frau, die gerade noch den Hafenzoll prellen wollte, scheint Ihr ja viel Vertrauen ins Recht der Königin zu setzen.«

Thordis lachte. »Oh, nicht weil Ihr Richterin seid, sondern deswegen.« Fast beiläufig wies sie auf den Fuchsgeist. »Ihr seid doch ...« Hier stockte sie kurz, als müsste sie erst nach dem richtigen Wort suchen oder eines aus ihrer Muttersprache aufs Geratewohl übersetzen. »... Geistersprecher, Ihr und Euer Leibwächter da.«

»Hierzulande nennt man Leute wie uns ›Geisterseher‹, und ich bin nur der Koch der Richterin«, ließ Wulf sie wissen.

Die mitleidige Miene der Schifferin hatte eindeutig zu besagen, dass er Letzteres gern einer Dümmeren erzählen konnte. »Das ist ein Ausdruck, der zu wenig sagt«, befand sie. »Wenn man sie nur

sehen, aber nicht mit ihnen sprechen könnte, würde es ja nur den halben Spaß machen. Nicht wahr?«

Sie schaute den Fuchs an, der den Kopf schieflegte und ihren Blick aufmerksam erwiderte.

»Die Sichtweise hat etwas für sich«, räumte Herrad belustigt ein, »doch alles Geistersehen wird uns in dieser Angelegenheit wenig nützen, und ohnehin sind mir die Hände gebunden. Ich kann keine förmliche Untersuchung anstrengen, solange sogar das mutmaßliche Opfer der Tat abstreitet, dass sie je stattgefunden hat.«

Thordis runzelte die Stirn. »Kann ich für Thoralf Klage führen, damit die Sache aufgeklärt wird?«

Herrad schüttelte bedauernd den Kopf. »Nein, solange er Euch nicht damit beauftragt. Euer Bruder ist schließlich bei klarem Verstand und ein erwachsener Mann.«

»Denkt er«, murmelte Thordis, sah aber wohl ein, dass rein rechtlich an dieser Beschreibung nicht zu rütteln war. »Aber in aller Unschuld umhören könnt Ihr Euch sicher dennoch? Zumindest, um mir zu helfen, herauszufinden, wer der Kerl war, der vorhin mit Thoralf geredet hat, bevor die jungen Burschen vom Hafenzoll ihn abholen gekommen sind? Denn ich möchte wetten, dass der meinen Bruder seine Meinung über die ganze Sache so plötzlich hat ändern lassen, auch wenn Thoralf mir das nicht eingestehen will.«

»Langsam!«, bat Herrad, doch nun tanzte schon Neugier in ihren Augen. »Ein Mann hat also vor unserem Gespräch im Teehaus mit Eurem Bruder geredet?«

Thordis nickte. »Wahrscheinlich wäre mir das gar nicht im Gedächtnis geblieben, wenn Thoralf sich nicht hinterher so seltsam verhalten hätte ... In Häfen trifft man doch ständig irgendwelche alten Bekannten oder findet neue, das fällt einem nicht sehr auf. Aber wenn ich es recht bedenke, war Thoralf eben schon gleich nach der Begegnung sonderbar und nicht erst, als er mit Euch geredet hat.«

»Könnt Ihr mir sagen, worüber die beiden gesprochen haben?« Die Richterin wirkte nicht erstaunt, als die Schifferin den Kopf schüttelte.

»Ich bin erst dazugekommen, als der andere schon ging, und viel zu belauschen gab es da nicht mehr, nur, dass er Thoralf zum Abschied noch einen schönen Tag gewünscht hat, aber in einem Ton, dass ich ihm dafür etwas erzählt hätte ... Doch Thoralf meinte, der sei eben so, das dürfe man nicht so ernst nehmen.« Sie zuckte die Schultern. »Da hätte ich wohl schon aufhorchen sollen, denn gewöhnlich ist Thoralf nicht so nachsichtig, nicht einmal seinen Freunden gegenüber.«

»Es war also jemand, den Euer Bruder kannte?«, hakte Herrad nach.

Thordis dachte einen gemächlichen Atemzug lang darüber nach, bevor sie antwortete. »Das hat er zumindest gesagt – einer, der früher einmal zur selben Kriegerschar gehört habe wie er. Mag sein, dass dem so ist, ich kenne nicht alle von den Kerlen, mit denen er sich über die Jahre herumgetrieben hat. Denn er ist Söldner, wisst Ihr? Eine Zeit lang hat er sogar ein paar andere angeführt ... Aber das ist ja nun vorbei, und deshalb möchte er auf meinem Schiff mitfahren. Selbst im günstigsten Fall habe ich ihn bis zum Winter am Hals, und wenn jemand ihm ans Leben will oder sonst irgendetwas Übles vorgeht, muss ich es wissen.«

Ein paar Nachfragen und Erklärungen später kannten sie Thoralf und seine Geschichte etwas genauer, oder doch wenigstens die Sicht seiner Schwester auf ihn.

Er bot schon seit Längerem seine Kriegskünste feil, hatte sich aber vor wenigen Wochen durch einen vermeidbaren Streit mit seinem ehrgeizigen Stellvertreter selbst um den Befehl über den kleinen Söldnerhaufen gebracht, mit dem er bisher munter von Fehde zu Fehde gezogen war. Bei seinen alten Freunden bleiben können hatte er deshalb nicht, doch sich in dem Handwerk allein durchzuschlagen, war hart, und als gestandener Mann noch einmal Anschluss an andere Kämpfer zu suchen und ganz von unten neu anzufangen, womöglich noch härter.

Aber Thoralf hatte es immer einzurichten gewusst, alljährlich in ein oder zwei der Flusshäfen aufzutauchen, die seine Schwester

regelmäßig anlief. Gewöhnlich hatte er dann nur ein paar Tage in ihrer Gesellschaft verbringen und von alten Zeiten reden wollen, aber dieses Jahr sah er in Thordis seine Rettung und rief ihr ins Gedächtnis, dass er noch immer ein Schiff steuern, Waren schleppen und bei Verhandlungen um den Preis drohend dreinsehen konnte. Und solch eine Bitte schlug man seinem Bruder nun einmal nicht ab.

»Aber ob er Ärger im Gepäck hat, muss ich dennoch wissen.« Thordis sah prüfend zu der nur ganz allmählich aufreißenden Wolkendecke empor. »Und der Kerl, der vorhin bei ihm war, sah nach Ärger aus.«

»Lässt sich das genauer beschreiben?«, erkundigte sich Herrad geduldig.

Thordis musterte weiter die Wolken und schien nachzudenken. Dann wandte sie sich wieder der Richterin zu. »Nicht gut. Alles in allem war er unscheinbar und gegen den Regen so tief in seinen Mantel gehüllt, dass ich euch nicht einmal sagen könnte, was für Haare er hatte. Er war blau, denke ich – also der Mantel. Aber die Augen! Noch schlimmer als bei Euch oder bei ihm da.«

Sie wies mit dem Daumen auf Wulf, der sich dabei ertappte, einen Blick mit Herrad zu tauschen, der hoffentlich nicht so viel Unverständnis verriet, wie er angesichts des letzten Teils dieser Beschreibung empfand. Die Augen der Richterin waren so wach und dunkelbraun wie immer und hatten mit seinen eigenen grauen eigentlich nicht mehr gemein, als dass sie eben Augen waren; den Anflug irgendeiner Erkenntnis, was genau Thordis gemeint haben mochte, las er darin leider nicht.

»Augen, die zu viel sehen«, setzte die Schifferin erläuternd hinzu. »*Kluge* Augen. Und geredet hat er wie einer aus dem Süden.«

»Einer aus dem Süden?«, wiederholte Herrad.

Auch Wulf konnte nicht einschätzen, ob Thoralfs Schwester darunter beispielsweise jemanden aus romanischen Landen verstand oder doch nur einen Mann meinte, der südlich von Aquae in nicht gar so fernen Gegenden aufgewachsen war.

Thordis schien aufzugehen, dass sie sich unklar ausgedrückt

hatte, denn sie lachte. »Von euch aus gesehen wohl eher aus dem Norden, das ist wahr. Aber eben nicht aus dem *richtigen* Norden, sondern nur ein Stück weit hoch – Heiðabýr vielleicht, in etwa die Ecke, oder meinetwegen auch Lunde.«

Erstere Ortsangabe ließ sich angesichts der Umstände auch ohne weitere Nachforschungen streichen, aber das musste Thordis nicht unbedingt erfahren.

Wenn Ivar nach seinem verdächtigen Verhalten im Praetorium geradewegs in die Hafenvorstadt gekommen war, um mit Thoralf zu sprechen, dann brachte man besser erst einmal in Erfahrung, was er gewollt hatte, statt seinen Namen leichtfertig zu früh zu erwähnen.

»Ich will Euch keine zu großen Hoffnungen machen, dass uns das hilft, etwas herauszufinden, Frau Thordis«, sagte Herrad. »Ihr wisst sicher selbst, dass das Wenige, was Ihr uns sagen konntet, auf Dutzende von Männern zutreffen mag, die in Aquae leben oder auf der Durchreise sind.«

»Aber Ihr bemüht Euch, der Sache nachzugehen?«, vergewisserte sich Thordis.

»Wie viel von Eurem Stockfisch wäre Euch das denn wert?«, fragte Wulf, bevor Herrad aus reiner Herzensgüte zusagen konnte. »Denn schließlich gibt es ja immer noch keine Klage, so dass das Hochgericht gar keine Handhabe hat, Nachforschungen anzustellen, und wir ganz auf eigene Rechnung unser Bestes tun müssten.«

Das war der Beginn recht fruchtbarer Verhandlungen, die seine Schwiegertochter ihn dankenswerterweise allein führen ließ, statt mäßigend einzugreifen. Sie vertrieb sich die Zeit lieber damit, den Fuchsgeist zu beobachten, der schon seit einer Weile immer wieder durchs Stadttor hinein- und wieder heraushuschte, als gäbe es dort oben etwas, zu dem er sie dringend führen wollte. Erst als Wulf und Thordis sich über eine angemessene Entlohnung schon halbwegs einig geworden waren, mischte Herrad sich doch noch einmal ins Gespräch, um Fragen nach dem Pferd und nach der Fibel zu stellen, die Thoralf abhandengekommen waren, was wohl hieß, dass sie sich brav daran beteiligen würde, den Stockfisch zu verdienen.

Nachdem sie Abschied von der Schifferin genommen hatten, schwieg die Richterin dennoch ein paar Schritte lang sehr finster, bevor sie bemerkte: »Es erübrigt sich wohl, dir zu sagen, dass du dich schämen sollst, weil du es ohnehin nicht tun wirst.«

Sie kamen ans Tor, und Wulf wartete, bis sie an den Wachen vorbei waren, bevor er antwortete: »Da hast du Recht, und ohnehin kannst du dich nicht beschweren. Schließlich magst du Fisch aller Art, und das sogar sehr.«

»Ihn so dreist zu erpressen, gehört sich dennoch nicht«, ließ Herrad ihn wissen. »Und außerdem hast du das, was du mir vorhin vorgeworfen hast, gerade selbst getan.«

»Was denn?«

»Nicht ganz die Wahrheit gesagt, ohne wirklich zu lügen. Nur der Koch der Richterin, wie?« Herrad raffte ihren Mantel beiseite, damit der Fuchs, den es augenscheinlich freute, dass sie sich wieder in Bewegung gesetzt hatten, vorauseilen konnte.

»Nur der Koch, der Fisch haben möchte«, bestätigte Wulf und musste gleich darauf seinen Enkel auffangen, der sich voller Begeisterung auf ihn stürzte und die eine Hälfte dessen war, was der Fuchsgeist ihnen hatte zeigen wollen.

»Ihr müsst euch ansehen, was wir gefunden haben!«, verkündete Wulfin ungeachtet der Tatsache, dass sie mitten auf dem Decumanus standen, auf dem es hier in Tornähe vor Menschen nur so wimmelte. »Und das findet er auch!« Er nickte zu dem kleinen Fuchs hinunter. »Er wollte uns schon zu euch bringen, glaube ich, aber ...«

»Nicht so laut und nicht hier, Wulfin!«, unterbrach ihn sein Vater, der langsamer herangekommen war. »Das kann bis zu Hause warten!«

Es kostete Wulf einen einzigen Blick auf seinen Sohn, zu erkennen, dass Wulfila erstens so ungern länger in Sichtweite der Torwachen stehen bleiben wollte wie schon seit ihren bittersten Zeiten nicht mehr und dass er zweitens unter seinem Umhang etwas Schweres bei sich trug, das tunlichst unbemerkt bleiben sollte. Wenn es sich unerklärlicherweise tatsächlich um Diebesgut han-

delte, war er seit seinen letzten entsprechenden Unternehmungen allerdings ehrgeiziger geworden, als sein Vater es ihm je zugetraut hatte, denn was auch immer er durchaus geschickt versteckte, musste mindestens den Umfang und das Gewicht eines gutgefüllten Geldkastens haben.

Herrad zog die Augenbrauen hoch. »Als du mich das letzte Mal so angesehen hast, hattest du gerade ein Huhn gestohlen.«

»Verdammt, ich wünschte, es wäre ein Huhn!« flüsterte Wulfila, während Wulfin, leiser als vorher, aber immer noch aufgeregt ergänzte, es sei etwas viel Besseres. »Zu Hause, ja? *Nicht* im Praetorium.«

»Können wir dir wenigstens tragen helfen?«, erkundigte sich Wulf erheitert.

»Untersteht euch!«, gab Wulfila gereizt zurück und ging voran, während der Fuchsgeist um seine Füße tanzte wie ein übermütiger Welpe.

Wulfin war mindestens ebenso gut gelaunt und konnte es offensichtlich kaum abwarten, zu erzählen, was er erlebt hatte. Dennoch hielt er sich brav an Wulfilas Anweisung, sich damit noch zu gedulden. »Was habt ihr draußen in der Hafenvorstadt gemacht?«, fragte er dafür, als wolle er sich selbst von dem ablenken, was aus ihm herauszusprudeln drohte.

Herrads Antwort, sie hätten, wenn auch bisher noch vergeblich, einen Pferderaub aufzuklären versucht, brachte rätselhafterweise nicht nur den Jungen, sondern auch Wulfila zum Lachen.

Zu Hause angekommen, stieg Wulf als Erster die Küchenstufen hinauf, um seinem Sohn die Tür aufzuhalten, und wäre drinnen fast über seinen eigenen Marktkorb gestolpert, den jemand zu dicht dahinter abgestellt hatte. Der Krieger, der ihn aus dem Praetorium hatte herschaffen müssen, hatte keinen Schritt mehr als nötig gemacht, und die Mägde, deren Stimmen aus dem vorderen Zimmer herüberdrangen, waren wohl zu beschäftigt gewesen, die Einkäufe schon auszupacken.

Das Fluchen darüber verging Wulf, als Wulfila sich an ihm vor-

beidrängte und unter dem linken Küchenfenster ablud, was er unter dem Mantel versteckt getragen hatte.

Der nur notdürftig von Schmutz und Erde gereinigte Stein musste in Römertagen zu einer Art Fries gehört haben. Jetzt war davon nur noch ein Bruchstück mit einem fein gearbeiteten Pferdekopf übrig. Links waren der Hals und der Ansatz der Mähne zu erkennen, rechts waren eine geblähte Nüster, die noch eine Spur von roter Farbe aufwies, und geöffnete Lippen in den Marmor gemeißelt. Das große Auge schien etwas erschrocken in die gewandelte Welt zu blicken, die das steinerne Pferd zuletzt vor sehr vielen Jahren betrachtet haben musste, bevor Paulinus und sein Schüler es heute ausgegraben hatten, wie Wulfin nun eifrig erläuterte.

Mit all den feinen Einzelheiten, die einem beim Betrachten erst nach und nach auffielen, war es ein erlesenes Kunstwerk, dem man gewünscht hätte, vollständiger erhalten zu bleiben. Selbst Herrad, die selten in offene Begeisterungsstürme ausbrach, lächelte so staunend wie ein kleines Mädchen und sagte aus tiefster Seele: »Ist das schön!«

»Und der Magister hat es mir geschenkt, weil es mir so gefallen hat!« Wulfin strahlte. »Kann es hier unter dem Fenster bleiben? Dann sieht man es morgens gleich beim Aufwachen ... Im Sommer zumindest, wenn die Bettvorhänge offen sind.«

»Natürlich bleibt es«, versprach ihm Wulf, der selbst sehr angetan von dem Pferdekopf war, den der Fuchsgeist nun ausführlich beschnüffelte, als ließe sich riechen, was es damit einmal auf sich gehabt hatte.

»Das ist es ja eben«, sagte Wulfila unfroh und reckte versuchsweise beide Arme, die lahm geworden sein mussten, wenn er diesen Klotz tatsächlich schon vor ihrer Begegnung am Stadttor mit sich herumgeschleppt hatte. »Wulfin und Paulinus haben es auf dem Grundstück hinter der Justinuskirche ausgegraben, auf dem die Münzmeisterin ihr neues Haus bauen lässt, und brauchten dann einen, der es wegtragen konnte. Nach allem, was man hört, nimmt sie es eher ungnädig auf, wenn Leute Steine fortschaffen, die sie noch gut für neue Mauern brauchen könnte. Da das Gelände samt allem, was darauf liegt, eben ihr gehört, hätten wir das hier wohl gar nicht mitnehmen dürfen, aber ...«

»... es war eine notwendige Rettungstat, das sehe ich ein«, vollendete Herrad und strich bewundernd über die gerade Pferdenase. Wulf konnte ihr nur zustimmen.

»Die Arbeiter, die weiter hinten auf dem Grundstück beschäftigt waren, hätten uns jedenfalls fast ertappt, weil einer etwas gehört zu haben meinte«, fuhr Wulfila fort, »aber Oshelm hat uns gerettet. Er hat uns auf seinem Rückweg von der Justinuskirche dabei angetroffen, den Stein zu bergen, und dann, als Gefahr drohte, beschlossen, ganz dringend noch die Bauleute befragen zu müssen, ob sie etwas beobachtet hätten, was bei der Frage nach dem Türring der Kirche weiterhelfen könnte. Wenn wir Glück haben, glauben sie nun alle, er hätte auf der Suche nach ihnen so herumgepoltert, und bemerken gar nicht, dass ein Stein verschwunden ist.«

»Die Sache mit der Kirche ist also auch noch nicht geklärt?«, fragte Herrad.

»Doch.« Wulfila lächelte. »Wenn ich das in der Eile richtig verstanden habe, gibt es da etwas über einen gestern Abend sehr betrunkenen Priester zu erzählen, der seine Wut über die Schlechtigkeit der Welt am Portal der eigenen Kirche ausgelassen hat und nun betet, dass die liebe Gemeinde weiter glauben wird, irgendwelche fremden Unruhestifter hätten sich dort ausgetobt. Aber viel Zeit, mir das zu erläutern, ist Oshelm nicht geblieben, und danach wollte ich nicht auf ihn warten, um nicht mit einem gestohlenen Pferd ertappt zu werden – schon gar nicht am Stadttor, auch wenn er da uns am liebsten gleich zu euch geführt hätte.« Er nickte zu dem Fuchsgeist hinüber, der den neuen Küchenbewohner für gut befunden und sich dicht neben ihm behaglich zusammengerollt hatte.

Herrad blieb einen Herzschlag lang stumm; dann lachte sie. »Du bringst mich auf die besten Gedanken, ohne es auch nur zu ahnen.«

»So?« Wulfila klang alles andere als überzeugt.

Die Richterin nickte. »Zumindest weiß ich jetzt, was noch zu tun

ist, bevor ich zur Burg gehe und Ivar ein paar freundliche Fragen stelle.«

Es war sehr traurig, den schönen Pferdekopf vor sich zu haben, den mit so viel Gutem verbundenen Lavendelseifenduft zu riechen, der aus dem Korb aufstieg, und zu ahnen, dass der unterhaltsame Teil des Tages für einen selbst zu Ende war, sei es zur Strafe für die kühne Stockfischforderung, sei es aus falsch verstandener Rücksichtnahme. Herrad wählte ihre Worte gemeinhin sorgfältig, und wenn sie davon sprach, Ivar allein aufsuchen zu wollen, dann meinte sie auch genau das.

Wulfs Bedauern über diese Wendung der Dinge war ihm wohl anzumerken, oder es reichte aus, dass der Fuchs den Kopf hob und Herrad strafend ansah; jedenfalls verbesserte sie sich mit dem Anflug eines entschuldigenden Lächelns: »Vielmehr – bis *wir beide* ihn uns zur Brust nehmen, nicht wahr, Wulf? Du musst dir schließlich noch deinen Stockfisch verdienen.«

Nach einer gerafften Schilderung der Ereignisse unten am Hafen und der bisherigen Erkenntnisse fand Wulfila sich zum südlichen Stadttor entsandt, um festzustellen, wer gestern dort Wachdienst gehabt hatte und ob die Betreffenden sich darauf besinnen konnten, in welcher Begleitung eine auffällige Tigerscheckenstute in die Stadt gekommen war, falls man denn eine gesehen hatte.

»Wenn ich mich irre und die gestrigen Räuber auch so klug waren, mit ihrer Beute den Torwachen nicht unter die Augen zu kommen, tut es mir leid, dir die Mühe zu machen«, gab Herrad ihm zum Abschied mit auf den Weg, »und wenn sie den Bogen zu einem anderen Stadttor geschlagen haben und du noch weiter laufen musst, um etwas zu erfahren, dann auch.«

Wulfila schien sich jedoch nicht daran zu stören, dass er sich nach der anstrengenden Pferdebergung nicht ausruhen konnte; er war sichtlich froh, dass Herrad verkündet hatte, sie selbst werde jetzt die Münzmeisterin aufsuchen und alles gütlich klären, damit Wulfins neuer Freund ganz rechtmäßig dort bleiben könne, wo er bereits war.

In dem Bewusstsein, dass man nicht das ganze Vergnügen auf der Burg verpassen würde, fiel es schon wesentlich leichter, die Einkäufe auszupacken, erste Vorbereitungen für das Abendessen zu treffen und Wulfin zu helfen, seinen Pferdekopf gründlicher zu reinigen, als es in der Eile des heimlichen Ausgrabens hatte geschehen können.

Sobald die Mägde im vorderen Zimmer mit dem Wäscheglätten fertig waren, zeigte der Junge auch ihnen stolz das ungewöhnliche Diebesgut. Sie waren noch dabei, es ausführlich zu bewundern, als Herrad zurückkehrte.

Zu Wulfins großer Erleichterung hatte sie zu berichten, die Münzmeisterin habe die Geschichte unerwartet gut aufgenommen; mit der Entführung eines einzigen Steins gewissermaßen aus Liebe sei sie durchaus einverstanden, nur größere Mengen wolle sie nicht weggeschafft wissen. Den Pferdekopf solle Herrads Stiefsohn also gern behalten, wenn er seine kindliche Freude daran habe.

»Sehr kunstsinnig ist die Frau wohl nicht?«, fragte Wulf.

Herrad warf ihm einen langen Blick zu. »Was unser jeweiliges Amt betrifft, kommen wir vorzüglich miteinander aus, und sie ist nicht unrecht, aber es sollte mich sehr wundern, wenn ihr bewusst wäre, dass ein alter Stein auch aus sich heraus einen Wert haben kann und nicht nur, weil er dazu taugt, in einem neuen Fundament vermauert zu werden.«

»Das hätte das Pferd nicht gewollt«, befand Wulfin und streichelte es zärtlich.

Wulfila dagegen ließ so lange auf sich warten, dass die Richterin irgendwann reumütig äußerte, sie hoffe sehr, er habe nicht wirklich sämtliche Stadttore abgehen müssen, um etwas in Erfahrung zu bringen.

Ganz so schlimm war es nicht gekommen, aber als Wulfila endlich die Küchenstufen wieder heraufstieg, machte er kein viel zufriedeneres Gesicht als vorhin mit der schweren Beute unter dem Mantel.

»Kein Glück?«, fragte Herrad von ihrem Platz am Küchentisch

her, wo sie die Zeit damit herumgebracht hatte, Wachstäfelchen mit ersten Überlegungen zu den Vorgängen im Zollturm zu füllen, mit denen sie sich demnächst würde befassen müssen.

»Doch«, sagte Wulfila gedehnt. »Das Pferd, das du suchst, ist gestern am späten Nachmittag in aller Offenheit durchs Südtor gebracht worden, und ich kann dir auch sagen, von wem. Was ich allerdings nicht weiß, ist, wie wir die Schwertmeisterin der Vögtin taktvoll darauf ansprechen sollen, ob sie Pferde stiehlt.«

»Mathilde?« Herrad sah aus, als wüsste sie nicht recht, ob sie lachen oder schier fassungslos sein sollte.

Doch Wulfila nickte. »Nach allem, was man mir am Tor gesagt hat, ist sie mit zwei Kriegern der Burgwache und einem zusätzlichen, ungesattelten Pferd am Zügel in die Stadt geritten gekommen, und natürlich hat kein Mensch auch nur daran gedacht, sie aufzuhalten oder ihr Fragen zu stellen.«

»Langsam habe ich mehr Verständnis für Thoralf, als ich es haben möchte«, bekannte Wulf. »Wenn einen ausgerechnet die Frau überfällt, die die Krieger der örtlichen Stadtherrin befehligt, dann sollte man lieber sehr vorsichtig damit sein, Klage zu führen, gerade, wenn auch noch ihr Mann so freundlich ist, vorbeizukommen und zu beweisen, dass er weiß, wo man ist.«

Die Richterin schüttelte den Kopf. »So wird es sich wohl kaum abgespielt haben. Ich kenne Mathilde, seit sie halb so alt und doppelt so verrückt war wie heute, und sie hat gewiss schon einiges getan, was zur Nachahmung nicht empfohlen ist, aber sich ohne Not als Wegelagerin zu betätigen, hat bisher nicht dazugehört.«

»Nun, wenn einen unverhofft ein besonders schönes Pferd in Versuchung führt ...« Wulf betrachtete noch einmal das steinerne Wunderwerk unter dem Fenster.

Ganz ernst war es ihm mit der Bemerkung allerdings nicht, denn soweit er es einschätzen konnte, war Mathilde immer noch der beste Mensch im engeren Gefolge der Vögtin. Die Schwertmeisterin war entweder eine anständige Frau oder sehr geschickt darin, ihre schlechten Eigenschaften zu verschleiern. Wulf hatte sie schon

eigenhändig ein abgerutschtes Schaf aus einem Graben ziehen sehen, ohne dass sie darüber geklagt hätte, dass sie sich dabei ein gutes Paar Stiefel verdorben hatte. Sie hatte eine vorteilhafte Ehe ausgeschlagen und stattdessen Ivar geheiratet, um ein offenkundig schon länger bestehendes Einverständnis zu besiegeln, obwohl er einen übel beleumundeten Bruder hatte und in der Welt zumindest nach außen hin nicht genug darstellte, um sich Hoffnungen auf eine Kriegerin von ihrem Rang machen zu können. Ferner war sie von Anfang an höflich und freundlich zu Wulfila gewesen, auch in Zeiten, in denen sich noch die halbe Burg das Maul über ihn zerrissen hatte. Von Bestechlichkeit oder dergleichen war bei ihr nie die Rede gewesen, und es gab auch keine hinter vorgehaltener Hand weitergetragenen Geschichten über Gräueltaten in Kriegszeiten, sondern nur etwas Klatsch über ihren einmal in einen Fall von Teeschmuggel verwickelten Bruder, dessen Umtriebe Mathilde damals allerdings weder unterstützt noch dem Hochgericht verschwiegen hatte. Darüber hinaus erschienen ihr gelegentlich Geister, besonders die aller möglichen gehörnten Tiere.

Das alles sprach für sie, und man hätte ihr gern den Gefallen getan, sich ihr zuliebe eine harmlose Erklärung dafür einfallen zu lassen, dass sie das vielleicht geraubte, vielleicht anderweitig seinem Besitzer entzogene Pferd in die Stadt gebracht hatte. Doch es blieben Ivars verdächtiges Verhalten vorhin im Praetorium, sein Besuch in der Hafenvorstadt und Thoralfs unübersehbare Angst.

Ähnliche Überlegungen schien auch Herrad anzustellen, denn sie erwiderte erst nach merklichem Zögern: »Wie es sich damit verhält, wird sie mir ja wohl sagen können.«

Ob Mathilde eben das auch tun *wollte*, war eine andere Frage, die sich nur durch einen Ausflug zur Burg klären ließ. Sie brachen zu dritt dorthin auf und waren am Burgtor schon zu viert, weil es dem Fuchsgeist anscheinend zu langweilig geworden war, Wulfin dabei Gesellschaft zu leisten, versonnen seinen Pferdekopf zu betrachten.

Die Wachen am Zugang zu dem alten Amphitheater, das nach unzähligen Umbauten und Veränderungen seit vielen Jahren die

Burg der Vögte von Aquae Calicis bildete, ahnten nichts Böses, sondern nickten nur, als Herrad nach der Schwertmeisterin fragte.

»Eben gerade ist sie auf ihrer Runde hier vorbeigekommen«, sagte die schwarzhaarige junge Kriegerin, die an der Seite eines längst ergrauten Gefährten das Tor hütete. »Sie muss jetzt auf dem Stallhof oder auf dem unteren Wehrgang sein.«

Herrad dankte ihr knapp, und sie wandten sich auf dem vorderen Hof nach rechts, um den Durchgang zu den Wirtschaftsgebäuden zu nehmen.

Zwischen Stallungen, Küchenhaus und Schmiede herrschte das übliche wohlgeordnete Durcheinander eines Nachmittags auf der Burg. Die Richterin war ein zu häufiger Gast, als dass man ihr und ihren Begleitern viel Beachtung geschenkt hätte, als sie sich einen Weg an der Pferdetränke vorbei suchten. Von einer Tigerscheckenstute war dort nichts zu sehen, aber sie erspähten Mathilde an der Treppe zu einem der Wehrgänge, die versteckt in den alten Römermauern verliefen, und Herrad rief ihr einen Gruß zu, um sie aufzuhalten.

Die Schwertmeisterin wandte sich so ruhig und heiter um, als hätte sie sich nicht das Geringste vorzuwerfen. Wie jemand, der es nötig hatte, Pferde zu stehlen, sah sie in ihrem feinen blauen Mantel, der an den Säumen Rankenstickereien in einer dunkleren Spielart des gleichen Farbtons aufwies, und mit ihrer glänzenden silbernen Rabenfibel wahrlich nicht aus, und als sie näherkam, brachte sie einen Hauch von Lavendelduft mit. Erst glaubte Wulf, sich zu irren und die Erinnerung daran nur aus der Küche mitgenommen zu haben, doch als Mathilde vor ihnen stehen blieb und der Fuchsgeist neugierig die Schnauze nach ihr reckte, war er sich sicher, dass auch sie das schöne Kraut zu schätzen wusste. Gegen alle Vernunft ließ ihn das noch stärker wünschen, sie möge nicht schuldig sein.

»Geht es um den Wegzollturm von Mons Arbuini?«, fragte Mathilde an die Richterin gewandt und musterte Wulf kurz, da seine Anwesenheit in dieser Runde zwar nicht völlig unerklärlich, aber doch ungewöhnlich war.

»Ihr wart gestern dort, nicht wahr?« Herrad wartete das Nicken der Schwertmeisterin kaum ab, bevor sie fortfuhr: »Dann können wir nachher noch einige Einzelheiten besprechen, die mir unklar geblieben sind, aber vorerst treibt mich noch eine andere Frage um. Wie ich gehört habe, ist ein Mann namens Thoralf zu der Zeit, zu der Ihr dort unterwegs gewesen sein müsst, auf der Landstraße von Mons Arbuini her um sein Hab und Gut gebracht worden. Was wisst Ihr darüber? Denn *dass* Ihr etwas wisst, steht für mich fest.«

Mathildes dunkle Augenbrauen hoben sich ein Stück weit, aber nicht als Einleitung zu einem empörten Leugnen. »Dieser Kerl wagt es allen Ernstes, mich zu verklagen?«, fragte sie kopfschüttelnd. »Na gut – das kann er haben, aber er wird sich noch wundern. Ich habe zwei Zeugen, er keinen, und überhaupt ... Vielleicht sollte ich gleich einen Gerichtskampf verlangen, das könnte lustig werden.«

Niemand sprach aus, dass die Gegenpartei in der Tat allen göttlichen Beistand, den sie bekommen konnte, brauchen würde, wenn Mathilde zu einem Gerichtskampf antrat. In ihrer Kindheit und Jugend musste sie vorzügliche Lehrer gehabt haben, und sie bei Fechtübungen zu beobachten, war eine helle Freude. Sich ernsthaft mit ihr zu messen, war etwas, das Wulf sich nicht einmal unbedingt zugetraut hätte, wenn er zwanzig Jahre jünger gewesen wäre, und eigentlich wusste er recht gut, was man mit einem Schwert anstellen konnte.

»Ihr habt also seine Fibel und sein Pferd?«, erkundigte sich Herrad.

Mathilde zuckte die Schultern. »Nicht mehr. Aber abgenommen habe ich sie ihm, das kann ich nicht guten Gewissens bestreiten.«

Wie die Richterin mit diesem erstaunlich freimütigen Geständnis umgegangen wäre, blieb offen, denn bevor sie auch nur den Mund öffnen konnte, kam jemand über die Treppe vom Wehrgang herunter, stellte sich neben Mathilde und fragte laut: »Was wollen die drei da von dir?«

So vertraulich hätte ein Krieger der Burgwache eigentlich nicht mit seiner Schwertmeisterin reden sollen, aber vermutlich war er vor allem als ihr Schwager hier und hatte vom Wehrgang aus genug

mitangehört, um sich die Frage selbst beantworten zu können. Groß und stark wie ein Bär, wenn auch womöglich mit noch mehr Vorsicht zu genießen, hätte Gorm von Lunde eigentlich besser an Thoralfs Seite gepasst als an die der Frau, die den fremden Söldner um seinen Besitz gebracht hatte.

Sehr willkommen schien seine Hilfe ihr auch nicht zu sein, denn sie stellte nur fest: »Deine Wache ist noch nicht zu Ende.«

»Die Ablösung war früher als sonst da«, gab Gorm unbewegt zurück.

Das mochte der Wahrheit entsprechen oder auch nicht; Mathilde ließ es jedenfalls nicht auf einen Streit darüber ankommen, sondern wandte sich wieder Herrad zu. »Wo waren wir?«

»An dem Punkt, an dem Ihr mir ausführlich schildert, was genau sich aus Eurer Sicht gestern auf der Landstraße abgespielt hat und was danach aus dem Pferd und der Mantelspange geworden ist.« Herrad würdigte Gorm keines Blickes, noch nicht einmal, als er murmelte, das alles gehe sie einen Dreck an.

Mathilde schenkte ihm ebenfalls keine Beachtung mehr, sondern nickte leicht. »Das ist allerdings eine längere Geschichte.«

»Dann sollten wir unser Gespräch wohl ungestört anderenorts fortsetzen.« Die Richterin ließ es nicht wie einen bloßen Vorschlag klingen, sondern wie die Ankündigung einer Verhaftung, zu der sie rechtlich nicht die geringste Handhabe hatte, solange keine Anklage vorlag.

Wulf dachte an die Bemerkungen zurück, die sie vorhin über Dinge ausgetauscht hatten, die weder ganz wahr noch ganz gelogen waren, und machte eine angemessen ernste Miene zu allem, während er innerlich insgeheim lachte und sich vornahm, Herrad beim Abendessen genüsslich auf genau diesen Augenblick anzusprechen.

Der Fuchsgeist stellte die Ohren auf, als hätte er etwas gewittert.

Mathilde sah es nicht, aber unter der zur Schau getragenen Gelassenheit lag etwas in ihrer Miene, das verriet, dass sie Herrad durchaus zutraute, hinzugehen und die Schwertmeisterin der Vögtin vor aller Augen mitten auf dem Burghof festzunehmen. Zum

221

einen zeugte das davon, dass sie die Richterin ebenso lange und gut kannte wie diese umgekehrt sie, denn im Zweifelsfalle hätte Herrad sich weder von dem drohend blickenden Gorm noch von der Erwägung, öffentliches Aufsehen möglichst zu vermeiden, beeinflussen lassen. Zum anderen sprach es aber auch für ein reichlich schlechtes Gewissen oder doch das Bewusstsein, dass das Vorgefallene für Vorwürfe ausreichen mochte, die sich nicht durch ein paar Worte zwischen Tür und Angel aus der Welt schaffen ließen.

»Wenn ich Euch ins Praetorium begleiten und dableiben soll, lasst mir eine Viertelstunde, um die Nachtwache neu zu ordnen«, bat Mathilde nun. »Ihr könnt gern mitkommen und Euch überzeugen, dass ich dabei keine Hintergedanken habe. Die Vögtin ist unterrichtet?«

Das hätte Herrad nicht bejahen können, ohne wirklich ganz ins Reich der Lüge hinüberzuwechseln, aber die Verlegenheit blieb ihr erspart.

»Ihr habt *was* vor?«, fragte Ivar nämlich, wie aus dem Nichts zu dem kleinen Kreis hinzugestoßen, und Wulf ärgerte sich, seine Annäherung nicht früher bemerkt zu haben; er hätte besser auf den nebelzarten Fuchs achten sollen, der, vergnügt und von Menschensorgen unbelastet, an dem Neuankömmling schnupperte.

»Gut, dass Ihr hier seid«, sagte Herrad heiter, »mit Euch muss ich auch noch reden. Ist Euch bewusst, wie viel Ärger daraus erwachsen kann, wenn man hingeht und Leute einzuschüchtern versucht, die ohnehin schon allen Grund zu einer Klage haben?«

Mathildes Blick, der ihren Mann traf, hätte strafender gar nicht sein können. Von dieser Einzelheit hatte sie offensichtlich nichts geahnt, Gorm dagegen schon eher; er ließ seinen Bruder halblaut wissen, es sehe Ivar ähnlich, sich bei so etwas erwischen zu lassen.

»Ich habe niemanden eingeschüchtert«, behauptete Ivar, aber bei ihm war die äußerliche Ruhe noch dünner als mittlerweile bei Mathilde. »Ich habe Thoralf nur gesagt, dass ich ihn im Auge behalte oder behalten lasse, solange er in Aquae ist. Das ist eine Tatsache, keine Drohung.«

»Wie Euer Vorgehen zu bewerten ist, wird sich noch erweisen«, beschied ihn Herrad und sah wieder Mathilde an. »Erst einmal möchte ich aber Eure versprochene längere Geschichte hören, meinethalben auch hier, bevor ich entscheide, wie ich weiter verfahre.«

Sie ließ es wie eine kleine Gnade klingen, tat aber eigentlich nach wie vor nichts anderes, als aus persönlicher Neugier Erklärungen einzufordern, die niemand ihr schuldete. Wenn Mathilde und die Brüder aus Lunde das nicht durchschauten, obwohl sie allesamt nicht völlig dumm waren, dann wussten sie nur zu gut, dass ihr eigenes Handeln gestern und heute nicht unbedingt löblich gewesen war.

Wulfila hatte aus irgendeiner Tasche ein Wachstäfelchen hervorgezaubert und zückte nun den kleinen Griffel mit dem Wolfskopf am Ende, als wolle er, ganz der gute Schreiber, getreulich festhalten, was berichtet wurde.

Mathilde sah sich um, aber bislang hatte die Unterhaltung noch nicht viel Aufmerksamkeit bei Dritten hervorgerufen. Die Richterin war für die Burgbewohner ein vertrauter Anblick, und dass sie mit der Schwertmeisterin oder mit Ivar etwas zu bereden hatte, kam nicht selten vor. Falls jemand lauschte, tat er es so unauffällig, dass nicht einmal der Fuchsgeist, der nun aufmerksam dasaß und alles verfolgte, Verdacht schöpfte.

Mathilde schien zu einem ähnlichen Schluss zu kommen. »Gut. Ihr werdet nachher gewiss die Zeugen befragen wollen, die alles mitangesehen haben; das waren Ingund und Ardarich«, nannte sie zwei Krieger der Burgwache, vermutlich diejenigen, die sie hinunter nach Mons Arbuini begleitet hatten. »Aber damit Ihr versteht, warum die Sache so und nicht anders verlaufen ist, muss ich weiter ausholen. Ihr wisst, dass mein Schwager Gorm den Befehl über eine Schar Söldner hatte, bevor er hierhergekommen ist? Der Mann, der einen Streit über Beutestücke genutzt oder vielleicht sogar gezielt vom Zaun gebrochen hat, um ihn zu verdrängen, war Thoralf, und der hat damals nicht nur eine ganz besondere Fibel aus der Kriegsbeute widerrechtlich für sich beansprucht, sondern

Gorm auch gleich noch sein Pferd gestohlen ... Ein Pferd, das man wiedererkennt, wenn man weiß, wie es aussieht, eine sehr schöne Tigerscheckenstute.«

Gorm lächelte mit leuchtenden Augen. »Sie heißt Groa«, warf er ein, auch wenn das nun wirklich nicht von Bedeutung war, und so wenig man auch einschätzen konnte, ob ihm tatsächlich von Thoralf bitteres Unrecht angetan worden war, so deutlich war doch, dass er dieses Pferd heiß und innig liebte.

»Wie gesagt, es ist kein Pferd, das leicht zu übersehen wäre«, nahm Mathilde den Faden ihrer Erzählung wieder auf, »aber es war die Fibel, die mich hat sicher werden lassen, wen ich vor mir hatte ... Solch eine stellt heute niemand mehr her, und Gorm hat oft genug davon erzählt. Es ist eine vergoldete Scheibe mit einer Hirschkuh, die sich nach hinten wendet, und einem Ring aus Elfenbein mit großen Kreisaugen außen herum, uralt und unverwechselbar. Und als ich gestern auf dem Rückweg vom Wegzollturm war, sah ich an dem Bach, an dem die schiefe alte Eiche wächst, einen Mann rasten, der genau diese Fibel am Mantel trug und ein geflecktes Pferd bei sich hatte. Da ... hat es mich dann wohl überkommen. Ich ließ meine Leute anhalten und fragte ihn, ob er Thoralf sei. Er war zwar verwundert, bejahte aber, und da sagte ich ihm, das träfe sich gut, da er etwas bei sich habe, das meinem Schwager gehöre.«

»Ich nehme nicht an, dass Thoralf sich dieser Sichtweise vorbehaltlos angeschlossen hat«, bemerkte die Richterin, als Mathilde ein wenig zu lange innehielt.

»Er hat mich für verrückt erklärt«, räumte Mathilde ein, »aber solche Dinge lassen sich ja auch anders klären. Gegen den Vorschlag, wenn wir uns so nicht einig würden, könnten wir einen Schwertkampf austragen, um zu sehen, wer Recht habe, hatte er nichts einzuwenden.«

»Thoralf hat noch keinen Holmgang verweigert, und die meisten hat er gewonnen«, sagte Gorm mit einem durchaus bewundernden Lachen.

»Diesen aber nicht?«, vermutete Herrad.

»Natürlich nicht, was denkt Ihr denn?« Ivar klang, als wäre jeder andere Ausgang der Auseinandersetzung unvorstellbar.

Mathilde lächelte flüchtig. »Ich nehme an, er dachte, er würde gewinnen. Er hat sich sogar von mir bestätigen lassen, dass er umgekehrt auch mein Pferd und meine Fibel nehmen könne, wenn er sich durchsetze. Ganz so selbstbewusst, dass er geglaubt hätte, nach mir auch noch mit zwei Burgkriegern auf einmal fertigzuwerden, war er wohl doch nicht. Dass er, als es dann ernst wurde, recht schnell entwaffnet war, hat ihn dennoch erstaunt. Mich nicht.«

Es wunderte auch in dieser Runde niemanden, etwas anderes aber sehr wohl.

»Und das war noch nicht Demütigung genug, so dass Ihr ihn dann gleich noch gezwungen habt, seinen Sattel zu schleppen?«, wollte Herrad wissen.

Mathilde musterte sie leicht erstaunt. »Hat er das so gesehen? Ich dachte eigentlich, es wäre freundlich von mir, ihm wenigstens den Sattel zu lassen. Das Zaumzeug brauchte ich ja nun einmal, um das Pferd nach Aquae zu führen. Ich hatte keine Lust, erst ein Halfter aus einem Strick zu knüpfen. Aber der Sattel ... Der sah teuer aus, und ich konnte mir nicht sicher sein, ob auch er einmal Gorm gehört hatte. Was meinem Schwager nicht zustand, wollte ich Thoralf ja nun auch nicht wegnehmen. Und nun geht dieser Dreckskerl hin und macht daraus noch einen Vorwurf mehr, für den er mich vor Gericht zerren will?«

»Nein«, sagte Herrad ehrlich und fand die Schilderung des ganzen Hergangs anscheinend erheiternd genug, um mit der Andeutung eines Lächelns hinzuzusetzen: »Ich habe mit keinem Wort gesagt, dass ich dienstlich hier bin. Es war mir zwar ein Anliegen, einigen besorgniserregenden Gerüchten auf den Grund zu gehen, aber Thoralf hat keine Klage gegen Euch geführt.«

Das Schweigen, das daraufhin eintrat, war sehr beredt, und Mathilde sah drein, als hätte sie einen Frosch verschluckt.

Oben auf einem der Burgdächer krächzte ein Rabe, und der Fuchsgeist sah leicht verächtlich zu ihm hinauf, als wolle er ihm

sagen, der Verlauf, den die Dinge genommen hätten, sei nun wahrlich nicht sein Verdienst.

Auf einmal begann Gorm zu lachen. »Ich habe dir nie glauben wollen, dass sie so schlimm ist«, sagte er an Mathildes Rücken vorbei zu seinem Bruder, »aber du hattest mehr als Recht. Dabei sieht sie doch derart harmlos aus!«

Ivar hütete sich, zu bestätigen, dass er je solche Äußerungen über die Richterin getätigt hatte, und lenkte lieber ab, indem er auf Wulfilas Wachstafel deutete. »Wenn das keine Gerichtssache ist, was schreibst du da eigentlich die ganze Zeit?«

Wulfila schaute auf. »Eigentlich soll es ein Gedicht werden, aber bisher kann ich *verba mulieremque cano* noch nicht so im Vers unterbringen, wie ich es möchte.«

Danach zu urteilen, wie Mathilde die Augen verdrehte, verstand sie die Anspielung, betrachtete sie aber bestenfalls als albern. Herrad und Wulfila dagegen sahen einander kurz so an, wie sie es nur taten, wenn sie gerade sehr angetan voneinander waren, aber vermutlich war Wulf der Einzige, der das herzerwärmend fand.

Dann wandte die Richterin sich wieder den dreien von der Burg zu. »Ich tue Euch den Gefallen, Euch zu glauben, dass Fibel und Pferd nun bei dem sind, dem sie tatsächlich gehören, aber ich erwarte, dass es jetzt mit dem Begleichen alter Rechnungen ein Ende hat und Ihr den Mann in Frieden lasst, bis er mit seiner Schwester abgereist ist.«

Wieder waren Mathilde und ihre beiden Helden aus dem Norden sehr still, und abermals fand Gorm als Erster die Sprache wieder. »Wieso sollte er mit Thordis fahren? Das müsst Ihr falsch verstanden haben. Der trifft sich nur jedes Jahr mit ihr und geht dann wieder zurück zu unseren ... zu *seinen* Leuten. Länger als drei Tage hält der es mit seiner Schwester gar nicht aus, ohne dass sie anfangen, sich zu prügeln.«

Herrad erwiderte seinen Blick. »Dann sehe ich schwere Zeiten auf Thordis und ihr Schiff zukommen, denn ich habe sehr wohl richtig verstanden, was sie mir erläutert hat. Es ist Thoralf nicht besser

226

ergangen als vormals Euch; er ist mit seinem Stellvertreter aneinandergeraten und den Befehl über seine Söldner losgeworden.«

Ivars Lächeln war das einer satten Katze, die eine Maus zum Spielen gefunden hatte, und Mathilde bemerkte, das geschehe Thoralf nur recht.

Gorm dagegen stand seltsam reglos da, und in seinen hellen Augen ging irgendetwas vor. »Armer Thoralf«, sagte er dann. »Der auf dem Schiff seiner Schwester? Das geht nicht lange gut, und ein geborener Händler ist er auch nicht ... Wenn er das wäre, hätte er die Fibel längst teuer verkauft, statt sie sich an den Mantel zu stecken. Das Ding ist etwas wert!«

»Die Gelegenheit hat er nun eben verstreichen lassen«, befand Mathilde achselzuckend.

Doch Gorm schüttelte den Kopf. »Kannst du noch einen für die Burgwache brauchen?«

Die Frage schien sein voller Ernst zu sein.

Diesmal war das folgende Schweigen gleich von fünf Seiten fassungslos und hielt sehr lange an. Wulf hätte die Bedenken gegen einen solchen Schritt erwähnen können, die ihm schon unten in der Hafenvorstadt durch den Kopf gegangen waren, und tat es doch nicht.

»Du schlägst mir vor, dass ich den Kerl, der *dich* zum Teufel gejagt hat, gnadenhalber in die Burgwache hole?«, wollte Mathilde schließlich wissen.

Gorm lächelte sie gewinnend an. »Ich bin kein nachtragender Mensch, und er hat mich damals lebend entkommen lassen. Das hätte er nicht tun müssen, und wenn er nun etwas davon hat, ist es besser für alle. Sonst haben wir ihn spätestens nächste Woche als Räuber vor der Stadt am Hals, wenn Thordis ihn vom Schiff geworfen hat, weil er unerträglich geworden ist. Und den Ärger wollt Ihr doch auch nicht haben, Richterin, nicht wahr?« Er wandte sich wieder seiner Schwägerin zu. »Da will ich dann schon lieber sehen, wie du ihn über die Höfe scheuchst. Das wird sehr unterhaltsam. Und außerdem war *mein* Einstand hier besser als seiner. Ich habe es

gleich der halben Burgwache gezeigt; er hat sich ein Pferd abnehmen lassen. Das hilft, die Verhältnisse zu klären.«

»Auf das Angebot wird er niemals eingehen«, gab Ivar durchaus vernünftig zu bedenken.

»Doch, wenn ich ihm sage, dass er die Fibel zurückhaben kann«, entgegnete Gorm unverdrossen. »Aber Groa bleibt bei mir. – Ach, komm, Mathilde, nun schau mich nicht so an! Du hast gesehen, dass er fechten kann, und er hat wiederum gesehen, dass du es besser kannst als er; das reicht, damit er sich benimmt. Manche Hunde muss man gut füttern, damit sie einem nicht die Schafe anfallen.«

Ivar seufzte, und Wulf ging die ungebührliche Überlegung durch den Sinn, ob Justas Spitzel in diesen Begriffen betrachtet vielleicht doch kein Wiesel war, sondern eher ein Frettchen, das man gezähmt und zur Jagd abgerichtet hatte, damit es kein Unheil im Hühnerstall anrichtete. »Wenn wir in den Hafen hinuntergehen und Thoralf so etwas vorschlagen wollen, springt er eher in den Fluss, als mit uns zu reden, du wirst es erleben.«

»Nein«, sagte Gorm ruhig, »er lässt sich auf jeden Holmgang ein, das habe ich euch doch gesagt – zur Not auch auf einen mit Worten.«

»Ich will Eure Planungen nicht stören«, mischte Herrad sich ein, »aber mir scheint, dass Ihr alles Weitere auch ohne unsere Hilfe werdet klären können. Wenn Ihr dann zum Hafen geht, könntet Ihr wohl so freundlich sein, den Stockfisch mitzunehmen, den Thordis meinem Schwiegervater und mir schuldet, und ihn auf dem Heimweg bei uns hereinzureichen? Falls Ihr das tut, muss die Vögtin auch nicht unbedingt erfahren, was sich gestern und heute abgespielt hat.«

»Stockfisch?«, wiederholte Mathilde, nun restlos verwirrt, aber Herrad lächelte sie nur liebenswürdig an und wünschte ihr noch einen schönen Tag, bevor sie sich zum Gehen wandte.

»Ein wenig kann ich Mathilde ja verstehen«, sagte Wulf, als sie aus der Burg hinaus waren. »An einem Pferd kann man schließlich sehr hängen, und wenn man nun sieht, dass einer, der einem nahesteht, seinem immer noch nachtrauert ... Vielleicht hätte ich es nicht anders gemacht.«

»Wie hieß deines?«, fragte Herrad so zielsicher, als hätte er laut ausgesprochen, dass das Pferd, an das er dabei gedacht hatte, kein beliebiges gewesen war, sondern das, das ihm selbst bis zum Ende des unseligen Kriegs gehört hatte. »Dass Wulfila einen Pertinax hatte, weiß ich, aber von deinem hast du nie erzählt.«

Auf Herrads anderer Seite lächelte Wulfila in sich hinein.

»Vulpecula«, gestand Wulf mit einem Auflachen, »womit auch schon alles über sein Aussehen gesagt wäre.«

»Allein wegen des Fells wirst du es nicht so genannt haben«, vermutete Herrad und nickte beiläufig zu dem kleinen Fuchsgeist hinüber, der sie immer noch wie ein Schatten begleitete.

»Nein, nicht allein wegen des Fells«, bestätigte Wulf und lächelte dem munteren Gespenst zu, das seinen Blick kurz aus leuchtend gelben Augen erwiderte.

Kurz schwiegen sie einvernehmlich. Dann, am alten Römerbrunnen, bemerkte Herrad: »Ich möchte fast wetten, dass Groa ursprünglich eines der Pferde war, die damals unter Vogt Adalhard abhandengekommen sind ... Aber damit werde ich mich nicht näher befassen.«

»Das Hochgericht hat ja auch so schon genug zu tun«, sagte Wulfila.

Herrad lächelte kurz. »Das würde mich nicht aufhalten. Aber manchmal ist es nicht das Schlechteste, wenn die Räuber gewinnen. Sie können barmherziger sein als die Guten.«

Hoch über ihnen am Himmel lachte der Rabenkönig, und Wulf nickte zustimmend, während er schon Pläne zu schmieden begann, was er mit dem Stockfisch anstellen konnte, der im Laufe des Abends bestimmt noch den Weg in seine Küche finden würde.

KEIN KRIEGER

*D*ER TAG, AN dem die Entscheidung fiel, war sommerlich mild. In den Büschen an der Mauer, die das Grundstück der Richterin begrenzte, riefen hungrige junge Meisen. Der leichte Wind, mit dem die Wolken träge zogen, spielte mit den Blättern des Apfelbaums, neben dem Wulf im Kräuterbeet Unkraut jätete, und hoch über dem Haus flog ein Reiher dahin.

Auf den Küchenstufen saß Wulfila in jenem dankbaren letzten Stadium einer Erkältung, in dem der Hals nicht mehr allzu sehr schmerzte und nur noch ein müder Kopf und eine ausdauernd laufende Nase einen von größeren Schandtaten abhielten.

Eigentlich hatte er es sehr gut: Sein Vater hatte ihn mit dampfendem Salbeitee versorgt, bevor er sich auf den Garten gestürzt hatte, um seine Füße stöberte ein freundlicher kleiner Igelgeist herum und verschwand gelegentlich in der Hauswand, und er konnte sich im Nachmittagslicht mit eigenem Auge davon überzeugen, dass sein Sohn für seine mittlerweile neun Jahre schon ein ganz beachtlicher Fechter war. Ardeija, der die Hochgerichtswachen befehligte, hatte seinen Dienst drüben im Praetorium ein wenig früher als sonst beendet, um den Unterricht zu übernehmen, den eigentlich Wulfila hätte erteilen sollen, wenn er gesund genug dafür gewesen wäre.

Einen besseren Stellvertreter hätte er sich allerdings gar nicht wünschen können. Denn vor dem Bürgerkrieg war Ardeija nicht nur, wie noch heute, Wulfilas guter Freund, sondern auch der Schwertmeister des Fürsten von Sala gewesen. Sein Herr war dem alten König treu geblieben, während der, dem Wulfila gedient hatte, sich Faroalds unseligem Aufstand angeschlossen hatte. Zum Feind eines Freunds zu werden, konnte einem Löcher in die Seele reißen, aber bis zu einem gewissen Grade ließen sie sich wieder stopfen, wenn man einen gewissen verwundeten Feind aus der Schlacht trug und ihn in den Tiefen des Kranichwalds sicher versteckte. Inmitten all des Bluts und der Herbstkälte hatten sie einander zum letzten Mal gesehen, bevor sie sich in einem Verlies wiederbegegnet waren, woran Wulfila nicht allzu gern zurückdachte.

Die Gegenwart war viel freundlicher als die Vergangenheit.

Bis eben war es jedenfalls schön und vergnüglich gewesen, Wulfin und Ardeija durch die Schritte tanzen zu sehen, die einem guten Schwertkämpfer in Fleisch und Blut übergehen mussten. Doch nun lag ein Misston über allem, auch wenn das außer Wulfila niemand zu bemerken schien, am allerwenigsten Ardeija, der lachte, Wulfin auf die Schulter klopfte und ihm versicherte, wie überaus gut er seine Sache gemacht habe.

»Wenn das eine scharfe Klinge gewesen wäre, dann wäre dein Hieb bis auf den Knochen gegangen, vielleicht auch sogar ganz durch, auf mein Wort!«, erklärte er dem Jungen eben und hielt ihm strahlend den linken Arm unter die Nase, auf dem sich ein Stück oberhalb des Handgelenks bald ein prächtiger blauer Fleck bilden würde. Wulfins Schlag hatte es nicht an Wucht gefehlt, und es war eine ernstzunehmende Leistung, Ardeija so zu erwischen.

»Meinst du?«, fragte Wulfin nun, und in seiner Stimme schwang mit, was sein Vater schon an der Art gesehen hatte, wie er vor Ardeija stand und die Übungswaffe festhielt: Unter Beherrschung versteckte sich etwas wie Beklommenheit.

»Das meine ich!« Ardeija fuhr fort, seinen kleinen Schüler in den höchsten Tönen zu loben, während Wulf drüben am Apfelbaum in seiner Arbeit innehielt und das Geschehen stumm beobachtete. Selbst Ardeijas kleiner Drache Gjuki, dessen Köpfchen gerade zwischen den Erdbeerpflanzen erschien, verharrte einen Herzschlag lang und sah hin, bevor er wieder verschwand und sich wichtigeren Belangen widmete.

»Komm«, sagte Ardeija munter zu Wulfin, »noch einmal!«

Doch der Junge schüttelte den Kopf. »Ich glaube, ich fühle mich nicht wohl. Können wir für heute aufhören?«

Ardeijas Freude wich sichtlicher Besorgnis, und er streckte die Hand aus, um Wulfins Stirn zu befühlen. »Hast du dich etwa bei deinem Vater angesteckt?«

Wulfin zuckte die Schultern und murmelte etwas Unverständliches.

»Wenn so etwas einen ausgerechnet im Sommer erwischt, sollte man sehr vorsichtig damit sein. Setz dich lieber hin«, riet Ardeija und schob ihn zu den Stufen hinüber, damit er es sich neben Wulfila bequem machen konnte. Sehr krank wirkte Wulfin nicht, doch er war etwas zu blass und still.

»Ihr solltet ihm auch einen Tee kochen«, fuhr Ardeija an Wulfila und Wulf gewandt fort, während er daran ging, seine Auswahl hölzerner Schwerter einzusammeln. »Vielleicht verscheucht das schon die Anfänge. Dass es ihn aber auch ausgerechnet heute treffen muss, wo es doch gerade so hervorragend geht ...«

In der Art redete er noch eine Weile weiter, während er Gjuki aus den Erdbeeren pflückte und sein Bündel schnürte. Zwischendurch hielt er nur kurz inne, um das im Schatten bereitgestellte Wasser zu trinken. Dem Igelgeist war das alles zu laut; er verkroch sich in den Stufen, und Wulfin wirkte, als hätte er es ihm gern nachgetan. Als Ardeija am Ende mit einem letzten Winken aufbrach, hob der Junge zwar wie die anderen die Hand, um sich zu verabschieden, doch er lächelte nicht.

Wulfila sah Ardeija nach, bis er durchs Tor verschwunden war, und warf Wulf dann einen Blick zu, um ihn wortlos zu bitten, vorerst mit dem Unkraut weiterzumachen und das Gespräch, das nun anstand, Wulfila allein zu überlassen. Wulf verstand; er nickte unmerklich und tat sein Bestes, sich drüben im Beet unsichtbar zu machen.

Wulfila wartete noch ein Weilchen ab und beobachtete eine Amsel oben auf der Hofmauer. Als das Tier schimpfend aufflog, nahm er es als Zeichen, Wulfin anzusehen. »Erkältet bist du nicht, nicht wahr?«

Der Junge sah beiseite, bestätigte aber, krank fühle er sich nicht. Das hätte beruhigend sein sollen, aber gegen Kopfschmerzen oder einen rauen Hals fand sich gemeinhin leichter ein Mittel als gegen Dinge, die auf einer Seele lasteten.

»Was ist denn dann?«, fragte Wulfila sanft.

Wulfin betrachtete so beharrlich die Mauer, als bestünde die Hoffnung, die Drossel durch schiere Willenskraft dorthin zurück-

zulocken. »Ich glaube, aus mir wird kein Krieger«, bekannte er am Ende so niedergeschlagen, dass es Wulfila ins Herz schnitt.

»Ardeija ist aber eindeutig vom Gegenteil überzeugt«, erwiderte er und begriff gleich darauf, dass er genau das Falsche gesagt hatte.

Wulfin wandte ihm endlich das Gesicht zu, und in seinen grauen Augen stand unendliches Leid.

Es war vermutlich nicht der günstigste Zeitpunkt, um zu niesen und gezwungen zu sein, rasch die Teeschale abzusetzen und nach einem Taschentuch zu greifen, doch für Wulfila führte kein Weg daran vorbei, während er überlegte, was im Argen liegen mochte.

Unverhofft erwies sich sein Schnupfen als Segen, denn gerade die Tatsache, dass Wulfila scheinbar abgelenkt war, verlieh Wulfin wohl den nötigen Mut, sein Verhalten doch noch zu erklären.

»Wenn es eine scharfe Klinge gewesen wäre, dann wäre sie durchgegangen, sagt Ardeija. Durch seinen Arm!« Er stockte, setzte dann aber hinzu: »Und das könnte ich nicht. Nur in höchster Not vielleicht, aber nicht immer wieder.«

Nun war es heraus, und es hatte viel gekostet; die Angst, dass sein Vater unzufrieden sein würde, war Wulfin deutlich anzusehen, und Wulfila wünschte sich, er hätte die richtigen Worte gewusst, um sie zu verscheuchen. »Es ist klug, dass du so weit denkst«, sagte er zunächst einmal nur, denn Billigung zum Ausdruck zu bringen, schien hier und jetzt das Wichtigste zu sein.

Wulfin musterte ihn forschend. »Klug?«, wiederholte er, als hätte sein Vater ihm mit seiner Formulierung eine Falle gestellt.

Wulfila nickte mit Nachdruck. »Die meisten anständigen Leute bekommen diesen Schreck erst, wenn sie das erste Mal tatsächlich mit einer scharfen Waffe so gut treffen, und davon überrascht zu werden, ist schlimmer, als es jetzt vorauszuahnen, glaub mir. Die dagegen, die nicht darüber erschrecken, sind diejenigen, vor denen man sich fürchten muss.«

Wieder schwieg Wulfin, und in dem Kopf hinter seinem ernsten Kindergesicht wollten erkennbar zu viele Gedanken geordnet werden. »Bist du mir nicht böse, wenn ich es nicht kann?«

»Warum sollte ich dir böse sein?« Das war keine erschöpfende Antwort, doch Wulfila hatte keine bessere, weil er zu sehr davon in Anspruch genommen war, nach seinem zweiten und noch leidlich sauberen Taschentuch zu suchen und sich gleichzeitig Gedanken zu machen, wann und wie genau er als Vater so entsetzlich versagt hatte, dass sein Sohn ihm zutraute, mangelnde Begeisterung für das Durchtrennen fremder Arme mit Zorn und Enttäuschung zu quittieren. Er hatte sich oft genug dafür geschämt, dass Wulfins erste Jahre weiß Gott nicht so geborgen und wohlversorgt verlaufen waren, wie er es ihm gewünscht hätte, und dass er ihm alles andere als ein strahlendes Vorbild gewesen war.

Zu viel war im Krieg oder kurz danach verloren gegangen: Wulfilas rechtes Auge, sein bis dahin sicher geglaubter Platz im Gefolge des Fürsten von Sirmiacum, das Leben seiner Frau und ganz zuletzt auch alle Vorbehalte, die er dagegen gehabt hatte, auf krummen Wegen durchzukommen.

Wahrscheinlich hätte er sich auch heute noch das, was er brauchte, aus den Obstgärten und Hühnerställen Fremder geholt, wenn eine ehrbare Richterin sich nicht einen Dieb verliebt hätte, ohne sich daran zu stören, dass sie ihn vor Jahren selbst verurteilt hatte und dass er nicht ohne seinen Sohn und seinen Vater zu haben war. Für ihn hatte außer seiner halbwegs leserlichen Handschrift und seiner Neigung zu unpassenden lateinischen Zitaten nur das Wort seines alten Freundes gesprochen, der nach dem Ende des Bürgerkriegs der Hauptmann von Herrads Wachen geworden war.

Wulfila hätte es Wulfin nicht verdenken können, wenn ihm all die unrecht erworbenen Kürbisse und Äpfel unangenehm gewesen wären, und vielleicht auch, dass sie solch ein seltsamer Haushalt waren, über den in der Stadt gelästert wurde, wenn auch weniger als ganz zu Anfang.

Doch das hier war etwas, das Tieferes und Dunkleres als aus der Not geborene Diebstähle und magere Tage betraf, und er musste wohl etwas sehr falsch gemacht haben.

Wulfin schien die Frage nicht als rhetorisch aufzufassen. »Weil

ihr Krieger seid.« Das schloss seinen Großvater mit ein, der heute mit dem Giersch dem unbesiegbarsten Gegner von allen den Kampf angesagt hatte. »Und fast alle berühmten Leute in den guten Geschichten waren auch Krieger, Caesar, Hannibal, Arnegunde von Ripa und besonders Thiudareiks!« Jetzt kamen ihm die Tränen, die er schon seit vorhin zurückgehalten haben musste.

»Von allem, was man sich über Thiudareiks so erzählt, stimmt ohnehin nur die Hälfte«, gab Wulfila zu bedenken.

»Dein Vater übertreibt maßlos; mindestens drei Viertel der Geschichten von Thiudareiks sind die reinsten Märchen, und das ist vorsichtig geschätzt. Aber das ist kein Grund, traurig zu sein«, mischte Wulf sich ein, der lautlos herübergekommen war. Stumme Abmachung hin oder her, wenn sein Enkel verzweifelt weinte, konnte er sich nicht heraushalten, und Wulfila ertappte sich dabei, für die Verstärkung dankbar zu sein.

Wulfin dagegen sah seinen Großvater nur an, sagte aber kein Wort.

So fiel es Wulfila zu, die Kümmernisse seines Sohns zusammenzufassen, während er ihm den Rücken streichelte, was Wulfin zum Glück geschehen ließ, obwohl er immer noch schluchzte, als könne nichts und niemand ihn trösten.

Wulf unternahm dennoch wackere Anstrengungen. »Auch das ist kein Grund, zu weinen, Wulfin«, verkündete er und stieß seinen Enkel an, damit er näher zu Wulfila rückte, so dass sich noch ein Dritter auf die Küchenstufen zwängen konnte. »Denk einmal nach, warum dein Vater der zweite Schreiber deiner Stiefmutter ist und warum ich für sie koche, obwohl Otachar mir den Befehl über seine Krieger angeboten hat.«

Wulfin zog lautstark die Nase hoch. »Weil man Otachar nicht vertrauen kann. Der hat schließlich seinen eigenen besten Freund umgebracht und überhaupt.«

»Auch das.« Wulf klang ruhig, und erst jetzt bemerkte Wulfila, dass sein Vater mit einer silberglänzenden Riemenzunge spielte, die eigentlich an Ardeijas Gürtel gehörte; sie musste im Übungskampf

oder später im Zuge des Aufräumens abgefallen und verloren gegangen sein. »Doch vielleicht schlagen wir beide auch nicht übermäßig gern Hände ab, wenn wir es vermeiden können.«

Das drang besser als alles Vorherige zu Wulfin durch; er hob den Kopf und wandte ihn Wulfila zu, als wollte er dessen Bestätigung, dass sein Großvater auch nicht log, um ihn aufzumuntern.

Wulfila nickte abermals. »Das ist so. Wenn ich Herrad bäte, mir wieder ein Schwert in die Hand zu geben, würde sie es mir nicht verwehren. Aber ich bin ganz zufrieden oben in der Kanzlei.«

Wulfin war nicht überzeugt. »Aber du warst vor ein paar Jahren stolz, als Graf Ebbo dich unter seine Krieger aufgenommen hat.«

Das ließ sich nicht bestreiten, und Wulfila suchte nach den richtigen Worten, um zu erklären, was ihn damals umgetrieben hatte. In den wenigen Wochen in Ebbos Diensten hatte er geglaubt, aus eigener Kraft Ehrbarkeit und Ansehen zurückgewinnen zu können, aber es hatte sich erwiesen, dass es nur dann ein guter Einfall war, ein Brandmal zu verstecken, wenn man auch dafür sorgen konnte, dass es verborgen *blieb*.

»Zu dem Zeitpunkt war es das Beste, worauf wir hoffen konnten«, entgegnete er langsam, »und ja, ich war stolz, dass meine Fechtkünste ausreichten, Ebbo zu beeindrucken. Aber wie die Sache ausgegangen ist, weißt du selbst, und ich war nicht minder stolz, als Herrad bereit war, mich zu ihrem Schreiber zu machen.« Er lächelte leicht. »Da allerdings hatten wir zugleich alle mit dermaßen vielen Widrigkeiten zu tun, dass du es mir nicht so angemerkt haben wirst wie vorher in Corvisium.«

»Ein Schreiber wäre auch aus mir geworden, wenn die Barsakhanen nicht gekommen wären«, ergänzte Wulf an Wulfins anderer Seite. »Gelegentlich stolpert man in ein Kriegerdasein auch einfach hinein, ohne es sich vorgenommen zu haben. Nur weil es uns beiden so ergangen ist, musst du uns noch lange nicht nacheifern, wenn es dir nicht behagt.«

Er hielt Wulfin sein Taschentuch hin, und das war ein Segen, da Wulfila beim besten Willen kein vorzeigbares mehr übrig hatte.

Wulfin nahm es brav, doch seine Hand stockte auf halber Strecke zu seinem Gesicht. Durchs Hoftor war eben Gjuki hereingehuscht gekommen und stutzte nun auf dem Weg zu ihnen, als verstünde er die Tränen und die nachdenklichen Mienen nicht. Aber seine Anwesenheit bedeutete, dass auch Ardeija nicht weit sein konnte. Der Igelgeist, der gerade erst das Schnäuzchen wieder aus den Stufen hervorgereckt hatte, schien zu eben diesem Schluss zu kommen. Er verzog sich lieber, bevor es noch einmal laut werden konnte.

Als Ardeija den Hof betrat, blieb er allerdings ganz still; der Gruß, den er auf den Lippen gehabt haben mochte, erstarb mitsamt seinem Lächeln bei dem Anblick, der sich ihm bot, und er schob auch etwaige Erklärungen über die vermisste Riemenzunge vorerst auf.

Wulf streckte dennoch die Hand mit dem Fundstück aus, ohne sich zu erheben. »Du suchst das hier, nicht wahr?«

Ardeija nickte und stellte sein Schwertbündel an Ort und Stelle ab, bevor er zu den Stufen herüberkam. »Ja; gut, dass du es gefunden hast. Aber was ist denn nur?«

Wulfin schluckte schwer und war doch mutig. »Ich kann kein Krieger werden, das ist.«

Ardeijas Gesicht verriet einige Verwirrung, aber er sah sich nicht hilfesuchend nach Erläuterungen um, sondern erwiderte tapfer Wulfins entschlossenen Blick. »Nein? Wer sagt das?«

»Ich«, antwortete Wulfin mit einer Festigkeit, die dem Krieger, der er nicht sein wollte, gut gestanden hätte. »Wenn es eine scharfe Klinge gewesen wäre, dann hätte ich dir womöglich die Hand abgeschlagen, das hast du selbst gesagt. Und das möchte ich nicht.«

Ardeija missverstand die Zielrichtung dieser Bedenken, wie er sie nun einmal missverstehen musste. »Natürlich nicht, das weiß ich doch«, versicherte er freundlich und fügte all den Händen, die Wulfin schon tröstend berührten, noch eine weitere auf seinem linken Knie hinzu. »Aber wenn es so weit gekommen wäre, hätte ich eher meiner Unachtsamkeit die Schuld gegeben als dir. Und es ist

ja ohnehin nichts weiter Wildes passiert; so viel halte ich schon aus. Du musst nicht weinen, hörst du?«

Wulfila hatte mehrfach Luft geholt, um diesen Redefluss zu unterbrechen, und am Ende doch nur geniest, was nicht weiterhalf.

»Lass es gut sein, Ardeija«, bat Wulf. »Manche Angelegenheiten kann man nicht in wenigen Worten klären.«

»Die hier aber schon«, sagte Wulfila tollkühn über das viel zu feuchte Taschentuch hinweg, denn Wulfin hatte sich unter seiner freien Hand merklich verkrampft, und er sollte nicht glauben, dass es hier etwas zu verschweigen galt. »So sehr es dich kränken wird, Ardeija – es geht nicht allein um *deinen* Arm, sondern um alle Arme dieser Welt. Wulfin will niemandem etwas Derartiges antun, und wenn er für alle Zukunft nur noch zu einer Klinge greift, um Gemüse zu schneiden, dann hat er meinen Segen. Ich weiß viel besser, als mir lieb ist, dass man manches, das man mit einem Schwert in der Hand tut, bitter bereut und nicht wieder vergisst. Wenn es für ihn nie so weit kommt, bin ich froh.«

Er hoffte sehr, dass Ardeija die Warnung verstehen würde, nun ja nicht dagegen anzureden, und erkannte erst verspätet, als seine Nase leidlich geputzt war, dass er sich keine oder vielmehr andere Sorgen hätte machen müssen.

In der kurzen Zeitspanne, die er schnupfenbedingt unaufmerksam gewesen war, hatte seine Äußerung etwas in Ardeija angerichtet, das er ihm willentlich nie angetan hätte. Die Züge des Hauptmanns waren wie versteinert, und aus einer lockeren Körperhaltung war mit einem Schlag eine so angespannte geworden, als gelte es, einen Feind abzuwehren.

Mit ihm war der Lauf der Welt erstarrt, solange das allgemeine Schweigen andauerte.

»Du bist ein guter Mensch, Wulfin«, sagte Ardeija schließlich erstickt. Er wandte sich so brüsk ab, dass es selbst unter Freunden an Unhöflichkeit grenzte, und Wulfila wusste, dass er sich nicht eingebildet hatte, ein zweites Mal an diesem Tag plötzliche Tränen gesehen zu haben.

Gjuki musste sie oder doch den tiefen Kummer darunter ebenfalls wahrgenommen haben; er ließ sich von Wulfins Schoß gleiten, auf dem er sich vorhin zusammengeringelt hatte, und suchte sich einen Weg an Ardeija hinauf, um ihm leisen Drachentrost ins Ohr zu zirpen.

»Das wollte ich nicht«, flüsterte Wulfin, zu verstört, selbst weiter zu weinen, aber in der sicheren Erkenntnis, dass die Erläuterung seiner Ansichten wesentlich mehr angerichtet hatte als vorhin sein Übungsschwert.

Wulfila ahnte, dass es seinen Sohn nicht eben beruhigt hätte, gesagt zu bekommen, dass die Art, wie Ardeija die Eröffnung aufgenommen habe, eigentlich die beste Bestätigung aller berechtigten Zweifel am Kriegertum sei. Denn das Zittern, das den Hauptmann nun schüttelte, rührte gewiss von Erinnerungen her, die Wulfilas Bemühen, seinen Sohn in Schutz zu nehmen, wachgerufen hatte, an all das Blut von Bocernae, an das düstere Ende der Belagerung von Salvinae oder vielleicht noch an ganz andere Dinge, die Wulfila selbst nicht erlebt hatte, ja von denen er noch nicht einmal wusste.

»Du hast nichts falsch gemacht«, versicherte er Wulfin und rang mit sich, ob er seinen Sohn wohl beim derzeitigen Stand der Dinge auf den Stufen sitzen lassen und zu Ardeija gehen durfte, um nach ihm zu sehen.

Wulf nahm ihm die Entscheidung ab, indem er seinem Enkel die Hand auf die Schulter legte. »Nein, falsch gemacht hast du nicht das Geringste, aber wenn du willst, kannst du mir helfen. Falls Ardeija zum Essen zu bleiben gedenkt, sollten wir dafür sorgen, dass auch genug für alle da ist. Gemüse schneiden kannst du schließlich unbedenklich, da hat dein Vater Recht. Geh schon vor; ich räume noch kurz die Hacke weg und komme dann nach.«

Wulfin rieb sich die Nase und sagte dieses eine Mal nichts dagegen, fortgeschickt zu werden; was dort mit Ardeija vorging, war ihm unheimlich. Trotz allem glückte ihm ein Lächeln, als er bemerkte: »Ich werde aber zu noch etwas eine Klinge brauchen; zum Runenritzen.« Schon im Aufstehen begriffen fügte er hinzu: »Das kann ich besser, glaube ich.«

»Das kannst du«, bestätigte Wulf, und dann flüchteten sie sich beide in ihre Aufgaben und ließen Wulfila mit dem allein, was er unabsichtlich angerichtet hatte.

Er wagte sich die wenigen Schritte zu der so vertrauten und doch ungewohnt verletzlichen Gestalt hinüber, auf deren Schulter ein sacht zwitschernder Gjuki auch nicht weiterzuwissen schien. »Deija?«

»Es geht gleich wieder«, behauptete Ardeija, ohne ihn anzusehen, und tat so erkennbar sein Bestes, seinen Tränen Einhalt zu gebieten, dass Wulfila davor zurückscheute, ihn zu berühren.

»Entschuldige, dass ich so unbedacht dahergeredet habe«, bat er dennoch, weil es gesagt werden musste.

Ardeija schüttelte den Kopf, aber wohl nicht, um die erhoffte Verzeihung zu verweigern. Einen tiefen Atemzug später war er schon wieder so weit, wie er selbst zu klingen, als er antwortete: »Dein Sohn ist klüger als wir alle; manchmal kann es einem Angst machen, wie gründlich er alles durchdenkt. Wirklich bis auf die Knochen und mitten hinein.«

Es war ein finsterer Scherz, aber immerhin ein Versuch, zu lachen, und Wulfila fiel so gut mit ein, wie er konnte. Wulf, der die Gartengeräte eingesammelt hatte und eben durch die Küchentür verschwand, sah kurz zu ihnen herüber, ließ sie aber in Frieden.

Nun waren sie ganz unter sich, ergänzt um einen kleinen Drachen und das Unbehagen des Unausgesprochenen. Es sah Ardeija ähnlich, sich doch noch ein Herz zu fassen und das bisher stets sorgsam Umgangene ans Tageslicht zu zerren. »Und du ... Du hast nur die Wahrheit gesagt. Da ist zu viel, das man nicht vergisst. Ich habe nur nie gewusst, dass es *dir* auch so geht, was das betrifft.«

Wenn er diese verhüllte Einladung in einer Winternacht am Feuer ausgesprochen hätte, hätten sie vielleicht alte Wunden aufstechen können, bevor sie noch weiter schwären konnten. Doch der lange Sommerabend war nah, und bald würden zu viele Leute aus dem Praetorium hierher zurückkehren, daneben auch noch die Stallknechte, die unten am Fluss die Pferde bewegt hatten, und die

Mägde, die mittlerweile längst auf dem Rückweg vom Wäschableichen sein mussten. Unter den Bedingungen war der Hof kein Ort für ausgedehnte vertrauliche Gespräche.

»Bring mich nicht auch noch zum Weinen«, gab Wulfila darum nur zurück und berührte leicht seine Augenklappe, »denn das ist immer ein Ärger. Es ist sehr ungerecht, auf der Seite auch noch weinen zu können, obwohl dort gar kein Auge mehr ist.«

Ardeija nahm es nicht so heiter auf, wie es – wenn auch ein wenig bemüht – gemeint gewesen war. »Das ist auch so eine Sache, die man nicht vergisst, nicht wahr?«, fragte er mit Blick auf die Stelle, an der sich einmal Wulfilas rechtes Auge befunden hatte.

Diesmal musste Wulfila ehrlich lachen, auch wenn an alledem eigentlich nichts lustig war. Uneigentlich dagegen war die Erwähnung ausgerechnet dieser Verletzung im Zusammenhang mit bedrückenden Kriegserinnerungen etwas, das er nicht mit feierlichem Ernst überstehen konnte, noch nicht einmal aus Eitelkeit. »Nicht so, wie du denkst«, bekannte er in Ardeijas Verwunderung hinein. »Das ist unmittelbar nach Bocernae geschehen, als ich nach dir gesucht habe, ja – aber es waren meine eigene Ungeschicklichkeit, der sumpfige Boden im Kranichwald und ein verdammter Ast. Vor solchen Unfällen werde ich Wulfin nicht bewahren können, wenn er das Pech seines Vaters geerbt hat. Aber wenn ihm dafür anderes erspart bleibt, weil er früh genug erkannt hat, wie weh es einem tun kann, soll mir das sehr recht sein.«

Ardeija nickte, schien aber mit einer Antwort zu zögern; erst als Wulfila schon einen Schritt zu den Küchenstufen hinüber gemacht hatte, sagte er dann doch: »Du weißt aber schon, dass du *mir* damit eine große Last von der Seele genommen hast, nicht wahr? Nicht mit Wulfin; damit, dass es nur ein unglücklicher Unfall war. Ich dachte …«

Er brach ab.

Wulfila hatte Mühe, ihm zu folgen, und das nicht nur, weil sein schnupfenschwerer Kopf heute ohnehin schon zu viel hatte leisten müssen. »Gut, vielleicht wäre es noch unschöner gewesen, wenn

es im Kampf geschehen wäre. Aber vom Ergebnis her bleibt es sich gleich, nicht wahr?«

»Nein.« Das kam mit solcher Heftigkeit, dass Wulfila zusammenzuckte. »Du hast so standhaft darüber geschwiegen, dass ich immer gedacht habe, es wäre etwas noch Fürchterlicheres gewesen. Ich habe geglaubt, du hättest es ganz allein mit fünf oder sechs von Faroalds Parteigängern aufnehmen müssen, die dich dabei ertappt hätten, mich aus der Schlacht zu tragen, und dich nur um den Preis deines Auges retten können.«

»Fünf oder sechs? So viele traust du mir zu?«, vergewisserte sich Wulfila, obwohl es ihn berührte, dass Ardeija anscheinend seit ihrem Wiedersehen jahrelang solch eine wilde Sorge mit sich herumgeschleppt hatte.

»Auch mehr, wenn es sein muss.« Ardeija wischte sich noch einmal die Augen und bückte sich dann, um sein Schwertmeisterwerkzeug aufzusammeln. Kurz hielt er inne, um den blauen Fleck zu betasten, den Wulfin ihm beigebracht hatte. »Übrigens kommt dein Sohn sehr nach dir, was das betrifft. Ein verdammt guter Hieb war das vorhin schon. Wenn du ihm also doch noch irgendwann begreiflich machen möchtest, dass es seine Vorteile hat, sich verteidigen zu können, auch wenn man nicht in den Krieg ziehen will, würde sich das sehr lohnen.«

Wulfila betrachtete den Igelgeist, der beschlossen zu haben schien, dass das Überqueren des Hofs jetzt doch Vorrang vor der Schonung seiner Ohren hatte, und eilig dem Stall zustrebte. »Ich glaube kaum, dass Wulfin zu einem sonderlich wehrlosen Mann heranwachsen wird«, sagte er und dachte an die Runen, die sein Sohn künftig noch fleißiger ritzen wollte. »Wie ist das nun? Bleibst du zum Abendessen?«

»Das muss ich schon, damit Wulfin mich nicht für einen Feigling hält, der davonläuft, nachdem er einmal geweint hat«, ließ ihn Ardeija wissen, und gemeinsam flohen sie ins Haus, bevor sich die ersten Hochgerichtskrieger auf dem Hof sehen ließen.

Ein Dieb in
der Nacht

*E*S HATTE SEINE Vorteile, Auge und Ohr der königlichen Vögtin von Aquae Calicis zu sein, das musste Ivar zugeben: Man genoss die furchtsame Achtung all derer, die wussten, dass man mehr als ein gewöhnlicher Krieger der Burgwache war, hatte selten Langeweile und erhielt allwinterlich eine großzügige Feuerholzzuteilung, was einem Mann aus dem Norden, der wusste, wie kalt es in der dunklen Jahreszeit werden konnte, naturgemäß sehr wichtig war. Doch es hatte eindeutig auch seine Nachteile, etwa den, dass eben jene wohlunterrichteten Leute, die etwas von einem hielten, auch vermuteten, dass man alles wusste – selbst das, was niemand wissen konnte.

Das, was niemand wissen konnte, umfasste an diesem warmen Sommerabend, an dem all das schöne Brennholz einem wenig nützte, beispielsweise den Ort, an dem sich Graf Ebbos kostbare Mantelspange derzeit befand.

»Wir müssen das verdammte Ding jedenfalls wieder auftreiben, bevor er auch nur bemerkt, dass es verschwunden ist«, flüsterte Mathilde. Ihr stand der Schweiß auf der Stirn, und das gewiss nicht, weil es solch ein schwüler Tag war. Das kurze Gewitter vorhin hatte nicht viel Erleichterung gebracht, sondern nur dafür gesorgt, dass Gastmahl und Tanz zur Feier der Mittsommernacht aus dem Burggarten in den großen Festsaal verlegt worden waren. Das Essen war mittlerweile vorüber, und man hatte die Tische fortgeräumt. Drüben auf der Ostseite des Saals, unweit der großen Eingangstür, führten Frau Justa und der Graf den Reigen an. Hier am Westende des Raums, wo die beiden vorhin noch vor den hohen Fenstern zum Kanzleihof gesessen hatten, waren nur Stühle und Bänke zurückgeblieben. Auf einer davon döste Oda, die Ebbos Krieger befehligte und von einem schlimmen Bein daran gehindert wurde, am Tanz teilzunehmen. Auf dem Stuhl ihres Herrn nicht weit von ihr entfernt ruhte sein zartgrüner Seidenumhang, eine Modetorheit, für die es heute eigentlich viel zu warm war und die er bei erster Gelegenheit abgelegt hatte. Die goldglänzende Ringfibel, eine noch größere Prahlerei als der Mantel selbst, hatte Ebbo achtlos daran stecken lassen, als er sich entfernt hatte.

Nun war das Schmuckstück nicht mehr zu sehen.

»Will sagen, *ich* soll es für dich auftreiben«, murmelte Ivar. »Da erwartest du zu viel von mir.«

Mathilde schüttelte mit einem Vertrauen den Kopf, das ihn zu einem anderen Zeitpunkt vielleicht gerührt hätte. »Du weißt, was für einen Ärger es gibt, wenn er zurückkehrt und bemerkt, dass seine Fibel fort ist.« Das wusste Ivar leider nur zu gut.

Im Grunde war Graf Ebbo von Corvisium nur ein minder bedeutender Landbesitzer oder war vielmehr einer gewesen, bis Faroalds Aufstand die Verhältnisse in Austrasien vor vielen Jahren gründlich durcheinandergewirbelt hatte. Ebbo hatte treu zum rechtmäßigen König gehalten und ihm mit mehr Glück als Verstand solch gute Dienste geleistet, dass er dafür mit einer Grafschaft belohnt worden war, die er auch zwei Herrschaftswechsel später immer noch innehatte. Zusammengenommen mit der Tatsache, dass er vor fast acht Jahren einen seiner zahlreichen Söhne mit der Tochter und Erbin des Fürsten vom Brandhorst verheiratet hatte, machte ihn das zu jemandem, den die Vögtin von Aquae beachten musste.

Zunächst hatte diese Beachtung keine sehr freundlichen Formen angenommen, denn für kurze Frist war Gerberga vom Brandhorst mit Frau Justas Sohn verlobt gewesen. Eine regelrechte Fehde zwischen zwei königlichen Amtsträgern verbot sich zwar, aber es hatte erst allerlei Reibereien gegeben, Streit um Grenzverläufe und Zölle und sogar einmal eine weggetriebene Schweineherde, dann jahrelang eine Beschränkung auf den allernötigsten Umgang. Seit dem letzten Herbst war Ebbo nun aber auch der Großvater eines langersehnten Kindes, das in ferner Zukunft einmal Fürstin auf dem Brandhorst werden mochte, und damit empfahl es sich, den Zwist endgültig zu begraben.

So war Ebbo zu Justas Mittsommerfest gebeten worden, und ein Diebstahl seiner kostbaren Fibel ausgerechnet dort würde einem künftigen guten Einvernehmen kaum förderlich sein.

Viel Zeit, die Lage zu retten, blieb vermutlich nicht. Der Abend war schon weit fortgeschritten. Durch die geöffneten Fenster zog der Rauchgeruch der Sonnwendfeuer in den Saal, aber Ivar achtete kaum darauf und gönnte selbst dem braungefleckten Drachen, der kurz auf dem Fenstersims erschien und wieder verschwand, nur einen flüchtigen Blick. Wenn ein großes Essen im Saal stattfand, ließ sich das Drachenpaar, das im Apfelbaum im Burggarten nistete, schließlich stets blicken und hoffte auf heruntergefallene Brotstücke oder irgendeinen freiwillig überlassenen Leckerbissen. Alle anderen Eindringlinge – die zahlreichen Mücken einmal ausgenommen – hielten Mathildes Wachen fern, die, an den Saalwänden aufgestellt, die Eingänge ebenso wie die Fenster im Blick hatten und darauf achteten, dass kein Gast zur Unzeit ein Messer zückte.

Wer sich an Ebbos Fibel vergriffen hatte, war aber offensichtlich nicht nur ihnen entgangen, sondern auch Oda und Mathilde selbst, die nach dem Essen ihren gewohnten Posten unter dem großen Teppich an der Nordwand bezogen hatte, dessen leuchtend bunte Stickereien die Schlacht von Aliso zeigten.

Anders als die Reichsgründerin Arnegunde von Ripa, die auf einem roten Pferd dahinsprengte, sah Mathilde wahrlich nicht siegesgewiss aus. »Die Diener, die vorhin die Essensreste und die Tafel hinausgeschafft haben, können es nicht gewesen sein«, berichtete sie in aller Eile. »Denn als danach das Licht dort entzündet worden ist« – sie nickte zu einem der mehrarmigen Leuchter hinüber, die, da es noch recht hell war, nur zeigen sollten, dass die Vögtin an Kerzen nicht zu sparen brauchte – »habe ich die Fibel noch aufblitzen sehen, und sonst ist, seit alle zum Tanz gezogen sind, niemand mehr hier gewesen, bis auf meine Leute und Oda, die wir nicht unbedingt wecken sollten.«

»Wenn Ebbo nichts erfahren darf, wäre das nicht förderlich, nein«, bekannte Ivar. »Verflucht, warum steht Gorm eigentlich nicht hier Wache, wenn man ihn schon einmal braucht? Der hätte solch einen Diebstahl nicht übersehen, allein schon, weil er weiß, wie man ihn begehen könnte.«

»Du weißt genau, weshalb er nicht hier ist«, bemerkte Mathilde mit einem Blick, als wäre es allein Ivars Schuld, dass Gorm heute Abend keinen Dienst tat, obwohl sie mindestens ebenso verantwortlich dafür war.

Ivar nickte und musterte nachdenklich Oda, die entweder friedlich schlummerte oder sehr geschickt so tat.

Wenn es einen offensichtlichen Ansatzpunkt gab, dieses sonderbare Rätsel zu lösen, dann war sie es, denn Mathildes handverlesene Krieger hielt Ivar für unverdächtig, und sei es nur, weil sie sich wohl kaum samt und sonders verschworen hatten, zu übersehen, wie einer aus ihrer Zahl seinen Posten verließ und vor aller Augen einen Diebstahl beging.

Oda dagegen saß nah genug beim Stuhl des Grafen, um leidlich unauffällig nach dem Umhang darauf greifen zu können, und es fiel Ivar zu seinem Bedauern ganz und gar nicht schwer, sich gleich ein böses Spiel auszumalen. Dass die alternde Kriegerin ihren Herrn tatsächlich bestohlen hätte, glaubte er nicht, aber dass sie in Absprache mit Ebbo vorspiegeln sollte, er sei hier um seinen Schmuck gekommen, konnte er sich durchaus vorstellen. Das bedauernswerte Opfer eines solchen Verbrechens zu sein, konnte einem schließlich bei den Gesprächen in den folgenden Tagen das Entgegenkommen der Vögtin einbringen, die um des lieben Friedens willen gewiss versuchen würde, ihren Gast bei Laune zu halten. Wenn man dagegen gar keine dauerhafte Freundschaft anstrebte, war ein Vorfall wie dieser der allerbeste Vorwand für eine verfrühte Abreise.

Er nickte zu Oda hinüber. »Wir können sie wohl kaum in aller Offenheit fragen, ob sie die Fibel eingesteckt hat – auch wenn das die einfachste Erklärung wäre.«

»Wenn wir das tun, haben wir genau den Aufruhr, den ich vermeiden möchte«, gab Mathilde mit gesenkter Stimme zurück.

»Das fürchte ich auch.« Ivar klopfte seiner Frau zum Abschied tröstend auf die Schulter und ging, um sich nach Hilfe umzusehen, da drüben der erste Tanz gerade endete.

Es war sein Unglück, dass die Vögtin bislang von nichts wusste

und ihm deshalb genau den Mann, den er nun dringend brauchte, vor der Nase wegschnappte.

In gewisser Weise war das entsetzlich vorhersehbar gewesen, denn schließlich hatte sie, die ganz vorzüglich tanzte, aus Gründen der Höflichkeit schon zu lange den Grafen ertragen müssen, der sich nicht halb so geschmeidig bewegte. Ivar und vermutlich auch jeder andere aus ihrem engeren Kreis hatte geahnt, dass sie sich danach mit jemandem entschädigen würde, der seine Füße geschickter zu setzen wusste, aber gute Tänzer gab es im Saal viele; nur einer davon war auch ein vertrauenswürdiger Dieb.

In dem Gewirr aus bunten Kleidern und lachenden Stimmen bekam Ivar die zweitbeste Wahl gerade noch am Arm zu fassen, bevor sie ihm von einer der Kanzleischreiberinnen entführt werden konnte. »Auf ein Wort, Wulfin!«

Die jungen Leute wirkten beide nicht allzu erfreut, doch die Schreiberin wusste gut genug, wer Ivar war, um sich wortlos zurückzuziehen und keine Aufmerksamkeit auf den kleinen Vorfall zu lenken.

Wulfin seinerseits kannte Ivar länger als sein halbes Leben und spürte wohl ebenfalls, dass es ernst war, denn er kam folgsam mit und klang nur mild verärgert, als er fragte, was denn sei.

»Ich brauche einen, der geschickte Finger hat und mir sagen kann, ob Frau Oda etwas in der Tasche trägt, das sich dort nicht befinden sollte«, erläuterte Ivar leise und mit einer Miene, die hoffentlich nach einer harmlosen Plauderei über Nichtigkeiten aussah. »Und da ich deinen Vater nicht darum bitten kann, wenn er gerade von der Vögtin zum Tanz aufgefordert worden ist, musst du ihn vertreten. Sag ja nicht, dass du es nicht kannst – ich weiß, dass du dich darauf verstehst.«

Ein spöttisches Lächeln tanzte kurz über das jugendliche Gesicht unter dem braunen Lockenschopf. Doch die grauen Augen, die Ivars Blick erwiderten, blieben ernst und waren ohnehin ein wenig zu alt und verständig für einen, der erst vor kurzem erwachsen geworden war. Allerdings waren diese fünfzehn Jahre auch mit mehr

angefüllt gewesen, als manch einer mit Mühe in die doppelte Zeitspanne zu zwängen vermochte. Als Sohn eines Diebs wider Willen
aufgewachsen, hatte Wulfin eine wilde Kindheit erlebt, bis es seinen
Vater ins Bett der Richterin des Hochgerichts von Aquae Calicis
verschlagen hatte. Das war mittlerweile knapp zehn Jahre her, und
heute verrichtete Wulfin für diese seine Stiefmutter gelegentlich
Schreiberdienste. In der Hauptsache jedoch ging er anderen Studien
und Tätigkeiten nach. Es war nicht nur ein Gerücht, dass er einer
war, der mit Geistern und Trollen reden konnte, und er verstand
sich noch auf andere nützliche Dinge. Gerade in der letzten Woche
hatte Ivar ihn für Gorm Runen in ein Amulett ritzen sehen, und
wenn Wulfin weiter solches Glück damit hatte, Kunden zu gewinnen, würde er irgendwann einmal ein gefragter Magus sein.

»Ich streite es ja gar nicht ab«, sagte er nun, »aber man soll
nicht ohne Not versuchen, alte Krieger zu bestehlen.«

Das sprach er aus wie eine Weisheit, die ihn jemand gelehrt
hatte, der es wissen musste, und Ivar war nahe daran, zu fluchen,
weil ihm die Zeit davonlief und er keine Bedenken gebrauchen
konnte, wenn schnelle Unterstützung gefragt war.

»Das ist eine Notlage, vertrau mir«, gab er zurück.

Die Versicherung wirkte zumindest weit genug, keinen neuen
Widerspruch hervorzurufen. »Was suchen wir denn überhaupt?«,
wollte Wulfin stattdessen wissen.

»Ebbos verdammte Ringfibel, und das schnell. Mehr als zwei
oder höchstens drei Tänze in Folge halten sie bei dem Wetter nicht
durch.«

Sobald der Graf auf seinen Platz zurückkehrte, um sich auszu-
ruhen und Erfrischungen zu verlangen, würde er das Fehlen der
Mantelspange bemerken, und so weit durfte es nicht kommen.

»Wenn du mir nicht helfen kannst oder willst, sag es mir
gleich«, setzte Ivar hinzu, als Wulfin nicht antwortete, sondern
nachdenklich schwieg.

Zu Ivars Überraschung griff der Junge in den Almosenbeutel
an seinem Gürtel und zog ein Stück Brot daraus hervor. »Ich gehe

bestimmt nicht hin und lange Oda in die Tasche«, verkündete er mit einem unruhigen Blick auf die immer noch selig schlummernde Kriegerin, »aber mit etwas Glück finden wir trotzdem heraus, ob sie das Ding bei sich hat.«

Beim Sprechen hatte er sich unauffällig vorgebeugt; gleich darauf verschwand das Brot aus seiner Hand, als hätte es sich in Luft aufgelöst, und die letzten Krümel waren bald ebenfalls fort, wie von einer unsichtbaren Zunge abgeleckt.

Wulfin richtete sich wieder auf. »Nun warten wir.«

»Viel Zeit bleibt nicht«, gab Ivar zu bedenken und lauschte auf die Musik am anderen Ende des Saals, die bald vorüber sein würde.

»Viel Zeit braucht er auch nicht.« Wulfin wirkte, als wüsste er, was er tat, und Ivar beschloss, darauf zu vertrauen, dass er ein verständiger junger Mann war.

Kurz schien ein Lufthauch, der nichts anderes im Saal berührte, mit dem grünen Leinenstoff von Odas Tunika zu spielen.

Drüben unter der Schlacht von Aliso sah Mathilde es, denn sie runzelte die Stirn und schaute rasch zu Ivar herüber, der nur die Schultern zucken konnte.

Dann war mit einem Schlag wieder alles ruhig wie zuvor. Wulfin streckte, so heimlich er konnte, einen zweiten Brotkanten ins Nirgendwo und wirkte dabei wie jemand, der aufmerksam zuhörte.

Diesmal war Ivar vorbereitet und sah genauer hin; vielleicht war ihm deshalb, als könnte er einen Herzschlag lang einen feinen, rauchgrauen Umriss erahnen, bevor das Brot nicht mehr zu sehen war und auch der Schatten davonhuschte.

»Oda hat keine Fibel in der Tasche«, ließ Wulfin ihn bedauernd wissen.

Ivar staunte noch etwas zu sehr über das eben Beobachtete, um ausschließlich enttäuscht zu sein. »Du hast ihr einen Fuchsgeist auf den Hals geschickt, um das festzustellen?«, erkundigte er sich flüsternd.

Wulfin sah ihn an und war mit einem Schlag nicht mehr der kundige Magus, sondern ein kleiner Junge, der nicht so recht wei-

terwusste. »Der ist der Einzige, der gut genug auf mich hört, um mir solch einen Gefallen zu tun. Und jetzt ist er beleidigt, weil ich ihm wieder nur Brot gegeben habe. Dass ich bei diesem Wetter keine Wurst in der Tasche mit mir herumtragen kann, sieht er gar nicht ein.«

Vielleicht hätte Ivar darüber gelacht, wenn die Lage nicht so ernst gewesen wäre. Doch hinter ihm endete gerade der Tanz, er hatte die Fibel immer noch nicht aufgespürt, und ausgerechnet an diesem Abend einen Geist zu sehen, gab ihm eine neue Erklärung für ihr Verschwinden ein, die ihn verstörte. Man sagte schließlich, dass in der Mittsommernacht Zauberei und Hexenwerk stärker und besser wirkten als sonst.

»Lässt sich solch eine Fibel auch durch magische Künste beiseiteschaffen?«, erkundigte er sich. »Indem man einen Geist schickt, wie du es eben getan hast, oder auf andere Art?«

Wulfin lachte auf. »Wenn man das könnte, wäre ich heute Abend ein reicher Mann geworden. Bei dem und seinem Gefolge hätte ich keine Hemmungen gehabt, mich zu bedienen.«

Er sah zu Ebbo hinüber, den glücklicherweise die Vögtin, die Wangen noch von der Bewegung gerötet, nahe der großen Tür ins Gespräch gezogen hatte. Der Blick des Jungen war mörderisch, und Ivar ahnte, warum. Wulfins Vater hatte vor Jahren einmal für sehr kurze Zeit in Ebbos Diensten gestanden, aber die Sache hatte kein gutes Ende genommen und gehörte nach wie vor zu den Dingen, auf die man Wulfila besser nicht ansprach. Jetzt lachte er allerdings gerade über irgendetwas, das Justas Sohn zu ihm gesagt hatte, und kam deshalb noch nicht dazu, seinen eigenen Sprössling zu vermissen.

Ivar beschloss dennoch, den Jungen laufen zu lassen, bevor jemand darauf aufmerksam werden konnte, dass er ihn beiseitegenommen und eine ganze Weile mit ihm geredet hatte. »Tu mir den Gefallen, ihn in Frieden zu lassen; den Schmuck wieder aufzutreiben, ist schon schwierig genug.«

Wulfin versicherte, nichts Böses vorzuhaben, und Ivar schickte ihn mit ein paar Dankesworten wieder fort, bevor er sich selbst auf den Weg zu Mathilde machte.

Auf ihre geflüsterte Frage, ob der Junge etwas gewusst habe, erläuterte Ivar ihr rasch, welche Bitte er an Wulfin gerichtet hatte und wie ihr entsprochen worden war. »Wenn Oda es doch war, hat sie das Ding anderswo versteckt, aber ich weiß nicht, wie sie das hätte bewerkstelligen sollen, ohne dass es aufgefallen wäre.«

Mathilde wirkte ebenso ratlos, wie er war; sie schüttelte nur den Kopf. »Es können nicht meine Leute gewesen sein«, sagte sie leise und klang doch eher fragend als überzeugt. »Sie müssten sich ja alle abgesprochen oder bis auf einen geschlafen haben, und sonst kann kein Mensch hereingekommen sein, es sei denn ... Hast du unseren jungen Magus gefragt, ob man sich unsichtbar machen kann?«

»Mit einer Tarnkappe, wie in den alten Geschichten?« Ivar hätte fast darüber gelacht, aber so unerklärlich, wie der Diebstahl von Ebbos Fibel war, ertappte er sich dabei, den Gedanken weiterzuverfolgen. Ein unsichtbarer Mensch hätte sich zugegebenermaßen unbemerkt in den Saal schleichen können, ob nun durch eine Tür oder durch eines der Fenster. Allerdings hatte Ivar noch nie außerhalb irgendeines Märchens von jemandem gehört, der sich unsichtbar machen konnte, und das, obwohl er seit Jahren einem Handwerk nachging, in dem diese Fähigkeit sehr von Vorteil gewesen wäre. Hätte es solch ein Wundermittel gegeben, jeder Entdeckung vorzubeugen, dann hätte er zumindest Gerüchte darüber hören müssen, davon war er überzeugt. »Nein«, fuhr er also fort, als Mathilde auf seine Frage nichts erwiderte. »Wenn das ginge, hätte Wulfin es gewiss erwähnt, und überdies ...«

Weiter kam er nicht, da sich ihm von hinten zielstrebig Schritte näherten. Er wusste schon, wem sie gehörten, bevor er sich umdrehte und sich einem zähnefletschenden kleinen Drachen und einem nicht minder verärgerten Mann gegenübersah.

»Bist du noch ganz bei Trost, Ivar?« Ardeija, der die Wachen des Hochgerichts befehligte, klang mehr als empört, doch er war klug genug, leise zu sprechen.

»Deine Zweifel an meinem Verstand müssen bis nachher warten, ich habe zu tun«, erwiderte Ivar nicht viel lauter.

Doch so leicht ließ Ardeija sich nicht verscheuchen. »Zu tun hast du es vor allem mit mir, wenn du Wulfin dazu anstiftest, in fremde Taschen zu greifen! Ich bin immerhin so gut wie der Onkel des Jungen und habe ein Auge auf ihn, das lass dir gesagt sein.«

Ein Onkel – ob leiblich oder selbsternannt –, der glaubte, den Nachwuchs seines Bruders beschützen zu müssen, war ein gefährlicher Mann, das wusste Ivar nur zu gut; so ließ er sich widerstrebend auf das Gespräch ein. »Wenn er dir gesagt hat, worum ich ihn gebeten habe, dann muss er auch erwähnt haben, um wessen Mantelspange es geht. Irgendjemand musste nachsehen, das verstehst du doch sicher.«

»Wenn du dazu Gäste bestehlen musst, tu es gefälligst selbst.« Ardeija war alles andere als besänftigt.

Weiter vorn im Saal, wo die Feiernden plaudernd beisammenstanden, hatte Wulfin inzwischen seinen Vater und seine Stiefmutter ausfindig gemacht. Was genau er ihnen erzählte, war auf die Entfernung selbstverständlich nicht zu hören, aber Wulfila schüttelte den Kopf, und die Richterin sah allzu deutlich zu Ivar herüber.

Zu viel Aufmerksamkeit aus dieser Richtung war noch wesentlich unerfreulicher als Ardeijas Ärger, denn der würde schlimmstenfalls zu einer gebrochenen Nase führen, während Frau Herrad bekanntermaßen ganz andere Mittel als ein bloßer Fausthieb zu Gebote standen.

Mathilde war womöglich noch schneller als Ivar zu dieser Erkenntnis gelangt. »Es tut uns leid; wenn uns eine Wahl geblieben wäre, hätten wir ihn damit verschont«, sagte sie rasch, als wäre Ivars unglücklicher Einfall auch ihrer gewesen.

»Wenn die Wachen hier etwas taugen würden ...«, begann Ardeija.

»Die wissen, was sie tun, und hätten keinen Menschen übersehen«, schnitt Ivar ihm das Wort ab, denn auch wenn er es verdient haben mochte, selbst beschimpft zu werden, war er nicht bereit, eine Andeutung unwidersprochen zu lassen, dass seine Frau keine gute Arbeit leistete.

»Dann wird es wohl ein Geist gewesen sein.« Ob das ein Scherz sein sollte, ließ sich schwer einschätzen, zumal Ardeija sich bückte, um seinen Drachen aufzusammeln, der immer noch dreinsah, als würde er gern gleich Feuer speien. »Gjuki hat sie sich jedenfalls nicht geholt, das hätte ich bemerkt.«

Einen Herzschlag lang sah Ivar ihn sprachlos an, danach den kleinen grünen Drachen, der in Ardeijas Händen missmutig schnarrte und aus funkelnden bernsteingelben Augen um sich blickte. »Danke«, sagte er dann aus tiefster Seele und sah sich rasch nach seiner Frau um. »Mathilde? Bring die Vögtin irgendwie dazu, einen dritten Tanz spielen zu lassen, oder halt den Grafen anders auf, wenn er sich herzuwagen droht. Die Zeit brauche ich noch, aber so Gott will, wird sie reichen!«

Damit machte er sich auf den Weg zu den Fenstern.

»Ich bin noch nicht fertig mit dir!«, rief Ardeija ihm nach, doch Ivar achtete nicht mehr darauf, sondern nahm den Weg hinaus aufs Kanzleidach und von dort eine der Säulen hinab, die den Vorbau trugen.

Die beiden Wachen auf dem Kanzleihof merkten kurz auf, als sie jemanden so rasch den Saal verlassen sahen, blieben aber, wo sie waren, als sie erkannten, dass Ivar es war und ihnen mit einer knappen Handbewegung zu verstehen gab, dass kein Anlass zur Sorge bestand.

Doch auch abgesehen von den zwei Kriegern war der Kanzleihof nicht ganz leer. Drüben, vor Mathildes und Ivars eigener Tür, saß sein Bruder Gorm und hielt ein Kind auf dem Schoß, das eigentlich längst hätte schlafen sollen.

Aber Sigrid war offensichtlich noch nicht müde. Sie schaute neugierig auf, als Ivar über das Dach nach unten stieg, und fragte, als er zu ihr gekommen war, um ihr rasch einen Kuss aufs wirre braune Haar zu drücken: »Darf man das?«

»Wenn es eilt«, behauptete Ivar, der es längst aufgegeben hatte, ein vorbildlicher Vater sein zu wollen. »Aber lass dir im Zweifelsfalle vorher erklären, wohin du die Füße setzen musst.«

Sie nickte; seine eigenen klaren Augen sahen ihn aus einem kleinen Gesicht hervor an, das ihn auch nach fünf Jahren immer noch mehr entzückte, als er zugeben wollte.

»Bist du auf der Flucht, oder hast du nur genug von der Feier da oben?«, fragte Gorm, wie immer weit weniger entzückend.

»Weder noch. Aber du musst mir helfen.« Ivar nickte zu den Stufen hinüber, die am Ende des Hofs in den Burggarten hinaufführten. »Ich muss ein Drachennest plündern.«

»Du tust aber den Drachen doch nichts?« Sigrid war gleich in großer Sorge und schneller als Gorm dabei, Ivar zum Durchgang in der Gartenmauer nachzulaufen.

Ein paar Schritte weiter hinten lachte Gorm. »Dein Vater sollte besser aufpassen, dass die Drachen *ihm* nichts tun. Sie mögen klein sein, doch sie können beißen und Feuer speien.«

»Das muss ich in Kauf nehmen.« Ivar hielt auf den hohen alten Apfelbaum im westlichen Teil des Gartens zu. Die Höhle im Stamm, in der die Drachen ihr Nest hatten, lag ziemlich weit oben, und wenn man mindestens eine Hand zum Hineingreifen benötigte, brauchte man entweder eine Leiter, die zu holen keine Zeit blieb, oder die Hilfestellung eines geübten Räubers.

Der allerdings schien heute Abend nicht erpicht darauf zu sein, seine besonderen Fähigkeiten und Kenntnisse seinem jüngeren Bruder zur Verfügung zu stellen. »Was soll das Ganze, Ivar? Es bringt kein Glück, sich an Drachen zu vergreifen.«

»Und sie sind doch sehr lieb«, setzte Sigrid so bittend hinzu, dass Ivar nicht wusste, ob er es kränkend oder schmeichelhaft finden sollte, dass seine Tochter ihm anscheinend alles zutraute. »Wir haben sie vorhin gefüttert, Onkel Gorm und ich. Und Onkel Gorm hat ...«

»... von den Walküren erzählt«, unterbrach Gorm sie etwas zu eilig.

Die Art, wie er das Gespräch an sich riss, ließ Ivar nur kurz stutzen; der Inhalt von Gorms Worten brachte ihn weit mehr aus dem Gleichgewicht. »Du hast Sigrid von den Walküren erzählt?«, ver-

gewisserte er sich und nahm sich vor, seinen Bruder umzubringen, sobald die Fibel wiedergefunden war. Er kannte dessen schaurige Schilderungen der Walküren zur Genüge, und auch die Ängste, in die einen der Gedanke an rotglühende Augen und Mäntel aus Rabenfedern nicht nur dann stürzen konnten, wenn man noch klein und einigermaßen hilflos war.

Doch seine Sorge erwies sich als unbegründet, denn Sigrids Nicken war weniger verängstigt als begeistert.

»Und es waren gute Geschichten, nicht wahr?«, fragte Gorm und fuhr seiner Nichte durchs Haar, was sie ebenso zu genießen schien wie vorhin wohl die besagten Geschichten, denn sie bestätigte so eifrig, dass sie zufrieden damit gewesen war, dass es Ivar schwerfiel, trotz seines Unmuts über die Walküren nicht gerührt über die beiden zu sein.

Gorm war gerade in jüngeren Jahren nicht immer der beste Bruder gewesen, den man sich wünschen konnte, aber es ließ sich nicht bestreiten, dass er seit Sigrids Geburt mit Leib und Seele ein ganz vorzüglicher Onkel war. Er hatte ihr schon eine Fülle von kleinen Tieren, Booten und Holzkriegern geschnitzt, brachte ihr Heldenlieder aus dem Norden bei, die hier unten kaum jemand kannte, und gab an Abenden wie diesem, an dem ihre Eltern beide zu tun hatten, einen verlässlichen Leibwächter für sie ab, auch wenn er regelmäßig vergaß, sie rechtzeitig ins Bett zu bringen.

»Mit den Walküren kennt dein Onkel sich aus«, sagte Ivar also um Sigrids willen und sah dann Gorm an, der sich mit Mühe ein Lächeln verbiss, das widersinnigerweise boshaft und zuneigungsvoll zugleich zu sein schien. »Aber jetzt hilf mir da hinauf – es eilt wirklich.«

Gorm rührte sich nicht. »Warum sollte ich dir helfen, die Drachen zu stören? Sie werden es übel aufnehmen.«

»Das hätten sie sich vielleicht überlegen sollen, bevor sie gestohlen haben wie die Raben«, beschied ihn Ivar und sah sich gleich darauf genötigt, Sigrid zu versichern, dass den Drachen bei seinem Vorhaben nichts geschehen würde, nein, vor allem den kleinen nicht. »Aber sie haben Ebbos Ringfibel verschleppt, oder zumindest nehme ich das an, denn wie das verdammte Ding sonst hätte verloren gehen können, weiß ich nicht.«

Die Drachen wären unbemerkt geblieben, weil sie eben so allgegenwärtig waren und in ihrer Neugier oft im Saal herumstöberten, ohne viel Schaden anzurichten. Dass sie auch diebisch wie die Elstern waren und alles liebten, was glänzte und funkelte, hatte Ivar nicht bedacht, bis Ardeija ihn daran erinnert hatte. Nun war seine letzte Hoffnung, dass die Mantelspange des Grafen wohlbewacht oben im Drachennest ruhte, und wenn er sie dort nicht fand, würde er nicht nur verbrannte Finger haben, sondern auch der Lächerlichkeit preisgegeben sein und noch dazu nicht weiterwissen.

»Die Fibel hat aber Onkel Gorm«, ließ Sigrid ihn hilfsbereit wissen und kratzte sich in aller Seelenruhe einen Mückenstich am nackten Knie.

Ivar vergaß, sie zu ermahnen, das bleiben zu lassen, denn Gorms Gesicht bestätigte so überdeutlich die Wahrheit ihrer Aussage, dass sein Bruder heute Abend schon den zweiten Grund hatte, ihn umbringen zu wollen.

»Wenn es nicht alles andere als ratsam wäre, den Grafen zu bestehlen, wäre ich ja beeindruckt, dass es dir gelungen ist«, sagte er grimmig und streckte auffordernd die Hand aus. »Komm – her damit.«

Gorm ließ sich entsetzlich viel Zeit damit, seine Kleider nach dem Diebesgut zu durchsuchen. »So schwer war es nicht«, gestand er. »Es ist ja nicht so, dass du dumm wärst, Brüderchen. Das mit den Drachen hast du dir schon ganz richtig gedacht, aber es gibt eines, was sie noch lieber mögen als funkelndes Gold – und das ist Essbares. Als einer von ihnen vorhin auf fast demselben Weg wie eben du herunterkam und die Fibel im Maul hatte, war er sehr gern bereit, zu tauschen. Und ich dachte, wenn niemand sie vermisst ...«

Endlich zog er die Ringfibel hervor, und Ivar griff rasch zu, bevor einer der kleinen Drachen, die über ihnen neugierig die Köpfe aus ihrer Baumhöhle reckten, ihm noch zuvorkommen konnte.

Gorm seufzte bedauernd. »Ich hätte den Jungen wohl neulich um ein anderes Amulett bitten sollen, eines, das Wohlstand und Glück in geschäftlichen Dingen sichert.«

»Ich glaube kaum, dass es eines für Erfolg bei Diebstählen und Raubzügen gibt«, entgegnete Ivar, schon halb auf dem Rückweg in den Hof hinüber. »Was für eines hast du ihm denn abgekauft?«

»Eines für gute Gesundheit«, ließ Gorm ihn wissen, und Ivar hätte sich wohl nicht umsehen sollen, denn hätte er es nicht getan, wäre ihm entgangen, dass Gorms Hand kurz zu dem Oberschenkel wanderte, der nach einer Verwundung im Zuge einer Verhaftung unter falschem Verdacht nie mehr ganz heil geworden war. Die Folgen der Verletzung waren nicht schlimm genug, ihn im Alltag sehr einzuschränken, aber es hatte gewiss seine Gründe, dass er es nun schon seit Jahren brav in der Burgwache aushielt, statt wie als junger Mann wieder ins Abenteuer auszuziehen.

Kurz hatte Ivar genug Mitleid mit seinem Bruder, um ihm zu verzeihen, dass er heute doch wieder in ungute alte Gewohnheiten zurückgefallen war. »Hoffen wir, dass es wirkt«, erwiderte er und setzte dann leiser hinzu: »Sei nur ruhig, ich verrate dich nicht. Das hier lag bei den Drachen, wenn einer fragt. Und nun bring gefälligst Sigrid ins Bett.«

Dass seine Tochter beteuerte, noch gar nicht müde zu sein, überhörte er absichtlich und eilte zurück zu der Säule, über die er vom Vordach herabgelangt war.

Der Weg hinauf war mühsamer als der abwärts, aber Ivar war schnell genug, durchs Fenster hineinzuschlüpfen und Mathilde einen triumphierenden Blick zuzuwerfen, als eben die Musik des dritten Tanzes verklang.

Die Fibel wieder an den Umhang zu stecken, an den sie gehörte, war schwieriger, vor allem, wenn man Oda nicht wecken wollte, aber es glückte ihm in fliegender Hast, und er stand schon wieder drüben unter dem Teppich mit der Schlacht von Aliso neben Mathilde, als die nun endgültig erschöpften Gäste ans Westende des Saals zurückzuströmen begannen.

»Du bist ein Held«, flüsterte Mathilde, und Ivar genoss ihr Lob und das Hochgefühl, mit viel Glück das Unmögliche möglich gemacht zu haben, bis Ebbo, die Vögtin am Arm, zu seinem Platz zurückgeschlendert kam.

»Nun seht Euch das an!« Die Empörung des Grafen war laut genug, bis zu ihnen zu dringen.

Justa antwortete leiser, so dass ihre Worte nicht bis nach Aliso trugen, doch ihrer Miene und ihren Gebärden war zu entnehmen, dass sie sich erkundigte, was denn nur sei.

Ebbo wies auf seinen Mantel, und in seinem Zorn senkte er die Stimme auch jetzt noch nicht. »Ich dachte, an Eurem Hofe sei man sicher vor Diebsgesindel, aber es muss sich jemand an meiner Mantelspange zu schaffen gemacht haben – da, sie hängt ganz verkehrt herum am Umhang, und es muss noch dazu einer mit schmutzigen Fingern gewesen sein, der sie hat nehmen wollen und wohl nur eilends zurückgesteckt hat, weil er sich beobachtet glaubte!«

Er wandte sich an Oda, um sich zu erkundigen, ob sie etwas mitbekommen habe, und Ivar hielt den Atem an.

Das Weitere – die Ratlosigkeit der alten Kriegerin, die ihren Schlummer zur Unzeit wohl nicht eingestehen wollte, begütigende Worte vonseiten der Vögtin, Ebbos fortgesetzter Groll, der ihm nur zu deutlich am Gesicht abzulesen war – klang nicht mehr für alle verständlich durch den ganzen Saal, aber dass die gute Stimmung getrübt war, ließ sich nicht leugnen.

»So viel zu der Heldentat«, murmelte Ivar.

»Aber gefunden hast du sie«, beharrte Mathilde und umfasste kurz seine Hand. »Wo war sie? Hatte sie wirklich ein Drache geholt?«

»Dem hatte Gorm sie aber schon wieder abgenommen, und er hat sie auf Nachfrage herausgerückt.« Ivar lächelte halb gegen seinen Willen. »Dafür verzeihe ich ihm vielleicht sogar, dass er Sigrid von den Walküren erzählt hat.«

Mathilde runzelte die Stirn. »Hat sie Angst vor ihnen bekommen?«

»Nicht im Geringsten.«

Meine Tochter, sagte Mathildes stolzes Lächeln, aber sie war zu zartfühlend, das ihrem Mann gegenüber auszusprechen.

Draußen auf dem mittleren Fenstersims reckte ein kleiner Drache den Hals und musterte begehrlich die schön glänzende Fibel, für die der Graf bei allem Ärger gerade keine Augen hatte, weil die Vögtin ihn unter Aufbietung all ihrer Redekünste ins Gespräch zog.

»Wenn es noch einmal geschieht, mache ich mir für den übellaunigen Kerl aber nicht wieder die Mühe«, erklärte Ivar und meinte es sehr ernst.

Der Drache glitt schlangengleich vom Fensterbrett hinab und huschte unbeachtet wie zuvor zu seiner abhandengekommenen Beute.

Mathilde lachte in sich hinein. »Wir werden sehen.«

Doch das schelmische Funkeln, das in ihren Augen tanzte, verriet Ivar, dass auch sie nicht die Absicht hatte, einzuschreiten und den nächtlichen Dieb aufzuhalten.

Familienausflug

ES GING AUF Mitternacht zu, und an der kleinen Treppe, die aus dem Burggarten in den Kanzleihof hinunterführte, stand eine Kriegerin, die nicht hätte da sein sollen. Trotz des milden Maiwetters war sie in einen üppigen Umhang gehüllt, der sie vielleicht vor Blicken verborgen hätte, wenn sich ihr Umriss nicht im Gegenlicht so überdeutlich abgezeichnet hätte. Das dunkle Haar im Nacken zu einem lockeren Knoten geschlungen stützte sie sich behaglich auf ihren Speer, als hätte sie schon oft so die Zeit herumgebracht. Wie eine angriffslustige Feindin wirkte sie kaum. Aber sie gehörte nicht ins Gefolge der Vögtin, dessen war Ivar sich sehr sicher, als er hinter dem Baum, in dem alljährlich die Drachen nisteten, verharrte und zu den fackelbeschienenen Stufen hinüberspähte.

Die beiden Leute von der Burgwache, die ihm eben begegnet waren, als er vom Stallhof her den Garten betreten hatte, waren mit einem flüchtigen Nicken an ihm vorübergegangen, ohne besondere Vorkommnisse zu erwähnen. Entweder hatten sie auf ihrer Runde die Frau übersehen, was nicht hätte geschehen dürfen, oder sie waren mit ihr im Bunde und hatten gehofft, dass Ivar müde genug sein würde, sie seinerseits gar nicht zu bemerken oder sich zumindest keine Gedanken über ihre Anwesenheit zu machen. So weit hätte es auch durchaus kommen können, obwohl er sich das nur ungern eingestand; er war erschöpft, weil er den ganzen langen Abend damit zugebracht hatte, sich am und im Haus des Bischofs herumzutreiben. Wenn die Vögtin einen guten alten Feind verlor, war es das Beste, wenn sie vor allen anderen davon erfuhr, und es stand dem Vernehmen nach seit Wochen gar nicht gut um Alberichs Gesundheit. Nun drohte es wohl ernst zu werden. Doch anscheinend war der alte Geistliche zäher als erwartet und gedachte nicht, das Zeitliche zu segnen, während Ivar die Ohren spitzte. So hatte er einer kundigen Ablösung das Feld überlassen und war auf die Burg zurückgekehrt.

Das Wenige, das er der Vögtin zu berichten hatte, konnte bis morgen früh warten, und den Schlenker über den Stallhof hatte er nur gemacht, weil er gewusst hatte, dass sein Bruder dort zur Nachtwache eingeteilt war. Abgesehen davon, Gorm damit zu ärgern, dass Ivar nun früher als er zu Bett gehen konnte, hatte er eigentlich nur noch vorgehabt, sich heimlich genug nach Hause zu schleichen, um zumindest Sigrid nicht aufzuwecken. Mathilde hatte erfahrungsgemäß einen zu leichten Schlaf, um seine Rückkehr zu überhören, und der Hund, den Gorm vor wenigen Monaten für Sigrid ins Haus geschleppt hatte, war ohnehin nicht zu täuschen.

Aber all diese friedlichen Pläne hatten sich zerschlagen, sobald er die Fremde gesehen hatte, die nicht in die Burgwache gehörte und verdammt noch einmal gar nicht hätte da sein sollen. Seinen fieberhaften Abwägungen, ob er es wagen konnte, durch den Garten zurückzuschleichen, um Gorm zu Hilfe zu holen, oder damit rechnen musste, in eine Falle zu tappen, setzte sie nun ein jähes Ende.

»Komm ruhig her, Ivar«, sagte sie, und als sie den Kopf in seine Richtung wandte, war ihm, als würden ihre Augen ein wenig zu sehr leuchten. »Du magst ja denken, dass du dich gut versteckt hast, aber ich habe dich gesehen, und da kannst du mir doch gleich Gesellschaft leisten.«

Sie hatte keine Stimme wie eine sterbliche Frau. In der Art, wie sie redete, lagen die Erinnerung an die Wellen des Wintermeers oben in Lunde, ein Hauch von Rabenheiserkeit und der Ratschlag, ihr tunlichst nicht zu widersprechen.

Wer sie war, wusste Ivar zwar immer noch nicht, aber die Erkenntnis, *was* sie war, traf ihn mit solcher Heftigkeit, dass ihm die Knie weich wurden und ihm alle möglichen Flüche, die er nicht laut zu äußern wagte, in den Sinn kamen. Immerhin ging von der Besucherin wohl keine unmittelbare Gefahr für die Burg aus, wie es bei einem bewaffneten Menschen der Fall gewesen wäre.

Die Annahme machte ihn mutig genug, tatsächlich das letzte Stück durch den Garten auf die Fremde zuzugehen, weil das noch immer würdiger war, als sich an Ort und Stelle zu Boden sinken zu lassen und verzweifelt darüber zu lachen, dass ihn seine älteste und größte Kinderfurcht ausgerechnet hier und heute, im vermeintlich sicheren Aquae Calicis, doch noch einholte.

Wenigstens hatte die Walküre nicht die roten Augen, von denen Gorm immer gesprochen hatte, sondern tiefdunkle, die ihn mit leiser Heiterkeit musterten, während er näherkam.

Ein Stück von ihr entfernt blieb er stehen und fragte sich, ob er es sich nur einbildete, dass es um sie herum ein wenig heller war als auf dem Rest des Hofs.

»Und nun?«, fragte er.

»Nun weißt du endlich, dass ich dir nichts Böses tun will, und kannst beruhigt schlafen gehen«, ließ die Walküre ihn wissen.

Ivar ertappte sich dabei, sehr entschieden den Kopf zu schütteln, auch wenn er sich nicht sicher war, ob man einer wie ihr die Zustimmung so offen verweigern durfte. »Das kann ich nicht. Erstens weiß ich nicht, was du hier willst, und dass du überhaupt hier bist, ist beunruhigend genug, auch wenn es nicht mir gilt. Wenn hier ein Kampf droht, muss ich es erfahren. Und zweitens ... Kannst du Gedanken lesen, wenn du nicht nur meinen Namen kennst, sondern auch meine Angst vor solchen wie dir?«

Sie lächelte ein Wolfslächeln, aber es lag mehr Wärme darin, als Ivar ihr zugetraut hatte. »Von deiner Angst hast du selbst gesprochen.«

»Eben gerade, ja.«

Die verstörenden Augen der Walküre waren immer noch unverwandt auf ihn gerichtet. »Auch schon vor einer Weile in einem Wald bei Padiacum.«

Mit einem Schlag wich die Milde der Mainacht Novemberkälte, wenn auch nur in Ivars Gedanken. Fast spürte er wieder die Angst und die Schmerzen, die ihn in einem unbarmherzigen Würgegriff gehalten hatten, als er verletzt nach einem Kampf gegen Wegelagerer im Schlamm gelegen hatte. Hier und heute lief ihm ein Schauer über den Rücken, als ihm bewusst wurde, dass er damals Recht gehabt hatte und mindestens eine Walküre in der Nähe gewesen war.

»Vor einer Weile?«, wiederholte er, weil Spott gegen böse Erinnerungen und frische Furcht immer noch besser als manch anderes half. »Das war eher vor einem halben Leben.«

»Für dich vielleicht«, gab sie ruhig zurück und ließ ihn ahnen, dass Walküren in ganz anderen Zeiträumen rechneten als Menschen.

»Hättest du mich wirklich geholt, wenn Mathilde und ihre Feldflasche nicht gewesen wären?«, fragte er leise und verfluchte sich dafür, dass seine Neugier stärker war als der Wunsch, die Antwort gar nicht zu kennen.

Die Walküre lachte aus vollem Halse. Ihre Heiterkeit ließ ihren Umhang in Bewegung geraten, und so sah Ivar, dass der Mantel in Wahrheit nicht aus schwerem Stoff, sondern aus dichten schwarzen Rabenfedern bestand. »Ich bitte dich! *So* gut gezielt war der Speer, der dich getroffen hat, nun auch wieder nicht. Aber die Auswahl war ja groß genug.«

Daran wollte Ivar beim besten Willen nicht zurückdenken. Er hielt sich an der Gegenwart fest, doch das war ein zweifelhaftes Vergnügen, denn es rief ihm nur ins Gedächtnis, dass die Anwesenheit einer Walküre auch jetzt nichts Gutes verhieß.

»Ist das auch heute so?«, wollte er wissen und widerstand nur mit Mühe dem Drang, sich nach verborgenen Feinden umzusehen.

»Du fragst ja, als ginge dich das etwas an«, erwiderte die Walküre, aber nicht so, als wäre sie verärgert über ihn.

»Das tut es auch«, sagte Ivar, obwohl es Mut kostete, dagegenzuhalten. Aber er musste wissen, ob auf der Burg oder ganz allgemein in Aquae Blutvergießen zu erwarten war. Ganz abwegig war die Vorstellung nicht, denn auch wenn nach außen hin Frieden herrschte, waren es unruhige Wochen. Auf dem Hoftag in Padiacum vor gut einem Monat war zwar nicht in aller Öffentlichkeit, aber doch in kleinerer Runde darüber geredet worden, dass die Königin einen Feldzug gegen die Saxones erwog, und zwar keinen raschen Schlag zur Vergeltung von Überfällen, wie es ihn im Laufe der Jahre schon dutzendfach gegeben hatte, sondern einen ernsthaften Krieg in der Hoffnung auf Gebietsgewinne. Die Vögtin und Bischof Alberich hatten selten einmütig vor den Gefahren und Nachteilen eines solchen Schritts gewarnt, doch wer wusste schon, ob nicht unvernünftigere

Stimmen sich durchsetzen würden? In solch einer Lage war mit Anschlägen und Handstreichen durchaus zu rechnen, und wenn die Burgwache schon eine leibhaftige Walküre übersah, konnte man nicht darauf vertrauen, dass sie jeden menschlichen Angreifer sogleich entdecken würde.

»Ihr holt die Gefallenen vom Schlachtfeld«, fuhr Ivar fort, »oder wendet bisweilen das Kriegsglück; so sagt man doch. Und wenn hier bald Waffen gezogen werden ...«

Die Walküre ließ ihn den Satz nicht zu Ende führen; sie hob mahnend einen sehr spitzen Finger der freien Hand. »Wir holen diejenigen, die tapfer gekämpft haben. Das kann man auf vielerlei Arten tun, auch auf unblutige, obwohl die Leute das nur zu gern missverstehen und sich so manche Torheit über uns erzählen.«

»Aber Gorm hat gesagt, man muss bei einem Waffengang sterben, damit ihr kommt«, zitierte Ivar die Hauptquelle seines Walkürenwissens und sprach lieber nicht weiter, als sein Gegenüber noch einmal lachte.

»Das will einer wie Gorm ja auch gern glauben, weil das die Art von Tapferkeit ist, auf die er sich am besten versteht.«

Darüber konnte Ivar nun selbst lachen, weil es leider nur allzu sehr der Wahrheit entsprach. »Dann holst du heute also nur jemanden, der krank ist oder dem ein Unfall droht?«, vergewisserte er sich, wieder ernst geworden, und sagte sich heimlich, dass ihn das nun wirklich nichts anging.

Allerdings hatte die Walküre ihn vorhin von sich aus zu sich gerufen, und so hätte es ihn wohl nicht erstaunen sollen, dass sie seine Frage tatsächlich beantwortete. »Heute nicht mehr, denke ich. Deshalb konnte ich gehen, als du gegangen bist, um einmal ein paar Worte mit dir zu reden.«

Ivar wurde heiß und kalt zugleich bei dem Gedanken, dass sie ihn nicht nur aus einer Laune heraus angesprochen, sondern wohl ganz ausdrücklich auf ihn gewartet hatte, und so brauchte er einen Augenblick, um zu begreifen, was sie da eigentlich eben gesagt hatte.

»Unmöglich! Der Bischof?«, murmelte er staunend. »Für den kannst du doch gar nicht zuständig sein!«

»Ihr Menschen mit euren Ausschließlichkeiten!«, gab die Walküre kopfschüttelnd zurück.

»Wenn ein Bischof und eine Walküre sich nicht ausschließen, dann hat zumindest der Bischof etwas sehr falsch gemacht«, wandte Ivar ein und fragte sich doch, ob nicht er selbst den größten Fehler begangen hatte, als er sich damals von Mathilde in seiner Angst hatte taufen lassen.

»Weil er sich darauf besonnen hat, dass man in der Not mehr als einen Gott anrufen kann?«, fragte die Walküre, immer noch mit der nachsichtigen Erheiterung, die ihren Blick auf die Menschenwelt auszuzeichnen schien. »Das war nicht das Schlechteste. Aber anderes hat er falsch gemacht, da hast du Recht. Seinen Arzt hätte er längst wechseln sollen.«

»Versteht der denn nichts von seinem Handwerk?«, fragte Ivar. Den Eindruck hatte er bislang nicht von dem mageren Medicus gewonnen, der schon seit Jahren in den Diensten des Bischofs stand und in den letzten Tagen zwar verständlicherweise angespannt, aber durchaus tatkräftig gewirkt hatte. Doch flüchtige Blicke mochten täuschen.

Die Lippen der Walküre zuckten, als müsse sie sich ein Auflachen verbeißen. »Oh doch, sehr viel sogar. Genug, um zu wissen, welche Gifte, über einen längeren Zeitraum verabreicht, ein Leiden natürlichen Ursprungs vorzutäuschen vermögen.«

Damit griff sie zur Seite und hielt auf einmal die Zügel eines großen schwarzen Pferds in der Hand, das eben noch nicht da gewesen war und Ivar nicht verriet, wie es sich herbeigestohlen hatte. Selbst wenn er auf eine Antwort gehofft hätte, wäre er wohl zu feige gewesen, geradeheraus zu fragen, denn wenn Walküren auch keine rotglühenden Augen haben mochten, galt das erkennbar nicht für ihre Reittiere.

Es hätte Ivar nicht gewundert, wenn dieses Pferd Feuer gespien hätte, als es nun schnaubte, aber das tat es nicht, sondern hielt nur

brav still, während die Walküre sich mit einer fließenden Bewegung in den Sattel schwang. »Eine geruhsame Nacht noch, Ivar«, sagte sie und klang, als wüsste sie nur zu gut, dass *der* Wunsch sich nach allem, was eben geschehen war, nicht erfüllen würde. Darauf, sich noch einmal herunterzubeugen und Ivar zum Abschied auf die Stirn zu küssen, hätte sie nun wirklich verzichten können, denn es hätte der eisigen Berührung ihrer Lippen nicht bedurft, um ihn stocksteif stehen bleiben zu lassen, während sie ihr Pferd antrieb und über die Außenmauern des alten Amphitheaters davonsetzte.

Drüben in ihrer Baumhöhle zwitscherten die Drachen geradezu unanständig fröhlich, aber Ivar hörte es nur halb. Seine Gedanken waren ganz ohne sein Zutun auf wilde Abwege geraten und liefen ihm davon, durchs Burgtor hinaus und bis zu dem Haus, das er heute so lange beobachtet hatte. Eine Katze strich auf ihren nächtlichen Wegen vorbei, und oben hinter einem der Fenster des Hauptturms wurde ein Licht gelöscht. Ivar nahm es wahr und plante doch unverdrossen weiter, bis ihn ein zweites Mal an diesem späten Abend eine Frauenstimme aus seinen Überlegungen riss.

»Wusste ich doch, dass ich dich habe reden hören! Willst du nicht hereinkommen und drinnen weiter vor dich hinstarren?«

Ivar wandte sich ihr zu. Auch diese Frau war eine Kriegerin mit dunklem Haar, aber von ihr ließ er sich viel lieber küssen als von der Walküre.

»Nein«, sagte er dennoch, so sehr es ihn rührte, dass sie noch kein Nachthemd, sondern die Kleider trug, in denen er sie früher am Tag gesehen hatte; sie musste auf ihn gewartet haben. »Du musst mir jetzt helfen, den Bischof zu entführen, Mathilde.«

Seine Frau war wohl der einzige Mensch auf der Welt, zu dem er genau diese Worte sagen konnte, ohne Entsetzen oder auch nur sichtliches Erstaunen zu ernten.

»Das lässt sich einrichten«, sagte Mathilde, weil sie ihn gut genug kannte, um zu wissen, dass er erstens nicht scherzte und zweitens gemeinhin schon gründlich überlegt hatte, bevor er solche Forderungen stellte. »Aber warum?«

Die beiden Krieger, die ihm vorhin im Garten entgegengekommen waren, zogen abermals auf ihrer Runde vorbei und wirkten mild überrascht, Mathilde und Ivar hier draußen im Gespräch zu finden. Doch da sie die Schwertmeisterin der Vögtin und damit auch die Befehlshaberin der Burgwache war, grüßten sie nur brav, statt allzu neugierig zu werden.

Ivar wartete ab, bis sie weit jenseits des Drachenbaums verschwunden waren. »Weil man mir gerade zugetragen hat, dass sein Leibarzt ihn vergiftet, ohne dass ich wüsste, ob er es aus eigenem Antrieb oder von Dritten angestiftet tut. Beweise habe ich keine, ebenso wenig eine Quelle, auf die ich mich vor irgendjemandem außer dir berufen kann, auch wenn sie mir glaubwürdig erscheint. Seinen Leuten können wir nicht über den Weg trauen, solange wir nicht wissen, ob noch andere als der Arzt an dem Anschlag beteiligt sind, und wenn Alberich selbst überhaupt in einer Verfassung ist, mich anzuhören, glaubt er mir vermutlich kein Wort und denkt nur an irgendeinen Winkelzug der Vögtin. Er muss also vorerst dort heraus, ob er nun will oder nicht, damit er hoffentlich doch nicht stirbt.«

Mathilde nickte bedächtig; sie wusste, wie sehr es sich lohnte, sich gute alte Feinde zu erhalten, statt zuzulassen, dass sie aus dem Weg geräumt wurden, nur damit weit unberechenbarere Gegner nachrückten. »Dann lasse ich wohl besser Gorm ablösen«, sagte sie mit der Ruhe, mit der sie solche Dinge gewöhnlich in Angriff nahm, »denn dass es uns beiden allein gelingt, einen kranken Bischof herzuschleppen, ohne ins Schwitzen zu geraten, wage ich zu bezweifeln. Und die Vögtin sollte wissen, was wir gleich tun werden. Kann ich ihr sagen, wer deine Quelle ist?«

»Nein«, gab Ivar zurück und erschrak fast über seine eigene Heftigkeit. Leiser setzte er hinzu: »Außer dir wird mir das niemand glauben, aber es ist eine Walküre gewesen, die sich, warum auch immer, für Alberich zuständig fühlt.«

Nun hoben sich Mathildes Augenbrauen doch noch beträchtlich, aber dass er sich über Walküren noch viel weniger lustig machte als über Entführungen, war ihr sehr gut bewusst, und so entgegnete sie

nur: »Sieh zu, dass du Sigrid in die Wachstube bringst, damit jemand ein Auge auf sie hat, während wir fort sind. Gorm kommt dich dort einsammeln, und wenn wir nachher wieder hier sind, hast du mir einiges zu erklären.«

»Das ist wohl so«, bekannte Ivar und ging, um zu tun, was ihm aufgetragen worden war.

Er öffnete sacht die Tür, durch die Mathilde eben ins Freie gekommen war, und sah sich stürmisch begrüßt. Wie immer freute sich Turnus sehr über seine Rückkehr, was herzerwärmend war, Ivar aber in seiner Eile heimlich wünschen ließ, der Hund würde sich schneller beruhigen.

»Ich weiß, du hast Katzen lieber«, hatte Gorm gesagt, als er Ivar gegen Ende des Winters ein schwarzes Bündel von einem Welpen vor die Füße gesetzt hatte, »aber Sigrid hat Hunde gern, und Mathilde auch. Du bist also schon einmal in der Unterzahl, also verdirb deiner Tochter ja die Freude nicht.«

»Ich habe nie gesagt, dass ich etwas gegen Hunde habe«, hatte Ivar erwidert, und in der Tat wäre es ihm schwergefallen, einem kleinen Wesen, das so wild entschlossen war, ihn zu mögen, keine freundlichen Gefühle entgegenzubringen.

Ganz so klein war Turnus mittlerweile nicht mehr, aber nach wie vor derart anhänglich, dass man ihm verzeihen konnte, dass er es für seine Bestimmung zu halten schien, zu einem schuhfressenden Ungeheuer heranzuwachsen. Die nötige Größe, um Angst und Schrecken unter den Eigentümern alles Ledernen zu verbreiten, würde er eines Tages ganz ohne Zweifel haben, und wäre es nach Gorm gegangen, hätte er ein »Fenrir« werden sollen.

Diese Namensgebung hatte bei Sigrid wenig Anklang gefunden, die angesichts des nachtschwarzen Fells ihres neuen Gefährten lieber auf ihre ersten Lateinkenntnisse zurückgegriffen hatte, um einen »Nocturnus« aus ihm zu machen. Wie es das Schicksal solcher Namen war, war auch dieser binnen einer Woche zu »Turnus« verkurzt worden. Der elterliche Einwand, es sei vielleicht kein allzu guter Plan, einen niedlichen Welpen nach dem Schurken der *Aeneis*

277

zu benennen, hatte nur dazu geführt, dass Mathilde und Ivar gemeinschaftlich hatten erzählen müssen, worum es in der Geschichte eigentlich ging, so gut halbbewahrte Erinnerungen es zuließen.

Sie hätten es nicht in Gorms Gegenwart tun sollen, denn gegen Ende hatte er nur gesagt: »Und warum findet ihr nun, dass ausgerechnet *der* der Schurke war? Nach allem, was ihr gerade gesagt habt, hat er gut gekämpft und Beute gemacht, und wenn ihn am Ende dieser Schwachkopf erschlagen hat, nach dem das ganze Heldenlied benannt ist ... Nun, so etwas kommt vor. Du hast schon alles richtig gemacht, Sigrid.«

So war Ivar zum Mitbesitzer eines Hundes geworden, über dessen Namen die halbe Kanzlei der Vögtin seither heimlich lachte, aber daran war nichts mehr zu ändern.

Nun begleitete ihn Turnus eifrig zu Sigrids Bett hinüber. Ivar hob sie sanft hoch, doch natürlich erwachte sie trotz aller Behutsamkeit und fragte schlaftrunken, was sei.

»Nichts Schlimmes, mein Schatz.« Ivar tat sein Bestes, sie und die Decke zu seiner Zufriedenheit in seinen Armen unterzubringen. »Ich trage dich nur in die Wachstube hinüber. Deine Mutter, Onkel Gorm und ich müssen noch kurz fort.«

Es war nicht das erste Mal, dass er seine Tochter dort ablud, denn Mathildes Krieger waren nicht nur in seinen Augen vertrauenswürdigere Kindermädchen als diejenigen Burgbewohner, die anderen in der Hinsicht wie eine wahrscheinlichere Wahl vorgekommen wären.

»Wo geht ihr denn hin?«, fragte Sigrid, als sie auf den Hof hinauskamen.

»Den Bischof entführen, aber sag das niemandem«, gab Ivar zurück. In der Hinsicht war Sigrid ein sehr braves Kind; sie hatte schon früh verstanden, dass es Sachen gab, über die man den Mund halten musste. In anderen Belangen dagegen war es sehr nützlich, wenn die Burgwache anstelle irgendeiner mitleidigen Magd auf sie aufpasste, denn die Neugier ihres Vaters und die Furchtlosigkeit ihrer Mutter hatten sich etwas zu gut vererbt.

Die Antwort machte Sigrid hellwach. »Kann ich mitkommen?«

»Nein«, sagte Ivar und trug sie zum Hauptturm hinüber, während Turnus um seine Füße sprang und ganz offensichtlich auch gern bei allen Schandtaten dabei sein wollte. »Einer muss schließlich hierbleiben und auf Turnus achtgeben.«

Dass der Hund noch zu jung für solche Abenteuer war, würde sie einsehen, dass sie es selbst war, nicht.

Tatsächlich widersprach Sigrid nicht, sondern lehnte sich eng an Ivars Schulter und ließ sich artig in den vorderen Hof und von dort aus die Treppe hinauf zum Turmeingang tragen.

In der Wachstube hinter der schweren Tür saß derzeit nur Wiggo, der kurz aufschaute, aber nichts dazu sagte, dass Ivar seine Tochter auf die Bank unweit des Kohlenbeckens bettete und gut in ihre Decke wickelte. Als Turnus sich gerade bequem vor der Bank zusammengerollt hatte, kam Gorm wie angekündigt in den Turm herauf, und etwas Hundeaufregung und ein paar Abschiedsküsse für Sigrid später waren die beiden Brüder auf dem Weg hinab in den Hof, wo Mathilde Gorms Worten nach zu ihnen stoßen wollte.

»So früh wirst du wohl doch nicht ins Bett kommen, Ivar«, bemerkte er, allem Anschein nach höchst erfreut darüber, und blieb dann still, bis sie am Fuß der Freitreppe waren, weit genug fort von Wiggos gespitzten Ohren, aber noch nicht so nahe beim Burgtor, dass die Wachen dort sie hätten belauschen können. »Deine Frau sagt, du hast etwas vor und brauchst Hilfe?«, fuhr Gorm fort, nachdem er den Blick einmal über die leere Fläche ringsum hatte schweifen lassen.

Ivar nickte. »Wir entführen den Bischof.«

Gorm lächelte so entzückt, als hätte man ihn gerade zu einem großen Fest eingeladen. »Auf deine alten Tage kommst du endlich noch auf gute Gedanken, wie? Aber viel Lösegeld geben sie uns sicher nicht für einen, der so krank ist, und als Geisel nützt er weder dir noch der Vögtin etwas, wenn er bald stirbt.«

»Eben das will ich ja verhindern.« Ivar musste sich eingestehen, dass es seltsam klang, ausgerechnet Alberich so dringend das

Leben retten zu wollen, nachdem er Jahre damit verbracht hatte, die zweifelhaften Geldgeschäfte des Bischofs und seine Verstrickung in allerlei dunkle Umtriebe und Intrigen genauestens zu erforschen.

»Und weshalb auf einmal?«, fragte Gorm denn auch und rieb sich die Nase.

Ivar sah ihn im Fackelschein an und machte sich auf Spott und Gelächter gefasst, die ihn immer noch viel zu tief trafen, wenn sie von seinem großen Bruder kamen. »Weil eine Walküre mir gesagt hat, dass sein Arzt ihn vergiftet. Beweise habe ich nicht, und ich weiß außer dir und Mathilde keinen Menschen auf der Burg, der auf den vagen Verdacht hin mitkommen würde, um einen Geistlichen notfalls auch gegen seinen Willen zu verschleppen.«

Wider Erwarten lachte Gorm nicht, sondern war erst einmal sprachlos. »Den Scherz würdest du niemals machen, also muss es wahr sein«, stellte er dann staunend wie ein kleiner Junge fest.

»Das ist es auch«, bekräftigte Ivar.

»Aber nüchtern bist du schon?«

»Soweit ich weiß.«

Das schien Gorm zu genügen; er nickte, halb zustimmend, halb nachdenklich und erkundigte sich am Ende: »Ist da noch etwas, das ich wissen muss, bevor wir ihn dort herausholen gehen?«

»Nur, dass Alfreda meine Wache im Bischofsgarten übernommen hat und uns vielleicht helfen kann.«

»Eine Ratte wird es auch nicht stören, dass es der Bischof ist«, befand Gorm und klang nun schon wieder sehr fröhlich, als ob er, Walküre hin oder her, an der Unternehmung Vergnügen haben würde.

»Die würde selbst die Vögtin entführen, wenn sie etwas davon hätte«, sagte Ivar, dessen fachmännische Bewunderung für Rattes Fähigkeiten ebenso ausgeprägt war wie seine Überzeugung, dass ihr nur unter sehr eng umrissenen Umständen über den Weg zu trauen war. »Aber jetzt gerade sitzt sie in dem knorrigen alten Apfelbaum, von dem aus man das Fenster des Bischofs vorzüglich im Blick hat, und kann uns sagen, womit wir es zu tun bekommen, wenn wir uns hineinwagen.«

Besagtes Fenster hatte vorhin, als Ivar gegangen war, offen gestanden, um frische Luft ins Schlafzimmer zu lassen. Er hoffte, dass es in dieser schönen Mainacht niemand für nötig gehalten hatte, es eilig wieder zu schließen.

»Wachen?«, fragte Gorm.

»Draußen nur eine an der Tür zur Straße hin, wie immer, und zwei, die brav die Runde ums Haus machen, aber keine tiefer in den Gärten, soweit ich weiß, und auch keine Hunde«, zählte Ivar auf, obwohl er Mathilde alles gleich noch einmal würde wiederholen müssen. »Drinnen werden die meisten Leute um diese Zeit wohl schon schlafen, zumal niemand mehr damit zu rechnen scheint, dass es heute Nacht noch zum Äußersten kommt. Ein Diener ist bei Alberich geblieben, aber sonst kein Mensch. Zumindest hoffe ich, dass der verräterische Arzt sich vor dem Morgen nicht mehr blicken lässt.«

»Zur Not werden wir mit dem schon fertig, und der Diener taugt als Geisel, falls die Wachen Ärger machen«, beschied ihn Gorm vergnügt.

»Mir wäre es lieber, wenn wir so unbemerkt wie möglich blieben und uns gar nicht erst mit den Wachen auseinandersetzen müssten.«

»Die Wachen wird es aber nicht kümmern, was dir lieber ist«, begann Gorm und hätte wohl noch mehr gesagt, wenn nicht über ihnen die Turmtür aufgeschwungen wäre.

Gleich darauf war Mathilde die Treppe herunter und stand neben ihnen.

»Kind schläft, Hund schläft«, meldete sie so zufrieden, als wäre beides ihr Verdienst. »Wir können also aufbrechen – mit dem Segen der Vögtin übrigens. Sie billigt meinen Plan.«

»Hast du denn einen?« Gorms Frage klang fast ein wenig betrübt, als hätte er lieber ganz auf seine Art losgeschlagen, statt sich im Zweifelsfalle Mathildes Anweisungen beugen zu müssen.

»Nur einen halben«, gestand Mathilde. »Bislang beschränkt er sich darauf, dass ich Ingund gesagt habe, dass sie in einer Viertelstunde am Praetorium sein soll, mit zwei Pferden und einer Trage

dazwischen, weil wir vermutlich unter höchster Geheimhaltung einen kranken Gefangenen von dort auf die Burg verlegen müssen. Nun seht mich nicht so an! Der Hintereingang des Praetoriums ist schließlich nicht weit von den Bischofsgärten, und wenn wir von hinten ins Gebäude gehen und dann zur Vordertür wieder hinaus, wird Ingund sich nicht wundern, wenn wir mit jemandem ankommen, der sich nach besten Kräften wehrt. Und wenn sie doch bemerkt, wer es ist, nun ... Sie hat doch immerhin schon einmal einen Mönch entführt, da kann sie eigentlich nicht viel sagen.«

»Der ist ganz freiwillig mitgegangen«, gab Ivar zu bedenken, denn auch wenn vor ein paar Jahren die halbe Stadt darüber getratscht hatte, dass eine Kriegerin der Burgwache bei Nacht und Nebel einen Mönch aus dem Kloster am Hafentor geholt hatte, war nicht das geringste Anzeichen vorhanden gewesen, dass Ingund den guten Bruder Arcadius zu irgendetwas hatte zwingen müssen. Zwar hatte sie mit ihrer kühnen Unternehmung einem Hochgerichtskrieger das Herz gebrochen, der sich wohl große Hoffnungen auf sie gemacht hatte, aber falls Arcadius selbst darunter litt, seinen frommen Lebenswandel aufgegeben zu haben, hatte es sich bisher nur darin geäußert, dass er darauf bestanden hatte, die beiden unübersehbaren Folgen seiner wiedergefundenen Weltlichkeit auf die Namen Fides und Spes zu taufen. Die Wetten der Burgwache darüber, ob demnächst auch noch mit einer Caritas zu rechnen sei oder Ingund über den Winter nur zu viel Bier getrunken habe, liefen noch.

Mathilde nahm Ivars Einwand mit einem gelassenen Schulterzucken zur Kenntnis. »Angst hat sie vor geistlichen Herren jedenfalls nicht, und das ist es doch, worauf es ankommt.«

»Und die Leute vom Hochgericht?«, wandte Gorm ein. »Die werden uns etwas erzählen, wenn wir ihnen einfach mit einem Entführten quer durchs Praetorium laufen.«

Abermals hob Mathilde die Schultern. »Die Krieger dort haben allesamt schon Schlimmeres gesehen als das, was wir vorhaben.«

»Wenn wir wüssten, wer heute dort Wache hält, wäre es einfa-

cher«, überlegte Ivar halblaut. »Falls der Hauptmann dabei ist, wird es schon keinen Ärger geben. Der glaubt mir, wenn ich sage, dass alles seine Richtigkeit hat.«

»Nein, der kennt dich nur zu gut, um sich ohne Not mit dir streiten zu wollen«, gab Gorm zurück. »Sollen wir denn auf dem Hinweg kurz dort vorbeischauen, um zu sehen, wer da ist?«

Mathilde schüttelte den Kopf. »Auf dem Hinweg bleiben wir vor allem unauffällig.«

»Und beeilen uns«, setzte Ivar hinzu, der sich des Gefühls nicht erwehren konnte, dass die Walküre ihm niemals von Alberichs Notlage erzählt hätte, wenn noch viel Zeit zum Handeln geblieben wäre.

Sie nickten einander zu und gingen dann schweigend zum Tor, um sich eine der Laternen zu leihen, die dort für nächtliche Botengänge und dergleichen bereitgehalten wurden, und in aller Harmlosigkeit in die Stadt aufzubrechen.

Die Einzelheiten verhandelten sie leise, als sie weit genug von der Burg entfernt waren, und erwähnten Alberichs Namen und seinen Titel mit keinem Wort mehr. Da sich ihr Plan in Ermangelung gründlicher Vorbereitung jedoch darauf beschränkte, nahe beim Praetorium den Weg durch eine nur schlecht gesicherte Mauerpforte in die Bischofsgärten zu nehmen, zu erfragen, was Ratte über den derzeitigen Stand der Dinge zu sagen hatte, und dann rasch zuzuschlagen, war diese Besprechung bald vorüber, und es wurde still, bis Mathilde auf Höhe des alten Römerbrunnens das Schweigen brach.

»Justa war übrigens nicht sehr erstaunt«, bemerkte sie ohne weitere Einleitung. »Über unser Vorhaben vielleicht ein wenig, aber nicht über das, was es notwendig macht.«

Ivar dachte ein paar Schritte lang darüber nach. »Weil es erst nach dem Hoftag mit ihm bergab gegangen ist?«, fragte er und war nicht verwundert, als Mathilde nickte.

Alberich hatte sich in aller Deutlichkeit gegen einen möglichen Sachsenfeldzug ausgesprochen, und gerade dank der vielfältigen und nicht immer ganz astreinen Wege, die er wählte, um Gut und

Gold zu mehren, hatte sein Wort auch in einflussreichen Kreisen abseits der *aula regia* Gewicht. Irgendein Kriegstreiber mochte sich gesagt haben, dass er mit dem Bischof eine Figur vom Spielbrett entfernen würde, die sich weit wirksamer gegen alle gefährlichen Eroberungsträume aussprechen konnte als eine Vögtin, die sich am Ende ja doch den Weisungen der Königin beugen musste, wenn sie ihr Amt behalten wollte.

»Warum dann nicht schon in Padiacum – und vor allem auf schnellere Art?«, erkundigte sich Gorm, der dieselben Schlüsse gezogen haben musste. »Das wäre sicherer gewesen.«

»Aber auch sichtbarer«, sagte Ivar, und sein Bruder fragte nicht weiter nach.

Stumm gingen sie am Praetorium vorüber, das um diese Stunde still dalag, obwohl aus den unteren Fenstern noch Licht drang. Die eigene Laterne ließen sie nur brennen, bis Gorm mit merklicher Freude an seinem Können und ohne großen Zeitaufwand das Schloss der Pforte in der Gartenmauer aufgebrochen hatte. Jenseits davon mussten der Mond und Ivars Kenntnisse des Wegs zwischen Sträuchern und Beeten hindurch genügen.

Zu Anfang galt es, ein wenig aufzupassen, um nicht von dem Pfad abzukommen, der von der Pforte erst zu einem Schuppen und dann zu einem Steg über den Graben führte, der das Gelände schnurgerade durchzog. Wenn man das Wasser überquert hatte, wurde es einfacher, denn ein Stück jenseits davon hinter den Gemüsebeeten führte ein breiterer Weg in die Ziergärten hinein, die näher beim Haus des Bischofs lagen und in denen der alte Apfelbaum, in dem Ratte hoffentlich noch immer saß, nicht nur Früchte tragen, sondern auch als Schattenspender an heißen Sommertagen dienen sollte.

Sie waren noch auf der kleinen Brücke, als Ivar das Geräusch hörte, das ihn stutzen ließ. Mathilde hatte die Pforte vorhin sacht wieder hinter ihnen zugezogen, davon war er überzeugt; jetzt war ihm, als hätte er sie ein weiteres Mal zufallen hören, und da war noch etwas gewesen, ein Huschen oder ein Schritt.

»Jemand folgt uns«, flüsterte Ivar über die Schulter und hätte darüber fluchen mögen, dass ihm das ausgerechnet zu einem Zeitpunkt auffiel, da sie von jeder Deckung, die der Garten bot, denkbar weit entfernt waren.

Mathilde sah sich um, schien aber im Dunkeln nicht viel erkennen zu können.

Gorm nickte zu den nahen Johannisbeerbüschen hinüber, die zwar nur einen spärlichen Schutz darstellten, aber immerhin besser als gar nichts waren.

Der hastige Rückzug nützte nicht das Geringste gegen den ersten Verfolger, der schneller als erwartet bei ihnen war – und noch dazu so gut getarnt, dass sie ihn erst erkannten, als er schon überschäumende Hundefreude darüber bekundete, sein verlorenes Rudel heil wiedergefunden zu haben.

Seine Begleiterin kam etwas langsamer nach und wirkte mild erstaunt, ihre Familie schlecht versteckt zwischen den Johannisbeeren anzutreffen.

»Was habe ich dir gesagt, Sigrid?«, fragte Ivar, wenn auch sehr leise. Er hielt die Stimme nicht nur gesenkt, um weiteren Lärm zu vermeiden, sondern auch, weil er sich nicht sicher war, ob es ihm geglückt wäre, angemessen streng statt widerwillig bewundernd zu klingen, wenn er lauter gesprochen hätte. Sich mitsamt Hund unbemerkt aus einer wohlbewachten Burg zu stehlen und dann noch zielsicher den Weg in die Bischofsgärten zu finden, war eine reife Leistung, wenn man sechs Jahre alt war, auch wenn es vermutlich in höchstem Maße verantwortungslos war, sich gerade hier und jetzt über die guten Anlagen zu freuen, die dieses Kind erkennen ließ.

»Dass einer auf Turnus aufpassen muss«, zitierte Sigrid ihn zugegebenermaßen nicht ganz falsch. »Sei nicht böse. Ich wäre ja da geblieben, aber es ist wichtig.«

»Hast du ihre Schuhe nicht mit hinüber in die Wachstube genommen?«, fragte Mathilde, der inzwischen trotz des schlechten Lichts aufgefallen war, dass ihre Tochter nicht nur im Nachthemd, sondern auch noch barfuß vor ihr stand.

So, wie die Schwertmeisterin klang, war es ganz und gar nicht angeraten, zuzugeben, dass dieses scheinbare Versäumnis eine vergebliche Vorsichtsmaßnahme gegen ein Abenteuer wie dieses gewesen war. Ivar hatte im Stillen gehofft, dass selbst Sigrid nicht einfach auf nackten Füßen lange Spaziergänge unternehmen würde.

»Die habe ich vergessen«, sagte er deshalb nur, ohne zuzugeben, dass dieses Vergessen sehr absichtlich geschehen war.

»Im Mai friert sich schon keiner die Zehen ab«, bemerkte Gorm heiter und fuhr seiner Nichte durchs Haar.

Sigrid hätte das ganze Gespräch gar nicht weniger kümmern können. »Es ist wichtig«, wiederholte sie und zupfte Ivar zur Unterstreichung am Ärmel. »Wiggo hat etwas Schlimmes vor, glaube ich.«

»Wie meinst du das?« Mathilde war mit einem Schlag davon abgelenkt, ihren Mann finster anzuschweigen, um ihn für seine vermeintliche Nachlässigkeit zu strafen.

Sigrid sprudelte ihre Geschichte so aufgeregt hervor, dass es nicht einfach war, Ordnung hineinzubringen, aber einige gezielte Nachfragen und Mahnungen zur Ruhe bewirkten dann doch, dass sich einigermaßen nachvollziehen ließ, was sich abgespielt haben musste.

Nachdem Ivar und Gorm den Turm verlassen hatten, hatte Sigrid lieber die Augen geschlossen und sich schlafend gestellt, weil sie, wie sie verlegen gestand, keine Lust gehabt hatte, höflich mit den Leuten zu reden, die in der Wachstube kommen und gehen würden. Zwar war sie kurz versucht gewesen, ihren vorgetäuschten Schlaf zu unterbrechen, als ihre Mutter das Zimmer durchquert hatte, aber sicher war sicher, und so hatte sie darauf verzichtet.

Mathilde ging also, und sehr kurz war alles ruhig, bis dann Ingund herunterkam und von Wiggo verlangte, ihr einen Schluck von seinem Tee abzugeben, weil sie zu dieser späten Stunde gleich noch mit zwei Pferden zum Praetorium aufbrechen müsse.

Wiggo tat es wohl und bekundete dann, Ingund habe es gut. »Denn sieh nur, was man mir hergeschleppt hat.«

»Die Kleine schläft doch immer ganz friedlich, wenn sie hier ist«, meinte Ingund.

Und da erwies sich dann, dass Wiggo unrechte Pläne hatte, denn er verkündete düster, Ivar habe Sigrid bestimmt nur bei ihm abgeladen, um einen Grund zu haben, zur Unzeit wieder in der Wachstube vorbeizusehen. »Der weiß etwas und will mich ertappen, ich sage es dir. Hast du dich verplappert?«

Das wies Ingund ärgerlich von sich, woraufhin Wiggo murmelte, dann habe wohl jemand anders seine Zunge nicht hüten können und Ivar zu viel erzählt.

»Du darfst dich eben nicht erwischen lassen«, erwiderte Ingund ohne viel Mitleid. »Ist noch mehr Tee da?«

»Du könntest mir ruhig etwas übrig lassen«, beschwerte sich Wiggo, »denn ganz gleich, was dieser Unmensch aus Lunde mit mir vorhat, auf sein verdammtes Gör muss ich die nächsten Stunden aufpassen.«

»Das wird schon nicht schwer. Wie gesagt, sie schläft.«

»Das ist auch gut so. Wenn sie wach ist, dann ist sie mir unheimlich. *Diese* Augen in einem so kleinen Gesicht! Wenn die Schwertmeisterin in dem Alter schon noch unbedingt ein Kind bekommen musste, warum ausgerechnet von *dem*?«

»Weil er ihr Mann ist?«, vermutete Ingund durchaus nicht unzutreffend.

»Und warum das so ist, verstehe ich eben nicht«, gab Wiggo darauf zurück und murmelte noch einiges an unfreundlichen Dingen, während Ingund ihren Tee austrank und mit einem raschen Abschiedsgruß ins Freie verschwand, als gerade die Wachen, die ihre Runde über den Hof beendet hatten, hereinkamen.

Dass Wiggo durch das Gespräch mit ihnen abgelenkt war, nutzte Sigrid sogleich, um unter ihrer Decke hervorzuschlüpfen und Turnus und sich so lautlos wie möglich die Treppe hinab in Sicherheit zu bringen. Denn in den Räubergeschichten, die Onkel Gorm immer erzählte, waren diejenigen, die zufällig zu viel mit angehört hatten, ihres Lebens nicht mehr sicher. Wo man sich auf dem vorderen Hof verstecken konnte, wusste sie, und obwohl sie erst Angst hatte, dass Turnus sie vielleicht verraten würde, spürte er wohl, wie wichtig

es war, nicht aufzufallen, und blieb still bei ihr. Wiggo kam, ganz wie befürchtet, ins Freie gelaufen und sah sich um, aber er war zu dumm, gründlich zu suchen, und ging lieber drüben im Kanzleihof nachsehen. Da musste Sigrid nur noch abwarten, bis Ingund die Pferde heranführte und sich einen der großen Torflügel öffnen ließ, denn das hielt die Wachen gut beschäftigt, und wenn die Leute genug zu tun hatten, sahen sie einen nicht. Das sagte Sigrids Vater schließlich immer, und er kannte sich mit solchen Dingen aus. Seinem guten Rat folgend, konnte sie ungesehen durchs Tor schlüpfen, und als sie dann weit genug von der Burg fortgeschlichen war, endlich auch Turnus absetzen, der entsetzlich schwer war, wenn man ihn so lange tragen musste.

Als sie dann die Beine in die Hand genommen hatte, war er brav mitgelaufen, und nun war sie hier und nach ihrem Bericht etwas außer Atem.

»Soll ich Wiggo umbringen oder euch den Vortritt lassen?«, fragte Gorm, bevor sich ein anderes Familienmitglied zu der Geschichte äußern konnte, und kraulte nebenbei weiter in aller Seelenruhe Turnus den Bauch.

»Bevor ich ihn erwürge, muss ich erst noch wissen, was er zu verbergen hat und ob ich unverzüglich etwas dagegen unternehmen muss«, entschied Mathilde und beugte sich dann etwas verspätet zu Sigrid, um ihr zu versichern, sie habe alles sehr gut und richtig gemacht.

Gorm seufzte tief. »Nein, du musst nichts unternehmen, wenn es das ist, was ich vermute. Wiggo plant nichts Fürchterliches, wir können ihn ruhig weiter durch die Burg irren und nach Sigrid suchen lassen.«

»Wenn er davon ausgeht, dass ich mir die Mühe machen würde, ihm eine Falle zu stellen, kann die Angelegenheit so harmlos nicht sein. Was weißt du also?«, erkundigte sich Ivar und verschob die Klärung der mindestens ebenso drängenden Frage, wie man mit einem Kind und einem jungen Hund im Schlepptau eine Entführung bewältigen sollte, auf unbestimmte Zeit.

Gorm seufzte noch einmal. »Letzte Woche ist er bei der Nachtwache eingeschlafen, weil er etwas viel Stärkeres getrunken hatte als Tee, und das in rauen Mengen. Ingund und ich haben ihn gefunden, wie er schnarchend in der Wachstube lag, als wir von unserer Runde hereingekommen sind. Wir haben niemandem etwas gesagt, um keine große Sache daraus zu machen. Den Branntwein, den er sich zu Gemüte geführt hat, hatte er nämlich wirklich nötig.«

»Warum das?« Mathildes Ton verriet, dass sie nur eine *sehr* gute Entschuldigung würde gelten lassen und auch Gorm, der ihr den Vorfall verschwiegen hatte, schon einmal geistig in die Reihe der im Laufe der Nacht noch zu Erwürgenden einfügte.

»Liebeskummer«, erklärte Gorm schlicht und erntete lautes Schweigen. Vermutlich ging es allen Anwesenden wie Ivar, der die Nachricht, dass der selten von zarteren Gefühlsregungen behelligte Wiggo tatsächlich imstande war, sich zu verlieben, erst einmal verdauen musste.

»Wenn er sich besaufen will, dann gefälligst nicht im Dienst und in meiner Wachstube«, sagte Mathilde schließlich.

»Deine Strafpredigt kannst du ihm immer noch halten, wenn wir hier fertig sind«, beschloss Ivar. »Und was dich betrifft, Sigrid ...«

Hier verstummte er, weil er selbst nicht weiterwusste. Um seine Tochter zur Burg zurückzubringen, fehlte ihnen die Zeit, und dass sie nach allen ausgestandenen Aufregungen auch nicht brav bei Ingund und den Pferden oder im Praetorium warten würde, verstand sich von selbst.

»Du hilfst uns jetzt, nicht wahr, Sigrid?«, mischte Gorm sich ein. Ivar holte Luft, aber sein Bruder ließ ihn gar nicht zu Wort kommen: »Es ist immer gut, wenn noch einer mehr dabei ist, egal wie alt. Ich war auch erst sieben, als ich mit unserer Großmutter über den Sund gefahren bin, um den Kaufmann aus Ribe zu überfallen, und es ist gut gegangen.«

»Du hast dich nur mit aufs Boot geschlichen, nachdem sie sich geweigert hatte, dich mitzunehmen, weil du dachtest, sie wollte zum Fischen aufs Meer«, rief Ivar ihm ins Gedächtnis.

»Und?«, fragte Gorm unbeeindruckt. »Ich war ihr sehr nützlich. Dass eine alte Fischerin, die mit ihrem kleinen Enkel am Strand ein Netz flickt, noch drei Bewaffnete hinter den Felsen liegen hat, konnte nämlich keiner erwarten.«

»Ihr bleibt jetzt alle schön da, wo ich euch im Auge behalten kann«, befahl Mathilde, und keiner widersprach.

So tasteten sie sich zu fünft weiter durch den Garten vor, und Ivar betete, dass der Hund nicht bellen würde. Drei Schritte weiter fragte er sich dann, wem dieses Gebet nach seinen Erlebnissen früher in der Nacht eigentlich gelten sollte. Kurz meinte er, einen seltsamen Laut – halb Rabenkrächzen, halb spöttisches Gelächter – aus den nahen Kirschbäumen herüberschallen zu hören, doch keiner der anderen wandte auch nur den Kopf in die Richtung, und so hatte er sich das Geräusch vielleicht nur eingebildet.

Gorm zumindest wirkte weiterhin herzlich unbesorgt und fand nichts dabei, zu bemerken, die Kürbispflänzchen rechts des Wegs sähen vielversprechend aus. »Wenn sie so prächtig ansetzen, wie sie jetzt Blätter treiben, sollte ich zur Erntezeit noch einmal hier vorbeisehen und uns Kürbisse holen.«

»Wenn es uns gelingt, Alberich das Leben zu retten, schenkt er sie dir vielleicht, ohne dass du sie stehlen musst«, gab Ivar gereizt zurück.

Gorm lachte, während hinter ihnen Sigrid, unbeeindruckt von allen Kürbisplänen, ihrer Mutter erzählte, sie habe nicht verstanden, was Wiggo gegen ihre Augen hätte.

»Den Unsinn, den er geredet hat, vergisst du rasch wieder«, flüsterte Mathilde zurück. »Deine Augen sind sehr gut so, wie sie sind, und ganz wunderschön.«

Daraufhin ertappte Ivar sich trotz des Ernsts der Lage bei einem Lächeln, denn das helle, klare Blau ihrer Augen und den scharfen Blick, mit dem sie die Welt betrachteten, hatte Sigrid ganz eindeutig von ihm geerbt, während der Rest ihres Gesichts und ihr dunkelbraunes Haar unverkennbar von Mathilde stammten.

Viel Zeit, sich wohliger Zufriedenheit darüber hinzugeben, dass

seine Augen Mathilde nach all den Jahren anscheinend immer noch behagten, blieb ihm aber nicht, denn gleich darauf erreichten sie den Durchgang in der Weißdornhecke, die Nutz- und Ziergarten voneinander trennte. Von hier aus waren einzelne Lichter im Haus des Bischofs zu erkennen, auch hinter dem Rundbogenfenster des Schlafzimmers, das vorhin noch nicht so hell gewesen war.

Ivar blieb stehen und verbiss sich um Sigrids willen den Fluch, der ihm auf der Zunge lag. »Wartet hier«, bat er stattdessen. »Ich sehe zu, ob ich mit Ratte reden kann. Irgendetwas muss geschehen sein.«

Die Hecke bot den anderen wenigstens einen gewissen Schutz vor Entdeckung, während Ivar zu dem einsamen Apfelbaum hinüberhuschte und unterwegs eine Weile geduckt hinter einem kleinen Brunnen verharren musste, weil näher beim Haus eben die beiden Wachen auf ihrer Runde vorbeikamen. Er wartete ab, bis sie um die Ecke gebogen waren, und legte dann das letzte Stück Weges zurück, um dicht an den knorrigen Stamm gedrückt stehen zu bleiben.

Seine Annäherung war nicht unbemerkt geblieben; ein paar Ellen über ihm gab Ratte beruhigt, dass nur er es war, ihre Reglosigkeit auf und sah zu ihm herunter.

»Irgendwie riechst du es, wenn etwas Seltsames vorgeht, und kommst angelaufen wie so ein kleiner Hund, nicht wahr?«, fragte sie und ließ sich geschmeidig aus ihrer Astgabel gleiten, um neben ihm auf dem Boden zu landen.

»Ich habe meine Mittel und Wege, um auf dem Laufenden zu bleiben«, erwiderte Ivar, auch wenn er in diesem Fall den Teufel tun würde, sich näher darüber auszulassen. »Wie steht es?«

»Sonderbar. Nach allem, was ich mitbekommen habe, schien es Alberich erst schlechter zu gehen, und er hat den Abt aus dem Kloster am Hafentor kommen lassen, weil kein anderer ihm gut genug war, um zu beichten. Der Abt ist auch getreulich erschienen, aber wenn das, was sich da drinnen gerade abspielt, eine Beichte ist, war ich wirklich zu lange nicht mehr in der Kirche.«

Da Ivar davon ausging, dass es um Rattes Frömmigkeit noch wesentlich schlechter als um seine durch die Ereignisse des heu-

tigen Abends zusätzlich erschütterte bestellt war, konnte er diese Erklärung nicht ganz ausschließen, hielt sie aber für weniger wahrscheinlich als die, dass sich hinter dem zu hell erleuchteten Fenster tatsächlich etwas anderes als die Erfüllung geistlicher Pflichten abspielte. »Was tun sie denn da?«

»Papiere sichten«, antwortete Ratte. »Frag mich nicht, was für welche. *So* nahe sehe ich mir das nun auch nicht an, wenn du mich nicht besser bezahlst als bisher abgemacht.«

Ivar gestattete sich ein Lächeln, das Ratte sagen würde, dass jegliche Hoffnungen, die Schatzkammer der Vögtin noch stärker zu schädigen, vergebens waren. »Um die Papiere kann ich mich gleich selbst kümmern. Die beiden sind wegen der vorgeblichen Beichte allein miteinander, ja?«

»Du willst also dort hineingehen«, stellte Ratte eher neugierig als abratend fest.

»Ja, und im besten Fall mit Alberich wieder herauskommen.«

»Dann hat es aber seit vorhin eine gewaltige Planänderung gegeben. Soll ich hier draußen die Wachen im Auge behalten, oder brauchst du drinnen Hilfe?«

»Die ist schon unterwegs.« Ivar wagte sich weit genug aus dem Schutz des Baums hervor, um davon ausgehen zu können, dass seine Umrisse sich im Gegenlicht vor dem Fenster für seine Mitverschwörer gut sichtbar abzeichneten, und winkte, um sie zu sich zu rufen.

Ratte betrachtete die Näherkommenden und machte sich vermutlich ihre Gedanken. »Irgendwann wird es Zeit, das Kind anzulernen, das sehe ich auch so ... Aber was hast du mit dem Hund vor?«

»Das lass meine Sorge sein«, entgegnete Ivar und wünschte sich, es wäre nicht wirklich eine Sorge. Dann enthob ihn glücklicherweise die Notwendigkeit, die anderen auf den neuesten Stand zu bringen, der Beantwortung weiterer Rattenfragen.

Noch während er eilig sprach, zog Mathilde sich weit genug in den Baum hoch, um besser durchs Fenster spähen zu können.

»Der Bischof liegt in seinem Bett und ist *nicht* tot, der Abt stöbert in einer Truhe rechts an der Wand herum«, verkündete sie, als

sie wieder unten angekommen war. »Wenn die Wachen den Weg um das ganze Gebäude und dann vielleicht noch eine Pause vor ihrer nächsten Runde machen, bleibt uns Zeit genug. Gorm – du gehst als Erster und greifst dir den Abt. Ivar? Der Bischof ist deine Aufgabe, überzeug ihn mir ja, keinen Ärger zu machen. Ich gehe als Dritte und prüfe, ob die Tür weiter ins Haus hinein verschlossen und verriegelt ist.« Eine knappe Handbewegung bedeutete den beiden Männern, schon vorzugehen, während Mathilde noch stehen blieb und sich an Ratte wandte: »Ihr sichert hier draußen die Lage und warnt uns gegebenenfalls. Und Sigrid?« Sie beugte sich zu ihrer Tochter, doch welche Anweisungen sie ihr flüsternd in aller Eile erteilte, hörte Ivar nicht mehr, weil er schon unter dem offenen Fenster stand und stumm verfolgte, wie Gorm sich geschmeidig wie ein Raubtier hinaufschwang und im Haus verschwand. Obwohl er das flinke Jünglingsalter längst hinter sich gelassen hatte, war er noch immer bewundernswert schnell: Als Ivar sich gleich darauf hochstemmte, lag Gorms bestes Messer schon im Kerzenschein funkelnd an der Kehle des schreckensstarren Abts, und Alberich war, die Augen weit aufgerissen, rücksichtsvoll genug, kein Menschenleben durch unbedachte Hilferufe zu gefährden.

In zwei Schritten war Ivar neben dem Wunderwerk von einem Bett, um dessen Pfosten aus dunklem Holz sich geschnitzte Drachen ringelten und machtlos die Zähne gegen die Eindringlinge fletschten. Hinter ihm huschte Mathilde ins Zimmer und geradewegs zur Tür, fand den Schlüssel aber offenbar schon bis zum Anschlag gedreht, um ungebetenen Besuchern aus anderen Räumen des Hauses den Zutritt zu verweigern.

Ob Alberich ihn selbst erkannte, wusste Ivar nicht, aber der Bischof wusste genau, wer Mathilde war, das war seinem leichenblassen Gesicht deutlich anzumerken. Abgesehen von der nackten Angst in seiner Miene wirkte er jedoch halbwegs ansprechbar, und das ließ hoffen.

»Fürchtet Euch nicht«, bat Ivar leise, obwohl er nicht die geringste Aussicht hatte, mit einem Engel verwechselt zu werden.

Indem er die Stimme noch weiter senkte, um nicht einmal mehr von dem Abt unter Gorms Klinge belauscht zu werden, fuhr er fort: »Wir wollen Euch nichts Böses. Mir hat eine Walküre gesagt, dass Ihr die alten Götter angerufen habt und dass Euer Arzt dabei ist, Euch zu vergiften. Die Vögtin bietet Euch ihren Schutz an, bis feststeht, in wessen Auftrag der Kerl handelt. Wenn Ihr friedlich mitkommt, erzähle ich auch Eurem Freund dem Abt nichts von den Besonderheiten Eurer Frömmigkeit.«

Ob die kleine Erpressung ihren Zweck erfüllte, konnte Ivar nicht einschätzen, aber immerhin ließ ihn Alberich nicht mit einem überlegenen Lächeln wissen, der Abt kenne ihn gut genug, um sich über nichts zu wundern, sondern schwieg nur ein paar Atemzüge lang nachdenklich.

»Warum sollte die Vögtin das tun?«, fragte er dann heiser, als wäre Justas Hilfsangebot das einzig Bemerkenswerte an allem, was Ivar gesagt hatte.

Ivar fand diese Gewichtung durchaus auffällig, aber ihm fehlten schlicht Zeit und Muße, längere Betrachtungen über die möglichen Gründe des Bischofs anzustellen. »Sie wäre eine schlechte Vögtin, wenn sie Mordanschlägen tatenlos zusehen würde, ganz gleich, wem sie gelten – und abgesehen davon seid Ihr einer der wenigen, die vernünftig über den drohenden Krieg denken. Das zählt derzeit mehr als alle Alltagsstreitereien.«

Dass Placidia Justa auch auf künftige Dankbarkeit hoffte, musste er nicht aussprechen; Alberich spielte das Spiel um Gefälligkeiten und Verpflichtungen selbst schon lange genug, um sich den ungefähren Preis für die Unterstützung der Vögtin ausrechnen zu können.

Wieder vergingen einige zu schwere Atemzüge, von denen Ivar nicht wusste, ob sie eher auf das schlechte Allgemeinbefinden des Bischofs oder auf dessen Angst zurückzuführen waren.

»Gut«, sagte Alberich, »dann machen wir es so.«

Das ließ Ivar mehr als alles andere stutzen, denn obgleich es ihm willkommen war, nicht lange unnütz verhandeln zu müssen, ging ihm das hier doch etwas zu schnell und einfach.

Zum ersten Mal lächelte der Bischof, wenn auch schwach, und als er wieder sprach, galt es dem Abt, der den gedämpften Austausch mit weit aufgerissenen Augen verfolgt und vermutlich allenfalls die Hälfte verstanden hatte. »Du kannst beruhigt sein, Hildemar. Die drei wollen mich nur auf die Burg holen, weil sie wissen, wie es steht.«

»Dann sollen sie das doch tun«, gab der Abt zurück, was Ivar nicht ganz so sehr wunderte, denn mit Gorms Messer an der Kehle hätte er selbst wahrscheinlich auch alles gesagt, von dem er angenommen hätte, dass es seinen Bruder gnädig stimmen würde.

Mathildes Blick dagegen ging zwischen Hildemar und Alberich hin und her. »Wir wissen, wie es steht, ja. Wisst Ihr es auch?«

»Verdammt«, stieß Hildemar wenig fromm hervor, »wenn Alberich nicht wüsste, was sein Arzt treibt, wäre ich doch gar nicht hier.«

Da endlich verstand Ivar, was es mit der vermeintlichen Beichte auf sich hatte. Die Suche nach würdigem geistlichen Beistand war ein unverdächtiger Vorwand, sich einen Freund zu Hilfe zu holen, wenn man seinem eigenen Haushalt nicht mehr zu trauen wagte – einen Freund, dem man heikle Papiere mitgeben konnte und der einen vielleicht zugleich dabei unterstützen konnte, dieser Schlangengrube irgendwie zu entkommen.

Hildemar wirkte gleichwohl froh, dass ihm letztere Aufgabe nun abgenommen wurde; vermutlich war er ein weniger geübter Entführer als andere Leute in diesem Zimmer.

Mathilde nickte. »Was es darüber zu berichten gibt, könnt Ihr uns später genauer erzählen.« Sie sah den Abt an. »Wenn wir fort sind, geht Ihr in aller Ruhe auf dem Weg, auf dem Ihr gekommen seid, und sagt den guten Leuten hier, dass der Bischof nun schläft und eine Weile nicht gestört werden sollte. Dann erledigt, was auch immer Ihr vorhabt, aber spätestens am Morgen wird die Vögtin Euch sprechen wollen.«

»Heißt das, ich kann ihn jetzt loslassen?«, erkundigte Gorm sich. »Wenn nicht ... Es ist auszuhalten mit ihm. Er stinkt nicht so sehr, wie ich befürchtet hatte. Anscheinend haben sie Seife da in seinem Kloster.«

Der Bischof sah empörter drein als Hildemar, der anscheinend entschlossen war, die Bemerkung in christlicher Duldsamkeit zu ertragen, was allerdings auch an Gorms noch immer nicht zurückgezogener Klinge liegen mochte.

Ivar hob die Hand, bevor Mathilde zu schnell die erbetene Erlaubnis erteilen konnte. Der Stapel von Urkunden und Briefen, den der Abt durch alle bisherigen Geschehnisse hindurch tapfer umklammert gehalten hatte, war verlockend, und eine Gelegenheit wie diese würde sich so schnell nicht wieder bieten.

Doch leider Gottes war es heute Abend wohl wichtiger, Alberichs Vertrauen zu gewinnen, als festzustellen, ob man mithilfe seiner Papiere der undurchsichtigen Rentenkaufangelegenheit auf den Grund gehen konnte, die er während des Hoftags in Padiacum eingefädelt hatte.

So ließ Ivar die Hand sinken und nickte Mathilde zu, die wiederum Gorm einen Wink gab, den Abt aus seiner misslichen Lage zu erlösen. Daraufhin verschwanden die Schriftstücke in Windeseile so unter Hildemars Habit, dass ein flüchtiger Beobachter ihm nicht anmerken würde, dass er Geheimnisse bei sich trug.

Ivar wandte sich an den Bischof. »Geht es Euch gut genug, ein paar Schritte weit durch Eure Gärten zu laufen? Wenn nicht, tragen wir Euch, aber in jedem Fall sollten wir jetzt aufbrechen.«

Dass das ein sehr schlechter Einfall war, ging ihm schon auf, bevor Alberich auch nur den Mund öffnen konnte, um zu antworten, denn durchs Fenster waren auf einmal näherkommende Schritte zu hören, nicht unbedingt zielstrebig, aber so laut, als müsste sich derjenige, der dort ging, keine Sorgen um Entdeckung machen. Wenn der Mensch da draußen nicht selbst zu den Wachen des Bischofs gehörte, würde er sie binnen kürzester Frist herbeilocken.

Unter gewöhnlichen Umständen hätte Ivar sich dennoch nicht allzu sehr gesorgt; eine Wachrunde mehr konnte man schließlich abwarten, wenn es sein musste.

Aber in dieser Nacht war nichts wie sonst, und irgendwo bei dem alten Apfelbaum begann Turnus wie wild zu bellen.

Ivar hätte fluchen mögen.

Auf Mathildes Gesicht dagegen trat das Wolfslächeln, das Ivar immer mit Vergnügen an ihr sah und zu dem sonst nicht selten ein gezogenes Schwert gehörte. »Seid beruhigt«, flüsterte sie in die Runde, »für den Fall habe ich vorgesorgt.«

Damit huschte sie zum Fenster hinüber und war schon im Freien, bevor Ivar sich auch nur fragen konnte, was für einen Plan sie verfolgte.

Mangels näherer Kenntnis ihres Vorhabens presste er sich sicherheitshalber an die Wand neben dem Fenster und winkte auch Gorm, auf diese Seite des Zimmers herüberzukommen, da man sie hier im Zweifelsfalle erst auf den zweiten Blick entdecken würde, wenn man von außen flüchtig ins Haus spähte.

Aus der Helligkeit hinaus ins Dunkel zu sehen, war weit schwieriger, aber Mathildes Umrisse waren immerhin zu erahnen, als sie sich mitten auf dem Weg neben einem hellen Fleck aufbaute, der Sigrid in ihrem Nachthemd sein musste, während ein schwarzer Schatten, in dem man Turnus vermuten konnte, die beiden umtanzte.

Die fremden Schritte waren für kurze Zeit verstummt, aber gleich darauf setzten sie wieder ein, und von rechts her kamen erst der Lichtschein einer Laterne und dann ihr Träger in Sicht. Ivar war mild überrascht, Wiggo in ihm zu erkennen, und sah doch zugleich, dass Mathilde es nicht war; sie musste schon gehört haben, um wen es sich handelte, bevor sie hinausgesprungen war.

Nun schien sie ihrem mit der Lage offenbar etwas überforderten Krieger einen Befehl zuzuraunen, denn er nickte verunsichert und blieb stehen, während die Schwertmeisterin selbst sich nach links wandte, wo nun andere Schritte ertönten, die allerdings von mehr als einem Menschen stammten.

Ratte, die sich im nächsten Augenblick durchs Fenster schwang und sich nach einem raschen Blick in die Runde neben Ivar duckte, hatte den Lärm nicht verursacht; sie war so lautlos und unsichtbar wie eh und je nähergekommen, vermutlich geradewegs an der Hauswand entlang.

»Zwei Wachen aus der falschen Richtung, vermutlich auf ihrer Runde umgekehrt«, berichtete sie flüsternd. »Aber ich gehe davon aus, dass deine Frau weiß, was sie tut.«

Damit wandte sie den Kopf und lächelte zu dem leicht verstört wirkenden Bischof hinüber, während der Abt ans Fenster trat, um zu beobachten, was sich abspielte.

Ivar teilte Rattes Einschätzung, aber er stellte fest, dass es ihm ein gutes Stück leichter fiel, auf Mathildes gesunden Menschenverstand zu vertrauen, wenn kein Kind und kein Hund mit im Spiel waren. Sigrid so klein und verletzlich dort draußen zu sehen, beunruhigte ihn doch gehörig.

Ihrer Mutter schien das ganz anders zu gehen. Sie stand so gelassen und selbstbewusst da, als wäre sie nicht ungebeten in den Bischofsgärten, sondern zu Hause auf dem Burghof, auf dem ihr Befehl fast so viel wie einer aus dem Mund der Vögtin galt.

Vom zornigen »He, wer da?« der heraneilenden Wachen ließ sie sich nicht weiter anfechten.

»Mathilde von Aemilianum«, verkündete sie, als hätte sie jedes Recht, zu sein, wo sie gerade war, und klang so erheitert und unerschütterlich zugleich wie vorhin die Walküre. »Schwertmeisterin der Vögtin Placidia Justa von Aquae Calicis, Befehlshaberin ihrer Krieger und Schlüsselbewahrerin der hiesigen Burg.«

»Ich weiß, wer Ihr seid, verdammt«, gab einer der Bischofskrieger, ein grobschlächtiger, grauhaariger Kerl, zurück. »Aber was zum Teufel treibt Ihr hier?«

»Meine Tochter einsammeln«, behauptete Mathilde in aller Selbstverständlichkeit. »Sie ist uns heute Abend davongelaufen, um auf eigene Faust die Stadt zu erkunden. Ihr wisst doch, wie Kinder in dem Alter sind! Immer abenteuerlustig und nie bereit, dann ins Bett zu gehen, wenn sie eigentlich schlafen müssten. – Aber nun ist der Ausflug vorbei, Sigrid.«

Sie griff nach der Hand ihrer Tochter, die ihrerseits mit dem freien Arm Turnus festhielt und, wenn ihre ganze Körperhaltung nicht trog, die Wachen feindselig anstarrte. Die Art, wie Wiggo hin-

ter den beiden stand, verriet dagegen nur Verlegenheit, als befürchtete er, dass gleich auch noch sein Versagen bei Sigrids Betreuung zur Sprache kommen würde.

»Eure Tochter einsammeln«, wiederholte der ergraute Krieger und schien ebenso wenig wie Wiggo zu wissen, wie man mit dieser Lage nun umgehen sollte.

Mathilde nickte. »Ich habe ein paar meiner Leute gebraucht, um sie aufzustöbern. Falls noch jemand hier vorbeikommt, schöne Grüße von mir – wir haben Sigrid, und es kann zurück zur Burg gehen.«

Turnus, der von den Bischofskriegern genauso wenig zu halten schien wie Sigrid, bellte munter dazwischen.

»Dann geht jetzt und nehmt Euren elenden Hund mit«, forderte der jüngere der beiden Männer. »Wisst Ihr überhaupt, wie krank der Herr Bischof ist? Er braucht Schonung und äußerste Ruhe.«

»Ich kann es mir vorstellen«, versicherte Mathilde unschuldig und wandte sich friedlich zum Gehen, um mit ihren Begleitern in Richtung des Haupttors der Gärten zu verschwinden, durch das Wiggo vorhin gekommen sein musste. Der jüngere Wächter folgte ihnen, um sicherzustellen, dass sie das Gelände auch tatsächlich verließen. Der Blick des älteren ging zum Fenster hinüber, und er wagte sich sogar ein paar Schritte heran, bis der Abt ihm zurief, dichter am Haus wolle er nun wirklich niemanden – weder Mensch noch Hund – sehen, damit das Beichtgeheimnis gewahrt bleiben könne. Der Krieger neigte daraufhin ehrerbietig den Kopf und folgte rasch seinem Gefährten.

»Die sollte ich wohl im Auge behalten«, raunte Ratte Ivar zu. »Beeilt euch hier drinnen – falls etwas ist, warne ich euch, aber ich denke, von nun an werden sie allgemein aufmerksamer sein.«

Damit glitt sie mit schlangengleicher Gewandtheit an Hildemar vorbei wieder hinaus in die Dunkelheit und folgte auf lautlosen Rattenfüßen den Wachen.

Der Abt sah ihr kurz nach; dann wirbelte er herum und funkelte Ivar an, als hätte dieser allein das eben Vorgefallene zu verantworten.

»Bevor ich Euch Alberich anvertraue, erklärt Ihr mir, was Euch geritten hat, zur Tarnung ein Kind mit herzuschleifen und wer weiß welchen Gefahren auszusetzen«, verlangte er flüsternd und zuckte zusammen, als Gorm ihm mahnend die Hand auf die Schulter legte. »Fragt mich morgen noch einmal danach, wenn Ihr auf die Burg kommt; jetzt fehlt uns die Zeit«, gab Ivar zurück und ging daran, das zweite Mal in dieser Nacht jemanden aus dem Bett zu holen. Allerdings achtete er darauf, Alberichs Schuhe *nicht* stehen zu lassen.

Gorm betrachtete ein wenig zu begehrlich die schönen Silberleuchter mit ihrem reichen Rankenwerk, die das Schlafzimmer erhellten, beschränkte sich am Ende aber dankenswerterweise darauf, Alberich zu fragen, ob noch etwas dringend mitgenommen werden müsse.

Der Bischof verneinte, und sein Blick huschte zu Hildemar, als trüge der Abt schon alles Wichtige bei sich. Dann kam er, eine klamme Hand schwer auf Ivars Arm gestützt, mühsam auf die Beine und musste einen Moment verschnaufen, bevor die Flucht beginnen konnte.

Hildemar nutzte die kurze Frist, um zu Alberich zu eilen, ihn sacht zu umarmen und ihm zuzuraunen, er solle gefälligst gut auf sich aufpassen.

»Das werden die beiden da schon übernehmen«, gab Alberich mit einem Anflug von Heiterkeit zurück.

»Wollen wir es hoffen«, murmelte Hildemar.

Sie waren ein seltsames Paar, wie sie dort beieinander standen, der füllige Bischof und der schmale Klosterbruder, doch ihre freundschaftliche Vertrautheit wirkte so echt, dass Ivar seinerseits zu hoffen wagte, dass der Abt sie nicht verraten, sondern brav mitspielen würde.

»Wir sollten nun gehen«, drängte er, und Alberich nickte.

Gorm nahm als Erster den Weg durchs Fenster, um Alberich auffangen zu können, und Hildemar half Ivar unaufgefordert, den Bischof zu stützen und über die Fensterbank zu stemmen. Es ging langsamer, als Ivar lieb war, aber doch weitaus besser, als er zu Anfang dieser ganzen Unternehmung befürchtet hatte.

Alberich wirkte geschwächt, aber nicht dem Tode nah, und Ivar fragte sich, wie lange der Bischof wohl schon ahnte oder wusste, dass sein Arzt ihn vergiftete. Vielleicht hatte er es rechtzeitig genug bemerkt, um Gegenmaßnahmen zu ergreifen und den Schaden zu begrenzen. Zwischen Gorm und Ivar konnte er recht sicher, aber nicht allzu schnell gehen, und der Weg durch die Gärten wurde sehr lang, während Hildemar oben am Fenster wartete und ihnen noch nachsah, als Ivar sich im Durchgang durch die Weißdornhecke ein letztes Mal umschaute.

Als sie in den Nutzgärten waren, war Ivar schon leichter ums Herz, und Alberich, der bisher geschwiegen hatte, wagte eine Frage zu stellen.

»Wie habt Ihr nun eigentlich wirklich erfahren, wie es hier stand? Das mit der Walküre war doch wohl ein Scherz.«

Drüben bei den Kirschbäumen krächzte abermals ein Rabe, und wieder fragte Ivar sich, ob er wohl der Einzige war, der es hörte.

»Ich habe Euch nicht belogen, und das ist alles, was ich dazu sagen werde.«

Zum Glück blieb der Bischof daraufhin still.

Irgendwo in der Ferne bellte ein fremder Hund, aber da die Bischofskrieger, soweit Ivar wusste, nicht über vierbeinige Wächter verfügten, war er nicht beunruhigt. Gorm verharrte kurz und lauschte, schien dann aber ebenfalls zu dem Schluss zu kommen, dass ihnen keine Gefahr drohte.

Ein Hindernis war allerdings der Steg, über den man sich mühsam seitwärts tasten musste, wenn man einen mittlerweile wankenden Mann zwischen sich führte.

Wider Erwarten gelang es ihnen, dabei nicht im Graben zu landen, und kaum dass sie jenseits des Wassers auf sicherem Boden standen, war auch Mathilde wieder da, die gerannt sein musste, um den Weg an den Gärten vorbei und durch die aufgebrochene Pforte so schnell zu bewältigen.

»Wir sollten uns beeilen«, sagte sie ohne weitere Einleitung, »sonst haben wir gleich viel zu viele Zuschauer. Wiggo, dieser

Dummkopf, hat gar nicht Sigrid gesucht, sondern uns, um uns zu sagen, dass sie fort war. Und da Ingund ihm ja leider verraten hatte, dass sie uns am Praetorium erwarten sollte, hat er, als er uns bei ihr dort vor der Tür nicht angetroffen hat, drinnen nachgefragt.«

Ivar fluchte lästerlicher, als er es mit einem Bischof am Arm hätte tun sollen, aber an einem Abend, an dem ihn schon eine Walküre geküsst hatte, kam es darauf nun wahrlich nicht mehr an. Er musste nicht erst nachfragen, um zu wissen, dass die Hochgerichtswachen natürlich erstaunt abgestritten haben würden, von einem leidenden Gefangenen gehört zu haben, der auf die Burg gebracht werden sollte. Sie würden neugierig sein, vielleicht gar Erklärungen verlangen, und wenn sie Alberich erkannten, war nicht vorherzusagen, ob sie nicht erst in bester Absicht handfest eingreifen und sich die Lage danach erläutern lassen würden.

Gorm lachte. »Dann wird es zumindest nicht langweilig. Bisher ist es ja fast zu glatt gegangen. Kommt weiter, Bischof!«

»Ihr müsst auch nur noch bis zur Mauer laufen«, sagte Mathilde aufmunternd. »Ich habe Wiggo gesagt, dass er Ingund und die Pferde zur Pforte holen soll, weil es mit der Geheimhaltung nun ohnehin vorbei ist. Da können wir uns den Umweg über das Praetorium auch sparen.«

Das kleine Tor ließ sich mittlerweile ausmachen, und gleich diesseits davon kauerte Sigrid, beide Arme fest um Turnus gelegt. Mathilde bedeutete ihr, aus dem Weg zu gehen, und hielt die Pforte auf.

»Warum ist Wiggo eigentlich in die Bischofsgärten gekommen, wenn er erst beim Praetorium war?«, erkundigte sich Ivar, als sie Alberich auf die Straße hinausführten, um ihm dann zu helfen, sich auf der Trage zwischen den beiden Pferden auszustrecken.

Ingund hielt das vordere am Zügel. Ivar trat mit Vorbedacht so vor Wiggos Laterne, dass der Lichtschein nicht auf Alberichs Gesicht fiel, aber er war wohl zu langsam, denn Ingund zog kurz die Augenbrauen hoch, sagte aber kein Wort.

Wiggo dagegen achtete nicht weiter auf den Kranken, sondern

nahm es auf sich, die unmutige Frage zu beantworten. »Na, ich dachte, wenn Ihr nicht beim Praetorium seid, muss die Sache etwas mit dem Haus des Bischofs zu tun haben, weil es doch gleich nebenan ist«, verkündete er stolz, »und ich hatte ja auch Recht. Aber dass dann die Bischofswachen gleich gekommen sind ... Da hatten wir Glück, dass sie uns nicht noch ganz anders dafür zur Rede gestellt haben, dass wir alle im Garten waren. Das hätte sehr leicht eine hässliche Wendung nehmen können.«

»Sei dankbar, dass sie da waren«, riet ihm Mathilde kalt und nahm ihm die Laterne aus der Hand, da aus Richtung des Praetoriums tatsächlich Schritte näherkamen und es das Klügste war, wenn jemand, der wusste, was zu sehen sein sollte und was nicht, das Licht ausrichtete. »Ihre Anwesenheit war das Einzige, was mich davon abgehalten hat, dir die Zähne einzuschlagen, denn dazu bin ich selbst in meinem Alter noch sehr gut imstande.«

Wiggo schwieg so verlegen, dass Sigrids Darstellung seiner Äußerungen wohl endgültig als bestätigt gelten konnte.

»Das kannst du ja jetzt nachholen«, bemerkte Gorm und wartete anstandshalber ein paar Atemzüge lang ab, ob er Mathilde den Vortritt lassen musste, bevor er dann, als sie nichts tat, die eigene Faust in Wiggos Gesicht sausen ließ.

Wie Gorms Hiebe es so an sich hatten, holte auch dieser sein Gegenüber von den Füßen.

»Das hätte bis zur Burg warten können«, sagte Mathilde, während sie Sigrid auf das vordere Pferd hob, und überzeugte sich nur durch einen ebenso flüchtigen wie mitleidlosen Blick davon, dass Wiggo noch in einem Zustand war, sich aufzurappeln.

Jemand anders sah die Lage nicht ganz so gelassen wie die Schwertmeisterin. »He! Was soll das?«, rief Berta, eine der beiden Hochgerichtskriegerinnen, die sich neugierig herangewagt hatten.

Die andere, in der Ivar Adela, die rechte Hand des Hauptmanns, erkannte, spähte allzu aufmerksam zu Alberich hinunter.

»Wir erklären Euch die Sache später«, versprach Ivar ihr mit gesenkter Stimme, während Gorm der empörten Berta laut erklär-

te, Wiggo habe es nicht besser verdient gehabt. »Wenn Ihr Euch nützlich machen wollt, dann geht Ihr jetzt auf der Stelle einen verhinderten Giftmörder festnehmen, den Leibarzt des Bischofs nämlich ... Und sonst noch jemanden?«, wandte er sich an Alberich, der ermattet die Augen geschlossen hatte.

Nun öffnete er sie halb und verneinte. »Sollte die Richterin fragen: Ich selbst bin es, der Klage gegen ihn führt«, sagte er und damit wohl das Einzige, was Adela von der Freiwilligkeit seiner Anwesenheit hier überzeugen konnte.

Sie sah zwar noch verblüffter drein als Ingund gerade eben, nickte aber und versicherte: »Wir kümmern uns darum. – He, Berta, wir müssen los!«

»Solange ich nicht weiß, weshalb sie hier Wiggo verprügeln, gehe ich nirgendwohin!«, gab Berta wutentbrannt zurück.

Adela zuckte die Schultern. »Was kümmert dich das? Du hast doch gesagt, dass es zwischen dir und dem fürchterlichen Kerl endlich aus ist.«

Bertas Augen glommen im Schein der Laterne mindestens ebenso unheilverkündend wie vorhin die des Walkürenpferds. »Das heißt noch lange nicht, dass ich tatenlos zusehe, wie man ihn zusammenschlägt!«

»Er hatte es verdient«, wiederholte Gorm.

Ivar war nahe daran, über die Miene zu lachen, mit der Wiggo sich die blutige Nase wischte und Berta ansah, und hatte am Ende trotz allem zu viel Mitleid mit ihm, um es wirklich zu tun.

»Guter Gott, dafür haben wir keine Zeit!«, sagte Mathilde und hielt Turnus fest, der zur Gartenpforte zurücklaufen wollte. »Wiggo, zu mir!« Sie nickte Ingund zu, sich mit den Pferden in Bewegung zu setzen, und Wiggo ging brav mit, weil er vermutlich ahnte, dass er seiner Vorgesetzten noch mehr zu erklären hatte, als durch einen einzigen Fausthieb von Gorm abgegolten war.

»Damit lasse ich euch nicht durchkommen«, rief Berta, obwohl Adela ihr mahnend die Hand auf den Arm legte und ihr riet, sich zu beruhigen.

Ivar sah Mathilde an. »Mach, dass du zur Burg kommst. Gorm und ich klären das hier schon.«

Mathilde verharrte nicht länger, sondern folgte dem kranken Bischof und seiner sehr gemischten Eskorte um die Ecke des Praetoriums herum außer Sicht.

»Kein Wunder, dass er sich wegen einer, die so für ihn kämpft, um sein bisschen Verstand säuft«, bemerkte Gorm, obwohl es wahrlich nicht nötig gewesen wäre, noch mehr Öl ins Feuer zu gießen.

Berta starrte ihn zornig an, und da sie wahrscheinlich ebenso gut wie alle anderen hier wusste, dass sie mit bloßen Fäusten gegen Gorm nicht ankommen würde, hatte Ivar einen Herzschlag lang ernsthaft Angst, dass Waffen gezogen werden würden.

Doch vorerst blieb es bei Worten, auch wenn Berta wirkte, als hätte sie gern Feuer gespien. »Ich frage dich ein letztes Mal, Gorm: Warum hast du das getan?«

Gorm seufzte, als wäre das eine höchst überflüssige Frage. »Wie gesagt, er hatte es verdient. Wenn er schlecht über meine Nichte, meine Schwägerin und meinen Bruder redet ...«

»Der soll es ja nicht wagen, sich zu beschweren«, unterbrach Berta ihn. »Schließlich hat er Wiggo schon einmal ohne Not eins über den Schädel gegeben!«

Die Anschuldigung traf zu, aber der Vorfall lag Jahre zurück und hatte seine Gründe gehabt. Vor allem aber glaubte Ivar, dafür längst angemessene Wiedergutmachung geleistet zu haben, und es war wahrlich nichts, was er hier und jetzt in aller Ausführlichkeit besprechen wollte.

»Mathilde hat recht; *dafür* haben wir wirklich keine Zeit«, verkündete er, nickte Gorm zu, dass sie gehen könnten, und verließ sich darauf, dass Adela Berta schon zur Vernunft bringen würde.

Das erwies sich als Fehler.

»He, wo willst du hin? Ich rede mit deinem Bruder und dir, du hochnäsiger Dreckskerl!«, schrie Berta ihm zu und packte ihn ruppig am Arm, als er davongehen wollte.

Ivar riss sich los und wirbelte herum – vielmehr: Er versuchte

es, denn eine tückische Kuhle in dem unkrautbewachsenen Streifen zwischen Straße und Gartenmauer wurde ihm zum Verhängnis. Das Umknicken seines Knöchels und der heftige Schmerz, der dabei durch seinen Fuß fuhr, waren noch nicht das Schlimmste; das war der Sturz, der ihn mit dem Gesicht voran gegen die steinerne Wand prallen ließ.

Dann herrschten Schwärze und Stille, aber wohl nicht lange, denn als Ivar wieder wusste, wo er war, lag er mit entsetzlich pochendem Kopf vor der Mauer der Bischofsgärten und fühlte sich elend.

Wie ernst sein Zustand auch für die anderen aussah, schloss er nach einem ersten hilflosen Blinzeln daraus, dass Gorm nicht etwa damit beschäftigt war, Berta nach allen Regeln der Kunst sämtliche Knochen im Leib zu brechen, sondern über Ivar gebeugt kniete und ihn so besorgt ansah wie seit mindestens dreißig Jahren nicht mehr.

»Hörst du mich, Ivar? Bleib ganz ruhig liegen und rühr dich nicht«, bat er viel zu sanft, und erst jetzt kroch Ivar echte Furcht in die Knochen, denn so redete sein Bruder nicht, wenn es auch nur halbwegs gut stand.

Dass Berta irgendwo im Hintergrund beteuerte, das habe sie nicht gewollt, und sich dann brav von Adela zum Praetorium zurückschicken ließ, um Hilfe zu holen, nahm er am Rande wahr und fügte es dem unguten Bild hinzu, das er sich von seiner eigenen Lage zu machen begann.

»Rede keinen Unsinn, hilf mir lieber auf die Beine«, sagte er dennoch zu Gorm, fragte sich, ob ihm da wirklich Blut über die Stirn lief, und klang selbst in seinen eigenen Ohren ziemlich erbärmlich.

»Nachdem du versucht hast, eine Mauer einzurennen?«, gab Gorm zurück und betastete behutsam die Umgebung dessen, was vermutlich eine eindrucksvolle Platzwunde war.

»Von hier aus kann ich es ja kein zweites Mal versuchen«, scherzte Ivar, um ihn zu überzeugen, dass er zumindest noch leidlich Herr seiner Sinne war, und fragte sich, ob er es als gutes oder als schlechtes Zeichen betrachten sollte, dass er neben dem allum-

fassenden Jammer auch das Brennen seines verstauchten Knöchels wieder zu spüren begann.

Was Gorm erwidert hätte, erfuhr er nicht, denn das Aufschwingen der nahen Gartenpforte ließ sie alle gehörig zusammenzucken.

Doch es war nur Ratte, die vorsichtig den Kopf ins Freie steckte und dann eine wohlbekannte gelöschte Laterne neben ihnen abstellte. »Die habt ihr bei Apfelbaum vergessen, und ganz gleich, was ihr hier so fröhlich treibt, ihr solltet machen, dass ihr wegkommt«, riet sie. »Denen da hinten ist nämlich aufgefallen, dass sie einen Bischof zu wenig haben, und wenn sie euch hier finden, werden sie Fragen stellen.«

»Dann kommt mit ins Praetorium und wartet, bis wir einen Arzt geholt haben«, schlug Adela an Gorm und Ivar gewandt vor.

Ivar setzte sich auf und erkannte, dass einem allein davon entsetzlich schwindlig werden konnte. »Der einzige Arzt, den Ihr jetzt auf der Stelle holen geht, bevor er misstrauisch werden und fliehen kann, ist ihr-wisst-schon-welcher«, sagte er heftiger, als Adela es verdient hatte. »Und wenn Ihr es nicht tut, erledige ich es selbst.«

»Heute Nacht gehst du nur noch nach Hause, Brüderchen«, beschied ihn Gorm und zauberte unter seinen Kleidern ein Tuch hervor, um den Blutfluss zu stillen. Es hatte wohl sein Gutes, dass er nie ohne das nötige Verbandszeug, um kleinere Verletzungen auch unterwegs zu behandeln, auf Raubzug ging.

Anders als er war Adela von Ivars Worten offenbar beeindruckt genug, nicht weiter zu beharren, und als Berta mit einem anderen Krieger des Hochgerichts zurückkehrte, nahm sie die beiden und verschwand in Richtung von Alberichs Haus.

Zu dem Zeitpunkt trug Ivar schon einen schiefen Verband um seinen nach Gorms Worten nicht gebrochenen harten Schädel und stand auf seinen Bruder gestützt so unsicher auf den Beinen, dass er sich fragte, ob das Praetorium nicht doch die bessere Wahl gewesen wäre.

»Wenn sie hier herauskommen, lenk sie ab oder behalt sie zumindest im Auge«, wies er Ratte an und schloss zu seinem Leidwesen aus ihrer Antwort, das täte sie doch gern, dass sich der Preis,

den sie für ihre heutigen Dienste verlangen würde, gerade verdreifacht hatte.

Dann konnte ein wankender, schwankender Heimweg in Gorms eisernem Griff beginnen, der das Einzige war, was Ivar davor bewahrte, nach wenigen Schritten umzufallen oder zumindest gleich noch einmal umzuknicken, denn auch abgesehen von seiner wenig ersprießlichen Verfassung war es einfach zu dunkel, da sie es nicht gewagt hatten, die Laterne zu entzünden, die Gorm in der freien Hand trug.

Als zur Rechten die schattenhaften Umrisse des Römerbrunnens zu erahnen waren, hatte Ivar das Gefühl, dass er sich spätestens jetzt übergeben hätte, wenn sein Abendessen nicht schon so lange zurückgelegen hätte. Er bedeutete Gorm, dass er einen Augenblick stehen bleiben und Atem schöpfen müsse, und sah tapfer die Umrandung des Brunnens an, um die krängende Welt wieder ins Lot zu bringen.

»Oh, verflucht«, stieß Gorm hervor, und Ivar war nahe daran, sich bei ihm für die Fehleinschätzung zu entschuldigen, die Hilfe des Hochgerichts ausgeschlagen zu haben. Erst einen Atemzug später wurde ihm klar, dass sein Bruder gar nicht mit ihm oder doch nicht mit ihm allein gesprochen hatte, denn Gorm fuhr lauter fort: »Wenn du die Walküre bist, weiß ich nicht, ob du den Kleinen haben kannst. Ich glaube, das wäre ihm nicht recht.«

Ivar war so gerührt, wie es sein elend schmerzender Kopf zuließ, und murmelte doch nur, er könnte für sich selbst sprechen. Als er aufschaute, rechnete er eigentlich nicht damit, seine Walküre zu sehen, sondern vielmehr jemanden, den Gorm für sie hatte halten können, vielleicht eine im Dunkeln unkenntliche Burgwachenkriegerin, die Mathilde auf die Suche nach ihnen geschickt hatte, weil sie zu lange ausblieben, oder eine zufällig vorüberkommende Fremde, die über Gorms Vermutung bestenfalls lachen würde.

Doch ein paar Schritte entfernt stand tatsächlich die immer noch von einem unwirklichen Licht umgebene, mittlerweile vertraute Gestalt im Rabenfedermantel.

Ivar erschrak kaum weniger als eben Gorm, denn wenn man mit dem Kopf so kräftig an einer Mauer gelandet war wie er, dann war die Frage, ob einen die Walküren holen wollten, nur allzu berechtigt.

Im nächsten Augenblick hätte er allerdings fast gelacht, denn die Angst, die ihn überkommen hatte, war allein die davor, zur Unzeit Abschied von Sigrid, Mathilde und sogar dem immer noch leise fluchenden Verrückten neben ihm nehmen zu müssen, aber keine mehr vor der Walküre selbst, die nun gemächlich zu ihm herübergeschlendert kam.

Vielleicht spürte sie, wie es damit stand, denn sie lächelte fast freundschaftlich. Ihre Finger waren kühl, als sie die Hand an seiner Wange ruhen ließ. »Ich bin nicht euretwegen hier«, sagte sie, und Ivar fragte sich, ob sie ihn nur gut ablenkte oder ob ihre Berührung tatsächlich das Schwindelgefühl aus seinem Schädel zog, bis nur noch der Wundschmerz zurückblieb und der leidige Knöchel sich stärker als zuvor bemerkbar machte.

»Du lässt ihn schön hier, ja?«, vergewisserte sich Gorm und hielt Ivar so fest, dass auch das fast wehtat, aber zugleich sehr tröstlich war.

»Vorerst«, versprach die Walküre und musterte Gorm, als fände sie ihn durchaus ganz unterhaltsam.

Gorm schien es umgekehrt nicht so zu gehen. »Was willst du dann hier?«

»Angst und Schrecken verbreiten, bei einem, der es verdient hat. Aber allein wird mir das nur halb so gut glücken wie in Gesellschaft.« Sie sah sich suchend um. »Ah – sieh da! Dann kann ich ja aufbrechen. Gehabt euch wohl, ihr beiden – und vielen Dank.«

Sie wandte sich ab, und als Ivar ihrem Blick folgte, sah er nicht etwa ein Walkürenheer, sondern einen Engel mit Flügeln aus Licht und Schwanengefieder, der hell und goldglänzend dort wartete, wo man zur Burg abbiegen musste. Er streckte der Walküre anmutig die Hand hin, als wollte er sie zum Tanz führen, und gemeinsam verschwanden sie so rasch zwischen den Häusern, dass Ivar fast glaubte, er hätte sich die ganze Begegnung nur eingebildet.

Aber er war tatsächlich sicherer auf den Beinen, und neben ihm murmelte Gorm eine Verwünschung nach der anderen, als könne auch er noch nicht fassen, was sie da gerade erlebt hatten.

»Kannst du weitergehen?«, fragte er Ivar am Ende, und von da an bot der Heimweg bis auf eine vorbeihuschende streunende Katze keine Überraschungen mehr.

»Euch beide darf man wirklich keine Viertelstunde aus den Augen lassen«, sagte Mathilde kopfschüttelnd, als sie ihr auf dem vorderen Burghof entgegenstolperten. Dass sie es bei der einen tadelnden Bemerkung beließ, statt ihnen ausführlichere Vorträge zu halten, nahm Ivar als Zeichen, dass er trotz aller Walkürenhilfe immer noch sehr schlecht aussah, und ließ sich ohne viel Widerrede ins Bett stecken.

Er bekam Gesellschaft von einer todmüden Sigrid, die sich zwar noch hatte überzeugen lassen, sich die Füße zu waschen, sich aber standhaft weigerte, in ihrem eigenen Bett statt geborgen bei ihrem Vater zu schlafen. Während sie es sich halb neben, halb auf ihm bequem machte, log Ivar ihr vor, so schlimm täte sein Kopf nun auch wieder nicht weh und das mit dem Knöchel wäre überhaupt nicht der Rede wert. Nachdem Gorm und Mathilde wieder gegangen waren, um in Erfahrung zu bringen, ob die Verhaftung des Arztes geglückt war, und die neuesten Entwicklungen abzuwarten, fand irgendwie auch noch Turnus den Weg hinauf zwischen Decken und warme Menschen. Ivar wusste sehr gut, dass er ihn eigentlich hätte aus dem Bett scheuchen sollen, aber erstens hätte das Sigrid aufgeweckt, und zweitens konnte man ja immer noch behaupten, über das unverfrorene Eindringen des Hunds hinweggeschlafen zu haben, wenn Mathilde sich nachher beschwerte.

Das jedenfalls nahm Ivar sich noch vor, ehe er die Augen schloss und in wildbewegten Träumen voller Engel und Walküren versank, bis Mathilde im ersten Morgenlicht die Tür öffnete.

Ihre besorgte Miene wich einem Lächeln, als sie erkannte, dass Ivar wach war. »Sehr gut, du lebst noch«, begrüßte sie ihn und reckte die volle Teekanne, die sie aus dem Küchenhaus entführt haben musste, stolz hoch wie ein Beutestück.

Da Turnus ihr schon schwanzwedelnd um die Füße tollte, musste man ihr nicht einmal erklären, wo er die Nacht verbracht hatte.

Sigrid öffnete zwar kurz die Augen, aber als sie sah, dass nichts Bedrohlicheres als ihre Mutter über sie hereingebrochen war, fand sie nichts dabei, sich noch einmal umzudrehen und weiterzuschlafen.

Ivar dagegen kämpfte sich aus dem Bett, und so jämmerlich es sich heute auch anfühlte, sich in einen vorzeigbaren Zustand zu versetzen, war es doch eine angemessene Entschädigung für all die Mühen, mit Mathilde teetrinkend am Fenster zu sitzen und zu betrachten, wie der Sonnenschein, der so früh noch am Hauptturm vorbeifiel, das dunkle Braun ihrer Haare, in das sich erst wenig Weiß mischte, zum Glänzen brachte.

»Hast du heute Nacht überhaupt geschlafen?«, fragte er sie, obwohl sie noch erstaunlich munter wirkte.

Mathilde nickte und schenkte sich eine zweite Schale Tee ein.

»Eine Weile drüben in der Wachstube, während ich darauf gewartet habe, was die Ärztin der Vögtin über den Zustand des Bischofs sagen würde.«

»Und, was sagt sie?«

»Dass er es überstehen wird. Du hast also nicht ganz vergebens Leib und Leben aufs Spiel gesetzt.«

»Je weniger ich über den Vorfall noch höre, desto besser«, murmelte Ivar.

Mathilde verbarg mehr schlecht als recht ein Lächeln. »Da dein Bruder dabei war, besteht kaum Hoffnung, dass darüber künftig Schweigen herrrscht.«

Die Einschätzung teilte Ivar, aber da Gorm immerhin bereit gewesen war, ihn vor einer Walküre zu retten, nahm er sich vor, alle Scherze über seinen Zusammenstoß mit der Mauer geduldig zu ertragen.

»Und der Arzt?«, fragte er also lieber, statt zu widersprechen.

»Ist auf Weisung der Vögtin zum Verhör aus dem Praetorium auf die Burg geschafft worden und hat ein umfassendes Geständnis abgelegt.«

»Das wird seine Auftraggeber nicht freuen«, bemerkte Ivar und schob ihr seine leere Teeschale hin.

Mathilde lachte und goss ihm neuen Tee ein. »Auftraggeber? Wenn er die nur gehabt hätte! Das wäre weniger erschreckend gewesen als das, was er uns erzählt hat. Denn eine große Verschwörung war das alles nicht, weder im Haushalt des Bischofs noch außerhalb davon.«

Ivar fragte gar nicht erst, ob der Arzt vielleicht nur überzeugend gelogen hatte. Mathilde würde diese Möglichkeit einberechnet und aus guten Gründen ausgeschlossen haben.

»Aber wenn niemand ihn bezahlt hat, warum wollte er dann seinem Dienstherrn und damit seinem eigenen Geldbeutel ans Leder?«, erkundigte er sich und schloss die kalten Hände um die nun wieder gut gefüllte Schale.

Mathilde stellte die Kanne sanft ab und wischte einen Tropfen von der Tülle. »Er behauptet allen Ernstes, zum Wohl des Bistums Aquae Calicis gehandelt zu haben, und lässt keinerlei Reue erkennen. Ich glaube, er hat sich Hoffnungen gemacht, dass auch wir seine Tat billigen würden.«

»Billigen?«

»Wenn nicht gar bejubeln.« Mathilde entdeckte einen zweiten Tropfen und entfernte ihn. »Soweit wir mittlerweile aus den Worten des Arztes und Alberichs eigener Schilderung wissen, war es folgendermaßen: Auf dem Rückweg aus Padiacum ging es Alberich wirklich aus natürlichen Ursachen schlecht – die Aufregungen und Belastungen des Hoftags waren zu viel für ihn, und irgendein Fieber hatte er sich dort auch noch eingefangen. Was sein Arzt für ihn tun konnte, half nicht so recht, und wenn seine Gebete um eine baldige Genesung erhört wurden, dann wohl zu langsam für seinen Geschmack. In der traurigen Lage besann er sich auf einen alten Heilsegen, den er noch aus seiner Kindheit kannte – du weißt schon, die Art von Segen, in dem die alten Götter erwähnt werden. Inwieweit der nun geholfen hat, kann ich nicht einschätzen, aber dafür weiß ich, dass der Arzt ihn belauscht hat. Er hält sich für einen frommen Christen und war stets stolz darauf, dem ranghöchsten Geistlichen von Aquae zu dienen. Zu erfahren, dass der ein Heide ist – was Alberich übrigens mit aller Macht abstreitet –, hat den Arzt zutiefst entsetzt.«

»Genug, um den Bischof gleich umzubringen? Sehr christlich, in der Tat«, bemerkte Ivar und begann sich zu fragen, warum Mathilde nicht auch Haferbrei mitgebracht hatte. Auf die Enthüllung hin hätte er etwas zu essen gebrauchen können.

»Falls ihm der Widerspruch überhaupt aufgefallen ist, hat er sich offenbar eingeredet, dass das Seelenheil von ganz Aquae in dem Zusammenhang wichtiger sei als das Gebot, nicht zu töten«, erklärte Mathilde. »Denn dass ein heidnischer Bischof unser aller Seelen ins Verderben zu reißen drohe, hat er uns mit flammenden Worten ausgemalt.«

»Und da hätte es nicht gereicht, Alberichs mangelnde Frömmigkeit öffentlich zu machen und seine Absetzung zu betreiben?«

»Das habe ich ihn auch gefragt.« Mathilde klang recht hilflos. »Aber daraufhin sagte er mir, ob mir denn gar nicht bewusst sei, wie sehr solch ein Vorgang das Ansehen des Bistums schädigen und vielleicht sogar in dieser grenznahen Gegend mit ihren vielen Heiden das Christentum allgemein schwächen würde. Alberich ganz allmählich so zu vergiften, als würde er nur Stück für Stück einer Krankheit erliegen, sei da doch die bessere Lösung, das müssten selbst wir einsehen … Ja, und ungefähr an der Stelle in seiner schönen Rede ist ihm aufgefallen, dass Gorm einen Thorshammer um den Hals trägt.« Ivar lachte schallend darüber; als er sich wieder beruhigt hatte, fuhr Mathilde fort: »Stimmt es übrigens, was Gorm mir noch von gestern Nacht erzählt hat? Das mit dem Engel und der Walküre, meine ich?«

»Das stimmt«, bestätigte Ivar, »und wenn ich mich nicht sehr täusche, werden die beiden inzwischen in schönster Eintracht dem giftmischenden Arzt erschienen sein, um ihm den Kopf zurechtzusetzen.«

»Das wird selbst ihnen nicht gelingen«, vermutete Mathilde.

»Der wird sie doch nur für ein Trugbild halten, wenn nicht gar für Dämonen, die ihn in Versuchung führen wollen; er ist von einer Frömmigkeit, die blind macht. – Aber ich bin froh, dass sie dir so wohlgesonnen sind, gerade auch die Walküre. Nun musst du nicht mehr so viel Angst wie früher vor ihresgleichen haben, nicht wahr?«

»Gar keine«, bekannte Ivar, denn das alte Unbehagen war mit dem Morgenlicht, das nun allmählich hinter dem Turm verschwand, nicht zurückgekehrt. »Dennoch ist es gut, dass ich die Angst damals im Wald bei Padiacum hatte. Sonst hätten wir uns vielleicht gar nicht so genau kennengelernt, du und ich, und dann wäre das Leben anders.« Er sah kurz zu der zusammengerollten Sigrid in ihrem Deckennest hinüber. »*Sehr* anders und nicht besser.«

»Ach, Ivar«, sagte Mathilde, und der Blick ihrer dunklen Augen wärmte ihn zuverlässiger als aller Tee.

ANHANG

aula regia – Königshof

Cardo (maximus) – Hauptstraße, die die Nord-Süd-Achse einer schachbrettförmig angelegten römischen Stadt bildet

caritas – (Nächsten-)Liebe

Decumanus (maximus) – Hauptstraße, die die Ost-West-Achse einer schachbrettförmig angelegten römischen Stadt bildet

fides – Glaube

hortus conclusus – verschlossener Garten; der Begriff stammt aus der Bibel (Hld 4,12) und spielt unter anderem in der Mariensymbolik eine Rolle

Julian von Aeclanum – ein pelagianischer Bischof des 5. Jahrhunderts, der geäußert haben soll, auch eine Heide könne selig werden, wenn er die anderen Gebote Gottes befolge

leges – Gesetze

Loquerisne Latine? – Sprichst du Latein?

nocturnus – nächtlich

patina – Pfanne, Schale; aber auch Auflauf oder, wie in diesem Fall, Pudding

pronepos – Urenkel

reveniam – ich werde zurückkommen / ich möge zurückkommen

Sancta Maria in Templo – St. Maria im Tempel

Sol Invictus – die unbesiegte Sonne; römischer Sonnengott, dessen Feiertag auf den 25. Dezember fiel

spes – Hoffnung

Thiudareiks – so lautete wohl die ursprüngliche gotische Form des Namens Theoderich (gemeint ist hier Theoderich der Große alias Dietrich von Bern)

Verba mulieremque cano – Ich besinge die Worte und die Frau (frei nach dem Vorbild des Beginns von Vergils *Aeneis*: *Arma virumque cano* – Ich besinge die Waffen und den Mann)

vulpecula – Füchschen